Knaur.

Knaur.

Über den Autor:
James C. McFetridge, geboren 1970 in Nordirland, studierte Theater- und Filmwissenschaften, bevor er sich als Lichtdesigner für verschiedene Bühnen in Großbritannien, vor allem in London, einen Namen machte. Mit seiner Kunst hat er bereits Shows am New Yorker Broadway, in Toronto und in Australien »erleuchtet«. *Unendlicher Tod* ist sein erster Roman.

James C. McFetridge

UNENDLICHER TOD

Thriller

Aus dem Englischen
von Ulrike Clewing

KNAUR TASCHENBUCH VERLAG

Titel des englischen Originals: »Static«

FSC
www.fsc.org
MIX
Papier aus verantwortungsvollen Quellen
FSC® C014496

Deutsche Erstausgabe August 2012
Knaur Taschenbuch

Redaktion: Peter Hammans
Umschlaggestaltung: ZERO Werbeagentur, München
Umschlagabbildung: FinePic®, München
Satz: Adobe InDesign im Verlag
Druck und Bindung: GGP Media GmbH, Pößneck
Printed in Germany
ISBN 978-3-426-51110-7

2 4 5 3 1

1

In meinem Schädel tobt ein Geräusch, das man von elektrostatischen Entladungen kennt und gegen das ich hilflos bin.
Es ist ständig da, faucht und knistert, Tag und Nacht. Ein echter, nicht enden wollender Lärm in meinem Kopf. Das Sirren, Pfeifen und Knacken elektrostatischer Entladung. Selbst Sie können es manchmal hören, wenn Sie Ihren Kopf ganz nah an meinen halten. Hören Sie! Hören Sie es? Ganz leise, dieses Schwirren wie bei einem schlecht eingestellten Sender im Radio. Abstellen kann ich es nicht. Es ist immer bei mir.
Zu diesem Geräusch kommen manchmal auch Schmerzen hinzu. Ich lebe schon so lange damit, dass ich inzwischen gelernt habe, es zu ignorieren. Meistens jedenfalls. Dann entlädt es sich plötzlich wieder und hält mich fest im Griff. Das Geräusch und der Schmerz. Mal unerträglich, dann wieder nichts als eine weiche Feder, die mich am Kopf kitzelt.
Ich weiß, dass ich für den Rest meines Lebens damit leben muss und nichts dagegen tun kann. Mein Leben ist bestimmt vom Geräusch elektrostatischer Entladungen.

2

Benommen sah ich auf die Uhr und fragte mich, welcher Idiot es wagte, mich um halb drei in der Nacht anzurufen. Vermutlich war es wieder Murray, das Sackgesicht, mit einem neuen Auftrag für mich.
Ich reichte über den Nachttisch und fingerte nach dem Telefon. Es war stockdunkel, und ich war noch nicht richtig wach, als ich es schließlich fand. Kaum hielt ich den Hörer an mein Ohr, entlud sich das Surren in meinem Kopf.

»Hallo?«, murmelte ich in den Hörer. Meine Stimme war rauh, der Mund trocken.
Am anderen Ende der Leitung war es still.
»Hallo? Murray, sind Sie das?«
»Hallo?«, meldete sich zögernd die Stimme eines Mannes, die ich jedoch nicht gleich erkannte.
»Wer spricht da?«, fragte ich, während ich mich im Bett aufsetzte und mir den Schlaf aus den Augen rieb.
Wieder war es still am anderen Ende. »Hören Sie«, sagte ich. Langsam wurde ich ungehalten. »Das ist nicht unbedingt der richtige Zeitpunkt, Scherze mit mir zu machen. Ich werde jetzt auflegen.«
»Warten Sie«, sagte die Stimme hastig. »Sind Sie Sam Baxter?«
»Ja, das bin ich, und wer sind Sie?«
Die Stimme wurde wieder zaghafter. »Ich bin … Das ist unwichtig. Ich muss Ihnen etwas sagen. Ich habe …«
Plötzlich brach die Stimme mit einem kehligen Laut ab. Ich hörte, wie der Hörer am anderen Ende herunterfiel oder gegen etwas stieß – auf den Boden vielleicht oder gegen eine Wand. Im Hintergrund ein Poltern und das Knirschen von Schritten, als würden zwei Menschen miteinander kämpfen.
»Hallo!«, rief ich hilflos in den Hörer. »Ist alles in Ordnung?«
Das Kampfgeräusch war verebbt; es war still, aber ich wusste, dass die Verbindung noch stand. Dann hörte ich Schritte, die sich näherten, und eine männliche Stimme sprach mit mir.
»Entschuldigen Sie bitte«, begann er – es war eindeutig eine andere Stimme als zuvor. »Ich habe mich verwählt.«
Er legte auf.
Dann das gleichmäßige Summen des Freizeichens, das das gleichmäßige Surren in meinem Schädel noch verstärkte. Ich legte auf. Das Geräusch im Kopf ebbte leicht ab, aber das Surren an der Stelle, an der ich den Hörer an den Kopf gehalten hatte, war geblieben. Was zum Teufel war da los? War es ein Traum? Nein – ich knipste

die Nachttischlampe an und sah noch einmal auf die Uhr – nein, ich war eindeutig wach.
Der Mann, der zuerst mit mir am Telefon gesprochen hatte, kannte meinen Namen, konnte sich also gar nicht verwählt haben.
Ich wählte die 1471 und lauschte einer Computerstimme, die die Zahlenreihe der Nummer des Anschlusses betonungslos herunterleierte, von dem aus ich soeben angerufen worden war. Ich kannte die Nummer nicht, die eine Vorwahl hatte, so dass der Anruf mit Sicherheit nicht von einem Handy aus gekommen sein konnte.
Ich nahm Stift und Papier zur Hand und notierte die Nummer, während sie von der Computerstimme wiederholt wurde. Auch eine genauere Betrachtung der Zahlen auf dem Papier rief keine Erinnerung an eine bekannte Telefonnummer wach. Wieder entlud sich das Geräusch in meinen Schädel. Dessen ungeachtet griff ich zum Hörer und wählte die Nummer.
Länger als zwei Minuten hielt ich es aus, bis der Lärm so unerträglich wurde, dass ich auflegen musste. Ich sah erneut auf die Uhr – es war 2:45. Um neun musste ich bei der Arbeit sein. Also machte ich das Licht aus und legte mich wieder hin. Es war kalt in dieser Nacht, und mein Schädel zum Bersten voll mit diesem Lärm. Der Anruf hatte mich aufgeregt, und ich brauchte ewig, bis ich wieder eingeschlafen war.
Nur wenige Stunden später klingelte das Telefon erneut.

3

Völlig erschöpft nahm ich den Hörer ab.
»Sam? Sind Sie schon auf?«
Es war Murray, das Arschgesicht.
Ich sah auf die Uhr – es war kurz vor sieben. Der Wecker würde sowieso bald läuten.

»Natürlich bin ich auf, Murray«, knurrte ich in den Apparat. »Schließlich haben Sie mich gerade geweckt.«
Murray gehörte nicht zu den Menschen, die sich entschuldigten, selbst wenn man ihnen einen Wink mit dem Zaunpfahl gab. »Ich hab einen Auftrag für Sie«, polterte er los. »Setzen Sie sich umgehend in Bewegung zur Hope Street. Parallel dazu gibt es einen kleinen Weg, hinter dem Museum. Sie haben fünf Minuten Zeit.«
»Aber ich brauche schon allein zehn Minuten mit dem Auto dorthin«, erklärte ich. »Und ich liege noch im Bett.«
»Dann bewegen Sie Ihren verdammten Arsch mal zügig aus dem Bett und beeilen Sie sich. Regina ist in fünf Minuten da, und ich rate Ihnen dringend, sich fürs Filmen bereitzuhalten. Und versauen Sie die Nummer nicht. Gut möglich, dass die Sache in die überregionalen Nachrichten kommt.«
»Und worum geht es?«, wollte ich wissen, während ich die Beine aus dem Bett schwang und mir den Schlaf aus den Augen rieb.
»Eine Leiche. Bis zur Unkenntlichkeit entstellt. Und diesem Zustand werden Sie verdammt nah sein, wenn Sie nicht in fünf Minuten dort sind.« Er knallte den Hörer auf.
Wieder entlud sich das Geräusch explosionsartig in meinen Kopf. Wie ich ihn hasste, Murray, dieses Sackgesicht.

Keine zwei Minuten später saß ich im Wagen und war unterwegs. Ich hatte mir nicht einmal zum Zähneputzen Zeit genommen und einen modrig fauligen Geschmack im Mund. Aber ein Auftrag von Murray lässt einen springen, ohne dass einem Nebensächlichkeiten wie Körperhygiene in den Sinn kommen.
Murray ist mein Chef beim Fernsehsender. Genauer gesagt, er ist der Leiter der Nachrichtenabteilung, Klammer auf, Redaktion, Klammer zu. Ich nenne ihn Sackgesicht, weil er eben eines ist.
Ich bin Kameramann in seinem Redaktionsteam. Ich schwärme aus und filme, was zu filmen er mir aufträgt, schneide hinterher

alles und stelle den Bericht zusammen, der dann in den Regionalnachrichten ausgestrahlt wird. Hin und wieder, wenn die Schlagzeile fett genug ist, schafft sie den Sprung von den regionalen in die überregionalen Nachrichten. Ich weiß noch, wie ich vor Stolz fast geplatzt bin, als Trevor McDonald zum ersten Mal eine meiner Meldungen gebracht hat.

Gewaltsame Todesfälle schaffen es meist ins überregionale Fernsehen, besonders dann, wenn sich an dem Tag in Westminster nichts Besonderes ereignet hat.

Regina war Reporterin bei uns. Sie war intelligent, machte ihre Arbeit gut und war – und das war das Beste – unverschämt telegen. Sie träumte immer noch davon, eines Tages als Frontfrau zu den überregionalen Mittagsnachrichten nach London zu wechseln. Aber dazu hatte es ihr immer am letzten Quentchen Glück gefehlt, das zu diesem Sprung nötig war, und so war sie schließlich in einer kleinen Lokalredaktion mitten in der Walachei hängengeblieben. Regina war ganz scharf auf eine Geschichte, die interessant genug war, dass ihr Gesicht in den überregionalen Programmen gezeigt wurde, wenn auch nur kurz. Auf diese Weise hatte ihr Ehrgeiz immerhin noch eine Chance.

Die Meldung, der ich entgegenraste, war eine entstellte Leiche. Würde das Ausmaß der Entstellung reichen, könnte sie es in die Hauptnachrichten schaffen, die aus London gesendet werden, und Regina und Murray mehr als glücklich machen.

4

Es war erst Viertel nach sieben, aber Regina war schon wahnsinnig hübsch zurechtgemacht und für Großaufnahmen bereit.

»Mein Gott!«, entfuhr es ihr. »Du riechst aus dem Mund, als hättest du eine Biotonne gefrühstückt!« Sie ist wirklich reizend.

»Ich hatte keine Zeit zum Zähneputzen«, brachte ich hervor. »Murray sagte, es wäre eilig. Wo ist die Leiche?«

»Da drüben in dem kleinen Durchgang. Sieht echt übel aus. Gebiss, alles weg«, ergänzte sie unbekümmert. Für jemanden, der vor der Kamera so viel Sensibilität und Empathie aufbrachte, war Regina im wirklichen Leben verdammt gefühllos und abgeklärt.

Ich hatte den Wagen in der Hope Street gleich hinter dem Museum abgestellt. Zwei Streifenwagen und ein Krankenwagen standen schon dort. Der Fahrer des Krankenwagens stand neben seinem Fahrzeug und rauchte eine Zigarette. Seine Kenntnisse als Rettungssanitäter waren in diesem Fall eindeutig nicht mehr gefragt.

Es war kalt an diesem Morgen und noch dunkel. Die Straßenlaternen tauchten die Umgebung in orangefarbenes Licht. Die Sonne schickte gerade ihre ersten Strahlen über den Horizont.

Ich öffnete den Kofferraum und holte Kamera und Stativ aus dem Wagen. Ich arbeitete mit einer kompakten und relativ leichten Digitalkamera, die für Reportagen wie diese hier, wenn alles sehr schnell gehen musste, sehr praktisch war. Das Handmikro wurde direkt in den Audio-Eingang gesteckt, und Regina hielt es so, dass es gerade nicht mehr im Bild war. Budgetkürzungen zwangen die Kameraleute inzwischen, sich selbst um die Tonaufzeichnung zu kümmern – nur die Feuilletonredaktion verfügte heutzutage noch über Ton- und Kameraleute.

»Wer leitet hier die Ermittlungen?«, erkundigte ich mich auf dem Weg zu dem dunklen Anfang der Gasse.

»Wir haben Glück«, erklärte Regina. »Es ist deine alte Freundin, Meg Caplan.«

Meg Caplan und ich sind alte Bekannte. Sie war die ältere Schwester meiner ehemaligen Freundin, und auch als ihre Schwester Sarah nicht mehr unter uns weilte, blieben Meg und ich in lockerem Kontakt, der meist beruflicher Natur war. Sie war ein paar Jahre älter als ich, hatte blondes Haar, nicht von Natur aus, sondern aus der Flasche, und sie war sehr schlank, was dem Umstand geschuldet war, dass sie zu hart arbeitete und sich nicht vernünftig ernährte. Nach der Schule war sie gleich zur Polizei gegangen und hatte es inzwischen zum Detective Inspector beim CID gebracht. Sie war knallhart und hatte schon seit Jahren ein Herz aus Stein.

Ein uniformierter Polizist stellte sich mir in den Weg und wollte mich daran hindern, die Gasse zu betreten. Erst als ich ihm erklärte, dass ich ein Freund von DI Caplan sei, ließ er mich widerwillig durch.

Der Durchgang lag im Halbdunkel und war hoffnungslos zugemüllt. Er lag hinter der Hope Street. Hinterhöfe und verschlossene Türen säumten die eine, die hohe schmucklose Mauer des Stadtmuseums die andere Seite. Hinten, am Ende des Gangs, lag ein lebloser Körper grotesk verdreht im Rinnstein, bedeckt mit einem weißen Laken, auf dem sich große Blutflecken breitgemacht hatten. Der trübe Schein der Straßenlaternen verwandelte das leuchtende Rot der Flecken in glänzendes Schwarz. Um den Körper herum standen ein paar Polizisten, unter ihnen auch Meg. Sie bemerkte uns und kam auf uns zu.

»Ihr macht am besten auf dem Absatz wieder kehrt«, empfing sie uns.

»Komm schon, Meg«, versuchte ich es. »Wir machen doch nur unseren Job.«

»Das geht mir nicht anders«, entgegnete Meg knapp. »Und das heißt, keine Kameras. Jedenfalls, solange die Soko hier noch zu tun hat.«

»Die Leute von der Gerichtsmedizin sind also noch gar nicht da?«, fragte Regina, die ihr kleines Notizbuch schon gezückt und erste Notizen gemacht hatte.

»Nein«, entgegnete Meg kühl und mit einem sarkastischen Unterton. »Sieht so aus, als wären die Geier zuerst da gewesen.«

Meg warf Regina einen wütenden Blick zu, dem Regina trotzig standhielt.
»Gut«, lenkte ich ein, um die Situation ein wenig zu entspannen. »Keine Kameras. Aber dann sag uns wenigstens, was passiert ist.«
Meg drehte sich zu mir um. »Ein Mord ist hier passiert«, stellte sie sachlich fest. »Ein ziemlich brutaler sogar.«
»Murray sprach von einer entstellten Leiche.«
»Murray?«, schnaubte sie. »Deshalb bist du so schnell hier. Das Sackgesicht riecht Blut, noch bevor es vergossen wird.«
Selbst Meg hält Murray für ein Sackgesicht.
»Wie sah die Leiche aus?«, fragte Regina, Stift und Notizbuch im Anschlag.
Meg schürzte die Lippen, als ringe sie noch mit sich, ob sie uns Auskunft geben sollte oder nicht.
»Komm schon, Meg«, bettelte ich. »Wir wissen es sowieso bald. Gib uns diesen winzigen Vorsprung.«
»Na gut«, willigte sie ein. »Es ist ein Mann. Vermuten wir.«
»Vermutet ihr?«, fragte Regina.
»Es ist schwer zu sagen.«
»Gibt es da nicht einen bestimmten Anhaltspunkt, um festzustellen, ob es sich um einen Mann handelt oder nicht?«, frotzelte Regina. »Aber vielleicht ist es ja schon so lange her, dass Sie sich nicht mehr genau erinnern können.«
Meg fixierte sie mit kaltem Blick. »Die Haut ist vollständig abgezogen worden. Komplett, bis hin zum Genitalbereich. Gesicht, Haare … alles weg. Sämtliche Finger wurden abgehackt, die Zähne herausgezogen. Eine Seite des Kopfes ist eingeschlagen worden, so dass man das Gehirn sehen kann.«
Mir wurde speiübel. Ich betrachtete noch einmal die dunklen Flecken, die sich, ein paar Meter von mir entfernt, auf dem weißen Laken ausgebreitet hatten.

Regina notierte alles säuberlich, ohne dass ihr Gesicht auch nur den Hauch einer Gemütsbewegung erkennen ließ.
»Glauben Sie, dass das vor oder nach seinem Tod passiert ist?«
Auf eine solche Frage musste man bei Regina gefasst sein.
»Das zu entscheiden ist Sache der Gerichtsmediziner«, entgegnete Meg. »Ich tippe mal, dass es danach passiert ist. Es war ein sehr brutaler Angriff, überall Blut, also vermutlich nicht vorsätzlich oder geplant. Ich gehe davon aus, dass er mit mehreren Schlägen getötet wurde, die ihn am Kopf getroffen haben, auch wenn wir die Tatwaffe noch nicht gefunden haben. Alles andere geschah wahrscheinlich unmittelbar nach Eintreten des Todes. Der Mörder muss in Panik geraten sein und wollte vermutlich die Identifizierung der Leiche unmöglich machen.«
»Und deshalb zieht man die Haut ab?«, fragte Regina.
»Irgendjemand wollte ausschließen, dass wir die Hautfarbe unseres Opfers kennen. Der Mord könnte also einen rassistischen Hintergrund haben. Die Analyse der DNA-Spuren bringt uns vielleicht weiter.«
»Aber seinem Opfer die Haut vollständig abzuziehen«, sagte Regina, »klingt doch nicht nach der Handlung eines Mörders, der in Panik geraten ist.«
Meg stimmte widerwillig zu. »Richtig, das ist eine ziemlich schwere Arbeit. Irgendjemand wollte eine Identifizierung des Typen mit allen Mitteln verhindern. Aber wir werden ihn schnell haben.«
»Wie das?«, fragte ich.
Meg lächelte verschmitzt und hob die Hände. »Wie viele Finger sind das?«
»Hm, zehn«, antwortete ich.
»Genau«, sagte Meg. »Und unser Killer hat jetzt zwanzig.«
Ich rang mir ein Lächeln ab.

Die Sonne war aufgegangen, als wir die ersten Aufnahmen machten. Ihr fahles Licht tauchte alles in ein schmutziges Grau. Die Leute von der Spurensicherung waren inzwischen eingetroffen, und ich machte ein paar Totalaufnahmen von ihnen, in ihren strahlend weißen Overalls bei der Arbeit hinten in der Gasse, während Regina ihre Aufzeichnung in der Hope Street machte. Sie berichtete, dass der Tote »auf äußerst brutale Weise zusammengeschlagen« und »aufs entsetzlichste entstellt« worden sei, ohne jedoch ins Detail zu gehen, da der Bericht mittags ausgestrahlt werden sollte und es in dieser Hinsicht gewisse Regeln einzuhalten galt.

Wir blieben noch eine Weile, um zu filmen, was wir vor die Linse bekamen. Schon bald hatten sich ein paar Schaulustige eingefunden – Leute, die auf dem Weg zur Arbeit waren, und solche, die auf der Straße lebten und sich fragten, was der ganze Aufstand zu bedeuten hatte. Also machte ich auch von ihnen ein paar Bilder, um den Bericht ein wenig aufzublasen.

Schließlich wurde die Leiche aus der Gasse heraus in den bereitstehenden Krankenwagen getragen. Kurz danach ging auch Meg. Geblieben waren nur noch ein paar Leute von der Spurensicherung, die Blutproben nahmen (Blut gab's ja nun wirklich genug) und die Umgebung nach Spuren durchkämmten. Außerdem hatte Meg ein paar Polizisten zurückgelassen, die von Haus zu Haus gingen, um Befragungen durchzuführen.

Für uns gab es nichts mehr, was berichtenswert gewesen wäre. Also machten wir uns auf den Weg zurück ins Büro.

5

Es war nach zehn, als wir im Sender eintrafen.
»Warum seid ihr, verdammt noch mal, erst jetzt wieder da?«, blaffte Murray los, als ich durch die Tür trat. »Ich hatte die Story zu den Nachrichten im Frühstücksfernsehen erwartet.«
Natürlich wusste ich, dass das schlicht unmöglich war und Murray es nur gesagt hatte, um mich zu ärgern. »Beruhigen Sie sich«, entgegnete ich. »Bis zur Mittagsausgabe haben wir noch viel Zeit.«
»Ich will die Online-Ausgabe in einer halben Stunde auf meinem Schreibtisch haben«, befahl Murray. »London will das sehen, um zu entscheiden, ob sie es bringen oder nicht. Es geht immerhin um einen Sendeplatz von drei Minuten, also versau's nicht.«
»Warum sollte ich die Sache versauen?«
Murray fixierte mich eindringlich. »Weil Sie ein verdammter Idiot sind.«
»Wer ist ein verdammter Idiot?«, wollte Regina wissen, als sie ins Büro kam. Ich war froh, dass ich Gesellschaft bekam, weil sie immer wusste, wie man Murray wieder von der Palme herunterholte, wenn er einen seiner gelegentlichen Wutausbrüche bekam.
»Murray hat mir gerade gestanden, wie sehr er mich als Kollegen schätzt«, erklärte ich beiläufig, um Murray zu zeigen, dass sein Anwurf mich kaltließ.
Murray zeigte mit dem Finger auf mich – wirklich – und knurrte: »In dreißig Minuten«, wandte sich dann Regina zu und sagte genauso knapp zu ihr: »In mein Büro, jetzt.« Er stürmte davon.
»Sackgesicht«, flüsterte ich ihr zu.
»Genau«, pflichtete Regina mir bei.

In weniger als vierzig Minuten hatte ich die Reportage fertiggestellt. Nach ihrem Termin bei Murray kam Regina in den Schneideraum (»Er will, dass ich vor der Kamera mehr Dekolleté zeige.

Es ist Winter und kalt, hab ich ihm gesagt«), um den endgültigen Kommentar zu den zusammengeschnittenen Hintergrundbildern zu sprechen, mit denen ich das Ende aufgeblasen hatte. Eine entstellte Leiche klingt phantastisch, theoretisch jedenfalls. Wenn Sie aber nicht wissen, wer das Opfer ist, und auch nicht, von wem oder warum es umgebracht wurde, und wenn Sie weder Bilder von der Leiche haben noch eine offizielle Stellungnahme von der Polizei, weil auch die nichts weiß, dann kann so ein Fernsehbeitrag schon ziemlich trocken werden.

»Das ist seltsam«, sagte Regina, die über meine Schulter auf den Bildschirm sah.

»Was denn?«, fragte ich und hielt das Video an.

»Ich habe da gerade etwas im Hintergrund gesehen. Kannst du das Band ein paar Sekunden zurücklaufen lassen?«

Wir sprachen immer noch von Videos und Bändern, obwohl ich das ganze Filmmaterial, das ich an dem Morgen gemacht hatte, auf den Großrechner des Senders hochgeladen hatte, wo ich digital alles zusammenschneiden konnte. Aber die alten Begriffe sind geblieben.

Ich ließ den Film ein paar Sekunden zurücklaufen und spielte ihn dann mit einem Viertel der normalen Geschwindigkeit wieder ab.

»Da«, sagte Regina und zeigte auf den Bildschirm.

Ich hielt den Film an. Das Bild zeigte Regina, wie sie in die Kamera sprach. Im Hintergrund standen ein paar Schaulustige.

»Was soll da sein?« Tatsächlich konnte ich nichts Ungewöhnliches entdecken.

»Der Mann da«, sagte Regina und deutete auf einen Mann mit einer Art Verband über dem Gesicht. »Kannst du das näher heranzoomen?«

Der Mann war ganz hinten im Bild und löste sich beim Heranzoomen in seine Pixelbestandteile auf, so dass er immer undeutlicher wurde.

»Sieht aus, als hätte er einen Unfall gehabt«, sagte ich. »Ist das wichtig?«
Regina ging näher an den Bildschirm heran. »Vielleicht auch nicht«, sagte sie. »Er sprang mir nur gerade ins Auge.«
»Meinst du, dass sein verbundenes Gesicht irgendetwas mit dem Mord zu tun haben könnte? Nach dem Motto: Mörder kehrt zum Tatort zurück oder so ähnlich.«
Regina schüttelte den Kopf. »Nein. Ich hatte nur das Gefühl, dass er direkt in die Kamera sieht. Normalerweise würde man versuchen, einen Blick auf die Leiche in der Gasse zu erhaschen. Er ist der Einzige, der zu dir hinübersieht.«
»Er sieht zu dir«, sagte ich. »Du bist berühmt, du bist im Fernsehen. Vielleicht starrt er ja auch auf deinen Arsch.«
Regina lachte. »Vielleicht hast du recht«, stimmte sie mir zu. »Das hat wahrscheinlich keine Bedeutung. Es sah nur so aus, als würde er direkt in die Kamera blicken.« Sie stand auf. »Murray wartet schon zehn Minuten darauf.«
»Ist ja schon gut«, sagte ich, als sie den Raum verließ. Ich warf noch einen letzten Blick auf den Monitor. Jetzt, nachdem sie es gesagt hatte, sah es tatsächlich so aus, als würde der Mann mit dem verbundenen Gesicht genau in das Objektiv sehen – fast so, als würde er mich direkt ansehen. Aber nicht mich, der die Szene vor ein paar Stunden gefilmt hatte, sondern mich, der sich jetzt den Film auf dem Bildschirm ansah. Seine Augen schienen aus dem Monitor hervorzutreten. Einen Moment lang war es richtig unheimlich.
Ich schüttelte den Kopf. Ich war ein Trottel. Es war bestimmt nur jemand, der hinter der Menge gestanden und rein zufällig genau in diesem Moment in die Kamera geblickt hatte. Das war nichts Ungewöhnliches, Regina hat einfach zu viel Phantasie.
Ich speicherte die endgültige Fassung der Reportage und schickte die Videodatei an Murrays Computer.

Kaum saß ich wieder an meinem Schreibtisch, hatte ich schon eine Mail von Murray. »Hatte ich nicht ›dreißig Minuten‹ gesagt?«

6

Am Nachmittag fuhren Regina und ich noch einmal zu der Stelle hinter dem Museum, um einen Folgebericht für die Abendnachrichten zu machen. Der Londoner Sender hatte unseren ersten Bericht in der Mittagsausgabe nicht gebracht (wobei er in unserer regionalen Ausgabe natürlich gesendet worden war), hatte aber gemeint, dass er ihn in der Spätausgabe der Nachrichten um zehn Uhr bringen könnte, wenn wir ihn etwas aufmotzen würden, womit sie meinten, dass wir ihn ein wenig reißerischer und spannender machen sollten.

Also sagte Regina statt »ermordet« nun »auf bestialische Weise umgebracht«. Aus »entstellt« wurde »grausam zugerichtet«. Und weil es zu einer Zeit gesendet würde, in der Minderjährige nicht mehr vor dem Fernseher sitzen sollten, konnte Regina auch im Hinblick auf den Zustand der Leiche unbefangen ins Detail gehen, so dass sie bedenkenlos von »skalpiert« statt von »gehäutet« sprechen konnte.

Die Ermittler der Kripo hatten ihre Arbeit beendet, als wir am Tatort eintrafen. Ich machte noch ein paar Aufnahmen von Blutflecken am Boden, dort, wo die Leiche gelegen hatte. Zusätzlich machten wir noch ein paar Interviews mit Anwohnern aus der Hope Street, die uns berichteten, wie entsetzt sie waren, dass ein Mann nur wenige Meter vor ihrer Haustür auf so brutale Weise umgebracht werden konnte, und wie sehr sie fürchteten, dass der Täter zurückkommen könnte, so dass sie ihre Häuser abends nicht mehr verlassen könnten und dass das ganze Land vor die Hunde ginge. Mit anderen Worten, die übliche Sammlung unterschiedlicher Gefühle von wildfremden Menschen, die mit dem Gegenstand des Berichts nicht das Geringste zu tun hatten. Sie wären überrascht, wie viele Leute ganz scharf darauf sind, sich fassungslos und betroffen im Fernsehen wiederzusehen.

Als wir zurück im Büro waren, zog ich mich in einen Schneideraum zurück, um die neuen Bilder in das Material vom Vormittag einzuarbeiten und daraus drei neue Berichte zu machen. Der erste war fast vier Minuten lang und für unsere regionalen Dreißig-Minuten-Nachrichten um sechs Uhr bestimmt. Dann machte ich einen zweiten, von zweieinhalb Minuten Länge, für den Sender in London – weniger Lokales, dafür mehr Bilder. Anschließend noch eine Kurzmeldung von fünfundvierzig Sekunden für die lokalen Spätnachrichten. Ich schickte Murray alle drei und wartete auf seine Antwort. Wenn er sie nicht akzeptierte, würde ich dableiben müssen, um sie umzuarbeiten. Aber ich bekam eine Mail (sein Büro liegt keinen Steinwurf von meinem Schreibtisch entfernt, hätte er nicht ebenso gut einfach die Tür aufmachen und mit mir sprechen können?), die mir mitteilte, dass die Arbeit ganz passabel sei (nicht »gut gemacht, weiter so« – einfach nur »passabel«).

Damit war mein Job erledigt. Ich nahm meinen Mantel vom Haken und ging nach Hause.

7

Mein Zuhause war ein kleines Reihenhäuschen in einem der weniger attraktiven Viertel der Vorortsiedlung. Ich hatte es vor etwa vier Jahren gekauft und dafür, dass es wirklich klein war, eine sehr hohe Belastung. Ich hatte es nicht rechtzeitig wieder verkauft, so dass mir als Hausbesitzer der Sprung nach oben nicht gelungen war und ich nun den Preis dafür zahle.

Unten waren ein kleines Wohnzimmer und eine noch kleinere Küche, oben ein kleines Schlafzimmer, ein kleines Badezimmer und ein Raum, den der Makler schamlos als Gästezimmer angepriesen hatte, auch wenn ich vermute, dass er einen Scherz machen wollte. Mein Computer und ein Bücherregal hatten darin Platz, mehr nicht.
Auf dem Küchentisch lag ein Blatt Papier mit einer Nummer darauf. Ach ja! Dieser seltsame Anruf von heute Nacht. Ich hatte die 1471 gewählt und die Nummer aufgeschrieben. Eigentlich hatte ich nichts Besonderes damit vor (der Zettel lag bereits auf dem Altpapierstapel), aber die Ereignisse des Tages hatten mich plötzlich auf eine Idee gebracht.
Ich rief Meg Caplan an, aber sie hatte ihr Handy entweder ausgeschaltet oder es war besetzt, so dass ich auf ihre Mailbox geleitet wurde. Ich hinterließ eine Nachricht mit der Bitte, mich zurückzurufen.
Meg und ich sind immer noch befreundet, obwohl sich Dinge ereignet haben, die es uns schwermachen, angemessen miteinander umzugehen. Ein Stück Vergangenheit, das nicht vergeht und das keiner von uns jemals vergessen oder hinter sich lassen kann. Aber das erzähle ich Ihnen vielleicht lieber ein anderes Mal. Kann gut sein.
Zum Abendessen hatte ich mir eine Pizza aufgebacken und dann den Fernseher eingeschaltet. Meine Abende waren immer wenig ausgefüllt, so dass mich die Langeweile manchmal richtig nervös machte. Endlich war es Zeit für die Zehn-Uhr-Nachrichten, die ich einschaltete, um zu sehen, ob sie meinen Bericht brachten.
Wenige Minuten nach Beginn der Nachrichten rief Meg an. Ich stellte den Ton ab und ging ans Telefon.
»Danke, dass du zurückrufst«, sagte ich.
»Na los, komm zum Punkt. Was willst du? Ich hatte einen langen Tag und will ins Bett.«

»Ich muss dich um einen Gefallen bitten«, fing ich an.
»Ich wüsste nicht, dass ich dir einen schulde.«
»Mag sein. Dann tu mir den Gefallen auf Pump.«
»Worauf du dich verlassen kannst«, lenkte sie ruppig ein. »Also, worum geht's?«
»Ich brauche eine Rufnummernrückverfolgung«, erklärte ich.
Ein paar Sekunden lang war es still. Dann antwortete sie: »Aber du weißt doch, dass das illegal ist, oder?«
»Aber es ist doch bestimmt nicht illegal, wenn du es machst, oder? Du bist schließlich bei der Polizei.«
»Jetzt stell dich nicht blöd, Sam«, schnauzte sie mich an.
»Schon gut. Tust du es trotzdem?«
»Nenn mir einen guten Grund.«
Im Fernsehen tauchten Bilder auf, die mir bekannt vorkamen. Ich sah genauer hin. Es war tatsächlich meine Reportage. Ich war versucht, den Ton lauter zu stellen, aber Meg ging vor.
»Heute Morgen bekam ich einen Anruf«, erklärte ich ihr. »Genauer gesagt, um halb drei in der Nacht. Es war eine männliche Stimme. Er nannte mich beim Namen, wurde aber von etwas unterbrochen, das sich anhörte wie ein Kampf. Dann ging ein anderer Mann ans Telefon, der sagte, er hätte sich verwählt, und dann auflegte. Ich habe zurückgerufen, aber es nahm niemand ab. Und deshalb möchte ich gern, dass du die Nummer zurückverfolgst. Nur für den Fall, dass jemandem etwas zugestoßen ist.«
»Du meinst, für den Fall, dass dabei eine Geschichte für dich herausspringen könnte?«, setzte Meg zynisch nach.
»Auch das, ja«, räumte ich ein.
»Hast du eine Stimme erkannt?«
»Ich glaube nicht«, entgegnete ich. »Es war mitten in der Nacht, und ich war nicht richtig wach. So früh am Morgen hätte ich vermutlich nicht einmal meine eigene Stimme erkannt.« Mein Bericht im Fernsehen war vorbei, und sie waren zur nächsten Mel-

dung übergegangen. Sie hatten meinen Bericht zwar auf gerade einmal eineinhalb Minuten gekürzt, aber immerhin gesendet.

»Gut«, sagte Meg nach einer Denkpause. »Gib mir die Nummer. Ich seh mal, was ich tun kann.«

Ich diktierte ihr die Nummer, und sie schrieb sie auf.

»Ich ruf dich morgen zurück«, sagte sie. »Aber sollte jemand in Schwierigkeiten stecken, dann ist das Sache der Polizei. Und du bekommst deine Geschichte erst, wenn ich es sage. Ist das klar?«

»Ja, ist klar.« Wir verabschiedeten uns und legten auf.

Ich hatte an den Anruf gar nicht mehr gedacht. Der überstürzte Start in den Tag und die Leiche in der Gasse hatten den nächtlichen Vorfall in den Hintergrund treten lassen. Der Anrufer kannte meinen Namen und die Telefonnummer. Was, wenn es jemand war, den ich kannte? Was, wenn jemandem etwas zugestoßen war? Die Stimme hatte mitgeteilt, dass sie mir etwas zu sagen hatte, konnte den Satz aber nicht mehr zu Ende bringen. Was hatte er mir zu sagen? Etwas Wichtiges? Eine Warnung vielleicht? Und war das ein Kampf, den ich da gehört hatte, oder hatte ich nur geträumt? Und wem gehörte die zweite Stimme in der Leitung?

Zu viele Fragen. Das Geräusch setzte wieder ein, sein lautes Sirren in meinen Schädel zu entladen. Ich ging ins Bett.

8

Ich glaube, jetzt ist der Zeitpunkt gekommen, Ihnen zu erzählen, wie ich an dieses Geräusch gekommen bin.

Vor sieben Jahren – damals war ich jugendliche sechsundzwanzig – bin ich mit meinem Auto gegen einen Baum gefahren. Wie das geschehen ist, soll hier keine Rolle spielen. Der Wagen jedenfalls hatte nur noch Schrottwert, und ich fast auch. Mein Leben verdanke ich vermutlich dem Sicherheitsgurt. Als sich der Wagen ziehharmonikaähnlich vor dem Baum zusammenschob, knallte ich mit einer Seite des Kopfes gegen das Armaturenbrett, das mir entgegenkam. Danach war es unglaublich still.

Nach dem fürchterlichen Lärm des Aufpralls selbst, dem alles erfüllenden, dumpfen Knall, mit dem der Wagen auf den Baum traf, und dem qualvollen Kreischen sich ineinander verschiebenden Metalls war es totenstill. Als hätte jemand den Ton des Fernsehgeräts bis zur Unerträglichkeit immer lauter gestellt und dann die Stummtaste gedrückt.

Ich wusste, dass ich Schmerzen hatte, auch wenn mir mein Gehirn nicht eindeutig sagen konnte, woher sie kamen. Es war mitten in der Nacht, aber das Mondlicht reichte aus, um die dunklen Blutflecken zu erkennen, die überall im Wagen verteilt waren. Ich betrachtete meine Hände, sie waren blutüberströmt, ohne dass ich sagen konnte, woher das kam. Ich wusste, dass es mein Blut war, starrte aber trotzdem ungläubig darauf. Dann lief mir der erste Tropfen ins Auge, womit mir klarwurde, dass ich eine Kopfverletzung hatte. Ich führte die Finger zur Wunde und spürte einen Teil von mir, der mir fremd war.

Mindestens eine halbe Stunde war ich eingeklemmt. Eine Frau, die zufällig vorbeigekommen war, hatte das Wrack entdeckt und angehalten. Sie hatte den Rettungsdienst verständigt, mich bei Bewusstsein gehalten und immer mit mir geredet. Wer sie war, habe ich nie erfahren, aber sie hat mich wahrscheinlich am Leben gehalten, bis die Sanitäter eintrafen.

Die Feuerwehr hat mich aus dem Wagen herausgeschnitten. Der Lärm des Winkelschleifers, der durch das Blech gezogen wurde, das mich gefangen hielt, ähnelte dem Geräusch, als der Wagen beim Aufprall auf den Baum zusammengeschoben wurde. Ich geriet in Panik und schrie, während sie mich herausschnitten. Ich erinnere mich, dass ich in den Krankenwagen getragen wurde und mir jemand sagte, alles würde gut, dass ich allerdings auch sehr genau wusste, dass sie mir das nur erzählten, um mich zu beruhigen, und es eigentlich gar nicht stimmte. Der Krankenwagen brauste davon, und beim Klang der Sirene fiel ich in tiefe Bewusstlosigkeit.

Drei Tage war ich bewusstlos. Als ich erwachte, erklärten mir die Ärzte, dass ich großes Glück gehabt hätte, noch am Leben zu sein. Lange Zeit war ich davon überhaupt nicht überzeugt.

Tagelang war ich zu schwach, um zu begreifen, was passiert war. Mein Kopf war verbunden, und eine Krankenschwester ermahnte mich, ihn nicht anzufassen. Ich wollte von ihr wissen, was damit sei, aber sie runzelte nur die Stirn und bedeutete mir, dass mir das der Arzt erklären würde. Während der mir alles darlegte, stand ich unter einer hohen Dosis Schmerzmittel, so dass ich mich an kein Gespräch erinnern konnte. Ein paar Tage später wurde mir alles noch einmal erläutert.

Ich hatte ein schweres Trauma an der rechten Kopfseite davongetragen, als ich gegen das Armaturenbrett geschleudert wurde. Meine Schädeldecke war in unzählige kleine Stückchen zerborsten, von denen einige die Haut durchdrungen hatten, was das Blut erklärte, das überall hingespritzt war. Die Ärzte hatten einen Teil meines Schädels aufgesägt und die Knochensplitter einzeln herausgezogen. Alle haben sie nicht gefunden – einige sind wohl später im Autowrack gefunden worden. Andere steckten im Gehirn und mussten vorsichtig herausgezogen werden. Während der Operation war mein Gehirn offen und ungeschützt.

Die Ärzte holten alle Knochensplitter heraus, die sie finden konnten. Dann haben sie versucht, meinen Schädel wieder zusammenzusetzen, und beschrieben ihn hinterher als eine Mischung aus Puzzle und römischem Mosaik, dem allerdings eine Menge Teile fehlten. Die zusammengefügten Teile wurden mit Schrauben auf einer Metallplatte befestigt, die wiederum so geformt war, dass sie in meine Kopfseite passte. Das Ganze wurde mit den intakten Teilen meines Schädels verschraubt, um es zu fixieren. Schließlich wurde die Haut darübergezogen und festgenäht, so dass ich so gut wie neu war.

Die Ärzte bescheinigten mir, dass es einem Wunder gleichkam, dass ich keine bleibenden Hirnschäden davongetragen hatte. Aber das war, bevor dieses Geräusch auftauchte.

Anfangs hatte es sich hinter den heftigen Schmerzen durch die Verletzung und die Operation versteckt. Als aber die Narben langsam verheilten und der Schmerz etwas nachließ, erkannte ich, dass mir der Unfall ein unerwünschtes Andenken hinterlassen hatte. Als ich es das erste Mal den Ärzten gegenüber erwähnte, meinten die nur, dass es irgendwann wieder zurückgehen werde. Ein paar Jahre später waren sie sich allerdings darin einig, dass ich für den Rest meines Lebens damit leben müsste.

Keiner der Spezialisten, die ich zu Rate zog, hatte eine Erklärung dafür. Alle versicherten mir, dass bisher keiner der Patienten, die einer ähnlichen Behandlung unterzogen worden waren, so etwas berichtet hätte, was für sie sicherlich schön, mir aber keine Hilfe war. Sie stellten Überlegungen an, dass es etwas mit der Form der verbliebenen Knochensplitter zu tun haben könnte, die wie ein Inselarchipel von der Metallplatte zusammengehalten wurden. Eine zufällige Form vielleicht, die harmonische Schwingungen erzeugte, die sich in meinem Kopf als dieses Brummen vernehmen ließen, wie man es von elektrostatischen Ladungen kennt. Ich bat sie sogar, mich noch einmal zu operieren, um ein paar Splitter zu entfernen oder sie wenigstens ein wenig zu verschieben. Aber das wurde mir mit dem Hinweis verweigert, dass ich froh sein könnte, überlebt zu haben und mein Glück nicht herausfordern sollte. Alle waren sich darin einig, dass das Geräusch ein geringer Preis sei, den ich dafür zahlen müsste, noch am Leben zu sein. Aber sie mussten ja auch nicht hören, was ich hören musste.

Mit der Zeit lernte ich, das Geräusch auszublenden, bis es schließlich nur noch ein Surren im Hintergrund war, von dem ich kaum noch Notiz nahm. Aber es flackert unter ganz bestimmten Bedingungen von Zeit zu Zeit immer wieder auf. Stress oder Angst sind sichere Auslöser. Besonders heiße oder kalte Tage erzeugen ein Brummen (das Metall dehnt sich bei Wärme oder Kälte aus oder zieht sich zusammen, wobei die Schrauben am Schädel ziehen und zerren). Telefone und Handys rufen ein Zischen hervor. Elektrische Geräte, und manchmal reicht schon die Nähe zu Stromleitungen, lassen es pfeifen und vibrieren.

Vor dem Unfall war ich Kameramann in einer Nachrichtenredaktion. Nach abgeschlossener Rekonvaleszenz bin ich wieder in meinen Beruf zurückgegangen. Das Geräusch jedoch, dieses atmosphärische Rauschen, hatte alles verändert. Setze ich mir eine Kamera auf die rechte Schulter und spähe mit dem rechten Auge durch den Sucher, dann liegt das elektronische Innenleben der Kamera an der Metallplatte auf der rechten Kopfseite an. Beim Filmen ist das Geräusch am stärksten. Dann bebt mein Schädel vor Schmerz. In meiner Kameratasche habe ich immer Schmerztabletten und eine Flasche Wasser dabei, damit ich sie hinunterspülen kann. Dabei weiß ich, dass das auf Dauer nicht gut für mich ist.

Ist das nicht verrückt? Das Einzige, worin ich gut bin, das Einzige, womit ich mich wirklich auskenne, bereitet mir Schmerzen und ist eine Quälerei.

Die Ärzte hatten gesagt, dass mich das Geräusch immer daran erinnern werde, dass ich großes Glück hatte und lebe. Aber die Ärsche hatten nicht den Hauch einer Ahnung.

9

Murray ist ein verdammtes Sackgesicht«, verkündete Regina lautstark, als ich am nächsten Morgen das Büro betrat.

Es war ein für die Jahreszeit gar nicht so untypischer frostigkalter Februarmorgen. Ich hatte mir eine Wollmütze aufgesetzt, um die Metallplatte vor der Kälte zu schützen. Nachdem ich sie abgesetzt hatte, strich ich mir mit der Hand über das Haar, um es halbwegs in Form zu bringen.

»Sollten wir diese Unterhaltung nicht besser unter uns und an einem anderen Ort weiterführen?«, schlug ich vor. Sie nickte und zog mich in ihr Büro.

Als Fernsehreporterin stand Regina ein eigenes Büro zu, auch wenn dieses um einiges kleiner war als die, die den Nachrichtensprechern oder sogar Murray vorbehalten waren. Alle anderen, und zu denen zählte ich, arbeiteten in einem riesigen Großraumbüro, in dem jeder Anspruch auf eine eigene kleine Zelle, nicht aber auf Privatsphäre hatte. Wenn mich das dringende Bedürfnis packte, mich der Welt entziehen zu müssen, zog ich mich unter dem Vorwand, an etwas Bestimmtem zu arbeiten, oft in einen der Schneideräume zurück. Wie ich Regina um ihr kleines Büro mit vier richtigen Wänden, einer Tür und dem Fenster mit Blick auf den Parkplatz beneidete.

Ich war dreiunddreißig und hatte nur einen Wunsch: Ich wollte auch ein Büro haben. Wie tief war ich gesunken?

Ich fläzte mich in einen Sessel, während Regina schäumend hinter ihrem Schreibtisch stand, zu aufgebracht, um sich zu setzen.

»Was gibt's?«, fragte ich. Ich war mir in dem Augenblick gar nicht sicher, ob ich ihr Problem überhaupt zu meinem machen sollte.

»Hast du unseren Bericht gestern Abend gesehen?«, wollte sie wissen. »In den Zehn-Uhr-Nachrichten. Ich meine die Network News«, setzte sie nach.

»Zum Teil«, entgegnete ich. »Sie haben ihn ein wenig gekürzt. Um eineinhalb Minuten oder so.«
Regina sah mich an, als hätte ich zwei Nasen im Gesicht. »Mehr ist dir nicht aufgefallen? Hast du den Begleitkommentar gehört?«
Ich schüttelte den Kopf. »Ich habe telefoniert. Was war damit?«
»Es war nicht mein Kommentar«, erklärte sie. »Jasper hat ihn gesprochen.«
Ich war verwirrt. »Warum sollte der Sender deinen Kommentar gegen einen von Jasper austauschen?« Jasper war einer unserer Sprecher für die Lokalnachrichten und arbeitete hier im Sender, nicht in London. Wenn sie Regina und ihren Kommentar austauschen wollten, dann wäre es doch sinnvoller gewesen, alles durch jemanden zu ersetzen, der im Hauptsender saß.
»Du kapierst es nicht, oder?«, sagte Regina gereizt. »Nicht London hat die Änderung vorgenommen – das war Murray. Er hat den Bericht gestern Abend neu geschnitten und einen neuen Kommentar daraufgelegt. Von mir hat er alles herausgenommen und durch einen Kommentar von Jasper ersetzt, das verdammte Sackgesicht.«
Ich war fassungslos. Natürlich war Murray ein Sackgesicht – daran zweifelte inzwischen niemand –, aber das war unterirdisch, selbst für ihn. Ich sprang auf und war mit einem Satz bei der Tür.
»Was hast du vor?«, fragte Regina.
»Ich werde mir Murray vorknöpfen«, erklärte ich. »Wir werden einen netten freundlichen Plausch haben, und ich pack ihn bei den Eiern.«
»Und ich halte ihn fest«, bot sich Regina an und folgte mir hinaus aus dem Büro.

Murray hatte das größte Büro von allen in der Abteilung. Ursprünglich waren es zwei nebeneinanderliegende Räume gewesen. Er hatte sie zusammengelegt, um den Anschein zu erwecken, wichtig zu sein, selbst um den Preis, dass er dafür jemanden entlassen musste, damit der andere Raum frei wurde. Auf seinem Schreibtisch standen zwei Computerbildschirme, und an den Wänden vor und hinter ihm war eine Monitorreihe angebracht. Bis zu sieben unterschiedliche Reportagen, die über den Großrechner liefen, konnte er gleichzeitig sehen, auch wenn niemand so recht verstand, warum er das wollte. Er konnte sogar in Echtzeit auf die Produktionen in den Schneideräumen zugreifen, um zu prüfen, was seine Mitarbeiter gefilmt und was sie daraus gemacht hatten.

Murray war besessen von der Idee, dass seine Leute nichts oder ihren Job nicht ordentlich machten. Er war nie zufrieden. Er traute seinen Leuten nicht, was umgekehrt dazu führte, dass seine Leute auch ihm nicht trauten.

Murray verfügte über äußerst bescheidene soziale Kompetenzen, was ihn jedoch nicht im Geringsten störte. Ihm war es lieber, wenn wir ihn fürchteten, anstatt ihn zu respektieren.

Jetzt machten Regina und ich ihm klar, was wir von ihm hielten.

»… wie können Sie sich verdammt noch mal unterstehen …«, wetterte Regina.

»… Sie hätten uns informieren …«, brachte ich vor.

»… verdammtes Arschloch …«, setzte Regina nach.

»… verdammtes Sackgesicht«, schloss ich ab.

Mit kaum verhohlener Geringschätzung starrte Murray zu uns hoch. »Sind Sie jetzt fertig?«

Ich sah Regina an. Sie war knallrot angelaufen und völlig außer Atem.

»Ja«, entgegnete ich.

»Erstens«, fing Murray an, »möchte ich Sie daran erinnern, dass ich es bin, der für alle redaktionellen Inhalte den Kopf hinhält, die dieses Büro verlassen. Ich kann jeden Bericht verändern, austauschen, neu schreiben oder mit einem neuen Kommentar versehen, wenn ich es für nötig halte, und zwar ohne Ihre Erlaubnis. Sie können das gern in Ihrem Vertrag nachlesen, wenn Sie mir nicht glauben.«

»Aber …«, fing Regina an.

»Zweitens«, fiel Murray ihr ins Wort. »Die Entscheidung aus London, den Bericht zu senden, kam gestern Abend sehr spät, und es war noch ein Sendeplatz von neunzig Sekunden frei. Ich habe Sie beide angerufen, um Sie ins Büro zurückzuholen, damit Sie die Änderungen selbst vornehmen konnten, aber keiner von Ihnen ist ans Telefon gegangen. Also blieb mir gar nichts anderes übrig, als es selbst zu tun, und ich habe Jasper gebeten, den Kommentar zu sprechen, weil er schon im Haus war.«

»Sie haben mich nicht angerufen«, protestierte Regina. Sie sah mich an.

»Mich auch nicht«, sagte ich. Wir starrten Murray vorwurfsvoll an.

Er sah uns ernst und ungerührt an. »Vielleicht haben Sie das Telefon nicht läuten hören«, brachte er vor.

»Sie haben mich niemals angerufen«, betonte Regina.

Murrays Augen verengten sich langsam zu Schlitzen. »Wollen Sie damit sagen, dass ich lüge?«, fragte er in bedrohlich ruhigem Ton.

»Murray«, sagte Regina, »Sie sind ein verdammter Lügner.« Sie machte auf dem Absatz kehrt und stürmte aus dem Büro. Murray wandte sich mir zu.

»Sind Sie auch der Meinung, dass ich lüge?«, fragte er.

Ich biss mir auf die Lippen. Mir fehlte Reginas Courage.

»Sie hätten es uns sagen müssen«, sagte ich stattdessen. »Es wäre eine Sache der Höflichkeit gewesen.«

Murray prustete los. »Höflichkeit? Sehen Sie zu, dass Sie Ihren Arsch hier ganz schnell rausbekommen.«

Regina und ich nahmen uns Jasper vor, als er hereinkam, um die Mittagsnachrichten zu lesen.
»Ich wusste gar nicht, dass ich euch ersetzt habe«, sagte er zu Regina. »Murray hat mich gebeten, einen Kommentar zu sprechen. Er sagte, es sei eilig und dass sonst niemand da sei, der es machen könne. Tut mir leid, wenn ich euch damit auf den Schlips getreten bin.«

Jasper war Nachrichtensprecher, also kein richtiger Journalist. Besonders gescheit war er nicht, konnte aber vor der Kamera eine gewisse Ausstrahlung für sich reklamieren und immerhin vom Teleprompter ablesen. Bei den Zuschauern, vorzugsweise bei Hausfrauen und älteren Herrschaften, erfreute er sich ausgesprochen großer Beliebtheit und machte mit Auftritten bei Neueröffnungen von Supermärkten und mit Tischreden genauso viel Geld wie mit dem Verlesen von Nachrichten. Als Nachrichtensprecher war er auf der Karriereleiter höher angesiedelt als Regina (sein Büro war größer, und er verfügte sogar über eine eigene Garderobe auf dem Studiogang), so dass er es, wenn man Intrige einmal ausschließt, gar nicht nötig gehabt hätte, ihre Berichte zu klauen.
»Murray hat ihn dazu verleitet«, stellte Regina ernüchtert fest, als Jasper in seine Garderobe ging. »Aber er hat genau gewusst, was er tat.«
Ich nickte. »So ein Saftarsch«, pflichtete ich ihr bei.

10

Später am Nachmittag tauchte Meg mit strenger Miene bei mir im Büro auf.
Ich schob sie in einen Gang, schließlich musste es nicht jeder mitbekommen. »Hast du die Nummer herausgefunden?«, fragte ich.

»Ja, ich habe die Nummer ausfindig gemacht.«
»Und?«
»Zuerst muss ich dir etwas zeigen.« Sie zog ein VHS-Band aus der Tasche. »Können wir das irgendwo abspielen?«
Ich war überrascht. »Klar, natürlich können wir das. Einer der Schneideräume ist bestimmt frei. Was hast du denn da?«
»Das siehst du dir besser selbst an.«
Ich hatte keine Ahnung, was auf dem Band war, und Meg schien nicht die leiseste Absicht zu haben, mich aufzuklären. Selbst wenn sie nicht geschäftlich unterwegs war, sah sie immer aus, als wäre es so. Aber heute lag etwas in ihrem Verhalten, das nichts Gutes ahnen ließ.
Ich führte sie in einen Schneideraum und schob das Band in einen alten VHS-Player. Seit ewigen Zeiten spielen wir auf der Arbeit keine VHS-Bänder mehr ab, haben die alten Geräte aber trotzdem noch. Für den Notfall, sozusagen. Zum Glück sind sie inzwischen so verzichtbar, dass sie mit Murrays Videoanlage gar nicht erst verbunden worden sind. Wir konnten es uns also ganz privat ansehen.
Bevor das Band lief, fragte ich Meg: »Worauf soll ich achten?«
Ich bemerkte, dass sie mich ansah und nicht auf den flackernden Bildschirm blickte. »Sieh es dir einfach an«, sagte sie. »Du wirst schon sehen.«
Das Bild erschien auf der Mattscheibe. Ich sah ziemlich grobkörnige Schwarzweißbilder einer Überwachungsanlage. Ich erkannte einen langen, nichtssagenden Gang, der vor einer großen Tür endete. Es war jedoch keine normale Tür, sie sah eher aus wie eine Tresortür, wie man sie in Banken sieht.
Der Flur war leer.
»Ich kann nichts Auffälliges erkennen«, sagte ich, ohne vom Bildschirm aufzusehen.
»Kommt noch«, sagte Meg. Ich blickte kurz in ihre Richtung.

Seltsamerweise sah sie immer noch mich und nicht den Bildschirm an.
Auf einmal stand eine Person vor der Tresortür. Wie es aussah, ein Mann, obwohl das Gesicht sehr unscharf war. Er schien einfach aus dem Nichts aufgetaucht zu sein. Der Mann blickte direkt in die Kamera, und es sah so aus, als zuckte er mit den Schultern, als hätte er plötzlich bemerkt, dass er gefilmt würde. Dann hob er eine Hand und winkte, wieder direkt in die Kamera. Ich unterdrückte den kindlichen Drang, zurückzuwinken.
Meg beugte sich vor und hielt das Video an. »Und?«, fragte sie.
Ich versuchte zu erraten, worauf sie hinauswollte. »Ich nehme an, das Original wurde auf Änderungen geprüft«, sagte ich. »Keine Trenn- oder Verbindungsstellen?« Sie schüttelte den Kopf.
»Dann ist es entweder eine Störung am Gerät, bei der die Aufnahme für einen kurzen Moment unterbrochen wurde, oder das Gerät ist mit einer Art Zeitschaltuhr verbunden, die den Rekorder ein- und ausschaltet, um Band zu sparen. Oder es gibt einen Bewegungsmelder an der Kamera …«
Meg unterbrach meine Überlegungen. »Das meine ich eigentlich gar nicht. Wir gehen davon aus, dass es sich um eine Aufnahmestörung handelt.«
Das verblüffte mich noch mehr. »Aber ich dachte, ich sollte mir das ansehen, sozusagen ein technisches Auge darauf werfen.«
Meg schüttelte den Kopf. »Vielleicht solltest du dir auch den Rest ansehen.« Sie drückte die Starttaste, worauf sich die winkende Gestalt wieder in Bewegung setzte und die Hand senkte. Dann kam sie auf die Kamera zu, ging unter ihr her und hob unwillkürlich den Kopf, um noch einmal in die Linse zu sehen, bevor sie verschwand. Das Gesicht war seltsamerweise immer noch unscharf, obwohl es nah an der Kamera war.
Ein paar Sekunden lang war der leere Flur zu sehen, bevor der Bildschirm schwarz wurde. Ich hielt das Band an.

Meg sah mich immer noch an. »Und was sollte ich sehen?«, fragte ich.
»Weißt du es wirklich nicht?«, bohrte sie.
Ich schüttelte den Kopf. »Nein, wirklich nicht.«
Meg drückte die Tasten des Video-Players. Das Band lief zurück, die Gestalt trat unter der Kamera wieder hervor und bewegte sich mit ruckartigen Bewegungen rückwärts über den Flur, bis sie mit dem Rücken wieder an der Tresortür stand. Meg hielt das Bild an.
»Ich kenne dich schon sehr lange, Sam«, sagte sie. »Und deshalb bin ich mir so sicher, dass er …« Sie zeigte auf die eingefrorene Gestalt auf dem Bildschirm »Dass er aussieht wie du.«
Als Erstes dachte ich, sie machte einen Witz, aber ihre Miene verriet mir, dass es keineswegs so war.
»Ich verstehe nicht«, sagte ich. »Das bin ich nicht. Ich wüsste es doch, wenn ich es wäre.«
»Er sieht aber genauso aus wie du.«
»Aber du kannst das Gesicht doch gar nicht richtig erkennen. Wie kannst du dann so etwas sagen?«
Meg ließ sich mit der Antwort Zeit. Sie drückte auf die Starttaste. Erneut erwachte die Gestalt zum Leben, ging wieder den langen Weg über den Flur und sah unwillkürlich hoch, als sie unter der Kamera herging. Meg fror das Bild ein.
»Er hat deine Größe und deinen Körperbau«, sagte sie. »Er hat dein Haar und geht wie du. Die Körpersprache ist genau wie deine. Du kannst das Gesicht nicht sehen, weil es verbunden ist.«
Das stimmte. Auf dem angehaltenen Bild war vage ein unordentlich um den Kopf geschlungener Verband zu erkennen. Nur Augen und Mund waren frei, und das Haar lugte oben in wirren Büscheln heraus. Das Weiß des Verbandes ließ das körnige Schwarzweißbild unscharf erscheinen. Selbst auf diesem undeutlichen Bild waren ein paar dunkle Flecken auf dem Verband zu erkennen, die irgendwie aussahen wie Reste getrockneten Blutes.

Seltsam nur, dass mir alles irgendwie vertraut vorkam. Irgendetwas rührte sich in den hintersten Windungen in meinem Kopf …
»Das bin ich nicht«, wiederholte ich, während ich innerlich das Gefühl von Déjà-vu niederkämpfte. »Sieht doch überhaupt nicht aus wie ich.«
»Man erkennt sich selbst im Fernsehen nie wieder«, erklärte Meg. »Das solltest du am besten wissen.« Womit sie recht hatte. Ich kenne Reporter und Moderatoren, die es nicht ertragen können, sich am Bildschirm zu sehen, weil Aussehen und Stimme so erschreckend von dem abweichen, was ihnen die Selbstwahrnehmung gespiegelt hat.
»Woher hast du das Material?«, wollte ich wissen.
»Aus den Überwachungskameras im Museum. Ungefähr drei Uhr, Dienstagnacht.«
»Dienstagnacht? Aber in der Nacht habe ich doch den Anruf bekommen. Das weißt du doch! Die Nummer, die ich dir gegeben habe. Das war etwa zur selben Zeit. Nein, das muss kurz vorher gewesen sein, so gegen halb drei.«
»Ja, das hast du gesagt«, bestätigte Meg.
»Was hat das alles zu bedeuten?«
»Ich habe die Nummer zurückverfolgt«, wich sie aus.
»Und?«
»Der Anruf kam von einer Telefonzelle in der Hope Street, gleich hinter dem Museum. Neben dem Durchgang, in dem die Leiche gefunden wurde. Wir haben Blutspuren an der Telefonzelle und auf dem Boden sichergestellt. Die schienen ziemlich frisch zu sein und stimmten mit denen von der Leiche überein. Und weißt du, was mich noch viel mehr interessiert?«
»Was?« Ich war nicht sicher, ob ich es wissen wollte.
»Der Gerichtsmediziner schätzt, dass der Tod zwischen zwei und drei Uhr in der Nacht eingetreten ist.«
Ich dachte einen Augenblick darüber nach. »Willst du damit sa-

gen, dass das Überwachungsvideo zum Zeitpunkt des Mordes und des Anrufes entstanden ist?«

Meg nickte. »Und du weißt, dass ich nicht an Zufälle glaube.«

»Willst du damit sagen …?«, entgegnete ich.

»Was?«

»Dass ich etwas mit dem Mord zu tun habe?«

Meg schüttelte den Kopf. »Ich weiß, dass du kein Mörder bist, Sam. Aber irgendwas ist hier passiert. Immerhin bist du gestern Morgen nur wenige Minuten nach mir am Tatort gewesen.«

»Dafür kannst du dich bei Murray bedanken«, erklärte ich. »Eine Menge deiner Leute lässt sich von ihm für Tipps bezahlen. Hör dich auf dem Revier mal um, wenn du es genauer wissen willst.«

»Weißt du, was ich glaube, Sam?«

»Keine Ahnung, schieß los.«

»Ich glaube, dass wer auch immer den Typen in der Gasse auf dem Gewissen hat, dich angerufen hat, um dir zu erzählen, was passiert ist, und dabei Blut seines Opfers zur Telefonzelle verfrachtet hat. Es könnte also jemand sein, den du kennst. Zumindest ist es jemand, der deine Nummer hat.«

»Aber so war es doch gar nicht«, protestierte ich. »Am Telefon waren zwei Stimmen, von denen eine plötzlich abbrach …« Ich hielt inne und sah Meg an. »Du glaubst doch nicht etwa, dass ich den Mörder gehört habe, oder?«

»Ich weiß nicht, was du gehört hast«, sagte Meg ehrlich. »Aber eine halbe Stunde nach dem Anruf – ich habe deinen Anschluss überprüfen lassen, du hast tatsächlich gegen halb drei einen Anruf bekommen – ist jemand, der dir verblüffend ähnlich sieht, von der Überwachungskamera im Museum gefilmt worden, die nicht weit vom Tatort entfernt installiert ist.«

»Ich bleibe dabei. Ich bin das nicht auf dem Video. Ich war in dieser Nacht nicht mal in der Nähe des Museums. Um die Zeit habe ich im Bett gelegen.«

»Kann das jemand bezeugen?«, wollte Meg wissen.

Ich habe es schon erwähnt: Meg und ich hatten eine Vergangenheit. Und jetzt streute sie Salz in die alte Wunde und rieb es kräftig hinein.

»Nein«, bemerkte ich ruhig. »Ich war allein.«

Sie verzog keine Miene. »Du kannst also nicht beweisen, dass du nicht im Museum warst. Mit einem Verband um den Kopf, um nicht erkannt zu werden.«

Plötzlich fiel mir wieder ein, warum mir die Gestalt in dem Video irgendwie bekannt vorkam. »Warte mal«, sagte ich. »Ich kenne den Typen.« Ich drehte mich zum Schneidetisch um und schaltete den Monitor ein.

»Was hast du vor?«, fragte Meg argwöhnisch.

»Ich sehe im Hauptrechner nach. Heutzutage speichern wir unsere Reportagen grundsätzlich auf der Festplatte und bearbeiten sie dort. Ich muss also nur die Datei von gestern suchen und hochladen. Da ist sie schon. Sieh dir das an.«

Meg beugte sich über meine Schulter, als das Video auf dem Bildschirm erschien. Unser Bericht über den Mord von gestern früh.

Jetzt war es an Meg, Fragen zu stellen. »Worauf soll ich achten?«

Fast musste ich grinsen. »Regina ist es aufgefallen, als wir daran gearbeitet haben. Erst dachte ich, es wäre ein Produkt ihrer Phantasie, jetzt bin ich mir nicht mehr so sicher. Da ist es!« Ich fror das Bild ein. Es war eine digitale Aufzeichnung und von viel besserer Qualität als Megs VHS-Band.

»Siehst du es?«, fragte ich und deutete auf den Bildschirm. Es zeigte Regina, die am Ende des Durchgangs stand und in die Kamera sprach. Im Hintergrund sah man ein paar Schaulustige.

»Ja«, sagte Meg. Sie hatte es viel eher erkannt als ich, aber schließlich wusste sie ja auch, wonach sie suchen sollte.

»Das wurde kurz vor neun Uhr aufgezeichnet«, sagte ich. »Wenn du möchtest, kann ich es näher heranzoomen.«

Meg nickte. Ich holte den Mann mit dem verbundenen Gesicht näher heran. Die dunklen, schmutzigen Flecken auf dem Verband waren vage zu erkennen.

»Das ist der Mann«, hauchte Meg. »Derselbe wie auf dem Überwachungsvideo.«

»Also kann ich es nicht gewesen sein. Ich stehe schließlich hinter der Kamera.«

»Er scheint dich anzusehen«, sagte Meg.

»Genau das hat Regina auch gesagt. Deshalb ist er ihr aufgefallen.«

»Hat er dich vielleicht angerufen?«

Ich sah Meg schmunzelnd an. »Du glaubst jetzt also nicht mehr, dass ich es bin?«

Meg lehnte sich zurück, stand auf, streckte ihren Rücken durch und verschränkte die Arme vor der Brust.

»Natürlich nicht«, sagte sie. Schwang da in ihrer Stimme ein wenig Enttäuschung mit? »Aber der Anruf, den du bekommen hast, hat definitiv irgendwie mit dem Mord zu tun. Und ich will wissen, wie.« Sie deutete auf den Bildschirm. »Kannst du mir eine Kopie davon machen?«

Ich nickte. »Auf DVD, ist das okay?«

Während ich eine Kopie des Berichtes brannte, kam mir eine Frage in den Sinn.

»Wie ist der Mann mit dem bandagierten Gesicht in das Museum gekommen? Er muss die Alarmanlage außer Betrieb gesetzt haben.«

»Auch das ist seltsam«, antwortete Meg. »Spuren, die auf ein gewaltsames Eindringen deuten, gibt es nicht, wohl aber für einen Ausbruch.«

»Was soll das heißen?«

»Er ist durch den Hinterausgang hinaus, der von innen verriegelt war. Er hat den Riegel aufgebrochen. Auf dem Weg ist er aber nicht hineingekommen, und wir finden nirgends einen Hinweis auf ein gewaltsames Eindringen.«

»Man könnte fast meinen, dass er aus dem Nichts aufgetaucht ist«, sagte ich.

»Kein sehr hilfreicher Kommentar«, versetzte Meg.

Die DVD sprang aus dem Laufwerk, und ich reichte sie ihr. Sie war noch warm.

»Ist dir eigentlich klar«, sagte ich, »dass du mir eine Menge vertraulicher Informationen gegeben hast, die du vermutlich gar nicht hättest preisgeben dürfen. Ich weise dich nur darauf hin, damit du nicht überrascht bist, wenn es heute Abend in den Nachrichten kommt.« Natürlich war das ein Bluff, aber ich wollte sehen, wie sie reagierte.

Sie nahm die DVD an sich und holte auch das Videoband aus dem Abspielgerät. »Genauso leicht könnte ich dich zum Verhör aufs Revier bestellen«, erwiderte sie gelassen. »Der Mann auf dem Video sieht dir verdammt ähnlich. Gut möglich, dass du einen meiner Leute von deiner Unschuld überzeugen musst.«

Sie hatte ein Funkeln in den Augen. Offensichtlich war das ihre Art von Humor. Sie wandte sich zum Gehen.

»Warum versuchen wir keinen Neuanfang?«, entfuhr es mir plötzlich. Keine Ahnung, warum, es platzte einfach aus mir heraus. »Wir waren mal Freunde. Was ist schiefgegangen?«

Sie drehte sich um und sah mich an. »Du weißt, was schiefgelaufen ist.«

Sie hatte recht – wir beide wussten, was zwischen uns stand.

»Aber können wir das, was passiert ist, nicht einfach akzeptieren und ruhen lassen?«, fragte ich. »Können wir nicht einfach einen Strich unter die Vergangenheit ziehen und von vorn anfangen? Wieder Freunde werden?«

Sie sah mich an. »Es liegt nicht an mir, Sam. Du bist derjenige, der die Vergangenheit nicht ruhen lassen kann, an Vergangenem fest-

hält.« Ihre Stimme wurde brüchig, als sie traurig hinzufügte: »Ich bin immer noch deine Freundin.«
Sie drehte sich um und verließ wortlos den Raum.

Zehn Minuten später kreuzte Murray auf.
»Warum sehen Sie sich den Kram von gestern an?«, polterte er. »Sie wären gut beraten, sich um die Berichte von heute zu kümmern.«
»Ich dachte, ich könnte noch etwas daraus machen«, log ich. »Vielleicht einen Follow-up-Bericht.«
»Und? Konnten Sie etwas draus machen?«
Ich schüttelte den Kopf. »Nein. Nichts. Ist Geschichte.«

11

Freitagmorgen. Es war ein ereignisarmer Tag im Büro, so dass uns Murray eine Doku über einen dieser lokalen Exzentriker aufs Auge drückte.
Natürlich war Regina mal wieder sauer. »Für die Story können sie Praktikanten losschicken«, beklagte sie sich. »Uns steht doch wohl etwas Anständiges zu.«
Murray sagte, er hätte nichts anderes für uns, ob es uns nun passte oder nicht. Also hatten wir die Geschichte am Hals.
Dokus sind diese Lifestyle-Features, die meist im Vorabendprogramm im Anschluss an die Nachrichten gebracht werden und denen in der Regel der Satz vorangeht: »Und zum Schluss …« Es sind keine seriösen Storys, und Regina empfand das zu Recht als Affront. Ich fragte mich, wer von uns Murray an diesem Morgen so gegen sich aufgebracht hatte.
In jedem Ort und in jeder Stadt gibt es einen Fundus an seltsamen Vögeln, die ganz wild darauf sind, sich mit ihren Spinnereien im

Fernsehen zu zeigen. Wir tun ihnen den Gefallen, einerseits um Sendezeit zu füllen, teilweise aber auch weil es da draußen genügend andere Spinner gibt, die ganz scharf drauf sind, so etwas zu sehen, und sich fragen, ob sie mit ihrer eigenen Schrulligkeit nicht auch ins Fernsehen kommen könnten.

Bei dem seltsamen Vogel an jenem Tag handelte es sich allem Anschein nach um eine Art Performancekünstler. Wir googelten ihn schnell, bevor wir das Büro verließen, ohne jedoch fündig zu werden. Sonderlich bekannt schien er also nicht zu sein. Wenig hilfreich war auch, dass er sich einfach nur »Guy« nannte. Zumindest wussten wir, wie sein Stück hieß – *Anarchie der Zeit – Teil eins* –, aber auch das brachte bei Google keine Treffer.

»Na toll«, seufzte Regina. »Ein Performance-Künstler, den kein Schwein kennt. Schlimmer kann es kaum noch kommen, oder? Wie ist Murray bloß an diesen Typen geraten?«

Offenbar hatte aber nicht Murray den Typen gefunden, sondern umgekehrt der Typ ihn, um ihn zu überreden, eine Doku über seine Kunst zu machen. Ich glaube, ich hatte es schon erwähnt, es war ein ereignisloser Nachrichtentag.

In einer stillgelegten Lagerhalle in einem Gewerbegebiet im Süden der Stadt sollten wir ihn treffen. Als wir dort ankamen, war kein Mensch da.

»Sind wir hier überhaupt richtig?«, fragte Regina beklommen.

Ich nahm den Zettel, den ich bekommen hatte. »Die Adresse stimmt jedenfalls.«

Die Halle hatte offensichtlich schon lange leer gestanden. Ein Teil des Dachs war bereits eingestürzt. Die Fenster waren völlig verdreckt, und die Tür hing schief in den Angeln.

Ich deutete auf eine offenstehende Tür. »Gehen wir rein?«

Regina verzog das Gesicht. »Es sieht nicht besonders sicher aus. Sauber auch nicht, und ich habe weiße Klamotten an.«

»Ich gehe vor«, bot ich mich an. Mit der Kamera in der einen und

dem Stativ in der anderen Hand trat ich durch den Eingang hindurch ins Gebäude.
Drinnen herrschte Dunkelheit, die nur dort von fahlem Licht durchbrochen wurde, wo durch offene Stellen im Dach Sonnenstrahlen einfielen. Der Boden war bedeckt von einer klebrigen Masse aus Jahre altem Staub und Vogeldreck. Der Grund für die Düsternis war jedoch nicht allein das fehlende Licht.
»Du lieber Himmel«, rief Regina. »Das ist ja die reinste Müllkippe. Und der Gestank erst.« Sie versuchte, sich Mund und Nase mit der Hand zuzuhalten. »Es stinkt, als wäre hier jemand gestorben.«
Da musste ich ihr recht geben. Es stank, als sei der ganze Bau gestorben.
»Willkommen«, tönte eine Stimme aus dem Dunkel.
»Verdammte Scheiße«, schrie Regina und machte vor Schreck einen Satz zurück. Auch mein Herz hatte einen oder zwei Schläge ausgesetzt.
Der Unbekannte löste sich aus dem Dunkel und kam auf uns zu. Seine festen Schritte hallten auf dem harten Betonboden wider.
»Sie müssen Regina und Sam sein«, sagte er, während er näher kam. »Ich heiße Guy.«
Der Mann hatte etwa meine Größe, kurzgeschorenes schwarzes Haar und lächelte freundlich. Er schien etwa Mitte fünfzig zu sein, aber die Gesichtshaut war zerfurcht und übersät mit Aknekratern und Narben einer alten Verletzung. Seine Stimme war so rauh wie sein Gesicht und klang wie die eines Kettenrauchers.
Er nahm meine Hand und schüttelte sie beherzt. »Schön, Sie kennenzulernen.« Sein Griff war fest, und er hielt meine Hand länger fest, als mir lieb war. Dann wandte er sich Regina zu, führte ihren Handrücken an die Lippen und drückte einen sanften Kuss, kaum mehr als einen Hauch, darauf.
»Sehr erfreut«, begrüßte er sie formvollendet. »Es ist schon eine

Weile her, dass ich eine so wunderschöne Person getroffen habe.«
Erstaunlicherweise schien es ihm gelungen zu sein, Reginas harte Schale zum Schmelzen zu bringen, denn sie wirkte mit einem Mal verlegen und peinlich berührt.
»Sehr freundlich, Mr. …«, stammelte sie. »Tut mir leid, aber wie war doch gleich Ihr Nachname?«
»Nennen Sie mich einfach Guy, das reicht«, sagte er, während er immer noch ihre Hand hielt. »Ich darf Ihnen verraten, dass Regina ein sehr hübscher Name ist. Ein hübscher Name für ein hübsches Mädchen. Ich bin überzeugt, dass Sie schon viele Männer zum Dichten romantischer Verse inspiriert haben.«
Regina lief rot an. »Nein, das glaube ich nicht«, sagte sie geziert. Ich traute meinen Augen nicht: Die knallharte Regina wurde tatsächlich rot.
»Ach, kommen Sie«, fuhr Guy fort. »Ein Gedicht bestimmt?«
»Nein, wirklich nicht.«
»Nein? Nicht mal ein Limerick, Regina?«
Das letzte Wort, Regina, hob er besonders hervor. Ich hätte fast gelacht. Regina schien verwirrt, unsicher, ob sie soeben beleidigt wurde oder nicht. In den Augen des Mannes war ein Funkeln, das ihr sagte, ja, und dass seine Attitüde ihr gegenüber nur der Auftakt zu einer grausamen Pointe war.
Ich glaube, ich mochte diesen Guy.
Er ließ Reginas Hand los und verkündete laut: »Kommen wir zum Geschäft.« Dann drehte er sich um und schritt zielstrebig über den Hallenboden davon.
Regina kam zu mir geschlichen. »War er gerade ungezogen zu mir?«, flüsterte sie.
Ich konnte es nicht lassen: »Es war einmal ein Mädchen, das hieß Regina«, begann ich. »Es hatte ein riesiges …«
»Halt's Maul«, blaffte Regina und versetzte mir einen Hieb auf den Arm. Wir folgten Guy.

Er führte uns zur rückwärtigen Seite des Gebäudes. Ein Loch im Dach gab den Blick auf den Himmel über uns frei, und der einfallende Schein setzte eine Reihe von Uhren dramatisch in Szene, die stilvollendet an der Hallenwand angebracht waren. Ein Dutzend Uhren, alle unterschiedlich in Form und Größe, waren ordentlich und in gleichen Abständen zueinander in einer Reihe aufgehängt. Alle Uhren tickten leise. Einige hatten Pendel, die im Einklang hin- und herschwangen.

Guy stellte sich vor die Uhren und machte eine raumgreifende Armbewegung. »Ich nenne es …« Er hielt inne und sah mich an. »Sollten Sie das nicht filmen?«

»Ich weiß nicht«, antwortete ich. »Ist das Teil Ihrer Vorführung?«

»Es ist keine Vorführung«, entgegnete er ruhig. »Und ja, ich glaube, Sie sollten unbedingt anfangen zu filmen.«

Ich beschloss, auf das Stativ zu verzichten und die Kamera für den Bericht mit der Hand zu führen. Als ich mir die Kamera auf die Schulter setzte, vernahm ich das Geräusch im Kopf, wie es sich aufbaute und zu zischen und zu knistern anfing.

»Okay«, sagte ich, während ich durch den Sucher sah. »Sie können weitermachen.«

Guy machte wieder eine ausladende Armbewegung zu den Uhren an der Wand hinter ihm. »Ich nenne das Stück *Anarchie der Zeit – Teil eins*«, erläuterte er. »Zwölf Uhren, alle in einer Reihe, alle mit genau derselben Uhrzeit. Zwölf Sekundenzeiger rücken gleichzeitig vor. Zwölf Minutenzeiger folgen ihnen unabwendbar nach. Zwölf Stundenzeiger beschreiben in enger Verbundenheit diesen Kreis. Ein perfektes Beispiel für die Präzision und Absolutheit von Zeit.«

»Auch der Ort ist von Bedeutung«, fuhr er fort, während er den Blick durch die Halle schweifen ließ. Ich hielt die Kamera auf Guy gerichtet – Bilder von der Lagerhalle konnte ich später noch machen. »Die Zeit lastet schwer auf diesem Gebäude. Es war im

Laufe der Jahre dem Verfall preisgegeben. Niedergang, Verderbnis, Auflösung – der Atem der Zeit selbst.
Zeit ist Entropie, und Entropie ist Zeit«, wobei er die letzten Worte nur noch raunte.
Du lieber Himmel, jetzt wurde er aber pathetisch. Regina hatte recht. Wieder so ein Selbstdarsteller, den kein Schwein kennt.
»Zeit«, führte Guy weiter aus, »ist die letzte unveränderbare Gesetzmäßigkeit im Universum. Einzig die Zeit kann sich weder verändern, schwinden noch zerfallen. Sie ist unzerstörbar, unveränderbar und unbezwingbar. Sie ist unversehrt und unzerbrechlich.«
Er machte eine lange dramatische Pause und sah hinab, direkt in die Kamera. »Bis jetzt«, setzte er hauchend nach.
Mit einer langsamen Bewegung reichte er hinab und nahm einen Vorschlaghammer zur Hand, der unauffällig an die Wand gelehnt stand. Mit schnellem Schritt ging er an den Uhren entlang bis zur letzten und hob den Vorschlaghammer.
»Zeit ist außer Kontrolle«, sagte er, wobei er den Hammer gegen die Uhr schwang. Der mächtige Eisenkopf traf das Chronometer, laut und gewaltig. Holz- und Metallsplitter stoben in die Luft, während das Innenleben der Uhr herausplatzte. Ritzel und Rädchen ergossen sich über den Boden wie verschüttetes Gedärm.
Guy ging zur nächsten Uhr.
»Wir sind nicht mehr Sklaven der Zeit.« Wieder erhob er den Hammer und zerschlug die Uhr.
»Die Zeit ist unser Feind.« Schlag.
»Die Zeit lässt sich anhalten.« Schlag.
»Die Zeit ist veränderbar.« Schlag.
»Die Zeit lässt sich unserem Willen unterwerfen.« Schlag.
»Die Zeit lässt sich umgehen.« Schlag.
»Die Zeit lässt sich anhalten.« Schlag.
»Die Zeit ist wiederholbar.« Schlag.

»Zeit lässt sich erzeugen.« Schlag.
»Zeit lässt sich löschen.« Schlag.
Vor der letzten Uhr hielt er inne und richtete seinen Blick erneut in die Kamera. »Die Zeit«, sagte er mit einem bedrohlichen Unterton, während er den Hammer bis zur Schulter hochhob, »hat es vielleicht nie gegeben.« Ein letztes Mal schwang er das Werkzeug, und die letzte Uhr, die zwölfte, zerbarst in unzählige Stücke, die lärmend zu Boden fielen.
Dann machte sich Stille in der Halle breit. Staubteilchen wirbelten durch die Luft, wie von den Lichtstrahlen, die durch das Dach hineinfielen, in der Zeit verhaftet. Guy ließ den Vorschlaghammer sinken und stand keuchend inmitten eines Meeres aus Schrott von einem Dutzend Uhren.
Eine außergewöhnliche Inszenierung, das musste ich ihm lassen.
»Und das, sehr verehrte Damen und Herren«, sagte Guy mit einem Lächeln im Gesicht, »war *Anarchie der Zeit – Teil eins*.« Er verbeugte sich kurz und formvollendet vor der Kamera.
Verwirrt blickte ich zu Regina hinüber, die nicht minder perplex zurücksah.
»Also«, sagte Guy, »was halten Sie davon?«
Der Boden war übersät mit den Splittern der zerborstenen Uhren. Metaphorisch gesprochen, könnte man sagen, mit den Trümmern der Zeit. Da mir nach Metaphern jedoch nicht der Sinn stand, war es für mich nichts weiter als ein unbeschreibliches Chaos.
»Nun …«, fing Regina zögernd an. »Das war sehr interessant und ausgesprochen … anregend.«
»Es war ein symbolischer Akt«, antwortete Guy.
Regina nickte. »So etwas habe ich mir schon gedacht.«
»Und Sie, Sam«, sagte Guy an meine Adresse gerichtet. »Was sagen Sie dazu?«
»Na ja, also mein Ding ist das nicht«, brachte ich achselzuckend hervor.

Guy grinste mich an. »Wie ich schon sagte«, wiederholte er, »es hat symbolischen Charakter.«
Wir blieben noch etwa zwanzig Minuten bei Guy. Regina stellte ihm ein paar formale Fragen, während sie inmitten der Trümmer seiner Kunst stand. Sie fragte ihn, was er mit dem Stück ausdrücken wolle und was ihn inspiriert habe usw. Das übliche Geschwafel. Guy seinerseits gab die üblichen schwachsinnigen Antworten zum Besten, wie sie von jemandem zu erwarten waren, der im Namen der Kunst unerklärliche Dinge tut. Er schien von seiner Vorführung sehr angetan zu sein, restlos überzeugt, eine tiefsinnige künstlerische Aussage von sich gegeben zu haben.
Regina schloss ihr Interview mit zwei Fragen ab.
»Warum war kein Publikum da?«, wollte sie wissen.
»Aber ich hatte doch Publikum«, sagte Guy und deutete auf die Kamera. »Es war nur nicht hier. Es wird eine Fassung davon zu sehen bekommen, übermittelt durch die Fernsehgeräte. Es ist jetzt ...«, er warf einen Blick auf seine Armbanduhr »... kurz nach zwölf, aber die Zuschauer, die Adressaten der Kunst, werden es in den Sechs-Uhr-Nachrichten sehen, oder um halb sieben, vielleicht noch mal in der Wiederholung in den Spätnachrichten oder vielleicht auch morgen früh im Frühstücksfernsehen. Vielleicht haben sie es aufgenommen, dann können sie es sich ansehen, wann immer sie Lust dazu haben, zu jedem beliebigen Zeitpunkt. Ich konnte die Uhren nur ein erstes und ein letztes Mal zertrümmern. Jetzt ...«, er schnipste mit den Fingern »... sind sie unversehrt. Jetzt ...«, er schnipste erneut mit den Fingern, »... sind sie in tausend Stücke zersprungen. Die Zeit gebietet, dass diese Uhren nie wieder ganz sein werden, aber wenn das hier heute Abend im Fernsehen gesendet wird, werden sie alle wieder intakt sein, an der Wand hängen und darauf warten, dass ich sie noch einmal zerstöre. Die Zeit gibt an, dass sie heute, am 3. Februar, um zwölf Uhr zerstört worden sind. In Wirklichkeit aber sind sie erst zerstört, wenn man sieht, dass sie zerstört sind.«

Er sah wieder direkt in die Kamera, als würde er mich durch die Linse ansehen.

»Die Zeit ist nicht mehr absolut«, sagte er. »Die Zeit ist nur eine Option.«

»Eine letzte Frage noch«, sagte Regina, die seinen Ausführungen gar nicht zugehört, sondern nur auf eine Lücke gewartet hatte, in die sie springen konnte, um das Interview weiterzuführen. »Sie haben das Stück *Anarchie der Zeit – Teil eins* genannt. Wird es einen zweiten Teil geben?«

Guy nickte. »Teil zwei, Teil drei, Teil vier und vielleicht sogar Teil fünf, wenn alles planmäßig läuft. Und jeder Teil wird großartiger und besser werden.«

»Ein sehr ambitioniertes Projekt also?«

Guy schien mich wieder anzusehen. »Sehr, ja.«

»Gut, dann danke ich Ihnen, Herr … Guy. Und viel Glück für Ihre weiteren Pläne.«

»Ich danke Ihnen, Regina.« Wieder hob er ihren Namen mit einer besonderen Betonung hervor. Regina setzte ihr schräges Lächeln auf, bis ich die Kamera abgeschaltet hatte, womit sich auch das Geräusch in meinem Kopf umgehend verzog, wenngleich nicht ganz so rasch wie Reginas Lächeln.

Während ich alles zusammenpackte, bevor wir gingen, wechselte Regina noch ein paar Worte mit Guy. Aus einem unerfindlichen Grund beschloss ich, mich aus dem Gespräch herauszuhalten.

»Es kommt wahrscheinlich heute Abend in den Sechs-Uhr-Nachrichten«, sagte sie ihm. »Vermutlich gegen Ende, nach den eigentlichen Nachrichten.«

»Schön«, antwortete er. »Darf ich mich bei Ihnen melden, wenn es mit *Anarchie der Zeit – Teil zwei* soweit ist?«

»O ja, natürlich«, entgegnete Regina leidenschaftslos. »Rufen Sie einfach im Büro an.«

Er nahm erneut ihre Hand. »Es hat mich sehr gefreut, Sie kennenzulernen, Regina.« Wieder hauchte er ihr einen zarten Kuss auf den Handrücken. Dieses Mal empfand sie es offensichtlich nicht mehr als ganz so galant und zog die Hand abrupt weg.

An mich gewandt sagte er: »Wir werden uns bestimmt wiedersehen, Sam.«

»Klar, wahrscheinlich«, murmelte ich.

Der Bericht ging an diesem Abend gegen Ende der Sechs-Uhr-Nachrichten über den Sender. Er war eigentlich gar nicht mal schlecht. Ich hatte etwas mehr daran getan als normalerweise, und das Ergebnis konnte sich durchaus sehen lassen. Die Wand mit den Uhren, angeleuchtet vom fahlen Sonnenlicht, erstrahlte gegen das Dunkel der übrigen Halle. Eine Folge rasch wechselnder Schnitte, während Guy eine Uhr nach der anderen zerschlug. Splitter, die sich in Zeitlupe in die Luft erhoben. Seine Ausführungen über die Zeit müssen mich sehr beeindruckt haben, denn alles, was ich aufgenommen hatte, habe ich zu einer dynamischeren Form neu zusammengeschnitten, die nur noch wenig mit dem zu tun hatte, was sich wirklich abspielte. Guy schwingt den Vorschlaghammer, eine Uhr zerbirst in Stücke. Schwing, Schlag, schwing, schwing, schwing. Schlag, Schlag, Schlag. Ich rief die Szenen noch einmal auf, ließ Abschnitte langsamer laufen, stellte sie gegenüber. Ich setzte die Reihenfolge neu zusammen, machte alles schließlich besser, als das Original je war. Ich hatte das Gefühl, als würde ich mich von den Fesseln der Zeit befreien.

Verdammt, jetzt klinge ich schon wie Guy.

Sogar Murray war beeindruckt, auch wenn es ihm schwerfiel, das zuzugeben.

»Nicht schlecht, Sam«, sagte er. »Vielleicht sollte ich Sie in Zukunft mehr solcher Dokus machen lassen.«

Wie ich den Kerl hasse.

12

Meg hatte gesagt, dass ich zu sehr an der Vergangenheit festhielt und nicht nach vorn schauen könnte. Das ist die Zeit, nehme ich an.

Ich war früher mal mit Megs jüngerer Schwester zusammen. Irgendwann waren wir sogar verlobt, wollten heiraten. Sie war eine tolle Frau. Sarah, aber es hat nicht sollen sein. Ich habe ihr weh getan, und jetzt ist sie nicht mehr da. Meg hat nie vergessen, wie sehr ich ihr weh getan habe. Eine Geschichte hat immer zwei Seiten, aber Meg gibt mir die Schuld und hat möglicherweise sogar recht. Ich bin nicht stolz darauf, wie ich Sarah verloren habe.

Kann ich mich wirklich nicht von der Vergangenheit trennen? Kann ich wirklich nicht nach vorn schauen? Ich weiß es nicht. Nein, ja, vielleicht. Ich weiß es nicht.

Das Wochenende verbrachte ich zu Hause, sah fern und las irgendeinen billigen Roman. Ich ging nicht in die Kneipe und rief auch keine Freunde an. Das ist nicht ungewöhnlich.

Was war los mit mir? Seit wann war mein Leben so leer? Warum vergeudete ich all die Zeit, die ich hatte?

Es gab nur eine Antwort.

Sarah.

Seit Sarah gegangen war, war mein Leben zum Stillstand gekommen. Ein Tag war wie der andere. Nichts ging voran.

Mein Leben ruhte.

13

Montagmorgen und wieder im Büro. Ich bin froh, wieder zurück zu sein, froh, von Menschen umgeben zu sein, die ich eigentlich gar nicht mag.

»Guten Morgen«, begrüßte ich Regina freundlich.
Sie sah mich missgestimmt an. »Du hast gute Laune«, sagte sie vorwurfsvoll. Ihre Augen wirkten müde und waren von dunklen Rändern umgeben. Sie sah aus, als hätte sie einen Kater.
»Montagmorgen«, sagte ich. »Ich liebe Montagvormittage.«
Sie schlurfte in ihr Büro und knallte die Tür hinter sich zu.
Ich beschloss, Meg anzurufen.
»Ich hab viel zu tun«, begrüßte sie mich an ihrem Handy.
»Wirklich?«, fragte ich. »Irgendetwas Berichtenswertes?«
»Nein. Oder eigentlich doch. Eine alte Frau wurde zusammengeschlagen und ausgeraubt.«
»Super«, sagte ich. »Tut mir leid, ich meine natürlich, wie furchtbar.«
»Wie mitfühlend du wieder bist, Sam.«
Sie gab mir die Anschrift, ich besprach mich mit Murray, und wenig später waren Regina und ich schon auf dem Weg.

Die Geschichte war einfach. Alte Frau wird mitten in der Nacht von Lärm geweckt, steht auf, um nachzusehen, entdeckt zwei junge Männer, die gerade dabei sind, ihr Haus zu durchstöbern, wird dann zusammengeschlagen und hilflos liegen gelassen. Solche Geschichten gibt es heutzutage immer häufiger.
Sie hatte ein blaues Auge, eine Platzwunde an der Stirn und einen gebrochenen Arm. In ihrem Haus herrschte ein heilloses Durcheinander. Überall lagen ihre kaputten Habseligkeiten herum. Sie zitterte immer noch vor Angst und war, mit einem Arm in der Schlinge, kaum in der Lage, das Chaos selbst zu beseitigen. Ich fragte mich, ob sie Freunde hatte oder Verwandte, die ihr dabei helfen konnten. Sie war etwa achtzig und lebte allein. Ich fragte mich, ob sich jemand um sie kümmerte.
Während des Interviews zeigte sich Regina von ihrer geduldigen Seite. Mit weicher, einfühlsamer Stimme brachte sie die alte

Dame dazu, alles zu erzählen, was ihr an schrecklichen Dingen widerfahren war. Regina hatte mal Schauspielunterricht genommen, um vor der Kamera empfindsamer wirken zu können. Ich nahm das Interview auf, machte noch ein paar Großaufnahmen von den Verletzungen der Frau und dem Durcheinander im Haus, das war's. Mehr gab es für uns nicht zu tun. Wir bedankten uns bei ihr und ließen sie allein.

Ich rief wieder Meg an. »Wird sie wieder in Ordnung kommen?«, wollte ich wissen.

»Der Sozialdienst ist bereits informiert«, erklärte sie.

»Und die Einbrecher?«

»Sie konnte sie nicht richtig erkennen. Aber wir haben etliche Fingerabdrücke gefunden. Vielleicht finden die im Labor etwas heraus.«

»Ihr werdet sie nicht fassen, stimmt's?« Das war eine Feststellung und keine Frage.

»Ist zu befürchten«, stimmte Meg zu. »Aber wir tun, was wir können.«

Ich wechselte das Thema. »Was ist mit dem anderen Fall? Der Mann in dem Museum mit dem verbundenen Gesicht?«

»Bisher noch nichts«, antwortete sie.

»Fingerabdrücke?«, fragte ich. »Du hast doch gesagt, dass er zum Hinterausgang hinaus ist. Er muss doch zumindest die Tür angefasst haben.«

Meg bestätigte das. »Wir haben auf dem Riegel, den er aufgebrochen hat, ein paar Fingerabdrücke gefunden, die zu keinem der Mitarbeiter gehören. Aber auch in der Zentralkartei wurden keine Übereinstimmungen gefunden. Vielleicht sollten wir dich doch herbestellen und deine Fingerabdrücke nehmen. Dann hätten wir vielleicht etwas.«

»Haha«, sagte ich bissig. »Was ist mit dem Opfer in der Gasse? Wisst ihr inzwischen, wer es ist?«

»Noch nicht. Keine Finger, keine Zähne, keine Haut. Da gibt es nichts, womit man ihn identifizieren könnte.«
»Wurde kürzlich jemand vermisst gemeldet?«
»Einige, du würdest staunen. Aber keine Übereinstimmungen.«
»Sonst noch irgendwelche Hinweise?«, fragte ich mit gespielter Beiläufigkeit. Versuchen konnte ich es ja mal.
Es entstand eine längere Pause. Ein Augenblick lang dachte ich, dass die Verbindung unterbrochen sei. »Ich glaube, ich habe dir schon genug erzählt«, sagte sie. »Vergiss nicht, dass du für die Gegenseite arbeitest.« Als Gegenseite bezeichnete die Polizei alles, was mit Medien zu tun hatte.
»Du weißt doch, dass du mir vertrauen kannst.«
»Ja«, pflichtete Meg mir bei. »Aber wer weiß, wie lange noch.«
»Meg, ich war ...« Ich hielt inne.
»Was? Ich muss jetzt wirklich wieder an die Arbeit.«
Ich sah mich um, um mich zu vergewissern, dass Regina nicht irgendwo stand und mithörte.
»Ich habe über das nachgedacht, was du mir neulich Abend gesagt hast«, sagte ich.
Wieder eine Pause. Dieses Mal noch länger. »Ach ja?«
»Ich glaube, du hast recht. Ich glaube auch, dass ich festsitze. Ich weiß nicht, wie ich da wieder rauskommen soll.«
Megs Stimme wurde zögerlich. »Ach ja?«
»Also, was soll ich tun?«
»Das fragst du mich?« Sie lachte.
Ich nickte. »Ja, ich will deine Meinung hören.«
Megs Lachen stockte. »Gut«, sagte sie. »Dann beantworte mir eine Frage: Wann hattest du das letzte Mal Sex?«
»Ich, äh ... Na ja, ist schon eine Weile her.«
»Du brauchst eine Freundin, Sam. Wenn du etwas verändern willst, musst du endlich an jemand anderes denken. Jemand anderes als dich.«

»Leichter gesagt als getan«, räumte ich traurig ein. »Denkst du an jemand Bestimmtes?«
»Es muss jemand sein, den du kennst. Jemand, der verzweifelt ist.«
»Danke. Wenn das so ist, wie wäre es mir dir?«
»Fick dich. Aber wie wäre es mit Regina?«
Ich dachte kurz darüber nach. »Wir haben es mal versucht, hat aber nicht geklappt.«
»Oh.« Das war Meg offensichtlich neu. »Gut, es muss doch irgendjemanden auf deiner Arbeit geben. Irgendjemand, den du kennst. Werd einfach ein wenig aktiver, sieh dich um.«
»Ich frage dich noch einmal«, sagte ich, »wie wär's mit dir? Würdest du dich mit mir verabreden?« Ich habe einen Witz gemacht, glaube ich.
»Und noch einmal«, entgegnete Meg. »Fick dich.«
»Warum nicht?«, hakte ich nach, eher neugierig als verletzt.
»Weil ich dich nicht mal mit der Kneifzange anfassen würde. Nichts für ungut.«
Kein Problem.
»Jedenfalls danke, Meg. Bis später.« Wir legten auf.
Ich sah zum Auto hinüber. Regina saß auf dem Fahrersitz. Der Motor lief, und sie zog sich die Jacke eng um den Körper, um sich vor der beißenden Februarkälte zu schützen. Jetzt sah sie auf und bemerkte, dass ich aufgehört hatte zu telefonieren. Sie signalisierte mir, dass ich mich beeilen und endlich einsteigen sollte. Selbst wenn sie genervt war, war sie unglaublich attraktiv.
Ich stieg auf der Beifahrerseite ein. »Meg sagt, dass ich unbedingt Sex brauche«, erzählte ich ihr. »Sie schlug vor, dass ich es mit dir machen könnte.«
Während der Fahrt ins Büro bekam sich Regina kaum mehr ein vor Lachen.
Vergangenheit sollte Vergangenheit bleiben. Was geschehen ist, ist geschehen.

14

Es war Donnerstagmorgen, als Guy mich auf dem Handy anrief.
»Woher haben Sie meine Nummer?« Weder ich noch Regina hatten sie ihm gegeben. Wir hatten beide Besseres zu tun, als jedem dahergelaufenen Spinner unsere Handynummern zu geben.
»Jemand aus Ihrem Büro hat sie mir gegeben«, erklärte er. »Ich habe angerufen, aber Sie waren nicht da.« Das war jedenfalls nicht abzustreiten. Ich hatte an dem Morgen verschlafen und dafür einen Anschiss von Murray kassiert.
»Was wollen Sie, Guy?«
»Ihr Bericht über meine *Anarchie der Zeit – Teil eins* hat mir sehr gut gefallen. Es hat mich berührt, wie Sie sich bei der Gestaltung in das Wesen der Dinge hineinversetzt haben.«
»Danke.«
»Und deshalb«, fuhr Guy fort, »möchte ich gern, dass Sie kommen, um *Anarchie der Zeit – Teil zwei* zu filmen. Ich glaube, dass es Ihnen auch wieder gefallen wird.«
Ich kann nicht behaupten, dass ich von der Einladung begeistert war. »Also gut. Aber wenn ich selbst nicht kommen kann, schicke ich Ihnen einen anderen Kameramann.«
»Oh, nein«, lehnte Guy freundlich, aber bestimmt ab. »Ich möchte unbedingt, dass Sie kommen. Lieber verschiebe ich es, als dass ich auf Sie verzichten muss.«
»Schon gut«, lenkte ich widerwillig ein. »Ich will es versuchen. Wohin soll ich kommen und wann?«
»Heute. Heute Nachmittag. Zu der Baustelle für die neue Umgehungsstraße.«
Ich schrieb es mir auf.
»Gut«, sagte ich. »Ich tu, was ich kann, aber versprechen kann ich nichts.«

»In Ordnung«, sagte Guy. »Bis heute Nachmittag, und bringen Sie bitte unbedingt Regina mit.«
Er legte auf.

»Ich versau mir hier meine ganzen Schuhe«, sagte Regina.
Ein Blick auf ihre Füße verriet mir, dass sie recht hatte. Die roten Schuhe mit den mittelhohen Absätzen waren zweifelsfrei fehl am Platz auf dem matschigen Untergrund und hatten ihre besten Zeiten jetzt vermutlich hinter sich.
Wir befanden uns am Stadtrand auf einem Acker, der im Begriff war, sich in einen Teilabschnitt der neuen Umgehungsstraße zu verwandeln. Eine Horde von Arbeitern in gelben Jacken und gelben Fahrzeugen ging betriebsam ihrer Arbeit auf der Baustelle nach. Von unserer Anwesenheit hatte zunächst niemand Notiz genommen, einmal abgesehen von den lüsternen Blicken und anzüglichen Avancen einiger beleibter Männer, mit denen Regina bedacht worden war. Sie blieb jedoch freundlich und ließ sich nicht zu einem einzigen »Verpiss dich« hinreißen, wenngleich ich wusste, wie sehr ihr das auf der Zunge brannte.
Kurz nach unserer Ankunft kam Guy auf uns zu.
»Schön, Sie wiederzusehen, Sam«, hieß er uns mit seiner belegten Stimme willkommen. »Und Regina! Es ist mir ein außerordentliches Vergnügen, Sie wieder zu begrüßen.« Er lächelte Regina vielleicht schon einen Tick zu liebenswürdig an, enthielt sich dieses Mal aber des Versuchs, ihr die Hand zu küssen.
»Was ist das hier für ein Drecksloch, zu dem Sie uns gerufen haben«, blaffte Regina ihn an.
Guy nickte. »O ja! Aber kommen Sie und sehen Sie sich an, was ich vorbereitet habe.«
Er führte uns etwa hundert Meter über den matschigen Acker bis vor die Stelle, an der der fertiggestellte Teil der Umgehung endete. Im Hintergrund trugen ein paar Arbeiter die letzte Asphalt-

schicht auf, und es war deutlich zu erkennen, dass der nächste Bauabschnitt uns buchstäblich entgegenkam. Der Schacht für das Fundament war schon ausgehoben worden, und ein zweiter Trupp Arbeiter war gerade dabei, ihn mit einer ersten Betonschicht aufzufüllen.

Guy stand am Rand des Schachtes, an der Stelle, über die die zweispurige Straße einmal laufen würde.

»Willkommen bei *Anarchie der Zeit – Teil zwei*«, hub er feierlich an. »Sie sollten es filmen.«

Während ich damit beschäftigt war, die Kamera einzurichten – die Beine des Stativs versanken immer wieder im Matsch, so dass ich sie erst fest in den Boden rammen musste, um sie auszurichten –, erklärte Regina Guy, wie sie die Aufnahmen machen wollte. Das letzte Mal hatte Guy uns geführt, jetzt war Regina fest entschlossen, das Heft nicht aus der Hand zu geben, worüber sie Guy auch nicht im Unklaren ließ. Ich machte noch ein paar überflüssige Handgriffe an der Kamera, um ihr noch ein wenig mehr Zeit für strenge Anweisungen zu geben. Guy lächelte mild, als hätte er all das schon einmal gehört.

Als Erstes filmten wir ein Interview mit Guy, in dem er erklärte, was er vorhatte.

»Es handelt sich um den zweiten Teil meiner Reihe *Anarchie der Zeit*. Ein Experiment über das Festhalten eines Augenblicks in der Zeit, damit Menschen ihn zu einem späteren Zeitpunkt erleben können.«

»Worum geht es genau?«, fragte Regina. »Und warum haben Sie sich für diesen unwirtlichen Ort entschieden?« Regina stand links von der Kamera, gerade nicht mehr im Bild, Guy ein paar Meter vor ihr, direkt neben dem Schacht. Ich hatte ihn so im Bild, dass sich die Bauarbeiten im Hintergrund als Schattenriss vor dem Horizont abhoben. Wir hatten ihm eingeschärft, immer Regina anzusehen, auf keinen Fall aber in die Kamera zu blicken.

»Es ist ganz einfach, Regina«, sagte er. »In diesem Loch …«, er deutete mit einer Geste auf die Grube hinter sich »… habe ich ein paar Uhren plaziert und jede einzelne genau an dem Zeitpunkt angehalten, an dem ich sie abgelegt habe.«

Ich konnte kaum dem Drang widerstehen, die Kamera auf die Grube zu richten, um selbst einen Blick auf sein Werk zu werfen. Ich hielt die Kamera aber weiter auf Guy gerichtet. Die Uhren würde ich später ablichten.

»In wenigen Augenblicken«, fuhr Guy fort, »wird sich eine Schicht Beton in den Schacht – das Fundament für die neue Umgehungsstraße – ergießen, auf die eine letzte Asphaltdecke folgt. Damit werden die Uhren fixiert – in Zeit und Raum.«

»Und worin sehen Sie den Sinn der Vorstellung?«, fragte Regina mit leichtem Spott in der Stimme. Falls Guy diesen Unterton bemerkte, ließ er es sich jedenfalls nicht anmerken.

»Das erkläre ich Ihnen hinterher«, sagte er grinsend, als handelte es sich um ein streng gehütetes Geheimnis, das er noch nicht bereit war, mit uns zu teilen. »Zuerst die Vorführung.«

Er gab einem Arbeiter, der im Führerhaus eines riesigen Betonmischers saß, ein Zeichen. Der Fahrer reckte einen Daumen nach oben und ließ den Motor an.

»O nein«, entfuhr es Regina laut. »Noch nicht. Erst wenn ich es sage. Wir wollen es dieses Mal richtig machen.«

Sichtlich amüsiert bedeutete Guy dem Fahrer, den Motor wieder abzustellen.

»Sie sind der Chef, Regina«, sagte er. »Sagen Sie mir, wohin ich mich stellen soll.« Lag da nicht wieder ein Hauch von Zweideutigkeit in seiner Stimme? Er war locker zwanzig, fünfundzwanzig Jahre älter als Regina, und ich konnte mir sogar vorstellen, dass er unter den verblassten Narben im Gesicht einmal sehr gut ausgesehen hatte. Vielleicht gab es ja Frauen, die auf diese rauhe, vom Leben gezeichnete Haut standen. Regina gehörte jedenfalls nicht dazu.

Sie wies mich an, ein paar Aufnahmen von der anderen Seite zu machen – also die Kamera hinter Guys Schulter zu plazieren und sie zu filmen, während sie ihm schon einmal gestellte Fragen noch einmal stellte – und außerdem noch ein paar allgemeine Aufnahmen von ihr, auf denen sie nickte und reagierte, als würde sie Guy aufmerksam zuhören. Später würde ich alles so zusammenschneiden, dass es wirkte, als hätten wir mit zwei Kameras gedreht.
Schließlich machte ich noch ein paar Aufnahmen aus unterschiedlichen Winkeln von den Uhren in dem Schacht. Das Loch war ziemlich tief – mindestens drei Meter – und breit genug für eine vierspurige Straße inklusive breitem Mittelstreifen. In dem Schlamm auf dem Grund lagen etwa zwei Dutzend Uhren. Ich zählte schnell: Ja, es waren genau zwei Dutzend. Sie waren millimetergenau über vier horizontale und sechs vertikale Reihen verteilt, jeweils in einem Abstand von drei Metern, wobei die senkrechten Reihen die ganze Breite des Baggerlochs einnahmen. Mir ging durch den Kopf, dass es, wenn die Straße erst fertig wäre, kaum möglich wäre, sie zu befahren, ohne nicht mindestens eine dieser Uhren zu überfahren.
Bei genauerer Betrachtung stellte ich fest, dass zu beiden Seiten des zukünftigen Mittelstreifens jeweils zwölf Uhren lagen, die jeweils zu einer anderen vollen Stunde angehalten worden waren, so dass, ganz gleich in welcher Richtung man auf der Straße unterwegs wäre, immer zwölf Uhren unter einem begraben liegen würden, die jeweils eine Zeit zwischen ein und zwölf Uhr anzeigten.
Ganz langsam fing ich an, mich für die Idee hinter Guys Kunst zu interessieren, ohne sicher sagen zu können, ob ich sie als grandios oder schlicht als Schnapsidee verbuchen sollte. Regina war natürlich von Letzterem überzeugt, und ich wollte nicht ausgerechnet jetzt mit ihr darüber streiten, auch wenn ich mich inzwischen fragte, wie er an all diese Uhren gekommen war.

Nachdem ich alles zusammenhatte, was ich für die Reportage brauchte, signalisierte Regina Guy, dass er dem Fahrer des Lastzuges ein Zeichen geben durfte, mit der Arbeit zu beginnen. Der Fahrer ließ den Motor seines Lkw aufheulen und setzte langsam zum Grubenrand zurück. Dann winkte Guy einem anderen Laster zu, der sich ebenfalls rückwärts auf den Schachtrand zubewegte. Beide machten sich bereit, ihre Last in das Loch zu kippen.
Ich filmte mit der Kamera auf der Schulter. Das Geräusch in meinem Kopf rivalisierte mit dem Lärm der beiden Betonlaster. Mit theatralisch ausgebreiteten Armen verkündete Guy: »Und hier sehen Sie: *Anarchie der Zeit – Teil zwei*.«
Er trat zur Seite, als die beiden Lastwagen anfingen, den Inhalt in den Graben zu kippen. Mit atemberaubender Geschwindigkeit ergoss sich der Beton röhrend in die Tiefe und begrub die meisten Uhren nahezu augenblicklich unter sich. Ich beugte mich über den Rand, zoomte eine der größeren Uhren näher heran und hielt fest, wie der Beton an ihren Seiten zunächst anstieg und sich dann über das Zifferblatt ergoss, um es für immer zuzudecken.
Trotz der gewaltigen Betonmassen, die die Laster in ihren Leibern trugen, mussten noch einige hundert, wenn nicht tausend, kommen, um die Straße fertigzustellen. Für Guys Zwecke reichten diese beiden jedoch aus. Während letzte Reste der Ladung aus den Tanks liefen und in den Abgrund klatschten, waren die Uhren bereits ein für alle Mal begraben. Festgehalten in der Zeit und jetzt auch im Raum, hatte Guy gesagt. Ich wusste, dass es Stunden dauern würde, bis der Beton ausgehärtet war, auch wenn er jetzt schon sehr fest aussah.
»Und damit«, sagte Guy, während ich die Kamera wieder auf ihn gerichtet hielt, »ist Teil zwei beendet.«

Nachdem die Betonlaster weggefahren waren, stellte Regina Guy noch ein paar Fragen. Ich beobachtete, wie Guy den Fahrern ein

Geldbündel zusteckte, und fragte mich, wie offiziell das Ganze eigentlich gewesen war.

»Ist alles nach Ihrer Vorstellung abgelaufen?«, fragte sie ihn.

»Es war perfekt. Genauso sollte es sein. Ich bin sehr zufrieden.«

»Und welche Erklärung möchten Sie dieses Mal abgeben?«

»Die Zeit wurde im eigentlichen Sinne des Wortes fixiert«, stellte er eindringlich fest. »Zwölf Uhren auf jeder Fahrbahn, alle zu bestimmten Uhrzeiten angehalten. Vierundzwanzig Uhren, vierundzwanzig Uhrzeiten.«

»Und was wollen Sie damit zum Ausdruck bringen?«, fragte Regina. »Warum haben Sie sie unter der Umgehungsstraße vergraben?«

»Jede dieser Uhren zeigt die Zeit an, zu der sie angehalten wurde. Keine wird jemals eine andere Zeit anzeigen als die, zu der sie aufgehört hat, in der Gegenwart zu bestehen. Wenn diese Straße fertig ist, dann werden sie sich jedes Mal, wenn jemand über eine hinwegfährt, für einen kurzen Augenblick in einem Raum befinden, in dem Zeit keine Bedeutung hat. Und in genau diesen Augenblicken gibt es keine Gegenwart, sondern nur noch die Vergangenheit.« Er sprach leiser, inbrünstig, mit sanft rauher Stimme. »Jeder, der diese Straße entlangfährt, wird die Kunst der *Anarchie der Zeit* erleben.« Fast war es, als hätte er jedes Wort mit Großbuchstaben gesprochen. Er wandte sich um, sah direkt in die Kamera und tat damit genau das, was wir ihm verboten hatten.

»Es ist unausweichlich«, sagte er, als würde er seine Worte direkt an die Zuschauer richten. »Die Vergangenheit wird uns immer in Versuchung führen.«

Mit einem Lächeln im Gesicht hatte er seine Ansprache beendet.

15

Was ist denn das für ein Mist?«, tobte Murray, als er den fertigen Bericht gesehen hatte.

»Das ist die Reportage, die wir heute Nachmittag gemacht haben«, erklärte ich.

»Ich weiß selbst, was das ist«, schäumte er. »Ich wüsste nur gern, was der Unfug zu bedeuten hat!«

Ich schloss die Augen und zwang mich, ruhig zu bleiben.

Gegen zwei Uhr waren wir mit den Aufnahmen fertig gewesen, so dass uns bis zu den Sechs-Uhr-Nachrichten noch viel Zeit geblieben war. Guy hatte sich höflich bei uns bedankt, als wir gingen, und sich sogar für den Zustand von Reginas Schuhen entschuldigt. Regina schaffte es, freundlich zu bleiben, auch wenn sie erkennbar der Meinung war, dass ihre Schuhe mit einer Entschuldigung nicht geputzt waren.

Mit der ersten Fassung war ich um vier Uhr fertig. Regina legte noch einen Kommentar auf, und schon war der Beitrag um Viertel nach vier auf dem Weg in Murrays Büro. Um zwanzig nach vier hatte er Regina und mich zu sich bestellt, damit wir uns seinen Anschiss abholen konnten.

»Das können wir unmöglich senden«, schäumte er. »Komplett unbrauchbar.«

Regina erhob sich zu einer Verteidigungsrede. »An dem Film ist nicht das Geringste auszusetzen, Murray. Sie übertreiben maßlos. Der letzte Bericht über diesen Typen hat Ihnen schließlich auch gefallen.«

»Genau das ist das Problem«, sagte Murray. »Wir haben den Beitrag Freitagabend gesendet, und heute ist erst Dienstag! Die Story ist fast die gleiche.«

»Gut, zugegeben«, lenkte ich ein. »Eine gewisse Ähnlichkeit ist da, aber gleich ist sie nicht.«

Murray warf mir einen eiskalten Blick zu. »Irgendein Wichser, der Uhren zertrümmert. Mehr ist das nicht. Das ist die ganze Story. Die Zuschauer interessiert es einen feuchten Dreck, ob er dieses Mal etwas anders gemacht hat. Die werden nur denken, dass wir verzweifelt auf der Suche nach einer guten Nachricht sind, und deshalb so schnell einen neuen Beitrag dazu bringen. Jetzt …« Er fuchtelte wütend mit dem Zeigefinger vor uns herum, »Ihr habt mir drei Minuten zu wenig für die Abendnachrichten gebracht, und bis sechs bleibt uns für eine neue Story nicht mehr genug Zeit.«
Was jetzt kam, wusste ich.
»Ihr geht auf der Stelle zum Hafen runter und macht eine Live-Reportage über den Hafenarbeiterstreik.«
Wie ich Live-Reportagen hasste … Nie konnte man genau sagen, was gesendet wurde. Draufhalten und filmen, das war alles. Jeder abgerichtete Affe war dazu imstande. Auch Regina hasste das. Wenn sie einen Fehler machte, konnten wir nicht einfach zurück auf null und alles neu machen. Im Live-Fernsehen konnte man nichts mehr glätten.
Aber keiner von uns protestierte.
»Und?«, sagte Murray. »Worauf warten Sie noch? In einer Stunde und fünfundvierzig Minuten sind Sie live auf Sendung.«
Als wir sein Büro verließen, zischte Regina mich an: »Das war deine verdammte Idee. Das merk ich mir.«
So ist Regina, immer die Liebenswürdigkeit in Person.

Als ich die Live-Reportage hinter mir, die Ausrüstung zurück ins Büro gebracht und den Heimweg angetreten hatte, war es fast halb neun. Kaum war ich in der Tür, klingelte das Handy.
»Unbekannt« zeigte mir das Display an. Einen kurzen Augenblick erwog ich, nicht ranzugehen, tat es aber schließlich doch.
»Tut mir leid, dass Ihr Bericht heute Abend nicht gesendet wur-

de«, fing Guy an, als ich abgenommen hatte. »Ich nehme an, dass der Hafenarbeiterstreik wichtiger war.« Wenn ich diesen Satz jetzt geschrieben sehe, hat es den Anschein, als sei er ironisch gemeint gewesen, aber in seiner Stimme schwang nicht die Spur von Boshaftigkeit mit, bestenfalls ein leichtes Bedauern.

»Ja, tut mir leid«, antwortete ich. »Aber ich habe nicht das Sagen darüber, was gesendet wird und was nicht. Das kommt schon mal vor.«

»Machen Sie sich keine Gedanken«, entgegnete Guy. »Ist nicht so schlimm.«

»Der Bericht war dem letzten zu ähnlich«, erklärte ich. »Er wird vermutlich zum Wochenende gesendet, vielleicht am Freitag, wenn sich sonst nichts Größeres ereignet.«

»Ich behalte es im Auge«, versprach Guy. »Und für Teil drei werde ich mir schon mal Gedanken machen, damit er wirklich anders wird.«

»Ich würde nicht ...«, setzte ich zu einer Erwiderung an, aber Guy redete einfach weiter.

»Er wird eine öffentliche Veranstaltung sein. Viel spektakulärer. Und ich werde ein paar Wochen verstreichen lassen, um die Vorfreude zu steigern.«

»Das macht wahrscheinlich keinen Unterschied«, erklärte ich.

»Macht nichts«, sagte Guy. »Solange Sie es filmen, denn das ist entscheidend.«

»Ich muss jetzt gehen«, sagte ich schnell, um die Unterhaltung rasch zu beenden.

»Natürlich«, sagte Guy. »Und noch mal vielen Dank für diesen Nachmittag. Es tut mir leid, dass Sie Ärger mit Murray hatten.«

»Kein Problem«, sagte ich. Aber das war gelogen.

»Ich melde mich wieder«, sagte Guy und legte auf.

Ich wünschte mir das Gegenteil. Ich war keineswegs sicher, ob ich den Mann mochte.

Woher wusste er überhaupt, dass ich Ärger mit Murray hatte? Ich hatte nichts davon erwähnt.
Ein Schauer lief mir über den Rücken, als ich begriff, dass ich ihm nicht einmal gesagt hatte, dass mein Chef Murray hieß. Woher wusste er das? Was war hier los?

16

Noch etwas ereignete sich auf der Arbeit am folgenden Tag, das nicht minder seltsam war.
Es fing damit an, dass Jasper ins Büro kam, um die Mittagsnachrichten vorzubereiten. Er besuchte mich in meiner Box und begrüßte mich gut gelaunt: »Guten Morgen, Sam.«
Ich sah auf. »Morgen, Jasper«, entgegnete ich. Sein Überschwang war ungewöhnlich.
»Oh, du sprichst heute sogar mit mir«, antwortete er mit gespielter Überraschung.
Ich fragte mich, was um Himmels willen er damit andeuten wollte. »Natürlich spreche ich mit dir. Warum sollte ich nicht?«
»Das weiß ich auch nicht«, antwortete Jasper. »Gestern Abend jedenfalls schienst du mir aus dem Weg zu gehen.«
»Was redest du da, Jasper?« Ich war irritiert. »Ich habe dich gestern Abend nicht gesehen.«
»Du musst mich gesehen haben.« Eine Spur Verärgerung hatte sich in seine Stimme geschlichen. »Ich habe gewunken und dir zugerufen. Du musst taub und blind gewesen sein, wenn du mich nicht gesehen hast.«
»Jasper«, sagte ich eindringlich, »ich schwöre, ich habe keine Ahnung, wovon du redest. Wo willst du mich gesehen haben?«
Ich wusste, dass es am Hafen beim Filmen nicht gewesen sein konnte, schließlich war er der Moderator, der im Studio saß und

die Live-Schaltung zu Regina hergestellt hatte. Und als wir zurückkamen, war er schon nicht mehr im Büro. Vielleicht hatte er mich kommen sehen, als er gerade losfuhr.
»Im Krankenhaus«, erklärte Jasper. »Es muss etwa um neun Uhr gewesen sein.«
Spätestens jetzt war klar, dass Jasper Mist erzählte. »Ich war gestern Abend nicht im Krankenhaus. Warum um alles in der Welt sollte ich im Krankenhaus gewesen sein?«
»Das weiß ich auch nicht«, antwortete Jasper höhnisch. »Aber du warst da. Da bin ich mir ganz sicher.«
Ich seufzte. »Ich kann es nicht gewesen sein. Ich bin von der Arbeit direkt nach Hause gegangen. Und da bin ich den ganzen Abend geblieben.«
»Ich bin absolut sicher, dass du es warst«, setzte Jasper gereizt nach. »Keine fünf Meter von mir entfernt. Du hast mich angesehen und dich dann abgewandt. Ich habe gerufen und gewunken, aber du bist einfach gegangen.«
»Ich war aber ganz bestimmt nicht da«, beschwor ich ihn.
»Was ist denn hier los?«, schaltete sich Regina ein, die gerade vorbeikam.
»Gar nichts. Alles in Ordnung. Mit Jasper geht die Phantasie durch.«
»Überhaupt nicht«, protestierte Jasper, und zu Regina gewandt: »Sam hat mich gestern Abend im Krankenhaus nicht beachtet, und jetzt behauptet er, gar nicht dort gewesen zu sein.«
»Was hast du im Krankenhaus gemacht?«, wollte Regina von Jasper wissen.
»Ich bin alle zwei Wochen dort. Ich gehe durch alle Stationen und rede mit den Patienten, Kindern und alten Leuten. Ich mache das ehrenamtlich für einen Wohltätigkeitsverein.«
Wie selbstlos das klang, dabei wusste ich rein zufällig sehr genau, dass ihn der Wohltätigkeitsverein dafür bezahlte.

»Und dort hast du Sam gesehen?«, bohrte Regina.
»So wahr ich hier stehe. Keine drei Meter von mir entfernt.« Vor einer Minute waren es noch fünf. »Er trug einen langen schwarzen Mantel und einen Schal um den Hals, und er hatte eine Frau am Arm.«
Regina lachte, wobei es eher wie ein Bellen klang. »Womit also bewiesen wäre, dass es Sam nicht gewesen sein kann«, kicherte sie. »Sam mit einer Frau? Mach dich nicht lächerlich.« Sehr komisch, sie lachte.
»Doch«, fuhr Jasper fort. »Sie sah sogar ziemlich gut aus, obwohl sie ein paar Jahre älter war als er. Langes braunes Haar, ziemlich groß, sehr schlank. Ein echt guter Fang.«
»Oh, Sam«, frotzelte Regina. »Das klingt ja wahnsinnig aufregend.«
»Ich war nicht dort. Ich war das nicht.« Mir schwante, dass ich keine Chance hatte, die beiden zu überzeugen.
»Aber ist es nicht eine Schande«, setzte Regina nach, »dass der gute alte Sam ausgerechnet in einem Krankenhaus an Frauen kommt? Sind sie noch verzweifelter, wenn sie krank sind?« Sie lachte wieder. Jasper stimmte ein. »Vielleicht kam sie ja von der psychiatrischen Abteilung?«
Seltsamerweise konnte ich daran nichts Komisches finden. »Jasper, ich weiß nicht, wen du gestern Abend gesehen hast, ich war es jedenfalls nicht. Ich bin nach der Arbeit auf direktem Weg nach Hause gegangen. Und dort bin ich geblieben. Und im Übrigen habe ich gar keinen langen schwarzen Mantel. Und auch keinen Schal!«
Regina wandte sich verschwörerisch Jasper zu, sprach aber laut genug, dass ich es hören konnte. »Er möchte über die geheimnisvolle Dame nicht reden«, flüsterte sie und grinste mich dabei an. »Lassen wir ihm sein Geheimnis.«
Jasper nickte schmunzelnd.

»Das war ich nicht«, machte ich einen letzten verzweifelten Versuch.

»Uhhh«, raunte Regina und drehte sich zu mir um. »Neue Liebe. Wie aufregend.«

Ich errötete. Keine Ahnung, warum. Ich bin in dem Krankenhaus nicht gewesen. Es gab keine Frau. Ich war die Nacht allein.

Und genau das war möglicherweise das Problem.

17

An Krankenhäuser habe ich schlechte Erinnerungen.

Nach dem Autounfall habe ich drei Monate im Krankenhaus zugebracht. Drei Monate Operationen, Schmerzen und Physiotherapie. Drei Monate dieses unerträgliche Geräusch. Und in den ersten drei Monaten war es am schlimmsten.

Drei Operationen waren notwendig, um meinen zertrümmerten Schädel wiederherzustellen. Jede davon sehr riskant, wobei das Risiko höher gewesen wäre, nicht zu operieren. Insgesamt wurde ich über eine Dauer von vierundzwanzig Stunden operiert. Ein ganzer Tag mit geöffnetem Kopf und freiliegendem Gehirn. Ich wage kaum, darüber nachzudenken. Wenn ich mir mit den Fingerspitzen über den Kopf fahre, kann ich die Ränder der Metallplatte direkt unter der Haut fühlen. Die Beulen und Grate dort, wo die einzelnen Bruchstücke des Schädels von winzigen Schrauben zusammengehalten werden. Ich versuche, das zu vermeiden.

Bei dem Unfall hatte ich es auch geschafft, mir ein Bein, einen Arm und ein paar Rippen zu brechen. Wochenlang habe ich im Gips gelegen, in einem Krankenhausbett, hilflos, unfähig, mir zu helfen. Tag um Tag lag ich dort, Woche um Woche, ein bedauernswertes Geschöpf, das nicht in der Lage war, einfachste Tätigkeiten zu verrichten. Eine Krankenschwester musste alles für mich

tun, alles Persönliche und Intime. Ich schrie oft, fühlte mein Selbstwertgefühl schwinden, mich allmählich zu einem Objekt werden, mit dem die Krankenschwestern umgehen mussten.
Ich langweilte mich und war depressiv. Ich hatte viel zu viel Zeit, um nachzudenken, und zu wenig, um mich von meinen trüben Gedanken abzulenken. Ich versuchte es mit Lesen, Fernsehen, Rätsellösen, aber dieses Geräusch machte alle Versuche zunichte, mich auf anderes als meine Selbstverachtung zu konzentrieren.
Ich verfluchte die Welt. Ich verfluchte meine Verletzungen. Ich verfluchte die Krankenschwestern. Die fluchten zurück, was ich ihnen nicht verdenken konnte. Sie ließen sich von mir nichts gefallen. Wie gut für sie.
Mein Körper verkümmerte, während ich im Bett lag, die Muskulatur baute ab. Als die Knochen wieder zusammengewachsen waren und der Kopf stark genug, dass ich ihn bewegen konnte, steckte man mich in eine intensive Physiotherapie. Das war harte Arbeit, dabei hatte ich mehr Glück als die anderen und darf mich nicht beklagen. Abgesehen von meinem Schädel waren meine Verletzungen gar nicht so schwer, so dass ich schnell wieder zu Kräften kam und schon bald ohne Hilfsmittel gehen konnte. Ein paar Monate später humpelte ich nicht mehr und war zur Normalität zurückgekehrt.
Äußerliche Narben, mit denen ich zeigen konnte, wie nah ich dem Tod gewesen war, hatte ich nicht davongetragen. Alle verbliebenen Schäden waren in meinem Kopf. Mein zerbrochener Schädel war die körperliche, mein zerbrochenes Leben die emotionale Verletzung. Fragen mich Leute nach meinen Verletzungen – und man muss fragen, denn freiwillig spreche ich über diese Dinge nicht –, tippe ich mir an die Seite des Kopfes und sage: »Alles hier drin.« Und wenn ich darantippe, kann man manchmal sogar das leise metallische Klingeln hören.
Sarah hat mich nach dem Unfall verlassen. Aus dem Grund ging

es mit meiner Genesung so schlecht voran. Sie war nicht da. Aus dem Grund war ich so deprimiert und hilflos. Ich konnte weder der Welt noch mir gegenübertreten.
Sarah hat mich nach dem Unfall verlassen. Weil es mein Fehler war.

18

Donnerstagnachmittag.
In der Mittagspause machte ich schnell einen Sprung zu Marks and Spencer hinüber, um ein paar Lebensmittel einzukaufen. Ich ging mit dem Einkaufskorb zur Kasse und reichte der Kassiererin meine Bankkarte.
»Bedaure, Sir«, sagte sie. »Aber die Karte wird nicht akzeptiert.«
»Wie bitte? Das muss ein Irrtum sein. Versuchen Sie es doch bitte noch einmal.«
Sie zog die Karte noch einmal durch das Lesegerät und schüttelte den Kopf. »Tut mir wirklich leid, aber das Konto ist nicht gedeckt.«
Ich hatte für nicht einmal zwanzig Pfund eingekauft. Auf meinem Konto war mehr als genug Geld, um das zu bezahlen.
Die Dame wollte mir die Karte zurückgeben.
»Versuchen Sie es bitte noch einmal«, drängelte ich. Sie sah mich misstrauisch an. Ich spürte die Blicke der Leute im Nacken, die hinter mir in der Schlange standen.
»Auf dem Konto sind über achthundert Pfund«, erklärte ich der Dame. »Es muss gehen.«
Während sie es ein letztes Mal versuchte, entnahm ich bereits ihrem Gesichtsausdruck, dass es wieder nicht geklappt hatte. »Haben Sie noch andere Karten, Sir?«, erkundigte sie sich mit leicht teilnahmsvoller, im Grunde aber doch gelangweilter Stimme.
Gereizt riss ich ihr das nutzlose Plastikstück aus der Hand und

reichte ihr meine Kreditkarte, die sie sogleich durch das Gerät zog. Mich packte die Panik, dass auch diese nicht akzeptiert werden könnte, vernahm aber dann das erlösende Piepen und war erleichtert, als ich den Beleg aus der Kasse rollen sah.
Ich nahm die Karte wieder entgegen, murmelte »Danke«, was nicht ernst gemeint war, raffte meinen Einkauf zusammen und sah zu, dass ich hinauskam.

Kaum war ich wieder im Büro, rief ich bei meiner Bank an. Nachdem ich fünf Minuten damit zugebracht hatte, mich durch die angebotenen Optionen zu klicken, gelangte ich endlich an einen Mann mit breitem schottischem Akzent. Ich fragte mich, ob ich vielleicht in einem Callcenter gelandet war, auch wenn ich genau wusste, dass ich die Nummer meiner Zweigstelle hier am Ort gewählt hatte.
Der Mann am anderen Ende der Leitung ließ sich meine Kontonummer geben und wartete darauf, dass ihm sein PC die passenden Informationen liefern würde.
»Der Computer ist heute wieder ziemlich langsam«, entschuldigte er sich mit dem Mantra aller Mitarbeiter eines Callcenters.
Ich erklärte ihm, dass meine Karte trotz der achthundert Pfund auf dem Konto nicht akzeptiert worden war.
»Entschuldigen Sie, Sir«, sagte er, »aber Ihr Konto steht zur Zeit auf null. Auf dem Konto ist kein Geld.«
»Aber das ist doch unmöglich«, widersprach ich ungläubig. »Zumindest hätte mein Gehalt heute Morgen eingehen müssen.«
»Lassen Sie mich nachsehen«, sagte der Mann. »Sie haben recht. Ihr Gehalt ist heute Morgen eingezahlt worden.«
»Habe ich Ihnen doch gesagt.«
»Aber wie es aussieht, haben Sie um zwanzig nach zwölf das ganze Geld abgehoben. Sie haben es sich in der Zweigstelle in der Surrey Street bar auszahlen lassen.«

Ich war wie vom Donner gerührt. »Aber nein, das habe ich nicht. Ich war nicht einmal in der Nähe der Surrey Street. Ich war den ganzen Morgen im Büro.«
»Tut mir leid, Sir«, entschuldigte sich der Mann erneut. »Vielleicht ist es Ihnen nur entfallen?«
»Sie wollen mir nicht im Ernst unterstellen, dass ich so etwas vergessen würde«, entgegnete ich empört.
»Gut, dann bleibt nur noch eine Möglichkeit«, schloss der Mann mit dem schottischen Akzent. »Identitätsdiebstahl. Jemand hat sich Ihrer Daten bemächtigt und Ihr Geld gestohlen.«
Ein matter Laut der Verzweiflung entfuhr mir: »So eine Scheiße!« Um keinen Zweifel an der hoffnungslosen Lage aufkommen zu lassen, in der ich mich befand, knallte ich die Stirn auf den Schreibtisch. Ein paar Kollegen im Büro drehten sich um und starrten mich an.
»Sir? Ist alles in Ordnung?«, drang die schottische Stimme von fern an mein Ohr.

Der Mann nahm meine Daten auf und versprach, sich um alles zu kümmern. Mein Konto würde gesperrt werden (ziemlich sinnlos, jetzt, wo nichts mehr drauf war), und ich würde eine neue Kontonummer, Bankkarte und ein neues Scheckheft bekommen. Bis dahin aber war ich blank.
Ich raffte all meinen Mut zusammen und begab mich auf ein Gespräch zu Murray. Nicht dass ich für mich in Anspruch nehmen könnte, über besondere hellseherische Fähigkeiten zu verfügen, aber das Ergebnis der Unterhaltung entsprach exakt meinen Erwartungen.
»Warum erzählen Sie mir das?«, wollte er wissen, nachdem ich ihm meine leidvolle Geschichte vorgetragen hatte.
»Weil ich kein Geld habe«, erklärte ich. »Und ich hatte gedacht, dass Sie mir etwas vorstrecken könnten.«

Murray funkelte mich mit seinen kalten, harten Augen finster an.
»Haben Sie heute kein Gehalt bekommen?«, fragte er.
»Das haben sie auch mitgehen lassen«, erklärte ich ihm. »Die haben mein ganzes Konto leergeräumt. Ich brauche einen kleinen Vorschuss, mit dem ich über die Runden komme. Nur bis nächste Woche.«
Murray überlegte kurz. Natürlich stand seine Entscheidung längst fest. Sein Nachdenken war nichts als eine Kunstpause, um mein Leiden in die Länge zu ziehen, mich ohne den leisesten Hauch einer Hoffnung zappeln zu lassen.
Seine Antwort lautete schlicht: »Nein. Es entspricht nicht den Unternehmensgepflogenheiten. Ich kann Ihnen das nicht genehmigen.«
Meine Schultern sackten zusammen. »Ich brauche es wirklich«, brachte ich kleinlaut hervor. »Wer könnte das denn genehmigen? Vielleicht jemand in der Buchhaltung?«
Murray schüttelte langsam, aber entschlossen den Kopf. »Die Firma wird Ihnen keinen Vorschuss zahlen«, wiederholte er bestimmt. »Wir haben Besseres zu tun, als Ihnen aus der Klemme zu helfen, wenn Sie nicht mit Geld umgehen können.«
Ich wollte mich schon mit ihm anlegen, dachte dann aber, scheiß drauf, was soll's. Murray würde seine Meinung sowieso nicht ändern, egal, worum ich ihn bitten würde. Ich wollte mich nicht noch länger vor ihm in den Staub werfen und verließ schweigend sein Büro.
Auf dem Weg zurück zu meinem Schreibtisch traf ich Regina.
»Du siehst bedrückt aus«, sagte sie.
»Mir wurde gerade mein ganzes Geld geklaut, und Murray ist ein Scheißkerl«, erklärte ich ihr.
»Du Armer.«
»Aber vielleicht«, fuhr ich fort, »könntest du mir helfen. Ich brauche etwas Geld.«

Ihre Miene ließ nichts Gutes ahnen. »Weißt du, Sam …«, fing sie an.
Ich wartete ihre Antwort gar nicht erst ab. »Nur ein- oder zweihundert, damit ich bis zum nächsten Zahltag über die Runden komme. Bitte. Ich brauch's wirklich dringend.«
»Ich weiß nicht …«, stammelte sie.
»Du bekommst es nächste Woche zurück. Versprochen.«
Ich muss ein ziemlich erbärmliches Bild abgegeben haben, wie ich Regina anflehte. Noch nie hatte ich um Geld betteln müssen und hoffte inständig, nie wieder in eine solche Lage zu kommen.
»Schon gut«, gab sie nach. »Wie viel brauchst du?«
»Zweihundert. Oder vielleicht besser zweihundertfünfzig.«
Sie sah mich scharf an. »Zweihundert ist auch okay«, setzte ich rasch nach.
Wider ihre eigentliche Überzeugung willigte sie ein.
»Ich gehe nachher zum Bankautomaten und hole das Geld«, sagte sie.
»Vielen Dank, Regina«, sagte ich und meinte es wirklich ernst. Unwillkürlich beugte ich mich vor und gab ihr einen flüchtigen Kuss auf die Lippen. Ich hatte mir nichts dabei gedacht. Ein einfacher Kuss aus reiner Dankbarkeit.
Sie wich entsetzt zurück und blitzte mich zornig an. Dann sah sie sich schnell um, um sich zu vergewissern, dass es niemand mitbekommen hatte. »Das«, zischte sie mich an, »machst du nicht noch mal.«
»Entschuldigung. Ich bin einfach nur dankbar. Du bist eine gute Freundin.«
»Wie auch immer, schon gut«, murmelte sie und machte auf dem Absatz kehrt.

19

Die Zeit nach dem Unfall, nachdem Sarah mich verlassen hatte, war schwer. Sarah und ich kannten uns schon seit Kindheitstagen. Sie war das erste und einzige Mädchen, mit dem ich gegangen war, mein erster Flirt, mein erster Kuss, meine erste große Liebe. Ich war sechsundzwanzig, als sie ging, und war danach nie wieder mit einer anderen Frau zusammen.

Es war nicht leicht, mir mein Leben ohne sie einzurichten. Ich war vorher noch nie allein gewesen und hatte einen solchen Verlust nie erfahren. Ich war noch lange danach ein emotionales Wrack und bin es, wenn ich ehrlich bin, immer noch.

Nachdem ich mich von den Folgen des Unfalls erholt hatte, nahm ich meine Arbeit beim Sender wieder auf. Etwa ein Jahr später tauchte Regina in meiner Abteilung auf. Sie war so jung damals, so toll, voller Tatendrang und energiegeladen. Sie war attraktiv, auch wenn ich nicht sicher bin, ob ich mich jemals wirklich zu ihr hingezogen fühlte, jedenfalls nicht in dem Maße, wie meine Gedanken und Gefühle auf verworrene Weise immer noch an Sarah hingen. Regina und ich waren Freunde, Kollegen, und zunächst auch beide ganz zufrieden damit.

Ein paar Monate später ging plötzlich alles ganz schnell, und wir wurden ein Paar. Damals hatte ich noch nie mit einer anderen Frau geschlafen als mit Sarah, und Sex mit Regina ging anfangs über ein linkisches und peinliches Herumprobieren nicht hinaus. In den meisten Fällen nur kurz und unbefriedigend, nur selten mit der Leidenschaft verbunden, wie ich sie von Sarah kannte.

Grundlage unserer Beziehung waren Wollust und Verlangen, nicht Liebe. Das, was man emotionale Bindung nennt, gab es zwischen Regina und mir nicht. Wir hatten Sex miteinander, wenn uns danach war, und übernachteten niemals im Haus des anderen, wenn wir nicht auch miteinander schlafen wollten. Ein annehmbares Arrangement damals, auch wenn uns klar war, dass die Beziehung für uns beide unbefriedigend war und irgendwann ein Ende haben würde.

Nicht ganz ein Jahr später war es so weit. Regina hatte jemanden kennengelernt, von dem sie glaubte, dass er »der einzig Richtige« sei, wie sie es nannte. Es war einer der Junior-Produzenten am Sender. Ich kannte ihn nur flüchtig, musste aber zugeben, dass er möglicherweise gut zu ihr passte. Ich war weder verbittert noch traurig: Eigentlich habe ich mich sogar für sie gefreut. Wir gingen noch ein letztes Mal miteinander ins Bett – hatten dabei verrückterweise den besten Sex, den wir je hinbekommen haben – und trennten uns einvernehmlich. Wir waren uns einig, dass das, was zwischen uns gewesen war, weder unsere Freundschaft noch unser kollegiales Verhältnis beeinflussen würde, und ich bin glücklich, sagen zu können, dass das meistens auch so ist, wenngleich sie sich ihre bissigsten Kommentare und finstersten Blicke nur für mich aufspart.

Keine sechs Monate währte das Glück zwischen Regina und ihrem Junior-Produzenten. Aber als es vorbei war, kam keinem von uns in den Sinn, es wieder miteinander zu versuchen. Trotz einiger vielversprechender Affären hat Regina »den einzig Richtigen« nie gefunden. Und überhaupt nahmen weder ihr Leben noch ihre Karriere den kometenhaften Verlauf, den sie sich – glaube ich zumindest – vorgestellt hatte, ein Umstand, der sie mit zunehmendem Alter immer verbitterter werden ließ. Sie möchte eine berühmte Nachrichtenreporterin sein, eine, die landesweit ein Begriff ist, spürt aber schon, dass der Traum in immer weitere Ferne rückt. Sie verfügt über die Fähigkeit und das Talent, das Aussehen natürlich auch, aber aus unerfindlichen Gründen fehlt ihr immer das letzte Quentchen Glück. Inzwischen scheint ihr zu dämmern, dass sie in diesem gottverlassenen Provinz-Studio die letzte Sprosse der Karriereleiter bereits erklommen haben könnte. Ich glaube, dass sie über ihre Beziehungen genauso denkt. Vielleicht ist sie überzeugt davon, dass sie »den einzig Richtigen« nie finden wird und sich mit dem »Zweit-« oder vielleicht sogar »Drittbesten« begnügen muss. Aber ich bin sicher, dass sie jemanden finden wird, der ihr bedingungslos ergeben ist, auch wenn wir beide wissen, dass ich es nicht sein werde. Und damit sind wir beide zufrieden.

Was mich betrifft, habe ich, von ein paar kurzen und unbefriedigenden Flirts abgesehen, keine richtige Beziehung mehr zustande gebracht. Mir ist es nie gelungen, jemanden zu finden, der mich Sarah vergessen oder wenigstens den Schmerz über den Verlust tief genug begraben ließ, dass ich wieder nach vorn sehen konnte. Ich komme von Sarah einfach nicht los, und das hält mich gefangen und versaut mir mein ganzes Leben. Sarah ist gegangen und wird nie wieder Teil meines Lebens sein. Aber die Erinnerung an sie hängt mir nach, spukt in meinen Wünschen herum und macht alle Versuche, glücklich zu sein, zunichte.

Irgendetwas muss sich ändern.

20

Am Freitagabend brachte Murray endlich meinen Beitrag über *Anarchie der Zeit – Teil zwei*, in dem Guy die Uhren unter der neuen Umgehungsstraße begräbt. Es war eine geringfügig überarbeitete Fassung (Murray hatte mir erlaubt, sie selbst zu bearbeiten, um sie auf weniger als zwei Minuten zu kürzen), und Jasper moderierte sie mit den Worten an: »Einige von Ihnen erinnern sich möglicherweise an die Geschichte, die wir Ihnen in der letzten Woche gezeigt haben, über einen Mann, der Uhren zertrümmert. Nun hat er es wieder getan, dieses Mal mitten auf einem Feld …« Der Beitrag kam ganz zum Schluss, gleich nach dem Wetterbericht, bevor die wichtigsten Schlagzeilen noch einmal über den Bildschirm liefen.

Er war nicht so gut wie der letzte, weil es ihm an visuellen Effekten fehlte. Und als ich ihn im Fernsehen sah, musste ich Murray recht geben, der meinte, dass er dem ersten zu ähnlich sei, um etwas Eigenständiges darzustellen. Ich fragte mich, ob Murray ihn gebracht hatte, weil er nichts anderes hatte oder weil das Budget gerade so eng bemessen war, dass er es sich nicht leisten konnte, halbwegs Brauchbares wegzuwerfen.

Ich war zu Hause, als am späteren Abend mein Handy klingelte. Auf dem Display stand »Unbekannt«, aber ich hatte schon eine Ahnung.

»Hallo, Sam«, begrüßte mich Guys rauhe Stimme. »Ich hab den Bericht heute Abend gesehen. Murray muss seine Meinung geändert haben.«

Da! Schon wieder: Er redete über Murray, als würde er ihn kennen. Nein, es ist eher, als spräche er mit mir, als sei er ein alter Freund. Mich berührte das unangenehm. Es beunruhigte mich.

»Er wurde etwas gekürzt«, antwortete ich. »Und ich glaube nicht, dass er so gut war wie der erste.«

»Er war gut«, erwiderte Guy. »Genau das, was ich brauchte.«

Was er brauchte? Was sollte das bedeuten?

»Ich möchte Sie um etwas bitten, Sam«, fuhr er fort. »Ich möchte, dass Sie etwas filmen.«

Ich seufzte innerlich. »Sollte es sich um *Anarchie der Zeit – Teil drei* handeln, dann weiß ich nicht, ob Sie bei mir an der richtigen Adresse sind.«

Guy lachte. »Natürlich bin ich bei Ihnen richtig, Sam. Aber es geht nicht um Teil drei, noch nicht.«

»Also, was wollen Sie?«

»Was haben Sie am Wochenende vor?«

O Gott. »Warum?«, fragte ich vorsichtig.

»Ich würde mich Sonntagnachmittag gern mit Ihnen vor dem Museum treffen. Ich weiß, dass Sie nichts anderes vorhaben.«

Woher wusste er das schon wieder?
»Ich halte das für keine gute Idee«, brachte ich zögernd hervor.
»Aber Sam. Vertrauen Sie mir. Unsere Wege haben sich aus einem bestimmten Grund gekreuzt. Ich werde Ihnen etwas zeigen, das Ihr Leben vollständig auf den Kopf stellen wird.«
»Ich glaube nicht …«
»Sagen Sie mir«, unterbrach er, »was Sie am meisten bereuen?«
Ich musste nicht lange überlegen. Sarah. Aber das sagte ich nicht laut.
Meinem Schweigen schien Guy zu entnehmen, dass ich die Antwort wusste.
»Kommen Sie Sonntagnachmittag zum Museum«, wiederholte er leise und bestimmt. Die Bitte war jetzt unmissverständlich ein Befehl. »Und bringen Sie eine Kamera mit«, setzte er nach. »Ein Camcorder reicht aus. Fernsehqualität ist nicht erforderlich.«
Ich antwortete nicht.
»Sie sind sich nicht sicher, ob Sie mir vertrauen sollen oder nicht«, sagte er. »Aber Sie haben nichts zu verlieren, Sie können nur gewinnen.«
Mit diesem letzten Klischee legte er auf, bevor ich eine Chance hatte, etwas zu erwidern.
Ich legte das Handy langsam hin. Ich weiß, ich hatte mir gewünscht, dass etwas passieren sollte, aber jetzt war ich mir nicht mehr so sicher, ob es das war, was passieren sollte.

21

Sonntagnachmittag, zwei Uhr.
Als ich zum Museum kam, sah ich Guy schon auf den Stufen stehen, wo er auf mich wartete. Für den Bruchteil einer Sekunde erwog ich, auf dem Absatz kehrtzumachen und zu gehen, aber in

dem Moment hatte er mich schon entdeckt und winkte mir zu. Ich begann, meine Entscheidung zu bereuen, und eigentlich hatte ich den Entschluss schon mit jedem Schritt bereut, den ich gemacht hatte, nachdem ich vor einer halben Stunde mein Haus verlassen hatte. Ein Fehler.
Schon am Tag davor hatte ich mich immer wieder gefragt, ob ich zum Museum kommen sollte oder nicht. Ich traute Guy nicht, jedenfalls glaubte ich nicht, dass ich ihm trauen könnte, wenn ich jemals in eine Situation geraten sollte, in der dies unvermeidlich war. Irgendetwas stimmte nicht mit ihm, etwas, das ich nicht genau benennen konnte. Es war dieses Lächeln, das unablösbar in seinem Gesicht zu kleben schien, als wüsste er etwas, das außer ihm niemand wusste. Als wären wir alle nur Puppen in einem Spiel, das er spielte.
Der Anruf am Freitagabend hatte mir Angst gemacht. »Was bereuen Sie am meisten?«, hatte er wissen wollen, einfach so aus heiterem Himmel und offensichtlich, ohne wirklich eine Antwort zu erwarten. Es war, als wüsste er, was ich sagen würde, und hätte die Frage nur gestellt, um zu beweisen, dass er recht hatte.
Ein Lächeln lag auf seinem Gesicht, während ich die Stufen zu ihm hinaufstieg.
»Ich wusste, dass Sie kommen würden«, stellte er sachlich fest, was mich noch mehr irritierte.
»Was wollen Sie? Warum haben Sie mich hierherkommen lassen?«
»Ich habe Sie natürlich herkommen lassen, um zu arbeiten«, erklärte er. Es war ein kalter Tag, und ich sah seinen Atem in der eisigen Luft vor dem Mund stehen.
»Was für eine Arbeit? Wovon reden Sie?«
Guy schien einen Augenblick zu überlegen, bevor er sprach. »Was würden Sie sagen, wenn ich Ihnen die heißeste Geschichte Ihrer Laufbahn liefern würde?«
Ich zuckte mit den Schultern. »Wie heiß?«

»Ungefähr so heiß, dass sie Ihr Leben komplett verändern würde.«
Ich stöhnte leise auf. »Es geht nicht zufällig um Ihren albernen Performance-Mist?«
»Nur zum Teil«, lächelte er, scheinbar ungerührt. »*Anarchie der Zeit* ist erst der Anfang.«
»Jetzt sagen Sie schon, worum es geht.«
»Sagen kann ich es Ihnen nicht. Ich kann Sie nur hinführen. Es liegt an Ihnen, ob Sie mitkommen und die Geschichte selbst zusammensetzen wollen. Ich bin Ihr Begleiter. Ich kann Ihnen nur zeigen, was Sie sehen sollen.«
Ich konnte diese Floskeln und mysteriösen Andeutungen nicht mehr ertragen. »Hätten Sie die Güte, verdammt noch mal Klartext zu reden?«, brüllte ich los.
»Tut mir leid, Sam. Sie haben recht. Wir sollten uns auf das konzentrieren, was zu tun ist. Haben Sie Ihre Kamera dabei?«
»Natürlich«, sagte ich.
»Dann schlage ich vor, dass Sie sie einschalten und alles filmen, was Sie sehen. Sie können nicht wissen, was wichtig ist und was nicht. Sie müssen nur alles filmen.«
»Was filmen?«
Er starrte mich an, als wäre ich nicht ganz dicht. »Das Museum«, erklärte er. »Wir werden einen Rundgang durch das Museum machen.«
Er drehte sich um und hielt auf den Haupteingang zu. Ich eilte hinter ihm her.
»Und warum?«, setzte ich nach. »Was hat das mit der Geschichte zu tun?«
Er sah mich an. »Nichts. Es dient nur zur Recherche.«
Während er diese letzte mysteriöse Andeutung aussprach, betrat er das Museum.
Voll unguter Vorahnungen folgte ich ihm.

22

Hinter dem Eingang des Museums betrat man zunächst einen schmalen Gang und dann eine riesige Halle, in der Dutzende von Besuchern zwischen unzähligen Exponaten und Vitrinen umherwanderten. Mitten in der Halle erhob sich eine riesige Dampflokomotive auf einem Podest, um das sich eine Gruppe gelangweilter Kinder scharte. Ein Museumsführer erklärte ihnen die Geschichte der Lokomotive – des ersten dampfbetriebenen Zuges in der Gegend, liebevoll restauriert und so weiter und so weiter –, und die Kinder stellten ihre Langeweile zur Schau, als hätten sie einen Anspruch darauf, gelangweilt zu sein.

Hoch über uns hing ein komplett erhaltener Doppeldecker an dicken Seilen von der Decke herab. Ein Relikt aus dem Ersten Weltkrieg mit einem ebenso alten Maschinengewehr vor dem Pilotensitz.

An drei Seiten der Halle führten Treppen zu Galerien, in die anderen Stockwerke des Museums hinauf, von denen wiederum Türen und Gänge in weitere Räume führten. Große Schilder wiesen den Weg zu den verschiedenen Ausstellungen: »Unsere Ahnen aus der Steinzeit«, »Das Erbe der Römer«, »Die Invasion der Angelsachsen«, »Die Industrielle Revolution«.

Zu meiner Schande muss ich gestehen, dass ich das Museum seit der Zeit nicht mehr von innen gesehen hatte, als ein Besuch zum Pflichtprogramm jedes Schülers gehört hatte. Viel Zeit ist seitdem vergangen, und vieles hat sich verändert. Dieser Teil meines Lebens war inzwischen ebenso Geschichte wie die Exponate, die hier ausgestellt waren.

Ich erblickte Guy, der seelenruhig quer durch die Halle auf die Treppen zustolzierte. Ich hielt die Kamera hoch und schaltete sie ein. Es war ein Video-Camcorder, sehr unauffällig und um einiges einfacher zu bedienen als diese sperrigen Geräte, mit denen ich normalerweise arbeitete. Er war mit einem kleinen aufklappbaren Display ausgestattet, so dass ich ihn gar nicht in die Nähe meines Kopfes halten musste. Er war also geräuschfrei.

Ich hatte Guy eingeholt, als er die Treppe zum ersten Zwischengeschoss hinaufstieg.

»Was soll ich filmen?«, keuchte ich, während ich ihm die Stufen hinauf folgte.

»Alles«, sagte er. »Filmen Sie alles, was Sie sehen. Man kann nie wissen, wozu man es später einmal gebrauchen kann.«

Oben am ersten Treppenabsatz angekommen, gingen wir über die Galerie auf eine Tür am hinteren Ende zu. Unter uns breitete sich die Eingangshalle aus, und erst jetzt bemerkte ich den Einfallsreichtum, mit dem der Bereich gestaltet war. Als ich über die Galerie sah, befand ich mich auf Augenhöhe mit dem oberen Ende des ausgedienten Schornsteins der Lokomotive. Der Flieger aus dem Ersten Weltkrieg schwebte nur wenige Meter über mir. Auf der zweiten Galerie befände ich mich mit dem Flugzeug auf einer Höhe, und auf der dritten sähe ich auf es herab. Ein perfekt durchdachtes System, um ein solches Stück auszustellen, aber mir blieb nicht viel Zeit, all das in mich aufzunehmen, denn gerade sah ich Guy durch eine Tür in den Hauptteil des Gebäudes verschwinden. Ich folgte ihm, sah ihn aber schon am anderen Ende des langen Ganges um die nächste Ecke verschwinden. Er schien ein bestimmtes Ziel zu haben, und obwohl er mir aufgetragen hatte, alles zu filmen, gab er mir kaum Gelegenheit dazu. Ich hatte schon genug damit zu tun, ihm auf den Fersen zu bleiben.

Schließlich fand ich mich in einem imposanten Raum mit hoher Stuckdecke und riesigen, kunstvoll verglasten Fenstern wieder. Die Wände waren vollgehängt mit Bildern, und auf dem Boden standen Podeste mit den blindäugigen, bleichen Marmorbüsten historischer Gestalten. Schließlich erblickte ich Guy wieder, der sich wie versteinert vor einem dieser Podeste ganz hinten im

Raum aufgebaut hatte. Ich bewegte mich langsam auf ihn zu und filmte dabei alles.
Aus Rücksicht auf die anderen Leute, die in dem Raum zwischen den Ausstellungsstücken umherwanderten, drosselte ich meine Stimme, als ich hinter Guy stand. Er trat einen Schritt zur Seite und gab den Blick auf das Objekt frei, dem er all seine Aufmerksamkeit gewidmet hatte und das ich zunächst nur im Sucher der Kamera gesehen hatte. Ich blickte auf, um es mit eigenen Augen zu betrachten.
Erst hatte ich vermutet, dass es sich ebenfalls um eine dieser Marmorbüsten handeln würde, wobei mir natürlich hätte klar sein müssen, dass Guy sich niemals für etwas so Naheliegendes entschieden hätte. Auf dem Podest stand eine kleine, aber außerordentlich prunkvolle Uhr. Aus der Nähe vernahm ich ihr leises, dezentes Ticken. Ich hob die Kamera und zoomte sie näher heran.
Von ihrem hölzernen Boden bis zu dem vergoldeten Griff mochte sie etwa vierzig Zentimeter hoch sein. Sie war viereckig, hatte einen Kuppelaufsatz und bestand aus Mahagoni und Messing. Die satten Farben von Holz und Metall ergänzten sich, bildeten aber dennoch einen Gegensatz zur klassischen Form des Stücks. Einer Tafel war zu entnehmen, dass sie 1770 in London angefertigt worden war.
Guy stand verzückt davor.
»Das«, sagte er leise, aber laut genug, dass es von dem kleinen Mikrofon der Kamera aufgenommen wurde, »ist die Vergangenheit.«
Ich sah wieder auf die Uhr und das kleine Schild mit dem Datum darauf. »Nein«, wandte ich ein. »Sie wurde in der Vergangenheit angefertigt, besteht aber in der Gegenwart.« Dabei hätte ich wissen müssen, dass es keinen Sinn ergab, jemandem zu widersprechen, der das Zerreden von Zeit zur Philosophie erhoben hatte.
Guy zeigte auf die Uhr, berührte sie aber nicht. »Das Holz«, sagte er und deutete auf den Mahagonirahmen, »war einst ein Lebewesen, das aus einem Saatkorn entstanden ist. Es ist gewachsen und hat

geatmet. Eines Tages wurde es gefällt und in diese Form gebracht. Die Metallbeschläge waren einst Kupfer und Zink, die feuerflüssig die Adern der Erde durchströmten, bis sie abgekühlt im Gestein erstarrten. Lebewesen, immer in Bewegung, immer im Wandel begriffen. Dann wurde es dem Planeten entrissen, extrahiert, reduziert, einer chemischen Reaktion unterzogen, zu der Legierung gemacht, die wir Messing nennen, aus der die Zeiger und Ziffern auf dem Zifferblatt und all diese filigranen Rädchen und Hebel angefertigt wurden, die sie ticken lassen. Und dann, nachdem alles Holz und Metall geschnitzt, gegossen und zusammengesetzt worden war, die Zeiger auf die Zeit eingestellt worden waren, zu der sie das erste Mal begann zu gehen, ist alles vorbei, die Reise beendet. Holz und Metall, die einst gelebt haben, gewachsen sind, sich verändert haben, werden sich nie wieder verändern. Diese Uhr« – wieder deutete er auf sie, dieses Mal mit mehr Nachdruck – »... ist das Abbild des Sekundenbruchteils des Augenblicks, in dem sie hergestellt wurde. Sie ist die Vergangenheit.«

Er starrte gebannt auf die Uhr. Der Eifer, mit dem er seine Rede gehalten hatte, hatte sein Gesicht erröten lassen. Ein wenig schwülstig vielleicht, aber darin war er gut.

Ich muss einen Augenblick nichts gesagt haben, dann wandte er sich schließlich von der Uhr ab und mir zu: »Nun? Was denken Sie?«

»Sie ist ... schön«, sagte ich unverbindlich. »Eine wunderschöne Uhr.«

»Ich meinte meine Ansprache«, knurrte er. Das Wort »Ansprache« hatte ich bemerkt. Na ja, für mich hatte das geklungen, als hätte er etwas von sich gegeben, das er vorher schon einmal geschrieben hatte.

»Es war ...«, ich suchte nach dem passenden Wort, einem Kompliment, das ihm gefallen würde, »... interessant«, war alles, was mir einfiel.

Er schien das lustig zu finden, so wie er den Kopf zurückwarf und lachte und damit die würdevolle Ruhe in dem Raum durchbrach. Alles drehte sich nach ihm um, was ihn aber nicht zu kümmern schien.
»Sam«, sagte er und schlug mir auf eine Weise mit der Hand auf die Schulter, die ich überhaupt nicht schätzte, »Sie werden eines Tages mein Tod sein.«

Bevor wir den Raum verließen, kam eine kleine alte Dame auf uns zu und sprach Guy an.
»Ach, sind Sie nicht der Typ aus dem Fernsehen, der all diese Uhren zerstört?«
Guy grinste sie huldvoll an. »Ja, warum? Genau der bin ich.«
Die alte Dame sah zu ihm auf und verengte die Augen zu Schlitzen. »Mein Mann denkt, dass Sie nicht ganz sauber ticken. All diese wunderschönen Uhren zerstören, das ist doch nicht normal.«
Guy lächelte sie liebenswürdig an. »Natürlich ist das nicht normal. Sonst würde ich es nicht tun.«
»Aber«, sagte sie mit Blick auf das Podest hinter uns, »Sie haben doch nicht etwa vor, auch diese dort zu zerstören? Das ist ein antikes Stück.«
»Nein«, erklärte Guy höflich. »Eine solche Uhr zerstöre ich nicht. Es gibt schließlich Regeln, an die ich mich halten muss.«

23

Guy zog mich durch viele Räume und unzählige Gänge, sprach wenig, und wenn, predigte er natürlich ausschließlich über Uhren. Ich filmte, was mir vor die Kamera kam, auch wenn mir immer noch unklar war, was ich eigentlich aufnehmen sollte. Langsam kam mir der Verdacht, dass Guy mich die ganze Zeit auf den Arm

nehmen wollte, auch wenn ich nicht verstand, welchen Sinn das alles haben sollte.
Plötzlich blieb er stehen. »Warten Sie hier«, wies er mich an. »Ich muss kurz mit jemandem sprechen.«
Etliche Stunden hatten wir in dem Museum schon zugebracht und mit Sicherheit schon so ziemlich alles gesehen, was das Haus zu bieten hatte. Wir waren gerade wieder in den Eingangsbereich zurückgekehrt, als Guy plötzlich damit herauskam und sich unverzüglich durch die Halle davonmachte. Im Vergleich zu vorher war die Halle inzwischen gerappelt voll mit Besuchern, so dass ich ihn fast aus den Augen verlor, als er sich den Weg durch die Menge bahnte.
Ich stand am hinteren Ende der Dampflokomotive und hatte die Kamera noch eingeschaltet. Ich hielt sie mir vor das Gesicht, wobei ich sehr darauf bedacht war, durch das LCD-Display zu sehen, um zu vermeiden, dass sich das Geräusch in meinen Schädel hinein entlud. Ich folgte Guy an das andere Ende der Halle, knapp vierzig Meter entfernt. Im Gehen zoomte ich ihn so weit wie möglich heran, um zu sehen, was er vorhatte.
Vor einer großen Tür blieb er stehen. Sie stand offen und führte in einen weiteren Raum. Bevor er eintrat, sah er mich an. Nein, nicht mich, sondern eine Gestalt, die, teilweise hinter der Tür verborgen, im Raum dahinter stand. Sie wandte mir den Rücken zu, aber einen Arm, ein Bein und einen Teil des Hinterkopfs konnte ich sehen. Die Gestalt hatte kurzes, dunkles Haar und etwa Guys Größe, so dass ich dachte, es könnte ein Mann sein, aber ganz sicher war ich mir nicht.
Guys Gesichtsausdruck entnahm ich, dass sie sich stritten. Auf einmal holte der Unbekannte aus und stieß Guy gegen die Brust, aber Guy stand seinen Mann und fixierte ihn mit eiskaltem Blick. Ich filmte alles und hätte diese Szene gern näher herangeholt, aber es ging nicht, da der Zoom bereits ausgereizt war.
Die Auseinandersetzung schien einen Wesenszug von Guy zum

Vorschein zu bringen, den ich vorher noch nicht an ihm bemerkt hatte. Das Gesicht war ernst, seine Körpersprache durchaus aggressiv. Ich hatte das Gefühl, dass er, sollte die Gestalt noch einmal versuchen, ihm einen Hieb zu versetzen, sie sofort am Arm packen würde. Ich hätte gern gehört, was sich die beiden zu sagen hatten, aber sie waren zu weit entfernt.
Schließlich hatte Guy offensichtlich irgendetwas Abschließendes gesagt, woraufhin sich die Gestalt umdrehte und ging. Am Hals des Fremden sah ich kurz ein Rot aufleuchten, eine Art Schal, dann war er weg. Guy sah ihm einen Moment nach, bevor er sich umdrehte und zu mir zurückkam. Als er mir gegenüberstand, war er wieder der Alte.
»Was war los?«, erkundigte ich mich. Die Kamera lief immer noch, aber ich hielt sie an meiner Seite unten, so dass er nicht bemerkte, dass ich ihn filmte.
»Nicht so wichtig«, antwortete er mit einem leichten Lächeln auf den Lippen. »Sie werden es eines Tages erfahren.«

Ich dachte zwar, dass wir schon überall in dem Museum gewesen waren, aber zu meiner Überraschung gab es noch einen Ort, den Guy mir unbedingt zeigen wollte.
»Wir haben hier doch gar nichts zu suchen«, flüsterte ich. »Sie werden uns entdecken.«
Guy ging vor mir her durch die Eingangshalle, auf eine Tür mit der Aufschrift »Privat – Nur für Mitarbeiter« zu. Sie war abgeschlossen. Neben der Tür befand sich ein Sicherheits-Codeschloss. Er vergewisserte sich, dass ihn niemand beobachtete, und gab eine vierstellige Zahlenkombination ein. Ein grünes Lämpchen blinkte auf, und die Tür gab den Weg in den Gang dahinter mit einem Klicken frei. Guy ging voran.
»Filmen Sie alles«, wies er mich leise, aber bestimmt an. »Das hier ist sehr wichtig.«

Ich folgte ihm den unspektakulären Gang entlang, obwohl ich wusste, dass es falsch war und wir Schwierigkeiten bekommen würden, wenn man uns erwischte. Ich war es nicht gewohnt, solche Dinge zu tun, aber Guy schien Übung darin zu haben.
Woher kannte er den Code zum Öffnen der Tür? Ich überlegte kurz, ob er ihn vielleicht kannte, weil er hier arbeitete – ich hatte ihn noch gar nicht gefragt, wo er arbeitete. Vielleicht gehörte er ja hierher.
Guy selbst zerstreute diesen Gedanken, als er zur Decke hinaufzeigte und bemerkte: »Überwachungskamera. Bitte unbedingt filmen.« Das Herz schlug mir bis zum Hals, und wäre ich bei klarem Verstand gewesen, hätte ich möglicherweise einfach kehrtgemacht und wäre gegangen.
Stattdessen parierte ich, ohne Fragen zu stellen, richtete die Kamera auf das winzige Kästchen, das zur Überwachung in dem Winkel zwischen Wand und Decke angebracht war.
»Wir sollten gehen«, flehte ich, während Guy schon fast links im nächsten Gang verschwunden war, der sich von dem ersten in nichts unterschied. »Wir haben hier nichts verloren.«
Aber Guy ließ das kalt. Ungerührt marschierte er die Flure entlang, als würden sie ihm gehören. Immer wieder deutete er auf Überwachungskameras – ob wir nicht spätestens jetzt von einem Wachmann entdeckt wurden! –, die ich alle pflichtschuldig aufnahm. Schließlich waren wir dort angekommen, wo er offensichtlich hinwollte.
Wieder war es ein langer Gang, der an seinem Ende auf eine große Sicherheitstür zulief. Eigentlich war es eine Tresortür. Genau wie die auf dem Video, das Meg mir vor ein paar Tagen gezeigt hatte. Ich ließ mir die Bilder von dem Videoband durch den Kopf gehen. Ein Mann mit verbundenem Gesicht, der urplötzlich vor einer Tresortür aufgetaucht war und dann direkt auf die Kamera zuging. Ich sah mich um. Da! Ganz oben an der gegenüberliegenden

Wand befand sich die Überwachungskamera, die die Aufnahmen gemacht hatte. Mir wurde mulmig.

Guy zog mich über den Gang. Ich bekam weiche Knie. »Wir müssen uns beeilen«, drängelte er. »Filmen Sie alles, schnell!«

Ein schales Gefühl von Angst wallte in mir auf, als mir plötzlich dämmerte, was er vorhatte.

»Sie wollen das Museum ausrauben«, keuchte ich, wobei ich kaum glauben konnte, was ich gerade gesagt hatte.

»Natürlich nicht«, sagte Guy.

»Aber …«

Guy packte mich unsanft und schob mich vor die Tür. »Wollen Sie unbedingt, dass sie uns schnappen? Wenn nicht, dann seien Sie einfach still und tun Sie, was ich Ihnen sage.«

»Ich …«

»Wenn Sie noch ein Wort sagen, vergesse ich mich«, zischte er auf eine Art, die nicht den geringsten Zweifel aufkommen ließ, und sah mich wütend an. »Filmen Sie einfach das Schloss, ich erkläre es Ihnen später.«

Ich richtete die Kamera auf die Tresortür und versuchte, sie beim Filmen möglichst still zu halten, was meine zittrigen Hände kaum zuließen. Dann zoomte ich das Schloss heran, ein altmodisches Zylinderschloss, wie man es aus zahllosen Filmen kennt. Ich war überrascht, dass es kein moderneres war.

Ich filmte nur ein paar Sekunden. Das reichte; bearbeiten konnte ich das Ganze später immer noch.

»Na los«, sagte Guy ruppig, drehte sich um und lief über den Gang zum Ausgang zurück. Ich zögerte, wusste nicht genau, was ich tun sollte, eilte ihm dann aber hinterher.

Auf unserem Rückweg durch die Gänge begegnete uns kein Mensch. Niemand hielt uns auf oder nahm von unserer Anwesenheit Notiz. Wir waren wieder an der Tür mit dem Sicherheitscode, gingen hindurch und fanden uns in der Halle des Hauptgebäudes wieder. Mit einem mysteriösen Klicken schloss sich die Tür hinter uns, und wir setzten unseren Weg durch die Halle fort. Sekunden später waren wir zum Haupteingang hinaus, stiegen die Stufen hinab und standen auf der Straße.

Ich hatte das Gefühl, mich übergeben zu müssen. Ich konnte nicht mehr gehen, blieb stehen und lehnte mich an eine Wand. Alles drehte sich. Ich atmete ein paarmal tief durch. Die eisige Februarluft brannte in der Lunge und blieb im Hals stecken.

Als ich aufsah, grinste Guy mich amüsiert an. »Vielleicht haben Sie Fragen, die Sie mir gern stellen möchten? Kommen Sie, wir gehen einen Kaffee trinken.«

24

Wir suchten uns einen ruhigen Platz in einem nahe gelegenen Café. Ich war immer noch ziemlich aufgelöst, Guy hingegen wirkte heiter und entspannt. Ich nippte an meinem Kaffee. Er war zu heiß und zu stark.

Guy fing das Gespräch damit an, dass er versprach, mir meine Fragen zu beantworten, so gut er konnte. Ich war mir von Anfang an nicht sicher, ob ich ihm glauben sollte.

»Was haben wir gerade getan?«, war meine erste Frage. »Und wichtiger noch, warum haben wir das getan?«

»Wie ich vorhin schon sagte«, begann Guy. »Wir haben recherchiert.« Er tippte auf die Kamera, die zwischen uns auf dem Tisch lag. »Sie werden diese Informationen später brauchen.«

»Das ist keine Antwort«, gab ich zurück.

»Das war eine Antwort, Sam. Und es war die beste Antwort, die ich Ihnen geben konnte. Ich kann jetzt einfach noch nicht alles erklären, da es keinen Sinn ergeben würde.«

»Nichts von dem, was Sie sagen, ergibt einen Sinn«, stellte ich fest.

Schon wieder hatte er dieses verdammte Lächeln aufgesetzt. »Das Band wird sich eines Tages als sehr wichtig erweisen. Passen Sie gut darauf auf. Nächste Frage.«

Ich versuchte, mich zu konzentrieren.

»Warum die Tresortür? Haben Sie vor, sie aufzubrechen?«

»Haben Sie eine Ahnung, was sich in dem Safe befindet, Sam?«

»Das ist keine Antwort.«

»Es führt aber zu einer«, antwortete er. »Gut, ich werde es Ihnen erklären. In dem Tresor befinden sich die wertvollsten historischen und archäologischen Artefakte, die die Gegend hier zu bieten hat.«

»Und die wollen Sie stehlen?«

Als hätte ich nichts gesagt, redete er weiter. »Die meisten dieser Gegenstände sind nur für Historiker und Archäologen wirklich wertvoll. Einen finanziellen Wert haben die Stücke nicht. Das Museum mag ja ziemlich große Stücke auf sich halten, ist aber doch ein kleines Provinzmuseum. Die wertvollsten und teuersten Exponate sind öffentlich ausgestellt. Ginge es mir um Geld, würde ich mir nicht ein Museum, sondern eine Bank aussuchen.«

»Dann wollen Sie also einbrechen?«

Er schüttelte den Kopf. »Das habe ich nicht gesagt. Ich habe nur gesagt, dass es dort nichts Wertvolles zu stehlen gibt. Ist Ihnen übrigens das Schloss aufgefallen?«

Natürlich war es mir aufgefallen. »Es schien ziemlich altmodisch zu sein«, sagte ich. »Keines dieser Hightech-Schlösser.«

»Genau«, stimmte Guy zu. »Dann erklären Sie mir bitte Folgendes: Was ist so wertvoll, dass es in einem Tresor aufbewahrt werden muss, nicht aber mit einem modernen Sicherheitsschloss gesichert wird?«

»Ich dachte, ich stelle hier die Fragen? Sie haben zwei hintereinander gestellt.«

»Entschuldigung. Ich beantworte Ihre Fragen wieder, wenn Sie mir zuerst meine beantworten.«

Ich dachte nach. Was benötigt eine dicke Tresortür und kommt trotzdem mit einem altmodischen Kombinationsschloss aus? Zugegeben, darauf fiel mir keine Antwort ein.
Guy schien es Freude zu bereiten, dass er mir die Antwort liefern konnte. »Luft«, sagte er schlicht.
Zunächst verstand ich es nicht, also erklärte er es mir.
»Die Luft in dem Tresor«, führte er aus, »wird bei einer Temperatur gehalten, die sich nie um mehr als ein oder zwei Grad verändert. Auch die Luftfeuchtigkeit ist immer konstant. Die Artefakte in dem Tresor sind sehr empfindlich und zerbrechlich und müssen daher sorgfältig aufbewahrt werden. Die Tür ist nicht dazu da, einen Diebstahl zu verhindern, sondern ihren Verfall.«
Ich nickte. Jetzt hatte ich verstanden, jedenfalls bis ich merkte, dass ich doch nichts begriffen hatte und die Erklärung gar keine war.
»Sie haben mir meine erste Frage aber noch nicht beantwortet«, sagte ich.
»Welche war das?«
»Warum die Tresortür? Warum haben Sie mich dorthin geführt und den Film machen lassen?«
»Ich sage Ihnen etwas«, sagte Guy erfreut. »Lassen Sie uns das Ganze etwas interessanter gestalten. Warum stellen Sie mir nicht einfach Fragen, auf die ich nur mit Ja, Nein oder Vielleicht antworten kann.«
Wieder eines dieser verdammten Spielchen, dachte ich, willigte aber ein und versuchte, meine erste Frage zu formulieren. Ich beschloss, ohne Umschweife zur Sache zu kommen.
»Wollen Sie den Tresor aufbrechen?«
»Ja«, war die Antwort.
Seine Offenheit überraschte mich. Er lächelte mich an, wohl wissend, dass er mich überrumpelt hatte. Ich fing mich wieder und fuhr fort.

»Ist etwas dort drin, das Sie stehlen wollen?«

»Nein.«

Nein? Wieder war ich überrascht. Warum bricht man einen Tresor auf, wenn man nicht vorhat, etwas zu stehlen? Die Verwirrung muss mir im Gesicht gestanden haben. Er gab mir einen Hinweis.

»Ich kann nur mit Ja, Nein oder Vielleicht antworten«, erklärte er. »Sie müssen Ihre Fragen also sehr präzise stellen. Überlegen Sie jedes Wort genau, das sie verwenden.«

Ich überlegte gründlich. »Ist etwas dort drin, das Sie holen möchten?«

»Ja«, lautete dieses Mal die Antwort.

Wenn er etwas entwenden wollte, ohne es zu stehlen, dann konnte das nur eines bedeuten.

»Ist es etwas, das Ihnen gehört?«

»Ja«, war die entschiedene Antwort.

Mir dämmerte, dass ich mit diesen Ja- und Nein-Antworten nicht weiterkam. Also versuchte ich es anders.

»Wollen Sie mir sagen, was es ist?«, fragte ich.

»Ja.«

»Jetzt?«

»Nein.«

»Wann?«

Er schüttelte kaum merkbar den Kopf, um anzudeuten, dass er die Frage nicht beantworten konnte.

Also andersherum. »Wollen Sie es mir heute sagen?«

»Nein.«

»Morgen?«

»Nein.«

»Diese Woche?«

»Nein.«

»Nächste Woche?«

»Nein.«

»Diesen Monat?«
»Ja.«
Mir kam eine andere Idee.
»Brauchen Sie meine Hilfe für den Einbruch?«
Er hielt meinem Blick ein paar Sekunden stand, bevor er antwortete: »Ja.«
»Für mehr, als nur dieses Video zu machen?«
»Ja.«
Ein Schauer lief mir mit einer Kälte über den Rücken, die auf das Wetter nicht zurückzuführen war.
»Das ist nicht komisch, Guy.«
»Nein.« Wieder lächelte er mich amüsiert an.
»Mit meiner Hilfe werden Sie nicht rechnen können«, stellte ich sachlich fest.
»Nein?«, antwortete er fragend. Ich starrte ihn an.
»Lassen Sie das endlich!«, platzte ich heraus. »Hören Sie mit diesem dämlichen Spielchen auf.«
Mit einem zustimmenden Nicken sagte er nur: »Ja.«
Am liebsten hätte ich ihm sofort eine reingehauen. Das Blut kochte mir in den Adern, und das Geräusch entlud sich tosend in meinen Kopf.
»Sam«, sagte er. »Ich muss zurückhaben, was mir gehört, aber dazu brauche ich Ihre Hilfe. Allein kann ich es nicht.«
Mir kam eine Idee. »Sie haben es schon versucht, richtig?«, sagte ich. »Vor zwei Wochen. Sie trugen einen Verband um den Kopf.«
Megs Videoband hatte einen Mann mit bandagiertem Gesicht gezeigt, der vor der Tresortür aufgetaucht war und dann auf die Kamera zuging. War das Guy?
Die Frage schien ihn zu amüsieren. »Vor zwei Wochen, sagen Sie?«
»Vor zwei Wochen, ja. Mittwoch, der erste Februar, am Vormittag.«

»Vor zwei Wochen«, wiederholte Guy, während er die Worte vorsichtig wählte. »Ich war nicht im Museum, und ich hatte bestimmt auch keinen verbundenen Kopf. Beantwortet das Ihre Frage?«

Aber nur, wenn er die Wahrheit sagte, dachte ich bei mir.

»Sie wissen also nichts«, sagte ich. »Von dem Mord vor dem Museum in jener Nacht?«

»Was für ein Mord?«, fragte er mit Unschuldsmiene.

»Ein Mann wurde umgebracht, auf ziemlich brutale Weise sogar«, erklärte ich ihm.

»Wie furchtbar«, kommentierte er emotionslos. »Und warum sollte ich Ihrer Meinung nach etwas darüber wissen?«

»Ist nicht so wichtig«, sagte ich, wobei ich mich fragte, ob Guy zu einem Mord fähig sein könnte. Saß ich dem Mann gegenüber, der die Leiche, die in der Gasse gefunden worden war, getötet, gehäutet und schließlich noch Stücke davon abgeschnitten hatte?

»Sie sehen besorgt aus«, bemerkte Guy. »Dann ist es anscheinend doch wichtig.«

»Nein«, sagte ich kopfschüttelnd. »Ist schon gut. Vergessen Sie's. Ich muss jetzt gehen.« Ich stand auf und griff nach der Kamera. Ich nahm das Band heraus und reichte es Guy.

»Sie sollten es behalten«, sagte er. »Bewahren Sie es gut auf. Sie werden es eines Tages brauchen.« Widerwillig steckte ich es wieder in die Kamera.

»Ich halte es für das Beste, wenn Sie mich eine Zeitlang nicht mehr sehen«, sagte ich ihm.

Er willigte ein. »Einverstanden«, sagte er, für mein Empfinden einen Tick zu huldvoll. Er schien das Interesse an mir schon verloren zu haben, holte ein abgewetztes Notizbuch aus der Jackentasche und legte es vor sich auf den Tisch. Es hatte einen roten Umschlag und war Jahre, wenn nicht Jahrzehnte alt. Als er es durchblätterte, sah ich, dass jede einzelne Seite mit dünnen, akkuraten Buchstaben beschrieben war, die die Seiten und selbst die Ränder von oben bis unten füllten. Nicht ein Quadratmillimeter schien unbeschriftet zu sein. Das Buch war mit verschiedenfarbiger Tinte beschrieben worden, die jede Seite in den Farben des Regenbogens schimmern ließ.

Schließlich hatte Guy die Seite gefunden, die er suchte und auf der sich am untersten Rand noch ein schmaler freier Raum befand. Mit einem spitzen Stift füllte er ihn mit kleinster Handschrift aus. Mich schien er vergessen zu haben.

Ich war nervös, aber trotzdem neugierig. »Was ist das?«, wollte ich wissen.

Er sah auf, scheinbar überrascht, dass ich noch da war. »Das ist mein Tagebuch«, antwortete er knapp.

Ich bewunderte die vielen, mit kleiner Handschrift gefüllten Seiten. »Sie müssen ein sehr ereignisreiches Leben führen«, sagte ich.

Er verzog den Mund, deutete ein Lächeln an, dem aber auch ein wenig Trauer oder Bedauern zu entnehmen war. »Sie wären überrascht«, war das Einzige, was er darauf sagte.

25

Fassen wir also zusammen ...

Vor zwei Wochen wird ein Mann in einer Gasse hinter dem Museum umgebracht, und ich bekomme einen Anruf von der Telefonzelle, die am Ende eben dieser Gasse steht, und zwar möglicherweise von dem Mann, der gerade im Begriff war, ermordet zu werden.

Minuten später bricht ein anderer Mann, mit verbundenem Gesicht, in das Museum ein und wird dabei von einer Überwachungskamera gefilmt.

Am nächsten Morgen habe ich den bandagierten Mann auf dem Video, das ich am Tatort gemacht hatte.
Dann, also heute Nachmittag, führt mich Guy genau zu der Stelle, an der der verbundene Mann von der Überwachungskamera aufgenommen worden ist. Er kennt den Code, mit dem er durch die Tür in diesen verbotenen Bereich gelangt, und behauptet, den Tresor des Museums aufbrechen zu wollen.
Meg hatte gesagt, dass sie nicht an Zufälle glaube. Langsam glaube ich, dass sie recht haben könnte.
Meg hatte auch gedacht, dass ich der bandagierte Mann hätte sein können. Ich glaube langsam, dass es Guy gewesen sein könnte.
Wie ich schon sagte, war Guys Gesicht übersät von Aknekratern und Narben, die offensichtlich die Folge einer alten Verletzung waren. Und ich erinnere mich an die dunklen Blutflecken auf dem Verband, die selbst auf dem verschwommenen Schwarzweiß-Video zu erkennen waren. Zwei Tage später hatte ich Guy getroffen, und seine Narben waren schon alt.
Dann war der Mann mit dem bandagierten Gesicht also vielleicht gar nicht Guy. Aber wenn es so ist, wer war er?

26

Ich?«
»Ja«, entgegnete Meg kalt. »Du.«
Okay, gehen wir ein wenig zurück und erzählen alles im Zusammenhang.
Am nächsten Morgen, es war wieder einer dieser kalten Februartage, an denen sich die Sonne hinter grauen Wolken verborgen hielt, kam ich ins Büro und wurde umgehend zu einem schweren Verkehrsunfall geschickt, der drei Menschen das Leben gekostet hatte. Der Unfall war gerade erst passiert, und wir waren so schnell

dort, dass einer der Toten sogar noch im Autowrack lag. Die Kamera ließ ich ausgeschaltet, bis die Feuerwehr ihn herausgeschnitten, in den schwarzen Plastiksack gelegt und in den bereitstehenden Krankenwagen geschoben hatte. Erst dann fing ich an zu filmen.

»Warum hast du so lange gewartet?«, fragte Regina vorwurfsvoll. »Das war doch ganz tolles Material.«

Ich antwortete nicht. Mir gingen die Bilder von meinem eigenen Unfall vor sieben Jahren durch den Kopf. Ich konnte mich zwar lebend von der Unfallstelle entfernen – na ja, genauer gesagt, fortgetragen werden –, aber jeder Unfall, den ich seitdem gesehen hatte, und als Kameramann waren es eben nicht wenige, ließ mich immer wieder die Angst und das Grauen durchleben, die ich in der Nähe des Todes erfahren hatte. Die drei, die bei diesem Unfall ihr Leben gelassen haben, waren Opfer, keine Meldung. Sie zu filmen wäre respektlos. Beim Anblick des Autowracks, das auf dem Dach im Straßengraben lag, lief mir ein vertrauter Schauer über den Rücken. Von alldem habe ich Regina nichts erzählt.

Wir filmten, was wir konnten: das Wrack, den Baum, gegen den der Wagen geprallt war, den Lackfleck und die Splitter des Scheinwerferglases, die noch in der Rinde steckten, die schwarzen Schleuderspuren, die sich parallel über den Asphalt zogen, den Polizisten vor Ort und die üblichen Satzfetzen: »furchtbare Tragödie«, »immer wieder dieselbe notorische Unfallstelle«. Um elf Uhr hatten wir unsere Aufgabe erledigt und waren zurück im Büro. Regina zeichnete noch ein paar Kommentare auf, und um halb zwölf war der Bericht fertig und auf dem Weg in Murrays Büro.

Abgesehen von dieser Angelegenheit, war es an jenem Morgen ziemlich ruhig in der Redaktion. Ich zog mich deshalb mit einer starken Tasse Kaffee und dem Videoband von dem Besuch gestern im Museum in einen der Schneideräume zurück, schloss einen

DVD-Player an ein Fernsehgerät an, von dem ich sicher wusste, dass es nicht mit dem Hauptrechner in Murrays Büro verbunden war, legte das Band ein und drückte auf Start.

Die Ereignisse des Vortages spielten sich vor mir auf dem Bildschirm ab. Unser Weg durch den Museumsgang, hinauf zur Bildergalerie, Guys Geschwätz über die Uhr. Ich hörte mir noch einmal genau an, was er von sich gab, konnte aber nichts finden, was mir vielleicht Klarheit verschafft hätte. Schließlich langweilte es mich. Ich ließ längere Abschnitte schneller vorlaufen, wobei ich mich allmählich fragte, ob es sich bei der Geschichte vielleicht um einen schlechten Scherz handeln könnte, der mich am Ende nur meine Zeit und eine Menge Videoband kosten würde.

Am Ende der Aufzeichnung ließ ich das Band mit Normalgeschwindigkeit bis zu der Stelle laufen, an der Guy zu dem seltsamen Mann hinüberging, der teilweise hinter einer Tür auf der gegenüberliegenden Seite der Halle verborgen war. Ich sah, dass die beiden scheinbar stritten und spulte das Band noch ein paarmal zurück in der Hoffnung, etwas zu entdecken, das mir vorher vielleicht entgangen war, etwas, das ein wenig Licht in den dunklen Tag bringen würde. Aber nichts dergleichen. Dann versuchte ich, die Einstellungen am Monitor zu verändern, um den anderen Mann genauer heranzubringen, aber abgesehen von dem leuchtend roten Schal um den Hals, als er sich zum Gehen umdrehte, war einfach nicht genug von ihm zu sehen.

Entmutigt ließ ich das Band weiterlaufen und sah mir auf dem Bildschirm zu, wie ich Guy in den verbotenen Museumsbereich hinterherlief. Es war mir bis dahin noch gar nicht aufgefallen, aber jetzt sah ich, dass er die Hand beim Eingeben der Zahlenkombination ganz bewusst über das Tastenfeld gehalten hatte, so dass ich nicht sehen oder filmen konnte, welche Tasten er drückte.

Auf unserem Weg durch die nüchternen Gänge in die weiter

innen gelegenen Räumlichkeiten des Museums bemerkte ich, wie die Aufnahmen, die ich gemacht hatte, immer verwackelter und unruhiger wurden, während ich Guy aufgeregt folgte. Ich hörte meine kleinlaute Stimme auf der Tonspur, wie sie inständig flehte, dass wir das Gebäude doch verlassen sollten. Ich stellte den Ton ab, um mir nicht mehr zuhören zu müssen.
Jetzt waren wir an der Tresortür angekommen, und ich zoomte das Schloss, Guys Anweisung gehorchend, heran. Ich fror das Bild ein, so dass das Schloss den Bildschirm vollständig ausfüllte. Ich beugte mich vor, um mir das Rad mit den Zahlen genauer anzusehen, und fragte mich, wie es funktionierte. Das Bild auf der Mattscheibe flimmerte leicht und tauchte mein Gesicht in das fluoreszierende Licht der Bildröhre.
Plötzlich klopfte es an der Tür. Ich machte vor Schreck einen Satz und kam nicht einmal dazu, »Herein« zu sagen, als sich die Tür schon öffnete und Meg Caplan eintrat.
»Hallo, Meg«, begrüßte ich sie. Ich warf rasch einen Blick auf den Bildschirm vor mir, auf das herangezoomte Bild von der Tresortür, und stellte zufrieden fest, dass Meg es von der Stelle, an der sie stand, nicht sehen konnte. »Was führt dich her?«
Meg schloss die Tür hinter sich, machte aber keine Anstalten, sich zu setzen. Sie blieb geschäftsmäßig stehen und sah mit düsterem Gesicht und argwöhnischem Blick auf mich hinab.
Mit barscher Stimme kam sie gleich zur Sache: »Warst du gestern im Museum?«
Ich wusste nicht, was ich sagen sollte, und wurde nervös. »Nein«, entfuhr es mir. »Nein, war ich nicht.« Ich fühlte mich von dem Bildschirm, dem Standbild von der Tresortür, angezogen und bereute meine Lüge im selben Augenblick. Mir brach der Schweiß aus. Ich tastete mich mit der Hand zur Auswurftaste des Abspielgerätes vor, hielt aber inne, da ich nicht wusste, ob ich mich damit nicht verdächtig machte.

Meg schien mit meiner Antwort nicht zufrieden zu sein. »Bist du sicher?«, hakte sie nach.

»Ja«, bekräftigte ich, nicht mehr ganz sicher, ob die Lüge überzeugend genug war. »Warum fragst du?«

»Weil …«, fing sie an und fixierte mich mit ihrem Blick, unmissverständlich auf der Suche nach einer Reaktion, »… die Überwachungsanlage im Museum gestern von irgendjemandem für fünf Minuten abgeschaltet worden ist. Und was glaubst du, wen ich dort in der Eingangshalle entdeckt habe, als ich mir die Bänder noch einmal angesehen habe?«

Sie wartete auf meine Antwort. Natürlich kannte sie die Antwort, wollte aber offensichtlich wissen, ob ich sie weiter anlügen würde oder nicht. Der flackernde Bildschirm fing an, mich nervös zu machen, und ich versuchte krampfhaft, nicht hinzusehen. Wieder schlich ich mit der Hand langsam zur Auswurftaste, zögerte aber. Wenn Meg sich nur ein paar Schritte durch den Raum bewegen würde, würde sie sehen, was ich gerade sah, und käme erst recht auf falsche Gedanken.

»War ich das?«, fragte ich zögernd.

»O ja.«

»Ich, äh …«

»Genau«, fuhr sie fort. »Auf den Überwachungsbändern ist zu sehen, dass du im Museum warst, und zwar mindestens zwei Stunden vorher. Du warst genau zu der Zeit in der Halle, als die Kameras abgeschaltet wurden, und als Nächstes zeigen sie, wie du aus dem Gebäude rennst.« Sie sah mich triumphierend an. »Das ist sehr verdächtig.«

»Ich kann das erklären«, sagte ich, wenig davon überzeugt, es tatsächlich zu können.

»Nur zu«, sagte sie. Lag da ein Hauch Provokation in ihrer Stimme?

»Ich habe für eine Story recherchiert«, fing ich an.

»An einem Sonntag?«, unterbrach sie mich. »Das klingt nicht nach dir.«
»Hast du meine Berichte über diesen Typen gesehen, der Uhren zerstört?«
Meg schüttelte den Kopf.
»Na ja. Das ist ein Typ, der Uhren zertrümmert«, erklärte ich. »Er nennt das Aktionskunst.«
»Ach ja?«, entfuhr es Meg sarkastisch. »Klingt ja aufregend.«
»Glaub mir, es ist alles andere als das. Jedenfalls hat er mich gestern Nachmittag ins Museum gebeten. Er sagte, es hätte etwas mit seiner Kunst zu tun. Aber er hat mir nur die ausgestellten Stücke im Museum gezeigt. Auf meine Frage, was das alles solle, erklärte er nur, dass es Forschungszwecken dient. Mehr weiß ich nicht, ehrlich.«
»Und das ist alles?«, sagte Meg. »Mehr hast du mir nicht zu bieten?«
»Aber es ist die Wahrheit«, flehte ich. »Ich habe nicht den leisesten Schimmer, warum er mich dort sehen wollte.«
»Und wie heißt der Typ?«, wollte Meg wissen.
»Er heißt Guy«, erklärte ich ihr.
»Guy, und weiter?«
»Weiß ich nicht«, gab ich zu. »Hat er mir nicht gesagt.«
»Wie passend«, murmelte sie.
»Stimmt aber«, sagte ich, als mir plötzlich eine Eingebung kam. »Du müsstest ihn auf dem Überwachungsvideo gesehen haben. Er war die ganze Zeit bei mir.«
Meg nickte. »Stimmt, da war ein anderer Mann mit dir im Museum. Du schienst ziemlich an ihm zu hängen. Ich dachte, das sei dein neuer Freund.«
Das war gemein. Und aus Megs Mund sogar besonders gemein.
»Aber es beweist, dass ich die Wahrheit sage«, sagte ich. »Das war Guy. Er ist der Grund, weshalb ich da war.«

»Du hast nicht zufällig seine Telefonnummer?«
Hatte ich nicht. Wenn er anrief, war immer die Rufnummer unterdrückt.
»Und seine Anschrift hast du auch nicht, nehme ich an?«, fragte sie in der Gewissheit, dass sie nur ihren Atem verschwendete.
Ich schüttelte den Kopf.
»Genauso hab ich mir das gedacht. Aber die eigentliche Frage«, fuhr sie fort, »ist doch, warum du geleugnet hast, dort gewesen zu sein, als ich dich das erste Mal gefragt habe? Denn wenn es nur eine harmlose Recherche war …«
»Weil«, erklärte ich wahrheitsgemäß, das Bild von der Tresortür flackerte immer noch vor mir, »du mich vor zwei Wochen beschuldigt hast, in das Museum eingebrochen zu sein, nur weil jemand auf dem Überwachungsvideo rein zufällig ein wenig aussah wie ich. Ich wollte nicht, dass du wieder falsche Schlüsse ziehst und mich für etwas verantwortlich machst, das ich nicht getan habe.«
»Ich habe dir nichts unterstellt«, sagte Meg zu meiner Überraschung.
»Ach nein? Hast du nicht? Ich dachte, du hättest mich im Verdacht, die Überwachungskameras abgeschaltet zu haben.«
»Aber nein«, sagte Meg. »Im Übrigen glaube ich nicht einmal, dass du überhaupt weißt, wie das geht.«
Das war ein technischer K. o.
»Jedenfalls«, fuhr sie fort, »warst du in der Halle, als die Kameras ausgingen, und du warst noch da, als sie wieder liefen. Und im Bereich des Überwachungsraums warst du nicht.«
Wieder fühlte ich mich zum Bildschirm vor mir hingezogen, und ich begriff, dass die Überwachungskameras genau in dem Augenblick ausgefallen sein mussten, als wir uns in dem verbotenen Bereich des Museums aufgehalten hatten. Kein Wunder, dass wir nicht bemerkt worden waren. Aber wie hatte Guy das geschafft? Gab es jemanden, der für ihn arbeitete?

»Aber«, fuhr Meg fort, bevor ich länger darüber nachdenken konnte, »trotzdem bin ich davon überzeugt, dass du mehr weißt. Meine Vermutung ist, dass du immer noch in der Sache mit dem Mord in der Gasse recherchierst und etwas entdeckt hast, das du mir nicht sagen willst. Ich glaube, dass du mir ganz bewusst etwas verschweigst.«

»Ganz ehrlich«, beteuerte ich, »ich habe keine Ahnung. Das ist alles nur ein dummer Zufall. Die einzige Story, an der ich gearbeitet habe, war die über den Typen, der die Uhren zertrümmert. Ich habe keinen blassen Schimmer, warum er mich in das Museum bestellt hat. Ehrenwort.«

Meg seufzte. »Okay, Sam. Du musst wissen, was du tust, aber vergiss nicht, dass die Angelegenheit Sache der Polizei ist und keine Nachrichtenmeldung. Wenn du versuchst, den Fall zu lösen, bekommst du es mit mir zu tun. Verstanden?«

»Verstanden.«

Meg wandte sich zum Gehen, drehte sich aber wieder um.

»Ach ja«, sagte sie, als wäre ihr gerade etwas eingefallen. »Kann ich das Band bitte haben?«

Ich hatte das Gefühl, mein Herz setzte aus. »Welches Band?«, fragte ich langsam.

»Du hattest gestern im Museum einen Camcorder bei dir. Es sah so aus, als hättest du eine ganze Menge gefilmt. Das Band meine ich.«

Und ebendieses Band steckte in dem Video-Player vor mir, das angehaltene Bild von der Tresortür auf dem Bildschirm schien mich zu verhöhnen.

»Ich habe es nicht«, sagte ich. »Ich habe es Guy gegeben. Er hat mich darum gebeten, und ich konnte nicht ahnen, dass es wichtig war.«

Glaubte sie mir? Ich weiß es nicht.

»Wenn du deinen Freund Guy das nächste Mal siehst«, sagte sie

mit undurchdringlicher Miene, »dann sag ihm, dass ich ihn sprechen möchte.« Sie atmete tief durch, drehte sich um, ging hinaus und zog die Tür entschlossen hinter sich zu, so dass man fast glauben konnte, sie hätte sie zugeschlagen.
Mir entfuhr ein tiefer Seufzer. Ich stoppte den Video-Player und nahm das Band heraus. Es fühlte sich warm an. Ich hielt es in der Hand und fragte mich, was ich damit tun sollte.
Ich hatte die Polizei angelogen. Ich hatte Meg belogen, meine Freundin. Ich wusste nicht, was schlimmer war. Was war nur in mich gefahren? Alles war so verworren und kompliziert.
Ich hatte gelogen, um Guy zu schützen.
Nein. Ich hatte gelogen, um mich selbst zu schützen.
Ich ging an meinen Arbeitsplatz zurück und legte das Band in die unterste Schreibtischschublade. Ich würde mich später darum kümmern, wenn ich mir im Klaren darüber war, was ich damit tun sollte.

27

Der nächste Tag war ein Dienstag. Es war der vierzehnte Februar, Valentinstag.
Es war schon ein paar Jahre her, dass ich diesen Tag das letzte Mal mit jemandem gefeiert hatte. Ich erinnerte mich an zahlreiche Valentinstage, die ich mit Sarah verbracht hatte, nur den letzten war ich erstaunlicherweise mit Regina zusammen. Unsere Beziehung war nicht von langer Dauer, und ich war ziemlich niedergeschlagen an jenem Tag, dachte viel an Sarah und fühlte mich schuldig. Kurz nach dem Valentinstag hatten Regina und ich uns getrennt. Seitdem hatte es für mich keinen Grund mehr gegeben, diesen Tag zu begehen.
An diesem Valentinstag lag Schnee. Er war über Nacht gekom-

men und hatte die Stadt in einen weißen Schleier gehüllt. Auf meinem Weg zur Arbeit war die weiße Pracht gerade wieder im Begriff, sich im fahlen Licht der aufgehenden Sonne aufzulösen, aber Windböen und ein unmissverständlicher Luftstrom kündigten eine deutliche Wetterverschlechterung an.

Im Büro angekommen, war mir nicht einmal genügend Zeit für eine Tasse Tee geblieben, weil Murray mich gleich wieder losschickte, um Bilder von den Schneemassen zu machen, die den Verkehr zum Erliegen gebracht hatten (obwohl ich selbst an dem Morgen keine Probleme gehabt hatte, zur Arbeit zu kommen). Reportagen über starke oder einfach nur unerwartete Schneefälle schafften normalerweise immer den Sprung vom Wetterbericht in die Nachrichten, derlei Berichterstattung war wohl eher etwas für Volontäre und Berufsanfänger und nichts für gestandene Kameramänner wie mich.

Also stand ich da im eisig kalten Wind, die Eier fast so kalt wie die Metallplatte, die meine Schädeldecke fest zusammenzog, und spürte immer mehr Wut in mir aufsteigen, Wut über Murray, dieses Sackgesicht, so dass ich mir vorstellte, was ich alles mit ihm machen würde, wenn ich straffrei davonkäme.

Zurück im Büro war meine Laune unter dem Gefrierpunkt. Mürrisch kam ich hineingestiefelt, nicht ohne eine Spur matschiger Schneebrocken hinter mir herzuziehen, die von den Schuhen auf den Teppich sackten. Ohne Umweg ging ich zu Murrays Büro, vorbei an seiner Produktionsassistentin, der ich keine Beachtung schenkte, als sie mir bedeutete, dass er Besuch hätte und auf gar keinen Fall gestört werden wollte, riss die Tür auf und trat ein.

Murray sah verstört auf. Er stand zwischen Reginas Beinen und hatte seine Hand unter dem Rock in ihren Schlüpfer geschoben. Reginas Bluse stand bis zur Taille offen, und ihre Brüste hingen aus dem BH heraus. Sie schien noch überraschter zu sein als er. Sichtlich peinlich berührt, ließ Murray von ihr ab, zog die Hand zwi-

schen ihren Beinen hervor und wischte sich die feucht glitzernden Finger am Hemd ab.
Regina lief knallrot an, während sie den BH zurechtrückte und die Bluse mit nervösen Fingern umständlich zuknöpfte. Wortlos stand sie auf, zog sich den Rock über die Schenkel und verließ das Büro, unfähig, mir in die Augen zu sehen, als sie an mir vorbeiging.
Immer noch sprachlos drehte ich mich zu Murray um. Er zog die Hose wieder hoch und schloss den Reißverschluss über der schwindenden Erhebung.
»Haben Sie das Material?«, fragte er, während er hinter seinem Schreibtisch Platz nahm und den Posteingangskorb und die Tastatur wieder dorthin rückte, wo sie gestanden hatten, bevor Regina sie mit ihrem Hintern verschoben hatte.
Ich nickte stumm, es hatte mir die Sprache verschlagen.
»Und warum ist es noch nicht bei mir?«, brüllte er unvermittelt los. »Das können Sie also auch nicht? Das Zeug ist in zehn Minuten hier. Und jetzt verschwinden Sie und machen die verdammte Tür von außen zu!«
Ich verließ das Büro und machte die verdammte Tür von außen zu.

Nachdem ich das Material auf den Hauptrechner geladen und an Murrays PC geschickt hatte, machte ich mich auf die Suche nach Regina, die ich schließlich in ihrem Büro fand. Im Gesicht und am Hals war sie immer noch glutrot, wobei ich nicht sicher war, ob der peinliche Auftritt oder der Sex ihr die Röte ins Gesicht getrieben hatte.
Sie bedeutete mir, die Tür zu schließen.
»Erstens, Sam«, fing sie an, »was immer du gesehen hast, geht dich einen feuchten Dreck an. Und zweitens hast du sowieso nichts gesehen. Verstanden?«
Ich nahm auf der anderen Seite des Schreibtisches Platz. »Das ist

gut, denn ich glaube, dass ich gar nicht scharf darauf bin, mich daran zu erinnern.«

Sie starrte mich an und wandte schließlich den Blick ab.

»Ist eben einfach passiert«, sagte sie ganz ruhig.

Ich nickte vorsichtig. »Und seit wann passiert das schon so einfach?«

»Seit drei Monaten.«

»Willst du mir mehr erzählen?«

»Eigentlich nicht.«

Dann herrschte Stille.

»Weiß seine Frau davon?«, fragte ich schließlich.

Sie sah mich eindringlich mit lodernden und zugleich furchtsamen Augen an. »Du wirst es ihr doch nicht erzählen?«

»Natürlich nicht«, sagte ich. »Aber für diesen Typ von Gespielin hatte ich dich eigentlich nicht gehalten.«

»Ach du lieber Himmel«, stöhnte sie auf und ließ den Kopf in die Hände sinken. »Dann bin ich es eben jetzt.«

»Warum bescheißt du ihn?«, fragte ich. »Ich dachte, du könntest ihn nicht leiden.«

»Tu ich auch nicht. Er ist ein dummes Sackgesicht.«

»Und warum tust du es dann?«

Sie antwortete mit leiser, verletzlicher Stimme. »Weil er gesagt hat, er würde mir einen Job im Londoner Studio besorgen. Ich würde dann bei den Network-Nachrichten arbeiten.«

Ich war überrascht. Nein, ich war enttäuscht.

»Mann, Regina«, entgegnete ich. »Das hast du ihm doch nicht etwa geglaubt, oder?«

Regina sah auf. Eine einzelne Träne lief ihr die Wange hinab, aber ihr Blick war eiskalt.

»Du bist eifersüchtig, stimmt's«, sagte sie etwas lauter. »Du bist scheiß eifersüchtig auf ihn, nur weil er bekommt, was du nicht haben kannst.«

»Das ist nicht wahr«, protestierte ich.
»Wir sind fertig miteinander, Sam«, schrie sie. »Und das schon lange. Also kümmere dich um deinen eigenen Scheiß.«
Mir schoss das Bild wieder durch den Kopf, wie sie auf Murrays Schreibtisch saß: wie er an ihren erigierten Nippeln sog, mit der Hand zwischen ihren Schenkeln herumwühlte. Es gab Zeiten, da war ich derjenige, der das mit Regina gemacht hatte. Die Vorstellung, dass ich diese Intimität mit jemandem teilte, hatte ich immer weit von mir gewiesen. Am meisten aber hatte mich enttäuscht, dass es so aussah, als hätte sie mit Murray mehr Spaß gehabt als mit mir. Die Vorstellung, dass Murray ein besserer Liebhaber sein könnte als ich, packte mich bei meiner Männerehre.
War ich wirklich eifersüchtig? Okay, vielleicht ein bisschen.
»Nein«, sagte ich. »Ich bin nicht eifersüchtig. Ich bin nur schockiert, dass du dich für so was hergibst.«
Sie seufzte. »Bitte erzähl niemandem etwas davon, okay?«
Natürlich würde ich niemandem etwas davon erzählen, ich versprach es ihr.
»Danke, Sam«, sagte sie. »Tut mir leid, was ich vorhin gesagt habe.«
Ich stand auf, um zu gehen.
»Ach, Sam«, sagte Regina und hielt mich zurück.
»Ja?«
»Das nächste Mal klopfst du bitte an, bevor du in Murrays Büro gehst.«
Ich sah sie entgeistert an, als ich begriff, was sie damit sagen wollte.
»Das ist nicht dein Ernst«, sagte ich. »Du lässt zu, dass er das noch mal macht?«
Sie sah mich ungerührt an. »Ich bin diejenige, die ihn benutzt.«
Ich sah mich außerstande, meinen Ärger länger zurückzuhalten.

»Dann bist du nichts weiter als eine dreckige Hure«, platzte es aus mir heraus, bevor ich die Tür hinter mir zuschlug.
Ich bedauerte es im selben Moment, aber es war zu spät.

Später am Nachmittag kam Murray zu mir. Er schien ziemlich gute Laune zu haben, was in der Regel ein schlechtes Omen war. Wir waren unter uns, doch trotzdem beugte er sich herunter und flüsterte mir ins Ohr.
»Wenn Sie irgendjemandem auch nur ein Sterbenswörtchen davon sagen, Sam, schneid ich Ihnen die Eier ab und tackere sie auf Ihre Entlassungspapiere. Haben Sie mich verstanden?« Er verzog das Gesicht zu einem hässlichen Grinsen.
Und ob ich verstanden hatte.

28

Zwei Tage waren inzwischen vergangen. Es schneite immer noch. Aber wenigstens war wieder Donnerstag, und donnerstags gab es wieder Gehalt.
Das Geld, das von meinem Konto verschwunden war, hatte ich leider noch nicht wiederbekommen. Die Bank behauptete immer noch, dass ich das Geld persönlich abgehoben und meine Identität sogar mit dem Führerschein nachgewiesen hätte, obwohl ich genau wusste, dass das nicht stimmen konnte. Sie hatten mir ein neues Konto angelegt, mir jedoch auch erklärt, dass es bis zu sechs Wochen dauern könne, bis ich das Geld von der Versicherung zurückbekäme, so dass ich in den nächsten vier Wochen, vielleicht aber auch in den nächsten zwei Monaten mit dem auskommen musste, was ich wöchentlich ausbezahlt bekam.
In der Mittagspause ging ich an einen Geldautomaten, um mit der

neuen Bankkarte die zweihundert Pfund abzuheben, die ich Regina seit letzter Woche schuldete.
»Bist du sicher, dass du es nicht mehr brauchst?«, fragte sie mich, als ich es ihr gab. Ich erklärte, dass es schon in Ordnung gehe – meine Hypothekenraten wurden erst wieder in ein paar Wochen fällig – und dass ich bis dahin genug zur Seite gelegt haben würde.
»Du kannst es gerne noch behalten, wenn du es brauchst«, bot sie an. »So knapp bin ich im Augenblick nicht.«
Sie war in letzter Zeit sehr nett zu mir gewesen, wobei nett vielleicht nicht das passende Wort ist. Freundlich distanziert trifft es vermutlich besser. Seit ich sie mit Murray erwischt hatte – ich wage kaum, daran zu denken –, hatte sich zwischen uns jedoch eine Mauer aufgebaut. Sie wich meinen Blicken aus und redete nur noch mit mir, wenn es sich nicht vermeiden ließ. Nicht einen Witz hatten wir uns in den letzten beiden Tagen mehr erzählt, geschweige denn die eine oder andere Beleidigung an den Kopf geworfen.
»Es ist alles in Ordnung«, sagte ich, als sie das Geld nahm. »Ich regele das. Ich mag es nicht, wenn ich bei jemandem in der Kreide stehe.«
»Hast du genug für …?« Sie zögerte; dieses Thema anzuschneiden war immer heikel. »Heute ist doch der Jahrestag.«
Ich nickte. Allein der Gedanke daran war schmerzhaft, auch nach all den Jahren. Aber es berührte und freute mich sogar ein wenig, dass Regina es nicht vergessen hatte. Ich wette, dass sonst niemand im Büro, keiner meiner sogenannten Freunde, auch nur den Hauch einer Ahnung davon hatte, was der heutige Tag für mich bedeutete.
»Gehst du zum …?« Wieder brachte sie den Satz nicht zu Ende.
»Ja«, antwortete ich. »Gleich nach der Arbeit.«
»Okay, pass auf dich auf.«
Ich versprach es ihr.

Ich hatte Feierabend, die Sonne stand tief am Horizont. Die dicke Schneedecke knirschte unter meinen Füßen, als ich durch das Halbdunkel des Friedhofs ging. Kalt, grau und massiv ragten die Grabsteine aus dem Schnee hervor, jeder mit einem Tuch aus Schnee bedeckt, das im Schein der untergehenden Sonne rötlich glomm.

Ich hatte einen Strauß weißer Rosen in der Hand. Ich brachte Sarah immer weiße Rosen mit.

Meg stand schon am Grab, als ich kam. Sie musste mich gehört haben, als ich mich näherte, drehte sich aber nicht um. Ich ging hinter ihr vorbei und kniete am Grab nieder. Ehrerbietig legte ich den Rosenstrauß am Fuß des Grabsteins ab. Das Weiß der Blüten verband sich mit dem Weiß des Schnees, als wären die Rosen gar nicht da. Daneben lag ein Strauß pinkfarbener Nelken, die von Meg sein mussten. Komisch war, dass da noch ein dritter Strauß lag – Rosen wie meine, nur in leuchtendem Rot –, halb von Schnee bedeckt. Ich nahm sie auf, wollte wissen, von wem sie waren, konnte aber keine Karte entdecken. Also schüttelte ich den Schnee ab und legte sie wieder hin. Sie sahen aus wie riesige Blutstropfen.

Ich betrachtete den Grabstein. »Sarah Caplan – 26 Jahre«, stand darauf geschrieben. Ein schlichter Stein, so wie ihn sich Sarah gewünscht hätte.

Ich stand langsam auf und sah Meg an. Die Eiseskälte hatte ihr Wangen und Nase rot gefärbt. »Ich dachte, du wärst schon da gewesen«, sagte sie und zeigte auf die roten Rosen.

»Nein«, erwiderte ich. »Ich bringe immer weiße mit.« Weiße Rosen waren immer Sarahs Lieblingsblumen gewesen.

»Von wem mögen sie sein?«, überlegte Meg laut. Eigentlich waren es immer nur Meg und ich, die an diesem Tag, dem sechzehnten Februar, dem Jahrestag ihres Todes, Blumen auf Sarahs Grab legten. »Von wem auch immer, sie sind schön.«

Wir standen eine Weile schweigend da und hingen unseren Gedanken nach. Ein paar Schneeflocken tanzten durch die Luft, während das Licht der Sonne langsam schwand und sie schließlich unterging. Das Rot am Horizont verlor seine Farbe und wurde grau.

»Meg«, brach ich die Stille. »Ich muss …«

»Nein«, sagte sie bestimmt, wandte mir das Gesicht zu und sah mich mit kalten Augen an, wobei sie vielleicht eine Träne unterdrückte. »Nicht jetzt. Nicht heute.« Sie schob die Hände in die Taschen und ging.

Ich blieb noch eine Weile am Grab stehen und dachte über jenen Abend nach.

29

Auch vor sieben Jahren war es eine kalte Nacht gewesen, und auf den Straßen herrschte Eisglätte, als ich mit Sarah von einem Besuch bei Freunden auf dem Land nach Hause fuhr. Weil ich wusste, dass ich fahren musste, hatte ich keinen Tropfen Alkohol getrunken. Sarah hingegen hatte ein paar zu viel gehabt, sich auf dem Beifahrersitz eingerollt und war schnell eingeschlafen.

Wenn ich zurückblicke, erscheint es mir geradezu absurd, wie das alles passiert ist. Ich hatte mir ein Päckchen Erdnüsse mit Schokoladenüberzug aus dem Handschuhfach genommen, die ich während der Fahrt aß. Eine Nuss blieb mir im Hals stecken, und ich musste husten. Ich rang nach Luft, Tränen traten mir in die Augen. Ich hustete und keuchte und hörte, wie Sarah neben mir wach wurde und fragte, was los sei.

Dann ging alles ganz schnell. Ich muss auf eine vereiste Stelle geraten sein, als der Wagen plötzlich ausbrach, in den Graben rutschte und gegen einen Baum prallte. Als sich der Wagen zusammenschob und ich mit dem Kopf gegen das Armaturenbrett knallte, drückte es mir die Luft aus der Lunge, wodurch die Erdnuss pikanterweise aus meinem Hals auf direktem Weg durch die zersplitterte Windschutzscheibe hinausbefördert wurde. Ich bekam wieder Luft. Es ist verrückt, zugegeben, aber der Unfall hat mir vermutlich das Leben gerettet. Sarah aber hat er ihres genommen.

Nach dem Aufprall war es plötzlich ungewöhnlich still. Als ich langsam zu Bewusstsein kam und mir dämmerte, was passiert war, dachte ich nur an eines: Sarah. Ich drehte den Kopf langsam und schmerzvoll in ihre Richtung. Sie kauerte auf der Seite auf dem Beifahrersitz, der Sicherheitsgurt war noch über der Brust gespannt. Es sah aus, als würde sie schlafen. Sie hatte die Augen geschlossen, das Gesicht war entspannt. Das Blut habe ich zuerst gar nicht gesehen. »Sarah«, krächzte ich, wollte sie berühren, aber mein Arm gehorchte meinen Befehlen nicht. Auch den anderen bekam ich unter dem Sicherheitsgurt zunächst nicht frei. Als ich es schließlich doch geschafft hatte, legte ich ihr die Finger vorsichtig ans Kinn, wobei ich mit jeder Bewegung gegen den immer unerträglicher werdenden Schmerz in Brust und Kopf ankämpfte. Ich strich ihr mit den Fingern über die Haut und begriff sofort, dass sie tot war.

Ich saß still da, starrte sie benommen an, bis schließlich Hilfe eintraf. Ihre Körpertemperatur war schon abgesunken, als die Feuerwehrleute anfingen, mich aus dem Wrack zu schneiden. Während sie mich vorsichtig herauszogen und auf eine Bahre legten, drehte ich mich gegen den Widerstand der Sanitäter noch einmal zu ihr um. Sie sah immer noch aus, als würde sie einfach nur schlafen, aber das Blut, das sich wie ein Strom aus ihrem Kopf ergossen hatte, war zum Stillstand gekommen und geronnen. So hatte ich meine Sarah verloren.

Drei Tage lang war ich bewusstlos. Am Tag von Sarahs Beerdigung wachte ich wieder auf. Das erfuhr ich aber erst viel später.
Ich bin schuld an ihrem Tod. Ich habe sie umgebracht und muss damit leben, jeden Tag. Kein Wunder, dass ich nicht nach vorn sehen kann. Kein Wunder, dass Meg mich hasst. Ich bin schuld, dass sie keine Schwester mehr hat.
Dieses Geräusch, das ich für immer in meinem Kopf trage, geschieht mir recht. Das ist der Preis, den ich für meinen Fehler zahle, die Strafe für meine Schandtat. Ich habe Sarah verloren und dafür das Geräusch bekommen. Deshalb muss ich dieses Geräusch in meinem Kopf ertragen. Damit ich es nie vergesse.

30

Ich stand am Grab und hing meinen Gedanken nach. Schließlich verabschiedete ich mich von Sarah und wandte mich zum Gehen.
Wenige Meter hinter mir entdeckte ich eine Gestalt. Ich erschrak, denn ich hatte das Knirschen von Schritten im Schnee gar nicht gehört. Es war inzwischen dunkel geworden, so dass ich das Gesicht des Mannes in der Dämmerung nicht gleich erkennen konnte.
»Hallo, Sam«, begrüßte er mich mit tiefer, rauher Stimme.
Es war Guy.
Mich packte die Wut. »Was haben Sie hier zu suchen?« Ich fühlte mich in meiner Privatsphäre gestört. Er hatte an Sarahs Grab nichts verloren.
Guy breitete entschuldigend die Hände aus. »Ich bin hier, um ihr die letzte Ehre zu erweisen, Sam. Genau wie Sie.«
Mir fielen die Blumen ein. »Sind die von Ihnen?« Ich deutete auf die roten Rosen auf dem Grab.

Er schüttelte den Kopf. »Ich habe schon lange keine Blumen mehr auf ein Grab gelegt.«
»Sie werden von der Polizei gesucht«, erklärte ich ihm.
»Das weiß ich«, entgegnete er gelassen, als ginge es ihn nichts an. »Detective Inspector Meg Caplan. Einem Mann in meinem Alter tut es gut zu wissen, dass er von einer attraktiven jungen Frau gesucht wird.«
»Sie weiß, dass wir am Sonntag im Museum waren, und wüsste gerne von Ihnen, was sich dort abgespielt hat.«
»Und was *hat* sich dort abgespielt?«, fragte er.
Ich blieb ruhig. »Genau darüber will sie mit Ihnen reden.«
Er gluckste leise vor sich hin, sagte aber nichts.
»Und wo wir schon beim Thema sind«, setzte ich nach, »ich hätte auch noch ein paar Fragen.«
Guy nickte. »Gern, aber nicht hier«, erwiderte er und deutete auf Sarahs Grab.
»Wohin gehen wir?«
Er lächelte. »Ich kenne da einen guten Ort.«

Er führte mich in ein heruntergekommenes Viertel am Stadtrand zu einem Tattoo-Studio in einer abgelegenen Seitenstraße. Zu meinem Erstaunen war der Laden zu dieser späten Stunde noch geöffnet, aber schließlich hatten die Geschäfte donnerstags immer lange offen, und außerdem war es noch keine acht Uhr.
Wir waren allein im Laden. Er war schummrig und schäbig und erweckte nicht gerade den Eindruck, dass man Wert auf die Einhaltung von Hygienevorschriften legte. An den Wänden hingen dicht an dicht die vergilbten Fotos ehemals frischer Tattoos auf entzündungsroter Haut. Der Tätowierer war riesengroß, hatte dicke Wurstfinger und spärliche Barthärchen im Gesicht. Sein Haupthaar hing in langen, speckigen Strähnen herab, die Arme waren komplett tätowiert. Seine Augen lagen tief und farblos in

den Höhlen, als hätte er was geraucht, bevor wir das Studio betraten. Er begrüßte Guy herzlich, wie einen alten Freund.

»Scorpion«, sagte Guy. »Ich möchte dir einen neuen Freund vorstellen, Sam Baxter.«

Der Mann, Scorpion, knurrte mir etwas entgegen. »Auch ein bisschen Körperkunst gefällig?«

Übles ahnend, lehnte ich entschlossen ab.

Guy muss mir den Schreck angesehen haben, als er mir lachend auf die Schulter klopfte. »Sam will nur zusehen, stimmt's? Nein, Scorpion, heute Abend gibt es ein neues für mich.«

»Noch eins?«, fragte Scorpion. »Du müsstest doch bald fertig sein.«

»Für ein oder zwei gibt's immer noch Platz.«

Scorpion stimmte zu und schlurfte in ein Hinterzimmer. Guy bedeutete mir, ihm zu folgen.

Wenigstens war es hier sauberer als im Eingangsbereich, auch wenn ich meine Hand nicht dafür ins Feuer legen würde, dass es tatsächlich steril war. Mitten im Raum stand eine Pritsche, daneben ein Rolltisch mit allerhand Gerätschaften.

»Wo soll es denn hin?«, erkundigte sich Scorpion, während er die Instrumente zurechtlegte.

»Auf dem Rücken ist noch ein wenig Platz«, antwortete Guy, während er sich das Hemd auszog und die Haut entblößte.

Für einen Mann um die fünfzig war er toll in Form, wenn auch übersät mit Tattoos. Arme, Brust, Schultern, Bauch und Rücken, alles war tiefschwarz vor Tinte. Die Malereien endeten an den Handgelenken und am Hals, so dass Hände und Gesicht frei waren. Die wenigen Male, die ich ihn getroffen hatte, hatte er langärmelige Pullover mit hohem Kragen getragen, so dass man niemals auf die Idee gekommen wäre, dass der Rest des Körpers derart verunstaltet war. Die Tattoos setzten sich unterhalb des Hosenbundes fort, und ich fragte mich, wie weit. Waren auch die Beine bedeckt? Die Arschbacken? Die Leistengegend?

Ihm entging nicht, wie ich die Tattoos auf seiner Brust anstarrte, und er brachte sich in Positur, um sie zur Schau zu stellen.
»Sind sie nicht wunderschön?«, wollte er wissen.
»Na ja«, war alles, was mir dazu einfiel.
»Viele Jahre Schmerz und Vergnügen«, sagte er und drehte sich um, damit ich auch seinen Rücken bewundern konnte. »Und jetzt bin ich fast fertig.«
»Fertig?«
»Nach diesem hier fehlt nur noch eins, dann ist es vollbracht.«
Scorpion bedeutete ihm, sich auf die Pritsche zu legen.
»Also, wohin?«, fragte Scorpion, während es sich Guy auf der Pritsche bequem machte.
Wie ich konnte auch er vermutlich kein Fleckchen Haut mehr entdecken, das nicht schon mit Tinte bedeckt war. Guy zeigte auf einen Bereich rechts neben dem Steißbein. »Da dürfte noch ein wenig Platz sein.«
Guy hatte Scorpion ein Stück Papier mit der Vorlage für das neue Tattoo gegeben. Ich warf einen Blick drauf, während sich Scorpion an die Vorbereitungen machte. Die Zeichnung schien keinen Sinn zu ergeben. Sie war klein, leicht oval, nichts als zufällige Linien und Schnörkel. Je länger ich hinsah, desto mehr glaubte ich, in den verschlungenen Linien irgendwelche Buchstaben, vielleicht aber auch Ziffern erkennen zu können, alle unbekannt und zweideutig.
Dann betrachtete ich wieder Guys Körper und sah mir die Tattoos genauer an, die auf seinen Rücken geätzt waren. Sie waren sich alle irgendwie ähnlich, keine Tiger oder nackten Frauen, sondern stets nur diese zufälligen, verdrehten Formen. Manchmal sahen sie aus wie fremde Schriften. Ich beobachtete, wie sich seine muskulöse Schulter unter den Mustern anspannte. Die Tinte schien über seinem Körper zu liegen, losgelöst von ihm, eher wie ein hauchdünner Stoff als Haut.

»Beachtlich, finden Sie nicht?«, sprach Guy mit gedämpfter Stimme in die Kopfauflage der Pritsche.
»Ja«, pflichtete ich ihm bei. »Aber was haben sie zu bedeuten?«
Scorpion lachte. »Ha! Sie sind nicht der Erste, der das wissen will. Aber der Typ da ...«, er deutete auf Guy, »... der Typ kommt damit nicht heraus.«
Sichtlich amüsiert wischte Scorpion die letzte freie Stelle auf Guys Rücken ab und legte die Schablone auf. Dann zog er sich einen Hocker heran, nahm eine bequeme Arbeitshaltung ein und schaltete die elektrische Tätowiermaschine an. Der Lärm, der von dem Maschinchen ausging, überraschte mich. Scorpion legte eine Patrone mit schwarzer Tinte ein und setzte die Nadel auf Guys Haut. Die Spitze begann zu vibrieren.
Jedes Mal wenn sich die Spitze der Nadel in die Haut grub, verzog sich Guys Gesicht zur Grimasse. Doch er schien den Schmerz beiseitezuschieben und sah mich an.
»Wie sieht's aus, Sam?«
Ich warf einen Blick auf Scorpions Werk. Obwohl er gerade erst angefangen hatte, war schon eine zarte Kontur erkennbar, die sich auf der Haut abzeichnete. Winzig kleine Blutströpfchen quollen aus Dutzenden kleinen Löchern in Guys Haut hervor. Scorpion wischte sie alle paar Sekunden mit einem sterilen Tuch weg. Man konnte richtig zusehen, wie sich die Haut entzündete. Ich war nicht sicher, was unangenehmer war, der Prozedur nur beizuwohnen oder sich ihr zu unterziehen.
»Ganz gut, glaub ich«, sagte ich. »Aber eigentlich wollten Sie mich doch an einen Ort bringen, an dem wir reden können.«
»Aber das tu ich doch, Sam«, wiederholte er. »Das hier ist nur ein kleiner Zwischenstopp. Einen Augenblick noch, dann geht's weiter.«
Zusehends nahm das Kunstwerk Form an, und ich fragte mich, warum Guy mich hierhergeschleppt hatte. Es gab einen Grund –

es musste einen geben. Wenn ich eines begriffen hatte, dann, dass es bei Guy keine Zufälle gab, dass er bei allem, was er tat, einem Plan folgte.

Schließlich lehnte sich Scorpion zurück und schaltete die Maschine aus. Er wischte das letzte Blut von dem frischen Tattoo, bevor er Guy aufstehen ließ, damit er sich das Werk im Spiegel ansehen konnte. Guy nickte zufrieden. Die Haut drumherum war entzündet und aufgequollen, die neue Tinte schimmerte tiefschwarz neben den verblichenen grauen Linien der älteren Exemplare.

Er reichte Scorpion die Hand. »Es war mir wie immer ein Vergnügen«, sagte Guy und drückte ihm ein Bündel Bargeld in die Hand.

»Sehen wir uns bald wieder?«, fragte Scorpion, während Guy sich anzog.

»Natürlich«, versicherte Guy entschlossen. »Ein Tattoo brauche ich noch, bevor es beendet ist.«

Ein unbestimmtes Gefühl sagte mir, dass dieser Satz weniger an Scorpions als an meine Adresse gerichtet war.

31

Guy ging mit mir durch die Stadt in eine etwas bessere Wohngegend. Die Häuser waren größer, standen einzeln und von der Straße zurückgesetzt. Bäume und hohe Hecken verliehen den Anwesen einen Hauch von Exklusivität. Eine solche Abgeschiedenheit war nur für eine Stange Geld zu haben. Überrascht stellte ich fest, dass Guy es weiterhin darauf anlegte, den Eindruck von Wohlstand zu vermitteln.

Wir hielten auf ein Haus am Ende einer Sackgasse zu, ein verstecktes Grundstück, das hinter einer Reihe hoher Pappeln kaum zu erkennen war. Während wir die Zufahrt hinaufgingen, entzogen sich die Häuser in der Straße zunehmend unserem Blick, und mir

schwante, dass umgekehrt auch wir den neugierigen Blicken der Nachbarschaft entzogen waren. Mein ungutes Gefühl wurde bestätigt, als Guy vor der Haustür plötzlich zur Seite und hinter das Haus ging. Er öffnete die Hintertür, die unverschlossen war, und ging hinein.
Ich folgte ihm zögernd. Als ich die Tür hinter mir schließen wollte, bemerkte ich, dass das Schloss beschädigt und nicht mehr zu schließen war. Schlagartig wurde mir klar, was los war, und ich wurde nervös.
Die Hintertür führte in die Küche. Ein großer heller Raum mit einem Frühstückstresen in der Mitte. Im Spülbecken stapelte sich schmutziges Geschirr.
»Kommen Sie ins Wohnzimmer«, rief mir Guy von irgendwo aus dem Haus zu.
Ich folgte der Stimme, verließ die Küche, ging den Flur entlang ins Wohnzimmer, in dem mein ganzes Haus Platz gefunden hätte. Das ausladende schwarze Ledersofa kostete wahrscheinlich so viel wie meine Hypothekenrate. Ein gigantischer Flachbildschirm thronte in einer Ecke, darunter eine DVD-, eine VCR-, eine Sky+-Box und eine Playstation 3. Auch die 5.1-Lautsprecher, die diskret überall im Raum verteilt waren, entgingen mir nicht.
Guy kniete vor dem riesigen Kamin und schichtete Holzscheite in das Feuer, das er soeben entfacht hatte.
»Die Zentralheizung ist schon eingeschaltet«, sagte er. »Aber ich liebe die Atmosphäre von echtem Feuer. Sie nicht?«
Auf der einen Seite des Raums war Kinderspielzeug ordentlich an der Wand zusammengestellt. Puppen, Teddybären und eine Baby-Rassel.
»Das Haus gehört uns doch gar nicht«, sagte ich, als Guy sich erhob, zum Sofa ging und es sich dort bequem machte.
»Stimmt. Die Besitzer sind für ein paar Wochen verreist. Ich hüte das Haus für sie.«

»Sie hüten das Haus? Wissen die überhaupt, dass Sie hier sind? Die Hintertür sah nicht aus, als wäre sie mit dem passenden Schlüssel geöffnet worden.«

»Die Leute sind nett«, antwortete er. »Ich bin sicher, dass sie nichts dagegen haben.«

»Ich wette, dass Sie sie nicht einmal kennen«, gab ich zurück.

»Ich bin seit einer Woche hier und lebe in ihren Sachen. Das hat mir das *Gefühl* gegeben, dass ich sie kenne. Entspannen Sie sich, Sam. Ich werde verschwunden sein, bevor sie zurück sind. Alles wird genauso aussehen, wie sie es zurückgelassen haben.«

»Aber Sie sind in ein fremdes Haus eingedrungen und leben unerlaubt darin. Das ist illegal.«

»Juristisch betrachtet, haben Sie natürlich recht«, stimmte Guy lächelnd zu. »Sehen Sie, ich will gar nicht mit Ihnen streiten, Sam. Wenn Sie darauf bestehen, dann schlage ich vor, dass Sie am besten keine Fingerabdrücke hinterlassen.«

Meine Hand lag noch auf dem Türgriff. Ruckartig riss ich sie weg.

»Keine Sorge«, lachte Guy. »Ich werde alles saubermachen, bevor ich gehe, und dafür sorgen, dass Ihre Fingerabdrücke verschwunden sind.«

Ich war mir nicht sicher, ob ich ihm trauen konnte, also rieb ich den Türgriff mit dem Mantelärmel ab, beschloss, nichts mehr anzufassen, während ich dort war, und verschränkte verunsichert die Arme vor der Brust.

Ich beschloss, nicht noch mehr Zeit zu verschwenden. »Wie haben Sie die Überwachungskameras im Museum abgeschaltet?«, fragte ich. »Die waren genau in der Zeit abgeschaltet, als wir in dem verbotenen Bereich waren.«

Guy sah mich an. »Wir waren die ganze Zeit zusammen.«

»Ach ja?«

»Haben Sie gesehen, dass ich irgendetwas abgeschaltet habe?«

»Nein, aber Sie müssen es irgendwie getan haben.«

»Also gut«, sagte Guy, »und wie soll ich das *Ihrer* Meinung nach gemacht haben?«
Darüber hatte ich mir schon eine Theorie zurechtgelegt. »Sie haben sich von mir getrennt, um mit diesem Typen zu sprechen, und das war genau bevor wir durch die Sicherheitstür gegangen sind.«
»Welcher Typ?«
»Der mit dem roten Schal auf der anderen Seite der Halle.«
»Ach der Typ«, sagte er und grinste, als wäre es ihm gerade wieder eingefallen.
»Es schien, als hätten Sie sich mit ihm gestritten, aber Sie müssen ihm gesagt haben, dass er die Überwachungskameras ausschalten soll.«
»Sehr schlau, Sam.«
»Dann habe ich also recht?«
»Das habe ich nicht gesagt, auch wenn ich es natürlich nicht abstreiten will.«
Wenn das stimmte, dann hatte Guy einen Komplizen, jemanden, der mit ihm zusammenarbeitete. Aber wo war diese Person jetzt? Hier im Haus? Schlich sie in diesem Augenblick vielleicht um uns herum …?
Blitzartig drehte ich mich um. Niemand da. Guy lachte, als wüsste er, was ich gerade gedacht hatte.
»Also wer ist es?«, fragte ich.
Guy schüttelte den Kopf. »Ich kann es Ihnen nicht sagen, Sam. Aus naheliegenden Gründen. Ich kann Ihnen aber versprechen, dass Sie es eines Tages selbst herausfinden werden.«
Während ich redete, hatte ich angefangen, unruhig im Raum auf und ab zu laufen, bis ich mich irgendwann neben dem Esstisch wiederfand, der übersät war von Stapeln aus Papier und Büchern. Und inmitten dieses Chaos entdeckte ich Guys altes rotes Tagebuch. Der Deckel war schwer ramponiert und angeschlagen, die Ecken abgestoßen, der Rücken oben und unten eingerissen. Es sah

aus, als wäre es über die Jahre intensiv benutzt worden. Mir fielen die Seiten wieder ein, die mit Guys kritzliger Handschrift gefüllt waren. Auf jeder Seite mehr schwarze Tinte als weißes Papier, und ich dachte daran, was ich gerade in dem Tattoostudio gesehen hatte. Guys Körper über und über bedeckt von fremdartigen, spinnenhaften Tattoos, mehr schwarze Tinte als weiße Haut.

»Haben Sie immer noch vor, den Museumstresor aufzubrechen?«, fragte ich ihn, während ich die losen Seiten auf dem Tisch durchstöberte.

»Ja«, sagte er. »Ich habe keine andere Wahl.«

»Was ist mit dem Mann mit dem roten Schal?«, wollte ich wissen. »Wird er Ihnen helfen?«

»Ja, er hat den Schlüssel.«

Ich sah ihn scharf an.

»Keinen *richtigen* Schlüssel«, erklärte Guy, als er meinen fragenden Blick bemerkte. »Ich meine Schlüssel im übertragenen Sinn. Er ist die Antwort auf das Problem«.

»Welches Problem?«

»Wie man den Tresor öffnet, natürlich.«

»Und wenn ich frage, was das bedeutet …«

»Werde ich es Ihnen nicht sagen«, führte Guy meinen Satz zu Ende.

Die Seiten auf dem Tisch waren alle vollständig beschrieben mit Guys winziger Handschrift. Einige erst vor kurzem, die meisten aber waren zerknittert und über die Jahre verblichen. Ich schob ein paar Blätter zur Seite und stieß auf eines mit einer Zeichnung: Buchstaben, Zahlen, seltsame Symbole, alle in einem engen, ineinander verzwirbelten Muster.

»Warum also die Tattoos?«, fragte ich, ohne den Blick von den Seiten zu lassen. »Und haben Sie die nur auf der oberen Hälfte …?«

»Mein ganzer Körper ist voll davon«, erklärte er. »Nur das Gesicht und die Hände sind frei. Überall, an den Beinen, am Arsch, an den Füßen und am Schwanz. Na ja, also da hat's richtig weh getan. Wollen Sie mal sehen?«

Ich schüttelte energisch den Kopf, bevor ich merkte, dass das ein Scherz sein sollte.

»Und warum so viele?«

»Haben Sie Tattoos?«

»Nein. Ich habe bisher kein Verlangen danach verspürt.«

»Sam, das ist ein unbeschreibliches Gefühl. Sie haben die Chance zu wählen, wie Ihr Körper aussehen soll, zu verändern, was die Natur Ihnen gegeben hat. Millionen Jahre hat die Evolution gebraucht, bis wir unsere heutige Form hatten, aber es ist eine Sache von wenigen Minuten, die Evolution zu korrigieren und selbst Hand an unser Aussehen zu legen. Das ist *Macht*, Sam.«

»Nicht schon wieder«, entgegnete ich. »Ich habe schon genug von Ihren Ansprachen über die Zeit, jetzt bringen Sie bitte nicht noch die Evolution mit hinein.«

Sichtlich amüsiert warf er noch ein Scheit ins Feuer, das inzwischen eine brütende Hitze verbreitete.

»Was soll ich Meg sagen, wenn ich sie das nächste Mal sehe?«, fragte ich, als er es sich auf dem Sofa wieder bequem machte.

»Sagen Sie ihr, dass Sie mich nicht gesehen haben.«

»Aber das wäre eine Lüge.«

»Na und? Was soll's? Sie will mich nur sprechen, weil ich mit *Ihnen* auf dem Überwachungsfilm zu sehen war. Sie wird mich nicht festnehmen oder so etwas in der Art. Ich habe nichts Ungesetzliches getan.«

»Abgesehen davon, dass Sie eingebrochen sind und sich Zugang zu fremdem Eigentum verschafft haben«, korrigierte ich ihn. »Und dann wäre da noch die Leiche, die man vor zwei Wochen hinter dem Museum gefunden hat – dazu wird sie Fragen haben.«

»Warum sollte sie? Die einzige Verbindung zwischen der Leiche und mir sind *Sie*. Der einzige Grund, dass sie mich sprechen möchte, ist, dass sie *Ihre* Geschichte untermauern will.«

Ich wollte schon antworten, als sich Guy plötzlich erschreckt aufrichtete.

»Was ist das?«, fragte er. »Hören Sie das?«

Ich spitzte die Ohren. »Ich höre nichts.«

»Psst«, zischte er. »Martinshorn.«

Er hatte recht, der leise Klang weit entfernter Sirenen.

»Schnell«, rief er. »Raus zur Hintertür.«

Ich war zu verstört und panisch, um selbst zu denken. Ich rannte in die Küche und riss die Hintertür auf. Die eisige Luft des frostigen Winterabends schlug mir entgegen.

»Schnell«, sagte Guy und schob mich hinaus. »Laufen Sie. Ich werde sie aufhalten.«

»Aber was …«, fing ich an.

»Laufen Sie«, drängte er und sah sich hastig nach allen Seiten um, während die Sirenen näher kamen. »Ich melde mich Montagmorgen bei Ihnen. *Anarchie der Zeit – Teil drei*. Gehen Sie!« Er schob mich in eine Richtung und rannte in die andere davon. Ich stolperte über den unbeleuchteten Rasen, durch eine Hecke in einen Nachbargarten. Dort schlich ich über den Rasen, nicht ohne belastende Fußabdrücke im frischen Schnee zu hinterlassen, und trat hinter dem Haus unauffällig auf die Straße hinaus. Im Schutz der Dunkelheit entfernte ich mich von dem Haus. Langsam begriff ich, dass die Sirenen gar nicht näher kamen, sondern sich von mir *entfernten*. Und dann dämmerte mir, dass es nicht die Sirenen einer Polizeistreife waren, sondern die eines Krankenwagens.

So ein Scheißkerl.

Es hatte wieder angefangen zu schneien, die Flocken schimmerten bernsteinfarben im Schein der Straßenlaternen. Der Klang der Sirenen entschwand in der Ferne, und mich umgab nur noch lautlose Nacht.

32

Am folgenden Morgen auf der Arbeit kam Regina zu mir und flüsterte mir leise ins Ohr, so dass es niemand hören konnte: »Ich glaube, du solltest dich bei Jasper entschuldigen.«

Ich sah sie verwundert an. Sie trug einen engen, knielangen Rock und eine weiße, fast transparente Bluse, die ihren BH durchschimmern ließ. Ich fragte mich, ob sie diese Bluse ausgewählt hatte, um Murray eine Freude zu bereiten, und wo überall er seine Hand heute schon gehabt hatte.

»Warum sollte ich mich bei Jasper entschuldigen?«

»Du weißt genau, wovon ich rede, Sam.«

»Nein, wirklich nicht.«

Sie schnaubte erbost, packte mich am Arm, zog mich hoch und quer durch das Büro.

»Was zum Teufel soll das?«, protestierte ich und versuchte, mich ihrem Griff zu entziehen.

»Du wirst dich bei ihm entschuldigen«, sagte sie, als wir endlich vor Jaspers Bürotür standen. Sie klopfte energisch an, bevor ich auch nur ein Wort entgegnen konnte.

Von innen klang Jaspers Stimme: »Was ist? Wer ist da? Einen Augenblick bitte.« Regina riss die Tür auf, schob mich hinein, sah mich mahnend an und zog die Tür hinter sich wieder zu.

Da stand ich allein mit Jasper in seinem Büro. Er hatte einen entblößten Fuß auf dem Schreibtisch abgelegt und war gerade dabei, sich die Fußnägel zu schneiden. Hastig zog er den Fuß herunter und wischte den Tisch ab.

»Was wollen Sie?«, fragte er kalt.

»Möglicherweise«, fing ich an, »bin ich Ihnen zu nahe getreten, und Regina möchte, dass ich mich bei Ihnen entschuldige.«

Er musterte mich mit säuerlichem Blick. »Eine Entschuldigung, die nicht von Herzen kommt, ist keine Entschuldigung.«

»Wenn ich ehrlich bin«, sagte ich und ließ mich auf einem Stuhl nieder, »habe ich nicht den leisesten Schimmer, was ich getan haben soll.«
»Sie haben mich Saftarsch genannt«, sagte Jasper mit leiser Stimme. »Und dass ich mich ins Knie ficken soll.«
»Davon weiß ich nichts«, sagte ich, ohne zu lügen.
»Außerdem haben Sie mir Schläge angedroht.«
»Aber warum sollte ich das tun?«
»Keine Ahnung«, sagte Jasper. »Und dann haben Sie mich noch angeknurrt.«
»Ich habe Sie *angeknurrt?*«
»Ja«, entgegnete Jasper, als würde ihm allein die Erinnerung daran schon Schmerzen bereiten. »Irgendwie klang es sogar, als hätten Sie die ganze Zeit geknurrt, als hätten Sie einen rauhen Hals gehabt.«
Ich kann mich nicht erinnern, jemals in meinem ganzen Leben irgendjemanden angeknurrt zu haben. Was für seltsame Dinge dachte er sich da aus.
»Ich verlange ja gar nicht, dass Sie sich entschuldigen«, fuhr Jasper fort. »Aber Sie waren gestern Abend sehr unhöflich zu mir, und wenn Sie es nicht für nötig halten, zum Ausdruck zu bringen, dass es Ihnen leidtut, dann zeigt mir das nur, was für ein Mensch Sie sind.«
Ich seufzte tief. »Warum tun Sie das, Jasper? Wir wissen beide, dass es nicht wahr ist. Es ist wie neulich, als Sie behauptet haben, mich mit einer fremden Frau in dem Krankenhaus gesehen zu haben.«
»Ja, genau, die war gestern Abend auch dabei. Dieselbe Frau.«
»Wie bitte?«
»Sie war gestern Abend hier im Büro, als Sie so unfreundlich zu mir waren. Ihr schien der Auftritt ziemlich peinlich gewesen zu sein.«
»Ich war gestern Abend nicht im Büro, und schon gar nicht mit einer Frau!«

»Und ob Sie hier waren! Sie standen mit ihr dort drüben an Ihrem Schreibtisch. Das muss so gegen sieben Uhr gewesen sein.«

»Aber um sieben war ich …«, ich zögerte.

»Ja?«, hakte er nach.

Ich konnte den Satz nicht beenden, konnte ihm nicht sagen, dass ich auf dem Friedhof gewesen war, um Blumen auf das Grab meiner Freundin zu legen, die ich auf dem Gewissen hatte. Das ging ihn nichts an. So etwas erzählte ich nicht jedem. Schon gar nicht so einem Saftarsch wie Jasper.

»Es ist unwichtig, wo ich war«, sagte ich. Dann kam mir ein Gedanke. »Sie haben gesagt, ich war an meinem Schreibtisch. Was habe ich dort gemacht?«

»Sie haben in einer Schublade nach etwas gesucht. Dann haben Sie ein Videoband herausgeholt und es der Frau gezeigt.«

»Ein Videoband?« Ich merkte, wie mir Schweißperlen auf die Stirn traten.

»Genau. Eines von diesen kleinen Bändern, glaube ich.«

Es war ein Videoband, mit dem ich am Sonntag im Museum war. Ein unguter Gedanke schoss mir durch den Kopf. Ich musste auf der Stelle an meinen Schreibtisch.

»Tut mir leid«, sagte ich geistesabwesend zu Jasper, was ihn zu überraschen schien.

»Nun ja, das ist …«

Sollte er den Satz zu Ende gebracht haben, habe ich es zumindest nicht mehr gehört. Fluchtartig stürmte ich aus seinem Büro, auf dem Weg zu meiner schmucklosen Zelle.

Ich setzte mich und zog die unterste Schublade auf. Mir zitterten die Hände, als die Schublade langsam aufglitt.

Das Band war nicht zu sehen.

Ich räumte alles heraus, bis das Fach vollkommen leer war. Dann öffnete ich die beiden Schubladen darüber und räumte auch diese aus.

Das Band war weg. Und dann stellte ich fest, dass nicht nur das Band, sondern auch die Kamera verschwunden war, die ich in dieselbe Schublade gelegt hatte.
Jemand hatte sie gestohlen.
Benommen ließ ich mich gegen die Lehne meines Schreibtischstuhls fallen. Ich konnte es nicht fassen, Wut stieg in mir auf. Für das Material in der Kamera hatte ich wohl kaum eine Erklärung. Im ungünstigsten Fall konnte es mich in Teufels Küche bringen. Aber wer konnte es gestohlen haben? Guy wusste als Einziger von dessen Existenz, und nur ich kannte das Versteck. Das Band war nicht einmal beschriftet. Außerdem hatte Jasper gesagt, dass er gesehen hatte, wie ich es genommen habe!
Was zum Teufel ist hier los?
In dem Augenblick erschien Regina.
»Das war doch gar nicht so schwer, oder?« Sie schüttelte höhnisch den Kopf. »Und das alles nur für eine Frau, die du uns offensichtlich vorenthalten willst.«

33

Das eigentliche Problem im Augenblick war aber weniger das Band als die Kamera.
Ich stand vor Murrays Büro und klopfte an, wobei ich es dieses Mal vorzog zu warten, bis sich jemand meldete. »Herein«, ertönte die verhasste Stimme von innen.
Ich trat ein und schloss die Tür hinter mir.
Keine zwei Worte hatte ich mit Murray mehr gewechselt, nachdem ich ihn und Regina in dieser kompromittierenden Situation überrascht hatte. Die Schmach stand ihm zwar noch ins Gesicht geschrieben, aber es gelang ihm einigermaßen, sie hinter der Maske kalter Angriffslust zu verbergen.

»Was wollen Sie?«, blaffte er.
Ich erklärte ihm, dass man mir die Kamera gestohlen hatte.
Er brüllte los. Ganz genau kann ich seine Worte nicht wiedergeben, ich erinnere mich aber deutlich, dass er brüllte.
Meinen Versuch einer Entschuldigung nahm er nicht an.
»Von Ihnen ist ja wohl auch nichts anderes zu erwarten«, bellte er. »Sie sind die größte Platzverschwendung, die in diesen Räumen zu finden ist. Ich sollte Sie auf der Stelle feuern.«
»Nur weil mir diese blöde Kamera abhandengekommen ist?«, entgegnete ich ungläubig. »Und überhaupt, ich habe sie nicht verloren, sie wurde mir aus dem Schreibtisch geklaut.«
»Sie wurde nicht geklaut«, fauchte er zurück. »Sie sind gestern Abend dabei beobachtet worden, wie Sie sie aus dem Gebäude getragen haben.«
»Jasper …«, entfuhr es mir grimmig.
»Ja. Er hat mich heute Morgen angesprochen und mir berichtet, dass Sie gestern Abend ihm gegenüber ziemlich ausfällig geworden sind. Anschließend haben Sie das Gebäude fluchtartig verlassen, und Sie hatten eine Kamera und ein Band dabei. Ich habe ihm geraten, eine offizielle Beschwerde über Sie einzureichen, woran ich meine helle Freude gehabt hätte, wie Sie sich denken können. Aber Sie haben auch noch Glück, er tut es, glaube ich, nicht.«
Eigentlich sollte ich derjenige sein, der sich über Jasper beschwert, weil er wilde Geschichten über mich erfindet, um sie im Büro breitzutreten. Aber Jasper wusste nichts von dem Band und der Kamera in meiner Schreibtischschublade, wenn er nicht …
»Also, wenn Sie die Kamera wirklich verloren haben«, fuhr Murray fort, »dann erst nachdem Sie sie gestern Abend aus dem Büro haben mitgehen lassen. Also schieben Sie den Diebstahl nicht anderen in die Schuhe, nur um Ihren nutzlosen Hintern zu retten.«

Wenn Jasper sie nicht selbst gestohlen hatte … Meine Schubladen waren nicht abgeschlossen; es wäre für ihn ein Leichtes gewesen, sie an sich zu nehmen und die Schuld auf mich zu schieben, um von sich abzulenken. Warum aber hätte er sie nehmen *sollen?* Von der Bedeutung des Bandes für mich konnte er doch gar nichts wissen.
Ich merkte, dass ich Murray gar nicht mehr zugehört hatte.
»Wie?«
»Ich sagte, dass Ihnen die Kamera vom Gehalt abgezogen wird.«
»Das können Sie doch nicht machen!«, rief ich bestürzt.
»Oh, Sie werden sehr schnell feststellen, dass ich es kann. Die Kamera hat achthundert Pfund gekostet, das bedeutet einen Monat lang zweihundert Pfund pro Woche von Ihrem Gehalt. Wir fangen gleich heute an. Sie können den Scheck an die Buchhaltung gleich jetzt ausstellen.«
»Achthundert Pfund! Nicht mal die Hälfte ist sie wert.«
Murray sprach ganz ruhig, machte aber keine Anstrengungen, seine Schadenfreude zu verbergen. »Wenn Sie möchten, besorge ich Ihnen gern die Quittungen«, bot er sich an. »Wobei sich natürlich auch herausstellen könnte, dass das gute Stück sogar noch teurer war.«
Ich war gewarnt. Murrays hasserfüllte Augen hielten meinem Blick stand, so dass ich schließlich klein beigeben und wegsehen musste. »Gut«, sagte ich. »Tun Sie, was Sie nicht lassen können.«

»Sam«, sagte Regina. »Ich werde dir nicht aus der Patsche helfen.«
»Was soll das heißen?« Ich hatte ihr gerade von meinem Gespräch mit Murray erzählt.
Sie seufzte. »Du willst also, dass ich mit Murray spreche und ihn von der Idee abbringe, dass du die Kamera bezahlst, die du

verloren hast. Und wegen der … besonderen Beziehung zwischen ihm und mir glaubst du, dass er auf mich hört.«

»Nein, ich …«

»Okay, es ist keine Beziehung, und schon gar keine besondere. Sie ist nichts weiter als ein Geschäft. Und ich habe weiß Gott nicht die Absicht, meine Karriere aufs Spiel zu setzen, nur weil du deine Kamera verloren hast.«

»Aber ich wollte nicht …«

»Glaub ja nicht, dass du mich erpressen kannst.«

»Das wollte ich gar nicht!«

»Wenn du mir damit drohst, irgendjemandem etwas über Murray und mich zu erzählen, dann schwör ich dir, dass es das Letzte war, was du hier getan hast.«

»Ich glaube, du hast da etwas falsch verstanden, Regina.«

Sie sah mich fragend an. »Wie meinst du das?«

»Ich hatte nicht vor, dich zu bitten, ein Wort für mich bei Murray einzulegen.«

Sie hielt inne und sah mich misstrauisch an.

»Was *willst* du dann?«

Es war mir peinlich, aber ich musste die Frage stellen.

»Wegen der zweihundert Piepen, die ich dir gestern zurückgegeben habe. Ich gehe nicht davon aus, dass ich dich noch einmal darum bitten darf, oder?«

Sie sah mich nur grimmig an.

Als ich Reginas Büro verließ, begegnete ich Jasper.

»Hat sich das mit der Kamera geklärt?«, erkundigte er sich.

Tief in meinem Innersten legte sich anscheinend ein Schalter um. Ich packte ihn am Hemd, zerrte ihn in einen verlassenen Gang und stieß ihn gegen die Wand. Er war völlig überrumpelt.

»Ich weiß nicht, was Sie vorhaben«, zischte ich ihn an. »Aber jetzt sind Sie zu weit gegangen. Hören Sie auf damit.«

Mit schreckgeweiteten Augen brachte Jasper nur ein ersticktes Glucksen hervor.

»Keine Ahnung, warum Sie sich meine Kamera genommen haben«, fuhr ich fort, »und um ehrlich zu sein, ist mir das auch scheißegal. Ich will das Band haben, das ist alles. Geben Sie mir auf der Stelle das Band zurück.«

»Aber ich habe es nicht«, keuchte Jasper, während ich ihn fester gegen die Wand drückte. »Sie haben es gestern Abend mitgenommen. Ich habe es mit eigenen Augen gesehen.«

»Lassen Sie die verdammte Lügerei«, knurrte ich. »Ich will das Band haben, und zwar *auf der Stelle*.«

Ich spürte, wie meine Hände sich ins Fleisch unter seinem Hemd gruben. Er jaulte auf vor Schmerz.

»Was zum Teufel ist hier los?« Ich drehte mich nach der Stimme um. Es war Regina, die uns überrascht beobachtete.

Ich atmete tief aus und ließ Jasper los. Er sackte an der Wand zusammen.

»Nichts«, sagte ich nur und ging.

Zurück an meinem Schreibtisch sank ich erschöpft auf meinen Stuhl. Die Knie waren Pudding, und ich zitterte am ganzen Körper.

Glaubte ich wirklich, dass Jasper das Band genommen hatte? Hatte ich ihn tatsächlich einfach so gegen die Wand geschubst und bedroht? War ich wirklich bereit gewesen, ihn zu verletzen?

Was, um Himmels willen, passierte mit mir? Was für ein Mensch wurde aus mir?

34

Das Wochenende verbrachte ich allein in meinem Haus. Die Sonne hatte die letzten Schneereste zum Schmelzen gebracht, was ich allerdings kaum zur Kenntnis nahm. Die Tage krochen dahin und ließen mir viel Zeit zum Nachdenken, aber meine Gedanken waren dunkel und erwiesen sich als schlechte Begleiter.

Ich fragte mich, was Guy eigentlich genau plante und warum er mich in seine wie auch immer gearteten Pläne hineinzog.

Und ich fragte mich, ob ich Meg die Wahrheit erzählen sollte. Wie aber sollte ich ihr erklären, dass ich sie vorher belogen hatte? Weshalb lastete sie mir Dinge an, die ich nicht getan hatte?

Ich fragte mich auch, warum Jasper die Mehrfachsichtungen meiner Person fingiert haben könnte. Hatte er das Videoband wirklich aus meinem Schreibtisch genommen? Warum hätte er so etwas tun sollen? Und wer war die mysteriöse Frau, mit der er mich gesehen haben wollte?

Am Montagmorgen musste ich feststellen, dass mich die ganze Grübelei nicht einen Millimeter weitergebracht hatte. Wenigstens schien die Sonne, der Schnee war weg, und es wurde wärmer. Der Frühling stand spürbar vor der Tür.

Guy hatte gesagt, dass er sich am Montagmorgen melden wollte. Um Viertel nach zwölf rief er schließlich an. Auf dem Display erschien »Unbekannt«, so dass nur er es sein konnte.

»Sam? Ich bin's, Guy. Für heute Nachmittag ist alles vorbereitet.«

»Sie haben mich ja an dem Abend letzte Woche ziemlich reingelegt«, sagte ich leise ins Telefon, so dass im Büro niemand mithören konnte.

»Wieso reingelegt?«, fragte Guy mit einem Unterton in der Stimme, der mir verriet, dass er genau wusste, wovon ich sprach.

»Die Sirenen«, erklärte ich. »Ich glaube, Sie wollten mich einfach loswerden.«
Guy kicherte leise in sich hinein. »Ironie ist nicht Ihre Stärke, Sam. Sie würden mir wohl kaum glauben, wenn ich jetzt sagen würde, dass ich mich tatsächlich verhört habe?«
»Ja«, sagte ich bestimmt.
»Macht nichts«, entgegnete er. »Ich werde es heute Nachmittag wiedergutmachen. Kommen Sie um ein Uhr zum Diamond, wenn Sie sich die *Anarchie der Zeit – Teil drei* ansehen möchten.«
»Ich glaube nicht«, fing ich an, aber er hatte schon aufgelegt. Ich wünschte ihn leise zum Teufel und knallte das Telefon auf den Schreibtisch. Ich würde nicht hingehen, schwor ich mir trotzig.
»Los, schnapp dir deinen Mantel, Sam«, rief Regina im Vorbeilaufen.
»Wie? Wohin fahren wir?«, fragte ich und war schon aufgesprungen. Eilmeldung, etwas Wichtiges.
»Zum Diamond«, rief sie. »Dein Freund will wieder Uhren zertrümmern, und Murray will, dass wir darüber berichten.«
Hatte der Arsch also zuerst Murray angerufen. Zum Teufel mit ihm.

Der Diamond war die Fußgängerzone zwischen dem Rathaus und der Bücherei. Eigentlich war der Platz genau quadratisch angelegt. Wie er zu seinem Namen gekommen war, hatte ich nie in Erfahrung gebracht, wobei es mich aber auch nie wirklich interessiert hatte. In der Mitte des Platzes stand eine lebensgroße Reiterstatue. Kaum hatten wir den Diamond betreten, empfing uns Guy überschwenglich mit seinem schnöselhaften Grinsen, dem zu misstrauen ich inzwischen gelernt hatte. Ich stellte Stativ und Kamera ab, während er Regina mit einem Kuss auf beide Wangen begrüßte. Sie machte nicht den leisesten Versuch, ihre Abneigung gegen diese plumpe Vertraulichkeit zu verbergen.

»Regina, wie schön, Sie wiederzusehen«, flötete er. »Sie sehen umwerfend aus, wie immer. Murray muss sich in Ihrer Gegenwart wunderbar fühlen.«
Regina stutzte erst überrascht und warf mir dann einen vorwurfsvollen Blick zu. Kopfschüttelnd signalisierte ich ihr meine Ahnungslosigkeit.
Dann wandte Guy sich mir zu. »Sie sollten besser alles schnell aufbauen, Sam«, sagte er. »Noch fünf Minuten, dann geht es los.«
Mit diesen Worten zog er in Richtung Statue in der Mitte des Platzes davon.
»Was hast du ihm erzählt?«, schnarrte Regina mich an.
»Nichts«, verteidigte ich mich.
»Du weißt als Einziger von mir und Murray. Du *musst* es gewesen sein.«
»Ich habe ihm gar nichts gesagt«, beharrte ich. »Vielleicht hat er Murray an dir gerochen, als er dich mit Küsschen begrüßt hat.«
Verdammt, wieder so ein Ding, das ich mir besser verkniffen hätte.
Regina stand der Mund ungläubig offen.
»Tut mir leid«, sagte ich verlegen. »War nicht so gemeint. Aber ich habe ihm wirklich nichts gesagt.«
Regina wandte sich ab, natürlich glaubte sie mir kein Wort. Schweigend folgte ich ihr zur Statue, wo Guy auf uns wartete. Ein paar Schaulustige hatten sich bereits eingefunden.
Zwölf Standuhren standen im Kreis um die Statue herum, alle in unterschiedlichen Formen und Größen. Ein paar kleinere reichten mir gerade bis zur Brust, andere waren riesig und überragten mich deutlich. Einige sahen aus wie neu, andere schienen antik und sehr wertvoll zu sein. Wieder andere erweckten den Eindruck, gerade vom Schrottplatz geholt worden zu sein. Als ich um den Uhrenkreis herumging, fiel mir auf, dass die Zeiger auf alle zwölf vollen Stunden des Tages, von eins bis zwölf, gestellt waren. Guy fing an, berechenbar zu werden.

Er ging auf Regina zu, während ich die Kamera auf das Stativ setzte. »Wenn Sie ein Interview mit mir machen möchten, dann sollten Sie sich beeilen«, sagte er. »In wenigen Minuten geht es los.« Er sah zu mir hinüber, als ich die Kamera öffnete und ein neues Tape einlegte.

»Haben Sie genügend Bänder dabei?«, erkundigte er sich beiläufig. »Fehlt Ihnen keines?«

Ich sah ihn verblüfft an. Er wusste von dem fehlenden Band! Aber woher, verdammt noch mal?

Solange Regina in der Nähe war, konnte ich ihn nicht fragen. Sie gab mir ein Zeichen, dass sie bereit war und anfangen konnte. Ich schaltete die Kamera ein. Augenblicklich entlud sich das Geräusch gewaltsam in meinen Kopf.

»Erläutern Sie uns Ihren letzten Auftritt *Anarchie der Zeit – Teil drei*«, forderte sie ihn auf und hielt ihm das Mikrofon hin.

»Diesem Stück habe ich den Namen *Die Zeit schmerzt* gegeben«, entgegnete Guy. »Wie das alte Sprichwort ›Die Zeit heilt alle Wunden‹, nur ehrlicher.« Er drehte sich um und deutete auf die Uhren, die im Kreis um die Statue standen. »Sie sehen dort zwölf Uhren stehen, eine Uhr für jede Stunde des Tages. Ich habe mich für Standuhren entschieden, als Symbol für den Lauf der Zeit über einen langen Zeitraum. Die Uhren sind alt, einige sogar sehr alt, aus Großvaters Zeiten, ein paar funktionieren nicht mehr. Für meine Begriffe ein sehr schöner Ausdruck, um die Spuren der Zeit zu verdeutlichen.«

»Natürlich«, sagte Regina und zog das Mikrofon wieder zu sich. »Großvaters Zeiten gibt es ja immer.«

»Wie bitte?« Guy sah sie fragend an.

»Großvaters Zeiten«, wiederholte Regina, plötzlich verunsichert. »Uhren aus Großvaters Zeiten, Großvaters Zeit …«

»Ah ja, ich verstehe«, rief Guy. »Das ist sehr gut, ja. Daran hatte ich noch gar nicht gedacht.«

Regina schien zufrieden mit sich.
»Aber es ist natürlich falsch«, fügte Guy hinzu. Ich musste mich schwer zusammenreißen, um beim Anblick ihrer Verärgerung nicht laut loszulachen. Zumindest lenkte es mich für ein paar Sekunden von dem Tosen in meinem Kopf ab.
»Die Zeit vergeht«, fuhr Guy fort, »und mit ihr kommen Fäulnis und Verderben. Alles auf dieser Welt beginnt in einem Zustand absoluter Perfektion, bewegt sich aber mit jeder ablaufenden Sekunde unaufhaltsam auf sein Ende zu. Menschen werden alt und sterben. Metalle rosten und verlieren an Kraft. Zivilisationen zerfallen zu Staub. Alles, was mit der Zeit in Berührung kommt, fällt der Zerstörung anheim.«
Eine beträchtliche Menge Schaulustiger hatte sich inzwischen um uns geschart. Guy sprach lauter, um auch sie an seiner Performance teilhaben zu lassen.
»Die Zeit bringt nichts als Schmerz und Tod«, posaunte er in die Menge hinaus. »Die einzige Gewissheit in diesem Leben, das einzig unbezwingbar *Absolute* ist, dass die Zeit schmerzt.«
Er hielt den Blick direkt in die Kamera gerichtet und erhob eine Hand, in der er ein kleines schwarzes Kästchen hielt, auf dem sich ein seltsamer roter Knopf befand.
»Die Zeit schmerzt«, wiederholte er ein letztes Mal und betätigte mit dem Daumen den Knopf.
Mit einem ohrenbetäubenden Knall und einem furiosen Lichtblitz flogen die zwölf Großvateruhren auseinander.
Die Menschen schrien. Blut spritzte auf den Boden. Verwirrung, Panik, die Zeit schmerzt.
Ich sah mich um. Guy war nicht mehr da.

35

Ernsthaft verletzt war niemand. Der Schreck und der Knall hatten alles schlimmer aussehen lassen, als es in Wirklichkeit war. Die Uhren waren nicht mit Sprengstoff vollgestopft, was ich zunächst vermutet hatte. In ihnen steckten Silvesterkracher, die mit einem Zünder verbunden worden waren, daher das Getöse und der Lichtblitz.

Nicht eine Uhr war mehr ganz, einige waren vollkommen zerfetzt. Von den Zuschauern waren einige von herumfliegenden Teilen, Holz- und Metallsplittern getroffen worden. Regina fand den Messingzeiger einer Uhr in ihrem Haar wieder und konnte von Glück sagen, dass er ihr von der Wucht der Explosion nicht in den Schädel getrieben worden war.

Nachdem sich die erste Aufregung gelegt hatte, breitete sich auf dem Platz eine gespenstische Ruhe aus. Die Menschen waren benommen und befanden sich in einer Art Schockstarre. Erst Minuten nach der Explosion traf der erste Krankenwagen ein. Fassungslos blickten die Sanitäter auf das Bild von Verwüstung und verängstigten Menschen, das sich ihnen bot. Aber auch sie kamen rasch zu dem Schluss, dass es schlimmer aussah, als es tatsächlich war. Sie versorgten eine Menge Schürfwunden und Kratzer, von denen nur wenige genäht werden mussten.

Alles hätte wesentlich schlimmer ausgehen können. Natürlich hätte sich Guy, wenn er gewollt hätte, eines Mittels bedienen können, dessen zerstörerische Kraft die von Silvesterfeuerwerk um einiges übertraf. Dennoch schien er einen Schritt weitergegangen zu sein, als würde er keine Spielchen mehr spielen. Das hier war etwas Neues, etwas Gefährliches.

Mir brummte der Schädel, und das Geräusch entlud sich mit aller Macht, während ich die Aufnahmen machte. Regina rappelte sich wieder auf, prüfte ihr Make-up und machte ein paar Interviews mit Zeugen, wobei sie sich Verletzte und Kinder herausgepickt hatte. Wir wussten beide, dass das gutes Fernsehen war und es heute Abend mit ziemlicher Sicherheit den Sprung in die überregionalen Nachrichten schaffen würde. Natürlich hätten wir uns an der Versorgung der Verletzten beteiligen, Wunden verbinden und Blutungen stillen können. Aber ich konnte den Blick nicht vom Sucher lassen und konzentrierte mich auf die Story.

Schließlich traf auch die Polizei ein. Wie es aussah, war Meg Caplan die Einsatzleiterin. Nachdem sie sich einen Überblick über die Situation verschafft hatte, zog sie mich zur Seite. Wir setzten uns auf ein unbequemes, niedriges Mäuerchen.

»Der Typ ist ein Freund von dir«, sagte sie.

»Nein«, bestritt ich energisch. »Nur ein Bekannter.«

»Aber letzte Woche bist du mit ihm im Museum gewesen.« Meg hatte die Aufzeichnungen von dem Vorfall im Sucher meiner Kamera gesehen und Guy von den Überwachungsvideos aus dem Museum sofort wiedererkannt.

»Das habe ich dir doch schon erklärt«, sagte ich.

Ungläubig verzog sie das Gesicht.

»Willst du ihn festnehmen?«, fragte ich.

Meg zuckte mit den Schultern. »Sachbeschädigung. Gefährdung der öffentlichen Sicherheit. Vielleicht kommt er mit einer Geldstrafe und ein paar Sozialstunden davon. Aber wir müssen ihn sprechen. Weißt du, wo er sein könnte?«

Ich hätte es ihr gern gesagt, ehrlich. Aber wie, wenn ich mich nicht selbst belasten wollte?

»Er hat mir etwas von einem Haus erzählt«, tastete ich mich zaghaft vor, »in dem könnte er wohnen. Templar Grove, glaube ich.«

Meg sah mich interessiert an. »Welche Nummer?«

Ich verneinte kopfschüttelnd und musste den Unwissenden nicht einmal spielen, denn es war dunkel gewesen an jenem Abend, und auf die Hausnummer hatte ich wirklich nicht geachtet.
»So ein Zufall«, sagte sie.
»Warum?«
»Weil ich erst gestern Nachmittag dort war. Eine Familie ist aus dem Urlaub zurückgekommen und musste feststellen, dass man in ihr Haus eingebrochen war. Nummer vierzehn, Templar Grove. Weißt du etwas darüber, Sam?«, fragte sie und sah mich eindringlich an.
»Nein. Keine Ahnung, er hat es nur so nebenbei erwähnt.«
»Hat er sonst noch etwas so nebenbei erwähnt?«
Ich schüttelte den Kopf. Eine ganze Menge hatte er erwähnt, aber ich konnte Meg nichts davon erzählen.
»Egal«, sagte sie. »Aber es sieht so aus, als könnten wir der Liste der Straftaten dieses Typen einen Einbruch hinzufügen. Wir brauchen ihn dringend, Sam. Hilfst du mir?«
»Natürlich, gern. Wie?«
»Wenn er sich das nächste Mal wieder bei dir meldet, gibst du mir Bescheid. Hast du verstanden?«
»Ja, klar«, versicherte ich.
»Hast du *verstanden?*«, hakte sie noch einmal nach.
»Ja. Wenn er sich bei mir meldet, sag ich dir Bescheid.«
Sie blickte mir sekundenlang in die Augen, vielleicht um sicherzustellen, dass ich nicht log, nickte dann und stand auf.
»Du solltest dich selbst auch verarzten lassen«, sagte sie.
Keine Ahnung, was sie damit meinte.
»Da, an deiner Wange«, erklärte sie und zeigte mit dem Finger darauf. »Du blutest.«
Ich legte einen Finger auf die Wange und sah zu meiner Überraschung, dass die Fingerspitze rot war. Vor meinem geistigen Auge sah ich, wie mir das Blut das Gesicht hinunterlief, als ich

benommen auf dem Fahrersitz des Autowracks saß. Meg muss mir das Entsetzen angesehen haben.
»Ist nur ein Kratzer«, beruhigte sie mich. »Kein Grund zur Panik.«

36

Unbekannt.
Später an jenem Nachmittag läutete mein Telefon. *Unbekannt.* Dass es Guy war, war mir klar, bevor ich das Gespräch annahm.
»Tut mir leid, dass ich so schnell wegmusste«, sagte er, »aber Sie haben bestimmt Verständnis dafür.«
»Meg will Sie sprechen«, sagte ich ihm.
»Ich weiß.«
»Sie sagte, dass ich Sie dazu bringen soll, sich zu stellen.«
»Ich mich stellen? Das klingt, als sei ich ein gefährlicher Verbrecher.«
»Sie haben eine Menge Menschen verletzt.«
»Nur Platzwunden und Kratzer.«
»Und sie will mit Ihnen über einen gewissen Einbruch sprechen.«
»Haben Sie ihr also von dem Haus erzählt?«
Plötzlich war ich derjenige, der sich schuldig fühlte. »Sie wusste schon davon«, log ich.
»Ich weiß genau, dass Sie es ihr erzählt haben, Sam. Aber das ist jetzt unwichtig.«
»Also werden Sie mit ihr sprechen?«
»Auf gar keinen Fall.«
»Was?«
»Das spielt jetzt keine Rolle. Ich rufe nur an, um Ihnen zu sagen, dass *Anarchie der Zeit – Teil vier* nächsten Montag fertig ist.«
Ich lachte höhnisch. »Und was ist mit Teil fünf? Hatten Sie nicht gesagt, dass das Ding fünf Teile hat?«

»Für Teil fünf«, antwortete Guy, »brauche ich noch ein wenig Zeit.«
»Eigentlich interessiert mich das Ganze überhaupt nicht mehr.«
»Ich verspreche Ihnen, dass es Sie interessieren wird«, sagte Guy, »wenn die Aktionen erst einmal stattfinden und, wie ich Ihnen schon sagte, ich werde Ihr Leben von Grund auf verändern, und das meine ich immer noch so. Im Augenblick muss ich mich aber noch etwas bedeckt halten.«
»Moment«, sagte ich. »Was ist mit dem Band?«
»Welches Band?«, fragte er in aller Unschuld.
»Sie wissen genau, von welchem Band ich rede. Das Band aus dem Museum. Sie haben es doch gestohlen.« Das war keine Frage, das war eine lupenreine Anschuldigung.
»Ja, ich weiß, dass es fehlt«, sagte er. »Aber ich habe es nicht gestohlen, und ich bin auch nicht in seinem Besitz.«
»Aber wie …«
»Ich habe es nicht«, beharrte er. »Zuletzt habe ich es in Ihrer Kamera gesehen. Im Museum.«
»Und wo soll es jetzt sein?«
»In guten Händen, Sam. Jetzt aber bitte keine Fragen mehr. Wir sehen uns in einer Woche.« Er legte auf.

Bevor ich das Büro verließ, warf ich noch einen Blick auf die Aufnahmen, die ich an diesem Nachmittag gemacht hatte.
Ich ließ den Film bis zu der Stelle vorlaufen, an der die Uhren in die Luft geflogen waren. Guy hatte direkt in die Kamera gesprochen, als er auf den Knopf des Fernzünders drückte. Ich reduzierte die Vorlaufgeschwindigkeit auf zwei Bilder pro Sekunde und sah, wie alle zwölf Uhren in Zeitlupe gleichzeitig von einem gewaltigen Ball aus Farben und Blitzen ganz langsam auseinandergerissen wurden. Während die Splitter, Geschossen gleich, in alle Richtungen davonflogen, fiel mir auf, dass Guy mit keiner Wimper

zuckte. Ungerührt starrte er weiter in die Kamera, während sich die Welt hinter ihm explosionsartig in ein Chaos verwandelte.
Dann sah ich in der Standbildansicht, dass nicht ein einziges der herumfliegenden Teile auch nur in seine Nähe kam. Er war der Einzige, der sich nicht wegduckte, Schutz suchte oder versuchte wegzulaufen. Als Einziger trug er nicht eine Schramme davon.
Als ich die Kamera vom Stativ genommen und mir auf die Schulter gesetzt hatte, war er weg. Verschwunden, als wäre er nie da gewesen.
Guys letzte Worte vor der Explosion waren: »Die Zeit schmerzt«. Die Zeit, so hieß es, sollte Wunden heilen, wobei ich wusste, dass das nicht stimmte, jedenfalls nicht wirklich. Der Verlust von Sarah war immer noch ein echter körperlicher Schmerz, genau wie mein Geräusch. Die Zeit schmerzt tatsächlich. Was das anging, hatte der Scheißkerl recht.
Vorn im Bild weinte ein Kind. Ich hielt den Film an. Das Kind hatte eine kleine Verletzung auf dem Handrücken und rief nach seiner Mutter. Aber was war das? Im Hintergrund, ein winziges Etwas, eine flüchtige Gestalt, die, aber nur vielleicht, Guy hätte sein können.
Er hatte sich also gar nicht auf wundersame Weise in Luft aufgelöst, sondern war weggelaufen. Das Bild, wie er das Weite suchte, machte all seine Versuche, möglichst mysteriös, rätselhaft und unnahbar zu erscheinen, zunichte und ließ ihn plötzlich äußerst weltlich und schrecklich menschlich erscheinen.
Angesichts all des Wahnsinns musste ich lachen.
In dem Augenblick kam Regina herein und sah mich vor Lachen brüllend vor dem Standbild sitzen, das ein verletztes, weinendes Kind zeigte. Fassungslos stand sie da und wies mich zurecht, was die Situation noch absurder machte, so dass ich noch lauter lachen musste.

37

In der letzten Woche, bevor sich mein Leben für immer veränderte, gab es noch einige kuriose Begebenheiten.

Am folgenden Morgen, Dienstag, den einundzwanzigsten Februar, ging es los.

Jasper war mir in der letzten Woche, nachdem ich ein wenig grob zu ihm gewesen war, aus dem Weg gegangen. Ich fragte mich zwar immer noch, ob er das Band aus meinem Schreibtisch entwendet haben könnte, aber inzwischen waren mir Zweifel gekommen, denn es war mir gedämmert, dass Guy etwas damit zu tun haben musste.

Jasper stand vor dem Kopierer und drückte zunehmend wütend auf den Tasten herum, ohne jedoch dem Gerät die gewünschte Reaktion abzutrotzen.

»Verstopft«, bemerkte ich mit aller mir zur Verfügung stehenden Gelassenheit. Ich zeigte auf das kleine, rotblinkende Lämpchen, das eine steckengebliebene Seite im Innenleben des Gerätes signalisierte.

Jasper sah mich verschüchtert an, als fürchtete er, dass ich ihn erneut in die Mangel nehmen könnte. »Ich dachte, Sie hätten das gestern Abend behoben«, sagte er.

In mir entbrannte ein schales Gefühl von Déjà-vu. »Ich war gestern Abend nicht am Kopierer«, widersprach ich, so ruhig ich konnte.

Für den Bruchteil einer Sekunde sah es so aus, als wollte Jasper etwas dagegen sagen, begnügte sich dann aber mit: »Ist ja auch egal.«

»Nein, Moment«, sagte ich. »Wie kommen Sie darauf, dass ich gestern Abend den Kopierer repariert habe?«

»Ist nicht so wichtig.«

»Doch, sagen Sie es mir, bitte.«

»Nur wenn Sie mir versprechen, dass Sie mir dieses Mal nicht wieder eine verpassen!« Flackerte da Angst in seinen Augen?
»Sagen Sie es mir einfach«, sagte ich mit Bestimmtheit.
»Sie haben gestern ganz schön viel kopiert«, fing er an. »Ich war gerade dabei, die Spätnachrichten vorzubereiten.«
Die Spätnachrichten wurden um halb elf ausgestrahlt, nach den überregionalen Nachrichten. Zu der Zeit war ich schon seit Stunden zu Hause.
»Es sah so aus, als hätten Sie Probleme mit dem Kopierer gehabt«, fuhr Jasper fort. »Sie haben das Gerät angebrüllt und dagegengetreten.«
»Und weiter?«
»Schließlich sah es so aus, als hätte es einen Papierstau gegeben. Sie haben die vordere Klappe geöffnet, sind aber plötzlich gegangen. Deshalb dachte ich, dass Sie es repariert hätten.«
»Nein, habe ich nicht. Ich meine, ich war nicht ...« War es die Sache wirklich wert, mit Jasper einen erneuten Streit vom Zaun zu brechen? Die Welt, in der er lebte, musste ziemlich abgedreht sein, er machte sich etwas vor.
Jedenfalls blinkte das rote Lämpchen am Kopierer immer noch aufgeregt vor sich hin. Irgendetwas musste sich in dem Gerät verhakt haben.
»Erlauben Sie?«, sagte ich und deutete auf die Vorderseite des Geräts. Jasper trat einen Schritt zur Seite.
Ich kniete mich vor den Kopierer hin, öffnete die Abdeckung, klappte sie zur Seite und spähte in das Innere des Monstrums. Ich konnte nichts Außergewöhnliches erkennen, also löste ich den Walzenmechanismus und schwang auch diesen zur Seite. Jetzt sah ich es: Eine DIN-A4-Seite klemmte zwischen zwei Walzen. Sie hatte sich vorn vollständig zusammengeschoben, so dass es kein Wunder war, dass nichts mehr ging.
Ich reichte vorsichtig hinein und fasste eine Papierkante, denn

ich hatte keine Lust, mich an den heißen Walzen zu verbrennen. Mit einem kurzen, kräftigen Ruck zog ich an dem Papier und hatte es schon draußen. Die Tinte war schwarz, verschmiert, aber vollkommen trocken.

Ich schloss die Abdeckung wieder, das Lämpchen erlosch, und das Aufwärmgeräusch setzte umgehend ein.

»Gehört das Ihnen?«, fragte Jasper mit Blick auf das zerknautschte Papier.

Ich strich es glatt und betrachtete es. Nur die halbe Seite war kopiert und selbst die nicht richtig, weil sie in den Walzen stecken geblieben war. Aber die Wörter »Museum – Überwachungsbericht« stachen klar und deutlich aus dem Tonerbrei hervor.

»Gehört die Ihnen?«, fragte Jasper noch einmal.

Noch mehr Wörter und Sätze traten allmählich deutlicher hervor: »Vertraulich«, »Anordnung der Kameras«, »Überarbeitung der aktuellen Sicherheitsmaßnahmen«. Die Seite gehörte nicht mir. Ich war letzte Nacht nicht hier gewesen. Mit mir hatte das nichts zu tun.

»Ja«, sagte ich. »Die gehört mir. Danke.«

Ich nahm die Seite mit zu meinem Schreibtisch, knüllte sie zusammen und ließ sie im Papierkorb verschwinden. Dann fischte ich sie wieder heraus und übergab sie dem Aktenvernichter.

Die zweite seltsame Begebenheit ereignete sich am folgenden Tag, am Mittwoch.

Regina und ich waren fast den ganzen Vormittag draußen gewesen, um Aufnahmen für einen Bericht zu machen. Auf dem Weg zurück ins Büro vernahm ich plötzlich eine Stimme, die meinen Namen rief.

»Sam!«

Ich drehte mich nach der Stimme um. Ich sah ein paar Leute die Straße entlanggehen, von denen ich allerdings keinen kannte.

Dann bemerkte ich eine Frau, die eilig die Straße überquerte und direkt auf mich zukam.
»Sam«, sprach sie mich unsicher an, als sie vor mir stand. Sie sah kurz zu Regina hinüber. »Schön, dass ich Sie hier treffe. Ich glaube, wir müssen noch einmal über neulich Abend sprechen.«
Sie war groß, dürr und hatte langes brünettes Haar. Ihr Gesicht kam mir vage bekannt vor, wenngleich ich es nirgends einzuordnen vermochte.
»Tut mir leid«, sagte ich. »Kenne ich Sie?«
Ein Anflug von Unsicherheit huschte über ihr Gesicht. Sie erhob langsam eine Hand und berührte den Kragen meines Hemdes, zog ihn runter, um meinen Hals zu sehen. Mit einem Finger strich sie über meinen Hals. Verdutzt wich ich zurück.
»Entschuldigen Sie«, sagte sie und sah wieder zu Regina hinüber. »Ich habe Sie für jemand anderen gehalten.«
Dann wandte sie sich ab und eilte, ja rannte fast davon.
»Was war das denn?«, entfuhr es mir.
»Hast du sie nicht erkannt?«, fragte Regina.
»Sie kam mir bekannt vor«, räumte ich ein.
»Das war Lily Attwell«, sagte Regina. »Weißt du nicht mehr, vor sechs Monaten, als ihr Mann nach einem Bootsunfall vermisst war? Wir haben sie zweimal interviewt, bevor seine Leiche schließlich an Land gespült wurde.«
»Ach ja, natürlich«, entgegnete ich, als es mir langsam wieder einfiel. »Aber was wollte sie?«
»Ich glaube«, sagte Regina, »dass deine geheimnisvolle Freundin soeben einen Namen bekommen hat. Dann hatte Jasper also die ganze Zeit recht. Lily Attwell. Soso. Wer hätte gedacht, dass du ein solcher Witwenjäger bist!«
Ich beteuerte meine Unschuld, aber Regina amüsierte sich für meinen Geschmack zu sehr auf meine Kosten.

38

Die dritte ungewöhnliche Begebenheit ereignete sich etwas später am selben Abend, nachdem ich von der Arbeit wieder zu Hause war.

In der Post, die sich auf der Fußmatte stapelte, fand ich einen Brief von meiner Kreditkartenfirma mit der Aufstellung meiner Ausgaben des vergangenen Monats. In Sachen Geld bin ich immer sehr genau gewesen. Meine Kreditkartenabrechnung habe ich jeden Monat ausgeglichen, um keine Zinsen auflaufen zu lassen. Umso entsetzter war ich, als ich entdeckte, dass das Konto am Ende war. Ich sah mir die Abrechnung noch einmal genau an, als könnten sich die Zahlen von allein verändern oder neu zu etwas weniger Irrwitzigem umstellen.

Ich verfügte über einen Dispositionskredit von zweitausendvierhundert Pfund. Die Abrechnung für diesen Monat belief sich auf zweitausendvierhundertzweiunddreißig Pfund und dreizehn Pence. Ich rief das Kreditkartenunternehmen an, aber außerhalb der Geschäftszeiten.

Am folgenden Morgen probierte ich es noch einmal, gleich nachdem ich ins Büro gekommen war. Inzwischen hatte ich genügend Zeit gehabt, die einzelnen Positionen auf der Abrechnung genauer zu prüfen. Alles, was ich erwartet hatte, war aufgeführt. Ein paar DVDs und CDs, die ich Anfang des Monats online gekauft hatte. Dann ein paar Lebensmittel, von letzter Woche, als ich an der Kasse kein Geld mehr hatte. Alle anderen Posten auf der Rechnung waren mir jedoch fremd. Eine Hotelrechnung für zwei Wochen, einschließlich Zimmerservice; ein paar Quittungen von teuren Restaurants, sogar eine große Abbuchung über einen Bankautomaten (mir war entfallen, dass ich diese Möglichkeit ja auch gehabt hätte – ich hätte Regina gar nicht um Geld bitten müssen).

All das erklärte ich in beherrschtem und höflichem Ton der Mitarbeiterin der Kreditkartengesellschaft, die mir bedeutete, dass ich mich erst einmal beruhigen sollte, während sie mein Anliegen prüfte. Schließlich erläuterte sie mir, dass alle Vorgänge korrekt und ausnahmslos mit meiner Unterschrift oder PIN bestätigt worden seien.

Ich erklärte ihr relativ sachlich, dass ich keines der genannten Geschäfte getätigt hätte, und fragte sie, was sie in dieser Angelegenheit zu tun beabsichtigte.

Wieder bedeutete sie mir, dass ich mich beruhigen sollte und wir alles vermutlich schneller klären könnten, wenn ich ihre Fragen ein wenig ruhiger beantworten würde. Kreditkartenmissbrauch, erklärte sie mir, sei heutzutage schwer im Kommen, offensichtlich sei ich Opfer eines Identitätsdiebstahls geworden.

Ich erzählte ihr von dem Geld, das von meinem Bankkonto abgebucht worden war, und sie stimmte mir zu, dass nicht auszuschließen sei, dass der Dieb die Daten von beiden Konten gleichzeitig bekommen habe.

Ob ich mein Geld zurückbekäme, wollte ich wissen.

Sie verneinte, und ich glaube, dass meine Antwort darauf dieses Mal tatsächlich unhöflich ausfiel.

Nachdem ich mir eine strenge Verwarnung von ihrem Vorgesetzten anhören durfte und den Ratschlag mit auf den Weg bekam, mich in Zukunft nicht noch einmal dieser Sprache zu befleißigen, wollte ich wissen, was ich nun tun sollte.

Der Vorgesetzte sagte, dass er die Erstattung von der Versicherung beantragen, die Bearbeitung jedoch mindestens einen Monat dauern würde.

Ich seufzte hilflos. Wenigstens war am folgenden Tag Zahltag.

Der Zahltag jedoch hielt noch einen Brief und eine weitere böse Überraschung für mich bereit.

Dieses Mal war es die monatliche Handy-Abrechnung. Über siebenhundert Pfund. Allein die aufgeführten Einzelverbindungen erstreckten sich über vierzehn Seiten, darunter Hunderte von Gesprächen im letzten Monat, die ich unmöglich geführt haben konnte. Bei genauerer Betrachtung stellte ich fest, dass die Liste erst mit Beginn dieses Monats anfing, also erst vor drei Wochen.

Ich rief die Telefongesellschaft an, die mir versicherte, dass mit meiner Nummer alles in Ordnung sei und alle Gespräche definitiv von meinem Handy aus geführt worden waren. Ich wies sie auf den Umstand hin, dass ich, sollte ich alle diese Gespräche selbst geführt haben, jeden Tag zwölf Stunden lang durchgehend hätte telefonieren müssen. Sie merkten an, dass einige Menschen eben so seien. Auf meine Frage, ob es nicht möglich wäre, dass jemand anderer irrtümlich meine Nummer erhalten habe und dessen Gespräche auf meine Rechnung gebucht worden seien, lachten sie nur und erklärten mir, dass ich, wenn ich wüsste, wie unmöglich das sei, ebenfalls lachen würde.

Ob ich wünschte, dass mein Handy gesperrt werde, war die nächste Frage. Aber ich wollte nicht ohne Telefon sein, also erkundigte ich mich, ob es nicht eine andere Möglichkeit gäbe. Ich könnte einen Sperrcode auf meine Nummer legen lassen, so dass ich vor jedem Telefonat einen vierstelligen Code eingeben müsse. Ich willigte ein. Natürlich war das ein wenig umständlich, aber immerhin wäre ich wieder im Besitz einer sicheren Handynummer.

Mir reichte es. All die Umstände um meine gestohlene Identität, um die Bankdaten und die Kreditkarte – und jetzt auch noch mein Handy.

Ich ließ mir die Situation durch den Kopf gehen, in der ich steckte. Mein Gehalt war heute morgen auf meinem neuen Konto eingegangen, natürlich abzüglich der zweihundert Pfund, die mir Murray für die verschwundene Kamera berechnet hatte. Dann schuldete ich Regina noch zweihundert Pfund. Und meine Handy-Abrechnung wurde innerhalb von acht Tagen abgebucht (umsichtigerweise hatte die Bank sämtliche Lastschrift- und Daueraufträge auf das andere Konto übertragen, obwohl klar war, dass ich gar kein Geld mehr hatte, um sie zu bezahlen). Wenn die Telefongesellschaft bis dahin nicht herausfinden würde, was passiert war, und meine Rechnung entsprechend berichtigte, dann würde das Geld nicht reichen, um diesen Betrag und die nächste Hypothekenrate zu zahlen.

Ich brauchte Geld.

Ich musste noch einmal mit Murray reden.

Und ebendies sollte sich in mehrerlei Hinsicht als Fehler erweisen.

39

Meine Ahnung, dass Murray sich aufführen würde, wie sich so ein Sackgesicht eben aufführt, wurde prompt bestätigt.

Ich berichtete ihm, dass man mir mein ganzes Geld vom Konto abgehoben hatte, von dem Kreditkartenbetrug und der aberwitzig hohen Telefonrechnung. Ich erklärte ihm auch, dass ich Regina zweihundert Pfund schuldete, und ließ ihn auch nicht im Unklaren darüber, dass mich die Abzüge von meinem Gehalt für die verlorene Kamera bitter schmerzten.

Er fixierte mich mit kaltem, hartem Blick und wollte nur wissen, was er damit zu tun habe.

Ich bat ihn – wobei die Bitte eher einem Flehen gleichkam –, mir die letzten beiden Zahlungen für die Kamera zu stunden und vielleicht noch einmal zu prüfen, obwohl ich mir damit ja schon eine Abfuhr eingehandelt hatte, ob er mir nicht einen Vorschuss bewilligen könne, so dass ich eine Chance hätte, die nächsten Wochen über die Runden zu kommen.

»Nein«, antwortete er knapp, ohne auch nur eine Sekunde über mein Anliegen nachzudenken.
»Bitte«, flehte ich ihn an. »Es fällt mir bestimmt nicht leicht, Sie um so etwas anzugehen.«
»Dann machen Sie es sich doch einfacher und fragen Sie erst gar nicht.«
»Ich brauche das Geld.«
»Tja, Pech.« Die Mundwinkel zogen sich zu einem breiten Grinsen nach oben. Es bereitete ihm sichtlich Freude.
Nicht zuletzt dadurch fühlte ich mich zum nächsten Schritt beflügelt.
»Wie geht es Ihrer Frau?«, begann ich vorsichtig.
Murray sah mich fragend, vielleicht sogar besorgt an. »Gut, danke.«
»Das ist schön«, nickte ich. »Dann hat sie sich über diese … Gerüchte, die ihr möglicherweise zugetragen worden sind, nicht allzu sehr aufgeregt?«
Man konnte das Feuer förmlich sehen, das sich in Murrays Augen entfachte, als ihm klarwurde, worauf ich anspielte. Er antwortete nicht, also machte ich weiter.
»Ich meine, ich könnte gezwungen sein, ihr gewisse Dinge zu offenbaren, wenn ich sie das nächste Mal treffe, auch wenn ich sie wirklich nicht gern auf diese Weise verletzen möchte.«
»Sie wollen ihr also erzählen, dass ich Regina vögle«, platzte er unverblümt heraus.
»Na ja, ich würde es etwas subtiler formulieren«, entgegnete ich.
Gebremster Zorn stieg in ihm auf, wie ich es an ihm noch nie zuvor gesehen hatte. »An Erpressung kann ich nichts Subtiles erkennen«, bemerkte er.
»Ich bitte Sie doch nur um einen Vorschuss«, wandte ich ein. »Ich rede von Geld, das ich sowieso bekommen würde.«
»Wollen meiner Frau aber von Regina erzählen, wenn ich es Ihnen nicht gebe.«

Ich konnte dem Schweinehund nicht einmal in die Augen sehen.
»Ja«, bestätigte ich ruhig.
Er lehnte sich in seinem Sessel zurück. Zornesröte stieg ihm ins Gesicht. »Und wann hört das auf?«, fragte er. »Wo soll das enden?«
»Nur dieses eine Mal«, erklärte ich. »Ich gebe Ihnen mein Wort.«
»Ich scheiß auf Ihr Wort. Sie sind jetzt ein Erpresser, Sam, und werden das von nun an bleiben.«
Aha, ich bin also ein Erpresser. Na ja, wenigstens kein Sackgesicht wie Sie, dachte ich.
»Ich hätte es gern in bar«, fügte ich möglichst entschlossen und in dem sicheren Gefühl hinzu, dass meine Stimme mindestens genauso zittrig war wie meine Knie.
Er murmelte etwas vor sich hin, schien einen Augenblick nachzudenken und stand plötzlich auf.
»Warten Sie hier. Ich bin gleich wieder zurück.«
Dann war er für fünf Minuten verschwunden.
Die Wartezeit vertrieb ich mir mit der Lektüre der Notizen an seiner Pinnwand, bis ich mich von dem Papierwust auf seinem Schreibtisch angezogen fühlte. Besonders eine Seite stach mir ins Auge. Es war die Kopie eines Briefes, den er noch unterschreiben musste. Daneben lag ein Umschlag mit nur halb ausgefüllter Anschrift.
Während ich den Brief las, fiel mir vor Erstaunen der Unterkiefer runter. Ich las ihn noch einmal, konnte es aber immer noch nicht glauben.
Ich ging zum Fenster und setzte mich dort auf die Couch. Ich musste möglichst weit von seinem Schreibtisch entfernt sein, damit er keinen Verdacht schöpfte. Mir drehte sich der Magen um, während ich auf ihn wartete.
Minuten später stürzte er einer Gewitterwolke gleich in den Raum.
»Hier sind vierhundert Pfund«, sagte er und reichte mir ein Geld-

bündel. »Nächste Woche bekommen Sie noch einmal vierhundert. Und dann fangen Sie an, es zurückzuzahlen.«
»Danke.«
»Mit Zinsen.« Einen Haken musste die Sache ja haben, nur damit er zeigen konnte, dass er nicht der Verlierer war.
Ich willigte mit einem Kopfnicken ein, während ich das Geld in der Brieftasche verschwinden ließ.
»Ab sofort werde ich ein besonders wachsames Auge auf Ihre Arbeit haben«, erklärte er leise. »Finde ich auch nur den geringsten Grund, Sie zu feuern, dann werde ich nicht zögern, das auch zu tun.«
Ich glotzte ihn an. »Grüßen Sie Ihre Frau herzlich von mir«, setzte ich beherzt nach. »Ich meine, sollten Sie neben Regina noch Zeit dazu haben.«

Nachdem ich Murrays Büro verlassen hatte, begab ich mich auf direktem Weg zu Regina. Ich gab ihr die geliehenen zweihundert Pfund zurück und erzählte ihr von meiner Entdeckung auf Murrays Schreibtisch.
»Ein Brief«, fing ich an, »an die Personalabteilung der Hauptverwaltung in London.«
»Ja, natürlich«, bestätigte sie. »Ich bewerbe mich dort um eine Stelle. Murray schreibt noch eine Empfehlung hinzu.«
»Wenn das so ist, glaube ich nicht, dass du die Stelle bekommst.«
»Wie bitte?«
Ich sagte es ihr nicht gern, sah mich aber in ihrem eigenen Interesse dazu gezwungen. Mir war in dem Augenblick nicht bewusst, dass ich das vielleicht tat, um mich an Murray zu rächen, aber bei Lichte betrachtet, war das genau mein Motiv.
»Es war eigentlich gar keine Empfehlung«, erklärte ich ihr. »Er schreibt, dass du die Erwartungen nicht erfüllen würdest und er dich nicht empfehlen könne.«

Regina sah mich an, als hätte ich ihr ins Gesicht geschlagen.
»Und außerdem schreibt er …«, fuhr ich fort.
»Was?«
Mir war klar, dass sie das am härtesten treffen würde. »Er sagt, dass du für die überregionalen Nachrichten nicht attraktiv genug bist.«
»Nicht attraktiv genug!«, platzte sie heraus. »Ich bin *Journalistin!* Was tut mein Aussehen zur Sache?« Aber natürlich machte es ihr etwas aus. Schließlich sah ich ja immer, wie sie vor Leichen stand und sich die Lippen nachzog, wie sie sterbende Kinder interviewte und dabei immer auf den tadellosen Sitz ihrer Frisur bedacht war. Ihr war sehr wohl bewusst, wie sexistisch und gnadenlos die Kamera war.
»Dieser Drecksack. Und mir hat er versprochen, dafür zu sorgen, dass ich den Job bekomme. Glaubst du etwa, es hätte mir Spaß gemacht, ihm einen zu blasen?«
Keine Ahnung, ob es ihr Spaß gemacht hatte oder nicht, also schwieg ich.
»Es ging nur um Sex«, erklärte sie. »Ich vögele ihn, um meine Karriere voranzubringen, das ist alles. Und je stärker er mich ausbremst, desto öfter muss ich mit ihm pimpern.«
Sie sprang auf und stürmte zur Tür. Ich streckte meine Hand aus, um sie aufzuhalten.
»Warte«, sagte ich schnell. »Du kannst nicht einfach so zu ihm gehen. Dem dämmert doch gleich, dass du das von mir hast.«
»Okay«, sagte sie und atmete tief durch, um sich zu beruhigen. »Dann gehe ich eben unter irgendeinem Vorwand zu ihm. Und wenn ich den Brief auf seinem Schreibtisch sehe, frage ich ihn einfach danach. Ist das okay?«
Ich nickte. »Solange du mich da raushältst.«
Sie stimmte zu und stürmte auf direktem Weg in Murrays Büro. Ich verdrückte mich in meine kleine Zelle.
Den Blick auf den Computer gerichtet, gab ich vor zu arbeiten,

fragte mich aber in Wirklichkeit, ob es richtig war, was ich getan hatte. War es richtig, Regina von dem Brief zu erzählen? Hatte ich es für Regina getan (was ich hoffte) oder nur, um mich an Murray zu rächen (was ich vermutete)? Doch für Reue war es nun zu spät. Ich hatte es getan.

Hinter Murrays geschlossener Tür wurden Stimmen laut. Alle im Büro wurden akustisch Zeugen des Streits und ließen unaufgefordert ihre Arbeit ruhen, um sich auch ja nichts entgehen zu lassen. Die Stimmen wurden lauter. »Scheißkerl«, hörte ich, »Flittchen« war die Antwort. »Nicht nur um mich, nein auch um meine Karriere hast du dich einen Scheißdreck gekümmert«, vernahm ich klar und deutlich. »Ach ja? Wärst du gut genug, müsste ich dich gar nicht vögeln.«

Ein dumpfer Schlag, dann Stille. Plötzlich flog die Tür auf, und Regina stürmte hinaus. Hinter ihr lag Murray, ein auf dem Boden seines Büros zusammengesackter Haufen Mensch mit zur Grimasse verzerrtem Gesicht, die Hände auf sein bestes Stück gepresst. Von fern hörte ich Reginas Bürotür laut krachend ins Schloss fliegen, konnte aber – wie alle anderen im Büro auch – den Blick nicht von Murray abwenden, der sich vor Schmerzen krümmte. Zu Hilfe kam ihm niemand.

Schließlich rappelte er sich auf und quälte sich zur Tür. Er packte den Türgriff und sah mir direkt in die Augen, bevor er sie zumachte. Er wusste es, seine Augen verrieten es, während sich die Tür langsam schloss. Er wusste, dass ich es war, der ihn ruiniert hatte. Murray war immer schon mein Feind gewesen, was das jedoch bedeutete, begriff ich erst jetzt.

40

Montagmorgen, 27. Februar. Der Tag nahm schon einen üblen Anfang.

Als Erstes rief Guy an, noch bevor ich aus dem Haus war.

»Melden Sie sich krank«, sagte er, »und kommen Sie um zehn Uhr ins Tattoostudio.« Wie immer legte er auf, bevor ich etwas erwidern konnte.

Ich rief im Büro an, um zu erklären, dass ich später käme. Einen Grund lieferte ich nicht, darüber würde ich mir später Gedanken machen.

Punkt zehn Uhr war ich im Tattoostudio. Es war geschlossen, aber ich rüttelte an der Tür, bis mir Scorpion, der Tattookünstler, schließlich aufmachte.

»Ihr Freund ist schon hier«, begrüßte er mich, nachdem er die Tür hinter mir geschlossen hatte.

»Er ist nicht mein Freund«, murmelte ich, worauf Scorpion nur lachte.

Guy lag mit bloßem Oberkörper auf der Pritsche und stand auf, um mich zu begrüßen.

»Sam«, sagte er, »willkommen zum Finale.«

»Finale?«

»Meine Tattoos«, erklärte er. »Ich habe doch gesagt, dass sie fast fertig sind.«

Jetzt fiel es mir wieder ein.

»Stimmt, Sie hatten gesagt, dass Sie nur noch ein Tattoo brauchen.«

»Und das ist es jetzt«, sagte er und reichte mir ein Stück Papier mit einer Zeichnung. Ich sah sie mir an, während Guy sich wieder auf der Pritsche langmachte und Scorpion die Vorbereitungen für das letzte Tattoo traf.

Das Muster unterschied sich kaum von den anderen, die seinen

Körper bereits zierten. Ineinander verschlungene Linien, zu einem dichten Ornament verwoben und vernetzt. Es war rund und hatte einen Durchmesser von etwa fünf Zentimetern. Bei näherer Betrachtung machte ich die verzerrten Umrisse der berühmten Einsteinschen Gleichung $E=mc^2$ aus, deren Symbole gestreckt und gedehnt worden waren, um einen Kreis zu bilden. Die Relativitätstheorie, oder? Masse und Energie und noch irgendwas.

Scorpion nahm mir das Blatt aus der Hand und fing an, die Konturen auf Guys Haut nachzuziehen. Nur ein kleines Stückchen Haut, mitten auf seiner Brust unterhalb des Herzens, war von der Tätowiernadel noch unberührt geblieben. Guy schien sich genau diese Stelle für das letzte Symbol aufgespart zu haben.

Scorpion setzte die Nadel auf der unberührten Haut auf, und während sich die Tinte unter der Haut ausbreitete, erinnerte ich Guy an das fehlende Videoband von unserem Besuch im Museum.

»Das ist jetzt nicht so wichtig«, sagte er und sah zu mir hoch, ohne Scorpions Handwerk aus den Augen zu lassen.

»Es ist aber wichtig«, sagte ich. »Ziemlich wichtig sogar.«

»Machen Sie sich darüber keine Sorgen, Sam. Das Band ist in guten Händen. Wichtiger ist, was Sie hiervon halten?« Er deutete auf das halbfertige Tattoo.

Was sollte ich sagen? Es ist *hübsch?*

»Es ist wie alle anderen«, sagte ich, während ich den Blick über die Verzierungen auf seiner Brust schweifen ließ.

»Ja, aber dieses ist das letzte, das wichtigste von allen. Ein Freund hat es für mich entworfen, weil ich es selbst nicht konnte.«

Es hätte auch das Werk eines Kindes sein können, dachte ich. Nichts als ein paar ineinander vermischte Zahlen und Buchstaben.

»Sie sollten wirklich überlegen, sich auch das eine oder andere Tattoo stechen zu lassen«, sagte Guy. »Sie würden Ihnen wunderbar stehen.«

»Das bezweifle ich«, lehnte ich ab, während ich auf das Blut starrte, das aus den winzigen Einstichen auf Guys Haut hervorquoll. Scorpion wischte es weg, bevor es zu einem größeren Tropfen zusammenlaufen konnte.

Ich wandte mich an Scorpion. »Wissen Sie eigentlich, dass dieser Mann von der Polizei gesucht wird?«

Scorpion sah mich mit seinen zugekifften Augen an. »Ich habe gesehen, wie die Uhren in die Luft geflogen sind«, sagte er lächelnd. »War wirklich cool.«

Beim Anblick meiner Betroffenheit musste Guy lachen.

Als das Tattoo fertig war, begutachtete Guy es im Spiegel. Die umgebende Haut war aufgequollen und stach leuchtend zwischen den engen schwarzen Linien hervor.

»Es ist vollbracht«, kommentierte Guy sein Spiegelbild. »Die Arbeit von zwanzig Jahren ist nun vollendet.« Er schien sich im Spiegelglas zu verlieren. Ein Hauch von Feierlichkeit erfüllte den Raum.

Plötzlich platzte er los. »Scorpion, alter Freund, was schulde ich dir?«

Scorpion winkte ab. »Dieses hier ist gratis. Das ist mein Geschenk an dich.«

Dann umarmte Guy ihn, als würde er ihn nie wiedersehen.

»Das ist ein wirklich großer Augenblick, Sam«, sagte Guy, während er sich sein Hemd wieder anzog. »Ich wollte, dass Sie ihn miterleben.«

»Und das ist alles?«, fragte ich. »Dafür haben Sie mich von der Arbeit weggeholt?«

»Ja«, entgegnete er. »Sie werden es eines Tages verstehen. Aber bis dahin … Kennen Sie die Turmuhr am alten Gaswerk? Kommen Sie heute Abend um sieben Uhr dorthin. Besser noch fünf vor sieben. Und bringen Sie Ihre Kamera mit. Das wird ganz großes Fernsehen.«

»*Anarchie der Zeit – Teil vier?*«, brachte ich mit einem begeisterungslosen Seufzer hervor.
»Genau«, antwortete er. »Aber bringen Sie dieses Mal Regina bitte nicht mit. Das ist nur für Sie.«
»Vielleicht sollte ich Meg mitbringen?«, stichelte ich.
Er schüttelte feierlich den Kopf. »Besser nicht.«
Scorpion öffnete die Eingangstür und ließ mich hinaus.
»Fünf vor sieben«, rief Guy mir nach. »Kommen Sie unbedingt pünktlich.«

41

Zurück im Büro durfte ich mir eine Standpauke von Murray anhören, weil ich zu spät gekommen war. Ich sagte ihm, dass ich krank sei. Etwas Glaubwürdigeres war mir nicht eingefallen. Murray machte unmissverständlich deutlich, dass er mir nicht glaubte und der Vorfall in meinen Unterlagen festgehalten würde. Ich merkte an, dass ich von solchen Unterlagen gar nichts wüsste, worauf er nur verkündete, dass es sie jetzt eben gäbe.
Nach der Mittagspause kam Meg Caplan überraschend vorbei. Sie schien sehr aufgebracht zu sein, also führte ich sie in einen freien Schneideraum, in dem wir ungestört waren.
Sie kam ohne Umschweife zur Sache.
»Hast du meine Polizeimarke mitgehen lassen?«
Ich überlegte kurz. »Hat es etwas mit Jasper zu tun, weil …«
»Ich meine es ernst, Sam«, unterbrach sie mich. »Hast du meine Polizeimarke?«
Ich schüttelte den Kopf. »Nein«, sagte ich. »Was soll ich damit?«
»Keine Ahnung«, räumte Meg ein. »Ihr Fehlen habe ich heute Morgen bemerkt, gleich nachdem du gegangen bist.«
»Gegangen?«, fragte ich verwirrt. »Was willst du damit sagen?«

»Gegangen. Wie ›gegangen‹. Wie ›aus dem Raum gegangen‹.«
»Aus welchem Raum?«, fragte ich, immer noch kein Stück schlauer.
Sie sah mich an, als sei ich schwachsinnig. »Mein Büro«, erklärte sie. »Heute Morgen. Erinnerst du dich nicht?«
»Wirklich nicht.«
Sie zog die Augenbrauen argwöhnisch zusammen. »Du erinnerst dich nicht?«
Ich schüttelte den Kopf. »Nein.«
»Wie praktisch.«
Wieder beschlich mich dieses unangenehm vertraute Gefühl. »Wann soll das gewesen sein?«
»Halb zehn.«
»Aber um halb zehn war ich …«
»Ja?«
… mit Guy im Tattoostudio. Aber das konnte ich Meg unmöglich sagen. Sie würde es nicht verstehen.
»Ich war krank«, sagte ich wenig überzeugend.
»Gut siehst du tatsächlich nicht aus«, bestätigte sie. »Du wirkst ziemlich zerstreut, als wenn du mit den Gedanken woanders wärst. So wie jetzt.«
»Tut mir leid.«
Als Jasper behauptete, mich an Orten gesehen zu haben, an denen ich niemals war, dachte ich, dass er sich den Unsinn nur ausgedacht hatte. Aber Meg … Meg gehörte nicht zu den Menschen, die so etwas erfanden.
»Was habe ich gemacht, äh … ich meine, was wollte ich heute Morgen?«, fragte ich.
»Du weißt es wirklich nicht?«
»Nein, wirklich nicht.«
»Du hast dich nach der Leiche erkundigt, die wir vor vier Wochen in dem Gang hinter dem Museum gefunden haben.«

»Ach ja?«

»Ja. Und dann gab es draußen im Gang einen Tumult, so dass ich für ein paar Minuten mein Büro verlassen musste. Als ich zurückkam, hattest du es ziemlich eilig, wegzukommen. Und anschließend musste ich feststellen, dass meine Marke fehlte.«

»Tut mir leid, Meg«, sagte ich. »Aber ich habe deine Marke nicht genommen. Das musst du mir glauben.«

»Sam, du benimmst dich in letzter Zeit so seltsam, dass ich gar nicht weiß, ob ich dir noch glauben *kann*. Ich will nur meine Marke zurück.«

Bevor ich antworten konnte, ging mein Telefon. Ohne nachzudenken und dankbar für die Ablenkung, nahm ich das Gespräch an.

»Hallo, Sam«, begrüßte mich Guy mit seiner rauhen Stimme.

Ich sah Meg an. »Ich kann nicht sprechen«, erklärte ich Guy. »Im Moment ist das gerade sehr ungünstig.«

»Ich weiß«, antwortete Guy. »Ich wollte Sie nur an unsere Verabredung heute Abend erinnern.«

»Ich glaube nicht, dass ich kommen kann.«

»Sie werden schon eine Möglichkeit finden. Pünktlich um fünf vor sieben. Und vergessen Sie Ihre Kamera nicht.«

Meg signalisierte, dass sie gehen musste. »Sobald meine Marke auftaucht, Sam«, sagte sie ruhig, aber bestimmt, »meldest du dich, klar?«

»Mach ich«, nickte ich ihr zu.

»Ist das die wunderbare Meg Caplan?«, fragte Guy. »Richten Sie ihr doch bitte meine besten Grüße aus.«

»Ich glaube nicht, dass das klug wäre«, antwortete ich, während ich Meg bedeutete, dass es mir leidtäte, ich das Telefongespräch weiterführen müsse, sie bald wiedersehen würde, und mich verabschiedete.

»Bring dich nicht in Schwierigkeiten, Sam«, sagte sie im Hinausgehen. Natürlich meinte sie das als Warnung.

»Sagen Sie ihr, dass es dafür schon zu spät ist«, sagte Guy, als Meg die Tür hinter sich zuzog.

»Würden Sie mich bitte endlich in Ruhe lassen«, platzte ich heraus, bemüht, möglichst leise zu sprechen, für den Fall, dass Meg noch in Hörweite war.

Guy lachte nur. »Fünf vor sieben«, wiederholte er, wie eine Schallplatte mit Sprung. »Die alte Turmuhr am Gaswerk. *Und vergessen Sie auf keinen Fall die Kamera.*«

Er legte auf.

42

Guy musste etwas damit zu tun haben. Die seltsamen Ereignisse hatten begonnen, nachdem ich ihn das erste Mal getroffen hatte, in dem Lager mit den Uhren und dem Vorschlaghammer. Das war der Augenblick, in dem mein Leben eine unerfreuliche Wendung genommen hatte. Nichts mehr hatte Hand und Fuß. Das alles musste Guys Werk gewesen sein, da war ich mir sicher.

Genau aus dem Grund fand ich mich pünktlich um fünf vor sieben vor dem alten Uhrenturm in dem verlassenen Gaswerk ein.

Es war schon dunkel, und die Luft war eisig. Dünne Nebelschwaden waberten bernsteinfarben im Schein der Straßenlaternen umher. Ab und zu kam ein Auto vorbei, ansonsten war die Gegend zu dieser späten Stunde gottverlassen.

Das alte Gaswerk war Ende der siebziger Jahre geschlossen worden, als Stadtgas aufgehört hatte, zeitgemäß zu sein. Die Gebäude standen verlassen da und waren dem Verfall preisgegeben. Sie lagen draußen vor der Stadt an einer Straße, die zu einer alten Siedlung und dann weiter aufs Land hinausführte. So geschäftig die Gegend früher gewesen sein mochte, so verlassen lagen die Gebäude jetzt da.

Das Hauptgebäude war ein langgestrecktes, über drei Stockwerke reichendes Bauwerk mit einer Reihe riesiger, dunkler Fenster. An seinem Ende erhob sich, etwa doppelt so hoch, der Uhrenturm mit seinem Spitzdach und den Uhren, die in alle vier Himmelsrichtungen zeigten, auch wenn es Jahrzehnte her war, dass sich die Zeiger zuletzt bewegt hatten.
Ich sah auf die Uhr. Die Zeiger standen auf fünf vor sieben. Seltsam: Fast dreißig Jahre lang hatten sie unbeirrt Viertel vor zwölf angezeigt. Sollten sie jetzt auf einmal wieder funktionieren? Oder hatte Guy die Zeiger nur verstellt, damit ich das glaubte?
Er erwartete mich auf dem Gehsteig der Straßenseite, die dem Turm gegenüberlag.
»Fast wären Sie zu spät gekommen«, sagte er.
Ich deutete auf die Uhr hoch über uns. »Wenn's nach der geht, bin ich auf die Minute pünktlich. Ist das Ihr Werk?«
»Stellen Sie Ihr Stativ hier auf«, wies er mich an, ohne meine Frage zu beantworten.
Ich gehorchte und pflanzte die Kamera auf.
»Ich habe ein paar Fragen an Sie«, sagte ich.
»Dazu ist jetzt keine Zeit«, wies Guy mich zurück.
»Es sind aber *wichtige* Fragen«, beharrte ich. »Fragen zu Dingen, die ich wissen muss. Ich glaube nämlich, dass Sie hinter einer Menge Merkwürdigkeiten stecken, die mir in der letzten Zeit widerfahren sind, und ich will, dass das aufhört.«
Guy warf einen kurzen Blick auf seine Armbanduhr.
»Sie müssen mir glauben, Sam«, sagte er hastig, »wenn ich sage, dass dafür jetzt wirklich keine Zeit ist. Aber ich verspreche Ihnen eines: Beim nächsten Treffen werde ich Ihnen alles erklären, was Sie wissen müssen, um den letzten Wochen wieder einen Sinn zu geben. Und das wird Mittwochabend sein. Ich gebe Ihnen mein Wort.«
»Als hätten Sie mich nicht schon angelogen«, entgegnete ich.

»Ich will mich nicht mit Ihnen streiten, Sam«, sagte er und warf wieder einen Blick auf seine Uhr. »Schalten Sie die Kamera ein und richten Sie sie auf den Turm. Halbnah, auf die Spitze und auf die Uhren. Und filmen Sie, bis Sie sehen, dass etwas geschieht.«

»Was erwartet mich?«

»Das werden Sie sehen, wenn es so weit ist. Es ist nicht zu übersehen.«

»Und das ist *Anarchie der Zeit – Teil vier* nehme ich an«, fragte ich mit einem leichten Seufzer.

»Genau. Aber jetzt muss ich los und noch ein paar Vorbereitungen treffen.«

»Was bereiten Sie denn vor?«

»Warten Sie es ab.«

Wieder warf er einen kurzen Blick auf seine Armbanduhr und ging dann über die Straße auf den Turm zu. »Mittwochabend, Sam«, rief er mir zu. »Dann wird alles klar.«

Rechts von dem Gebäude befand sich ein altes Tor, das auf einen dahintergelegenen Hof führte. Es stand offen; Guy trat hindurch und verschwand hinter dem Turm.

Ich schaltete die Kamera ein und stellte sie, vor dem Hintergrund des dunklen Nachthimmels, auf die Turmspitze ein. Hier und da funkelten ein paar Sterne, die meisten aber waren wegen der Luftverschmutzung durch die Stadt nicht zu sehen.

Während die Kamera lief, sah ich auf meine Armbanduhr. Nur noch wenige Sekunden bis sieben. Ich sah wieder hinauf zum Uhrenturm. Die Zeiger standen auf sechs Uhr neunundfünfzig. In dem Augenblick fing der Minutenzeiger leicht an zu vibrieren, zitterte dann stärker und sprang schließlich auf die volle Stunde um. Also funktionierte die Uhr tatsächlich nach all den Jahren der Bewegungslosigkeit wieder.

Wie zum Beweis, dass ich mit meiner Vermutung richtiglag, ertönte ein lauter Glockenschlag von der Turmspitze. Tiefes, klangvolles Geläut dröhnte durch die Nacht.

Eins.

Kaum ebbte das Läuten ab, vernahm ich ein anderes Geräusch. Ein Fahrzeug näherte sich. Das dunkle Rattern eines Dieselmotors ließ eher auf einen Lastwagen schließen als auf ein Auto.

Es war keins von beiden. Mit quietschenden Reifen und röhrendem Motor schoss ein Krankenwagen neben dem Turm hervor. Er passierte das Tor, krachte über den Gehsteig auf die Straße hinaus und brauste wild schlingernd davon.

Der nächste Schlag der Glocke erklang, um die Stunde zu verkünden.

Zwei.

Der Krankenwagen preschte an mir vorbei, schleuderte fast auf den Gehweg, schien außer Kontrolle zu geraten.

Drei.

Ich erkannte den Fahrer deutlich, als er an mir vorbeiraste.

Vier.

Es war Guy. Er winkte mir freundlich zu und fuhr dann weiter in die Nacht hinaus.

Fünf.

Die Rücklichter verschwanden um eine Kurve.

Sechs.

Ich blickte zum Uhrenturm hinauf und fragte mich, was jetzt passieren sollte.

Sieben.

Bei diesem siebten und letzten Glockenschlag flog der Uhrenturm in die Luft.

Ein Knall, ein Blitz.

Eine infernalische Explosion.

43

Zwanzig Minuten später stand Regina neben mir, und wir filmten das Ereignis in offizieller Mission für die Abendnachrichten. Die Flammen wüteten, und die Feuerwehr kämpfte verzweifelt gegen das Inferno.
Meine Kamera lief, seit ich sie vor der Explosion eingeschaltet hatte. Alles war auf Band festgehalten.
Zehn Minuten nach der Detonation hatte Murray angerufen. Er erzählte mir von Gerüchten, denen zufolge sich auf dem Gelände des alten Gaswerks eine Explosion zugetragen hätte, und dass ich mich unverzüglich dorthin begeben sollte. Er wollte wissen, wie lang ich dorthin bräuchte, und ich sagte ihm, dass es nicht weit sei.
Zehn Minuten später kam Regina. Ich gab vor, gerade erst angekommen zu sein, und sie sah keinen Grund, mir nicht zu glauben. Derselben Entschuldigung hatte ich mich schon gegenüber der Feuerwehr bedient, die ein paar Minuten zuvor eingetroffen war. Sie hatten mich lediglich gebeten, einen größeren Abstand zum Feuer einzuhalten.
Das tosende Flammenmeer bot einen imposanten Anblick. Blutrote Flammen gierten in den schwarzen Nachthimmel. Tief am Horizont hing der Mond, der den brennenden Turm einem Suchscheinwerfer gleich zu begleiten schien.
Einerseits war ich überrascht, dass Guy nicht hier war, um sich das Schauspiel anzusehen, konnte andererseits aber auch verstehen, warum. Nur Guy und ich wussten, dass dieses *Anarchie der Zeit – Teil vier* war. Für alle anderen war es: »Die Explosion des Uhrenturms auf dem örtlichen Gaswerkgelände«.
Ich musste entscheiden, ob ich bei diesem Geheimnis Komplize sein wollte oder nicht. Wobei ich natürlich gar keine Wahl hatte. Ich steckte schon viel zu tief in Guys undurchschaubaren Ma-

chenschaften, um jetzt noch mit der Suche nach der Wahrheit anfangen zu können. Wie hätte ich jemals erklären können, dass ich den Uhrenturm *vor* der Explosion gefilmt hatte?

Kurze Zeit später tauchte auch Meg in Begleitung einer Reihe uniformierter Polizisten auf. Sie entdeckte mich gleich und sah mich erwartungsvoll an, als wollte sie wissen, ob ich irgendwas mit der Sache zu tun hätte.

»Seit wann bist du hier?«

»Ich war kurz vor der Feuerwehr hier«, erklärte ich ihr.

»Hast du etwas Interessantes gefilmt? Vielleicht etwas, das als Beweis dienen könnte?«

»Nur den Brand. Wenn du willst, schicke ich dir morgen eine Kopie.«

»Ja, das wäre nett.«

Natürlich würde ich die ersten zehn oder fünfzehn Minuten des Bandes löschen müssen, bevor ich es ihr gab.

»Dann hast du meine Polizeimarke also immer noch nicht gefunden?«, fragte sie scheinbar beiläufig.

»Nein, tut mir leid.«

Sie sah mich prüfend an. Ihr Gesicht leuchtete im Widerschein des Feuers, und winzige tanzende Flammen spiegelten sich in ihren harten Augen. Ich konnte ihrem Blick nicht standhalten.

Schnell wandte ich mich wieder meiner Kamera zu und drückte mein rechtes Auge fest gegen den Sucher. Die Welt durch eine Linse betrachtet, machte sie erträglicher. Ich sah nur, was ich sehen wollte, alles andere jenseits der schwarzen Umrahmung blieb verborgen. Im Sucher beobachtete ich die Flammen, wie sie um die skelettierten Relikte des Uhrenturms herumflackerten. Meg und Guy, Murray und Jasper und all meine anderen Probleme waren entrückt, vom Schwarz verdeckt.

Wir warteten nicht, bis die Feuerwehr die letzten Flammen gelöscht hatte. Der Bericht für die Spätnachrichten am Abend musste in einer Stunde fertig sein. Ich hatte alles pünktlich fertig, so dass ich mich gleich an den längeren Bericht für die Mittagsnachrichten am nächsten Tag machen konnte. Am kommenden Morgen würde ich noch einmal zum Turm fahren, um die verkohlten Überreste bei Tageslicht zu filmen und die Aufnahmen an den Bericht anzuhängen, bevor er auf Sendung ging.
Bevor ich Feierabend machte, brannte ich rasch noch eine Kopie des ungeschnittenen Materials auf DVD. Bis zu dem Punkt, an dem die Feuerwehr eingetroffen war, schnitt ich natürlich alles heraus. So würde ich es morgen früh Meg geben. Ein Friedensangebot, um zu demonstrieren, dass ich nichts zu verbergen hatte. Eine Lüge, von der ich hoffte, dass Meg sie mir abnehmen würde.

44

Am folgenden Morgen begab ich mich als Erstes zum Uhrenturm. Das Feuer war inzwischen gelöscht, aber Teile des Gebäudes schwelten noch vor sich hin, die Hülle seines einstigen Selbst. Das Mauerwerk war größtenteils stehengeblieben, aber vollkommen schwarz und von Ruß überzogen. Die Turmspitze, dort, wo einst die Glocke hing, war verschwunden, das Dach vollständig eingebrochen, und von den vier Uhren hing nur noch eine, in sich verbogen und mit versengtem Zifferblatt, an ihrem Platz.
Es ging auf Ende Februar zu, der Himmel war grau und wolkenverhangen. Ich nahm die notwendigen Einstellungen an der Kamera vor und machte ein paar Aufnahmen von der Ruine des Turms, der sich düster gegen die dunklen Wolken über mir abhob. Ich erwischte eine Einstellung von der tiefstehenden Sonne, die durch die klaffenden Löcher lugte, die die Uhren hinterlassen hatten.

Selbst die Sonnenstrahlen waren aschgrau. Das Gebäude bot ein Bild des Jammers, als sei ihm bewusst, was ihm widerfahren war.
Auf dem Weg zurück ins Büro machte ich einen Abstecher ins Polizeirevier, um Meg die versprochene DVD mit dem Filmmaterial vom Vorabend zu bringen. Sie war in ihrem Büro, und ein junger Constable schickte mich direkt zu ihr.
Ich legte Meg die DVD auf den Schreibtisch, und sie bedeutete mir, dass ich mich setzen sollte. Ihr Büro war ein winziges Zimmerchen mit grauen Wänden und unbequemen Sitzmöbeln. Sie hatte gar nicht erst den Versuch unternommen, ihrem Arbeitsbereich eine persönliche Note zu verleihen. Es war einfach nur kühl und funktional. Licht spendete eine Leuchtstoffröhre, die unter der Decke klebte und alles in ein krankes, leicht grünliches Licht tauchte.
»Du warst ja ziemlich schnell am Uhrenturm gestern Abend«, fing sie an. Sie war vor dem Fenster stehen geblieben, wo sie im Gegenlicht einem Scherenschnitt glich, so dass ich Mühe hatte, ihr Gesicht zu erkennen. Sie war mir gegenüber im Vorteil, und ich fragte mich, ob sie das mit Absicht gemacht hatte.
»Der Einsatzleiter der Feuerwehr hat mir berichtet, dass du schon da warst, als sie vor Ort eintrafen.«
»Ich war nur wenige Sekunden vor ihnen da«, erklärte ich, den Scheißhaufen von Feuerwehr innerlich verfluchend und mit einer unguten Vorahnung ob des Verlaufs, den Megs Fragerei jetzt nehmen würde. »Ich war in der Gegend, als Murray anrief. Du weißt ja, Murray hat bei der Feuerwehr jemanden an der Hand, der ihm bei Großbränden einen Wink gibt.«
»Und mindestens einen auf dieser Wache«, bemerkte Meg spitz, schien mir aber zu glauben. Sie nahm die DVD und ließ sie zwischen den Fingern hin und her wandern.
»Danke, dass du sie mir vorbeigebracht hast. Könnte hilfreich sein.«

»Glaubst du, das Feuer wurde absichtlich gelegt?«
»Ein paar von den Nachbarn, mit denen wir gestern Abend gesprochen haben, sagten, sie hätten eine Explosion gehört. Wäre das ein wichtiger Hinweis für euch, um dem Brandstifter auf die Spur zu kommen?« Ich fragte sehr vorsichtig, um nicht durchblicken zu lassen, dass ich mehr wusste.
Megs Stimme war kalt und emotionslos. »Ich hoffe, es hilft, den Mörder zu fassen.«
Mir stockte der Atem, und ich kann nicht ausschließen, dass mir sogar die Kinnlade runterklappte.
»Mörder?«, wiederholte ich. Meine Gedanken rasten, und ich überlegte, ob vielleicht jemand im Turm gewesen war, als er in die Luft flog? Hatte Guy etwa gewusst, dass dort jemand war? Hatte er das Opfer vielleicht sogar dort hingeschafft?
War Guy ein Mörder?
»Wer …?«, fing ich an. »Ist jemand umgekommen?«
Meg starrte mich mit kaltem Blick an und scannte mich auf jede mögliche Reaktion ab. »Wir haben die sterblichen Überreste von zwei Personen gefunden«, erklärte sie.
»Zwei Leichen …« Guy fiel mir wieder ein, wie er sich mit seinem dümmlichen Grinsen in dem gestohlenen Krankenwagen fluchtartig davongemacht hatte.
»Eine der Leichen befand sich im Zentrum der Explosion«, fuhr sie fort. »Von ihr ist nur sehr wenig übrig geblieben.«
»Und die andere?«
»Stark verbrannt. Die Spurensicherung kümmert sich darum.«
»Du hast von Mord gesprochen. Könnte es nicht auch ein Unfall gewesen sein?« Der Griff nach dem Strohhalm, natürlich, aber ich musste fragen.
Meg schüttelte den Kopf. »Die Leiche war an Hand- und Fußgelenken mit einem Seil gefesselt. Und im Mund wurden Spuren von Textilfasern gefunden.«

»Textil?«
»Ja, das Opfer war geknebelt.«
Mir wurde übel.
»Alles in Ordnung mit dir?«, fragte Meg ohne Anzeichen von Anteilnahme in ihrer Stimme.
»J… ja«, entgegnete ich und zwang meinen Magen, sich zu beruhigen. Gleichwohl war ich mir im Klaren darüber, dass das genau die Art verdächtigen Verhaltens war, auf das sie mich abscannte. Aber ich war wie von Sinnen. Guy ein Mörder? Zwei Leichen?
»Weißt du, wer sie sind?«, fragte ich, verzweifelt bemüht, meine Emotionen und Gefühle zu zügeln. »Wer sie waren, meine ich?«
Meg schüttelte den Kopf. »Noch nicht. Morgen dürften wir mehr wissen.«
Ich nickte stumm. Ich wusste nicht mehr, was ich sagen sollte, und beschloss, mich der Situation zu entziehen. »Nun gut, wenn das alles ist …«, murmelte ich, um Beiläufigkeit bemüht.
»Es ist nur …«, fing Meg an und hielt mich zurück, nachdem ich mich schon halb von meinem Platz erhoben hatte, »mir sind die Standuhren nicht mehr aus dem Kopf gegangen, die letzte Woche auf dem Marktplatz explodiert sind.«
Wieder setzte mein Herz aus. Ich ließ mich auf den Stuhl zurücksinken.
»Was meinst du damit?«, entgegnete ich mit plötzlich ganz trockenem Hals.
»Es sieht mir alles nach einem wirklich seltsamen Zufall aus«, fuhr sie fort. »Letzte Woche dein Freund … Wie hieß er doch gleich?«
»Guy. Und er ist nicht mein Freund.«
»Dein Freund Guy lässt ein paar Standuhren hochgehen, wobei er die Verletzung einer Menge Unschuldiger billigend in Kauf nimmt. Und dann wird gestern Abend auf ganz ähnliche Weise wieder eine Uhr zur Explosion gebracht. Und wieder werden

Menschen verletzt, dieses Mal sogar tödlich. Da muss ich mich doch fragen, ob diese beiden Begebenheiten nicht irgendwie zusammenhängen.«

Ich zwang mich zu einem beiläufigen Schulterzucken. »Ich habe Guy seit dem Tag auf dem Diamond nicht mehr gesehen«, erklärte ich. Bemerkte sie, dass ich log?

Sie ließ mich im Unklaren. »Bis die Ergebnisse aus der Gerichtsmedizin vorliegen«, sagte sie, »bleibt dieser Guy unser Hauptverdächtiger. Wenn du ihn das nächste Mal triffst, rufst du mich bitte umgehend an. Hast du verstanden?«

»Ja.«

»Du rufst mich umgehend an«, bekräftigte sie.

»Ja, klar, mach ich. Umgehend.«

Wieder stand ich auf. Dieses Mal war ich schon an der Tür, als sie mich noch einmal zurückhielt.

»Und, Sam«, sagte sie mahnend.

Ich drehte mich um und sah sie an. »Ja?«

»Sei vorsichtig. Es ist nicht auszuschließen, dass der Typ zwei Leute umgebracht hat.«

»Ich weiß«, grummelte ich und verließ das Büro.

45

Die Mittagsnachrichten waren gerade durch, als Meg anrief und mich bat, noch einmal aufs Polizeirevier zu kommen. Ich war überrascht und beunruhigt, dass sie sich so kurz nach unserem letzten Treffen erneut meldete, sagte ihr aber nur, dass ich gleich rüberkommen würde. Auch wenn ich nicht die geringste Ahnung hatte, was sie von mir wollen könnte, hatte mir ihr Anruf Angst gemacht und mich irritiert. Natürlich hatte ich nichts Verbotenes getan, aber es gab nun mal eine ganze Reihe von Indizien, die

durchaus geeignet waren, mich in eine äußerst prekäre Lage zu bringen. Ich musste Ruhe bewahren.
Murray fragte mich, was ich vorhatte. Ich war angespannt und nervös und hatte keine plausible Ausrede parat. Also bedachte ich ihn mit dem dringenden Rat, dass er sich gefälligst um seinen eigenen Scheiß kümmern sollte, gespickt mit ein paar weiteren einschlägigen Ausdrücken, die an Deutlichkeit nichts zu wünschen übrig ließen. So viel zum Thema »Ruhe bewahren«.
Als ich Megs Büro betrat, war noch ein anderer Mann dort. Sie machte keine Anstalten, ihn mir vorzustellen. Vielmehr packte der Mann gleich meine rechte Hand, drückte grob jeden Finger einzeln auf ein Stempelkissen und rollte die Fingerspitzen auf einem Stück Pappe ab.
Ich war zu überrascht, um mich zu widersetzen. Ich sah Meg fragend an, aber sie drehte nur den Kopf weg.
Schließlich hatte der Mann einen vollständigen Satz Fingerabdrücke zusammen, griff sich seine Utensilien und verließ kommentarlos das Büro.
Kaum hatte er die Tür hinter sich geschlossen, polterte ich los. »Wozu soll das denn gut sein?«
»Setz dich, Sam«, wies sie mich an.
»Ich stehe lieber, danke.« Ich war viel zu aufgebracht, um mich zu setzen.
»Dann befehle ich es dir eben«, beharrte Meg mit einer Strenge in der Stimme, die ich nur zu gut kannte. Ganz langsam wich mein Ärger der unguten Vorstellung, dass ich in echten Schwierigkeiten stecken könnte.
Ich setzte mich. Meg nahm mir gegenüber Platz, und wir schwiegen uns während eines scheinbar nicht enden wollenden Augenblicks an, bis Meg die Stille schließlich unterbrach.
»Wir haben etwas im Uhrenturm gefunden«, sagte sie. »In den Trümmern.«

Sie machte eine Pause, eine lange, dramatische Pause, in der ich es mit der Angst bekam.

»Und was?«, fragte ich in banger Erwartung der Antwort, angestrengt bemüht, meine Stimme möglichst fest klingen zu lassen.

»Sie haben meine Polizeimarke gefunden.«

»Deine Polizeimarke?«, wiederholte ich, als bedürfte es einer Bestätigung dessen, was ich gerade gehört hatte.

Sie nickte. »Sie war ziemlich mitgenommen, aber trotzdem klar identifizierbar. Sie lag in der Nähe der Leiche, die gefesselt und geknebelt war.«

Es handelte sich um die Polizeimarke, deren Diebstahl sie mir gerade gestern erst angelastet hatte. Pikanterweise war das der einzige Anwurf, von dem ich ehrlich keine Ahnung hatte.

»Wie ist sie dahin gekommen?«, wollte ich wissen.

»Wer auch immer sie genommen hat, muss sie vor der Explosion dort liegengelassen haben.«

Die Teile des Puzzles begannen sich in meinem Hirn zusammenzusetzen.

»Du gehst also immer noch davon aus, dass ich die Marke geklaut habe«, sagte ich, nachdem es mir gedämmert war.

Sie nickte. »Genau das glaube ich, ja.«

»Dann glaubst du also auch, dass ich etwas mit der Explosion zu tun habe?« Ich spürte Panik in mir aufsteigen. »Und mit den Morden?«

Meg lehnte sich in ihrem Sessel zurück. »Nein, ich trau dir eigentlich nicht zu, jemanden umzubringen, Sam. Genauso wenig glaube ich, dass du hinter der Explosion steckst.«

Ich wurde ein wenig ruhiger, war aber immer noch auf der Hut und auf das nachfolgende »Aber« gefasst.

»Aber«, fuhr sie fort, »ich glaube, dass du weißt, wer es getan hat. Ich glaube, du warst vorher schon an dem Turm, und ich glaube, dass du vielleicht sogar weißt, wer die Opfer sind.« Sie beugte sich wieder nach vorn und fixierte mich genauer. »Ich glaube, du deckst jemanden. Und ich muss dich auffordern, mir zu sagen, wer das ist, bevor er noch jemanden umbringt.«

»Ich habe keine Ahnung«, sagte ich.

Wie zum Zeichen ihrer Zugewandtheit und Freundschaft breitete sie, mit nach oben gerichteten Handflächen, die Hände aus. »Sam, ich muss dich bitten, mir zu vertrauen«, sagte sie. »Ich kann dich beschützen. Ich kann dich aus einer strafrechtlichen Verfolgung heraushalten. Ich kann dafür sorgen, dass du nicht ins Gefängnis kommst. Aber du musst mir vertrauen und mir alles sagen, was du weißt.«

»Ich habe wirklich keine Ahnung«, beteuerte ich. Bei dem Wort »Gefängnis« durchfuhr es mich. Ich brauchte Zeit zum Nachdenken.

»Dann will ich dir eine Geschichte erzählen«, fing Meg an. »Gestern Nachmittag. Zwei Männer gehen zum städtischen Leichenschauhaus und zeigen der Aufsichtsperson ordnungsgemäß die Marke, der zu entnehmen ist, dass sie einem Detective M. Caplan gehört. Natürlich geht die junge Frau davon aus, dass es sich bei dem Mann, der die Marke in der Hand hält, um ebendiesen Detective M. Caplan handelt. Als die Aufseherin eine Zeitlang abgelenkt ist, entwenden die beiden Typen eine Leiche, bugsieren sie in einen geklauten Krankenwagen und fahren davon.«

Krankenwagen? Gestern Abend war Guy in einem Krankenwagen von dem Gelände geflohen, Sekunden bevor der Uhrenturm in die Luft flog.

»Wenigstens«, fuhr Meg fort, »haben wir nun einen Grund, warum man mir die Marke geklaut hat. Sie diente zwei Leichendieben zur Entwendung einer Leiche aus dem Leichenschauhaus.«

Das wurde ja immer wilder. Ich hatte nicht die geringste Ahnung von alldem.

Schließlich kam mir eine Idee.

»Welche Leiche haben sie entwendet?«
»Dreimal darfst du raten«, entgegnete Meg.
Ich hoffte, ich würde mich irren. »Etwa die, die man vor vier Wochen in dem Gang hinter dem Museum gefunden hat?«
Sie nickte. »Die Leiche wurde noch gar nicht identifiziert, irgendjemand wollte auf Nummer sicher gehen. Dabei fällt mir etwas ein.«
Mir auch, aber ich ließ Meg den Vortritt.
»Was, wenn der Mörder immer noch fürchtet, dass wir die Leiche identifizieren könnten?«, überlegte sie laut. »Wenn sie die Leiche also aus dem Leichenschauhaus geklaut haben, um sie im Zentrum einer gewaltigen Explosion abzulegen und auf diese Weise zu zerstören?«
»Das nehme ich stark an«, stimmte ich ihr zu. Meine Gedanken rasten, um ihr einen Schritt voraus zu sein.
»Das wäre die Tat eines ziemlich verzweifelten Mannes«, fuhr Meg fort. »Und verzweifelte Männer machen Fehler.«
»Du meinst, dass die beiden Männer in der Leichenhalle erkannt wurden?«
»Einer von ihnen, ja. Die Aufseherin sagte, dass er genauso aussah, wie der Typ aus dem Fernsehen, der die Uhren in die Luft sprengt.«
»Guy«, murmelte ich.
»Dein Freund Guy«, bestätigte Meg.
»Und der andere?«, fragte ich unsicher.
»Die Dame hat ihn uns beschrieben.«
Sie machte eine dramatische Pause.
»Und?«
»Wo warst du gestern Nachmittag gegen fünf Uhr?«
»Wie? Willst du im Ernst damit sagen …«
»Beantworte mir einfach meine Frage, Sam.«
»Na ja, zuerst war ich mit dir zusammen.«

»Und danach?«
Gestern Nachmittag schien jetzt sehr lange her zu sein. »Murray hatte mich losgeschickt, um ein paar Aufnahmen von dem Verkehrsstau auf der nördlichen Umgehungsstraße zu machen. Für ein Feature über den Umweltschutz, das er …«
»War Regina bei dir?«, unterbrach mich Meg.
»Nein«, musste ich einräumen. »Ich war allein.«
Damit schien sich ihre schlimmste Befürchtung zu bestätigen.
»An dem Abend, als der erste Mord geschah, vor vier Wochen«, sagte sie, »wurde jemand, der genauso aussah wie du, von der Überwachungskamera aufgenommen, und zwar nur wenige Meter von der Stelle, an der der Mord begangen wurde.«
»Ich habe dir doch schon gesagt …«
»Und jetzt hat jemand, der genauso aussah wie du, ebendiese Leiche aus der Leichenhalle geklaut, und zwar nur wenige Stunden bevor der Uhrenturm in die Luft geflogen ist. Das ist doch ein ziemlich seltsamer Zufall, findest du nicht? Und ich bin nicht dafür bekannt, an Zufälle zu glauben. Im Übrigen weiß ich, dass du keinen eineiigen Zwillingsbruder hast.«
Erst hatte Jasper behauptet, mich an Orten gesehen zu haben, an denen ich nicht gewesen war, und jetzt fing Meg auch noch damit an. Vielleicht *gab* es tatsächlich jemanden, der so aussah wie ich und all diese Dinge tat, die mir dann in die Schuhe geschoben wurden? Vielleicht hatte ich ja *doch* einen eineiigen Zwillingsbruder?
Das war lächerlich. Ich biss mir auf die Zunge und schwieg.
»Es gibt einen Weg, das herauszufinden«, sagte sie.
Wieder überkam mich eine Heidenangst. »Und der wäre?«
»Die Kollegen von der Spurensicherung sagen, dass sie Fingerabdrücke von meiner Polizeimarke nehmen können. Sie wurde bei der Explosion zwar ziemlich demoliert, aber sie glauben, dass sie trotzdem etwas finden können.«

Na ja, damit war erklärt, warum der Mann meine Fingerabdrücke genommen hatte, als ich in ihr Büro kam.
Aber es waren gute Neuigkeiten. Schließlich hatte ich ihre Marke ja nicht geklaut, also würden sich meine Fingerabdrücke wohl kaum finden lassen.
Eine Welle der Erleichterung schwappte über mich. »Dann wird sich ja herausstellen, dass ich nicht gelogen hab.«
»Genau«, erwiderte Meg.
»Natürlich.«
»Sam«, sagte sie ruhig. »Ich hoffe wirklich, dass du mit der Sache nichts zu tun hast. Wenn deine Fingerabdrücke auf meiner Polizeimarke sind, hast du ein gewaltiges Problem. Und das will ich nicht, weil …« Sie brach ab.
»Weil was?«, hakte ich nach.
»Wegen Sarah«, sagte sie kurz angebunden.
Eingedenk dessen, was ich ihrer Schwester angetan hatte, konnte ich ihr nicht in die Augen sehen. »Du wirst meine Fingerabdrücke nicht auf der Marke finden«, wiederholte ich mit ruhiger und fester Stimme. »Ich bin nicht der, für den du mich hältst.«

46

Zurück im Büro wartete eine unangenehme Überraschung auf mich.
Zuerst dachte ich, es sei ein Scherz, aber als Regina zu mir kam, um mir ganz ruhig zu sagen, dass Murray mich im Sitzungssaal erwartete, registrierte ich, dass mich tatsächlich *alle* ganz seltsam ansahen.
Der Sitzungssaal war nicht etwa eine Örtlichkeit für uns Angehörige der unteren Kaste der Arbeitnehmer, sondern den Bossen in den oberen Etagen vorbehalten. Wurde man in den Sitzungssaal

zitiert, war das nichts als ein beschönigender Ausdruck dafür, dass man in ernsten Problemen steckte.

»Was ist denn los?«, fragte ich Regina ziemlich nervös.

»Weiß nicht genau«, antwortete sie mit mitleidvoller Miene. »Aber Murray ist ziemlich aufgebracht, seit du vor ein paar Stunden das Büro verlassen hast. Du solltest besser schnell hochgehen und es hinter dich bringen.«

In dem Punkt musste ich ihr wohl oder übel recht geben. Aber *was* galt es, hinter sich zu bringen?

Ich wurde unverzüglich in den Sitzungssaal vorgelassen, als hätte man mich sehnsüchtig erwartet. Hinter einem riesigen Holztisch saßen der Nachrichtenchef, der Programmdirektor und der leitende Produzent für die Regionalsender. Um ehrlich zu sein, wusste ich nicht, wer wer war. Jedenfalls sahen sie alle wahnsinnig wichtig aus, trugen teure Anzüge und eine Menge Sorgenfalten auf der Stirn.

Auch Murray saß am Tisch. In seinem Gesicht erkannte ich feine Spuren eines versteckten Grinsens. Mit einer knappen Geste bedeutete er mir, dass ich mich auf den Stuhl ihm gegenüber setzen sollte.

Ich ließ mich nieder und sah mich, wie ich schon vermutet hatte, einer Art Tribunal gegenüber.

»Der hier anwesende Mr. McAdam«, begann eine Teilnehmerin des Ausschusses und zeigte auf Murray, »wirft Ihnen, Mr. Baxter, schweres Fehlverhalten vor.«

Ich sah kurz zu Murray hinüber. Der Arsch lächelte mich jetzt unverblümt an.

»Sie sollen Mr. McAdam heute Nachmittag gesagt haben …« Sie blickte auf das Papier, das vor ihr lag, »… dass er sich um seine eigenen Geschäfte kümmern solle. Bestreiten Sie dieses?«

»Also«, entgegnete ich, »eigentlich entspricht das nicht ganz der Wahrheit.«

»Ach ja?«
»Ja. Denn tatsächlich habe ich gesagt, dass er sich gefälligst um seinen eigenen Scheiß kümmern solle.«
Die drei Vorsitzenden rümpften empört die Nase. Rückblickend betrachtet war mir natürlich klar, dass dies ziemlich dumm von mir war, aber ich fühlte mich auf wundersame Weise beschwingt, als könnte mir das alles scheißegal sein.
»Und dann habe ich noch gesagt«, fuhr ich fort, »dass *ich* mich ja wohl um seinen verdammten Scheiß kümmern müsste, wenn er das schon nicht selber täte.«
Wieder entsetztes Raunen.
»Und wie hat Mr. McAdam reagiert?«, fragte einer aus dem Gremium, der noch die Fassung bewahrt hatte.
»Er sagte, dass ich ihn gefälligst nicht so schräg anquatschen solle.«
Murrays Lächeln schien wie weggewischt. Jetzt war es an mir, ein Grinsen zu verbergen.
»Tatsächlich?«, fuhr er fort. »Ist das so? Und was haben Sie geantwortet?«
»Ich glaube, ich habe ihm gesagt, dass er sich verpissen solle.«
»Nein, das haben Sie nicht«, schrie Murray plötzlich. »Sie haben mich ein Sackgesicht genannt und mir gesagt, dass ich mich selbst ins Knie ficken solle.« Er wandte sich an die drei Vorsitzenden, denen offensichtlich in ihrem ganzen Leben noch nie etwas so Ungeheuerliches zu Ohren gekommen war. »Ich bitte darum, im Protokoll festzuhalten, was er gesagt hat.«
»Haben Sie das alles wirklich so gesagt?«, fragte eines der Tribunalmitglieder.
Ich zuckte mit den Schultern: »Schon möglich.«
Die drei steckten die Köpfe zusammen und tuschelten aufgeregt, während Murray mich aus der Warte heimtückischer Überlegenheit beäugte. Die drei kamen schnell zu einer Entscheidung.

»Mr. Baxter«, wandte sich einer von ihnen an mich. »Es handelt sich hierbei um ein schweres Fehlverhalten, das uns keine andere Wahl lässt, als Sie zu maßregeln. Haben Sie etwas zu Ihrer Verteidigung zu sagen?«

Was sollte ich sagen? Dass Murray ein Sackgesicht war und mich auf dem Kieker hatte? Ich schüttelte den Kopf.

»Dann sehe ich keine andere Möglichkeit, als Ihnen eine schriftliche Abmahnung zu erteilen und Sie für die nächsten zwei Wochen zu suspendieren. Unbezahlt.«

Dieses letzte Wort war es, was richtig weh tat. Meine Kreditkarte war ausgereizt, mein Bankkonto blank, und immer noch keine Aussicht auf Schadensersatz von der Versicherung. Ich stand mit vierhundert Pfund für die verschollene Kamera in der Kreide, und die nächste Hypothekenrate war in zwei Tagen fällig. Ganz zu schweigen von der meterlangen Telefonrechnung …

All diese Gedanken ließen meine törichte Kühnheit dahinschwinden und die Schultern demütig in sich zusammensinken.

Ich war gefeuert. Sie sagten mir, dass ich das Haus umgehend zu verlassen hätte und einen Brief bekäme, in dem man mir mitteilen würde, wann ich wiederkommen dürfte.

Murray begleitete mich über den Flur. Mit schadenfroher Stimme bemerkte er: »Das wird Ihnen eine Lehre sein, Sie Arschloch.«

Ich blieb abrupt stehen. Murray rannte fast in mich hinein. Ich drehte mich zu ihm um.

»Ich hoffe, Ihre Frau mag Überraschungen«, sagte ich ruhig.

Murray packte mich vorn am Hemd und stieß mich gegen die Wand.

»Wenn Sie ihr auch nur ein Wort über mich und Regina erzählen …«, fing er an, aber anstatt ihn ausreden zu lassen, verpasste ich ihm einen ordentlichen Kopfstoß mitten ins Gesicht.

Er jaulte vor Schmerz auf und stolperte rückwärts. Blut spritzte ihm aus der Nase.

»Verdammte Scheiße«, fluchte er. Er hielt sich die Hände vors Gesicht und starrte entsetzt auf das Blut, mit dem sie besudelt waren. »Sie verdammtes Arschloch. Dafür mach ich Sie fertig. Ich werde dafür sorgen, dass Sie hier nie wieder arbeiten.«

Ich trat zurück. »Glauben Sie im Ernst, dass ich mich auch nur einen Dreck darum schere?«, sagte ich. Was für ein Gefühl! Es war, als würde ich auf Wolken gehen. Ich fühlte mich befreit, mit ziemlicher Sicherheit war aber auch ich leicht benebelt von dem Kopfstoß.

Murray zeigte mit dem blutverschmierten Finger auf mich. »Sie werden nie wieder beim Fernsehen arbeiten«, rief er. »Dafür werde ich sorgen.«

Ich ging. »Sie sind ein verdammtes Sackgesicht, Murray«, rief ich, so laut ich konnte. Ich bin sicher, dass es der ganze Flur gehört hat. Gestärkt und beschwingt verließ ich das Gebäude erhobenen Hauptes durch den Haupteingang. Ich ging zu meinem Wagen, fuhr nach Hause und hatte schon eine Viertelflasche Gin intus, als mir so langsam dämmerte, was ich gerade getan hatte, und während mir das schwante, brach ich auf der Couch zusammen und entsandte einen lauten Schrei der Verzweiflung.

47

Um halb elf am selben Abend war ich wieder nüchtern genug, um zu begreifen, dass ich noch einmal ins Studio musste. Ich hatte die Spätnachrichten gesehen, in denen sie wieder einen kurzen Bericht über das Feuer im Uhrenturm letzte Nacht gesendet hatten. Erst da fiel mir ein, dass das Videoband von dem Feuer – die volle, unbereinigte Fassung, die beweist, dass ich schon vor der Explosion am Turm war und gefilmt habe – immer noch, ordentlich beschriftet, im Büro auf meinem Schreibtisch lag.

Eigentlich hatte ich das Band vernichten wollen, aber der Tag hatte diese unerwartete Wendung genommen, so dass ich es vergessen hatte. Frühestens in zwei Wochen würde ich wieder im Büro sein – wenn ich nach dem blutigen Intermezzo mit Murray überhaupt noch einen Job hatte. Und so kam mir der wahnwitzige Gedanke, dass ich noch am selben Abend zurückmusste, um es zu holen, bevor es jemand anderer tat und es sich womöglich auch noch ansah.

Die Schlüssel und den Zugangscode hatte ich noch, und die Leute von der Sicherheit würden nichts Ungewöhnliches dabei finden, dass sich Mitarbeiter spätabends noch im Gebäude herumtrieben. Die Abendnachrichten waren gerade erst vorbei, so dass ein paar Leute noch da sein dürften. Also müsste es ein Leichtes sein.

Ich ging zu Fuß zum Sender. Ich glaube, ich fühlte mich nüchterner denn je, auch wenn mir bewusst war, dass ich eine Viertelflasche Gin intus hatte. Es war ein Fußweg von nur einer halben Stunde.

Es war kalt an jenem Abend, und die Straßenlaternen tauchten die Umgebung in ein unheilvoll trübes Licht, als ich mich dem Gebäudeeingang näherte. Ein Stadtfuchs heulte in der Nähe, als wäre er in Not, und ich hatte eine Ahnung, wie er sich fühlte.

Ich passierte rasch den Eingangsbereich, zog meine Schlüsselkarte zügig durch den Scanner an der Haupttür, nickte einem Wachmann, den ich kaum erkannte, kurz zu und ging die Treppe hinauf ins Büro.

Der Flur lag im Halbdunkel, aber hinten am Ende sah ich Licht in Murrays Büro. Dankenswerterweise hatte er die Jalousien heruntergelassen, so dass ich mich leise an seiner Tür vorbei ins Hauptbüro schleichen konnte. Außer mir war niemand da. Ich huschte rasch in meine kleine Zelle, wo ich das Band auf meinem Schreibtisch liegengelassen hatte.

Das Problem war, dass es nicht mehr da war. Mit zitternder Hand

schaltete ich die Schreibtischlampe an, um zu sehen, ob es sich irgendwo im Halbdunkel verborgen hielt. Dem war nicht so. Die plötzliche Helligkeit führte mir ihr Fehlen nur noch drastischer vor Augen.
Mit dem Innenleben meines Schreibtisches eng vertraut, stellte ich ihn vollständig auf den Kopf. Ich räumte alles ab und leerte die Schubladen aus. Auf allen vieren rutschte ich auf dem Boden herum, für den Fall, dass das Band hinten runtergefallen war, um schließlich von Panik gepackt zu der Einsicht zu kommen, dass es verschwunden war.
Erst das Band aus dem Museum und jetzt das von der Explosion des Uhrenturms. Beide von meinem Schreibtisch gestohlen. Einen Augenblick verharrte ich kopflos, bis ich mich zur Ruhe gezwungen und dazu gebracht hatte, Vernunft walten zu lassen. Wenn jemand ein Videoband auf meinem Schreibtisch gesehen hatte, was hätte er damit gemacht? Er hätte es im Archiv abgelegt. Genau!
Ich rannte ins Archiv, bei dem es sich genau genommen um einen umfunktionierten, übervollen Geschirrschrank handelte. Ich schlüpfte hinein und zog die Tür hinter mir zu, bevor ich das Licht einschaltete.
Als Erstes warf ich einen Blick ins Register, das große Buch, in dem alle Bänder verzeichnet werden, die in den Raum gelangen und ihn wieder verlassen. Einträge mit dem Titel »Explosion Uhrenturm« oder »Brand im Gaswerk« gab es für diesen Tag nicht.
Ich legte das Buch beiseite und wandte mich den Regalen zu. Alle neuen Bänder müssten auf dem Regal zu meiner Rechten abgelegt worden sein. Auf den ersten Blick konnte ich das fehlende Band aber nicht entdecken. Ich durchkämmte die Bänder der letzten Tage, die weiter hinten standen. In einer Viertelstunde hatte ich schließlich das ganze Regal durchgesehen, mir jedes Band aus dem

vergangenen Monat herausgenommen, aus seiner Box gezogen und angesehen, für den Fall, dass es falsch eingeordnet worden war. Mein Band war nicht da.

Ich sah ein, dass es sinnlos war, weiterzusuchen, und ich besser daran tat, so schnell wie möglich zu verschwinden. Um das Band würde ich mich später kümmern.

Ich löschte das Licht im Archiv, öffnete die Tür einen Spalt und spähte vorsichtig hinaus. Das war mein Glück, denn ich erblickte Jasper, wie er auf Murrays Büro zuging, kurz anklopfte und darin verschwand.

Das war meine Chance. Auf Zehenspitzen schlich ich schnell und leise über den Teppichboden dem Ausgang entgegen. Als ich an den heruntergelassenen Jalousien von Murrays Büro vorbeihuschte, vernahm ich Jaspers Stimme. Sie klang erregt, als sei er in einen Streit verwickelt. Worum es ging, konnte ich nicht verstehen, und es war mir auch egal.

Blitzschnell war ich aus dem Büro wieder raus, die Treppe hinunter und zum Haupteingang hinaus. Mit wackligen Knien ging ich nach Hause.

Dort angekommen genehmigte ich mir noch eine Viertelflasche Gin, obwohl Gin immer dieses Geräusch in meinem Kopf zum Leben erweckte. Aber auch das war mir heute Abend egal. Bis spät in die Nacht blieb ich auf und zerbrach mir den Kopf über all meine Probleme. Ich hatte kein Geld, möglicherweise keinen Job mehr und dann auch noch Videobänder verlegt, die mich mit zwei Morden in Verbindung bringen könnten. Außerdem glaubte Meg auch noch, dass ich ihre Polizeimarke geklaut und eine Leiche aus dem Leichenschauhaus gestohlen hatte, in ein Museum eingebrochen war und in ein Haus …

Die Liste nahm kein Ende.

Als ich so dalag, um zwei Uhr nachts, und mich an Gin und Selbstmitleid klammerte, wurde mir klar, dass ich an einem Tiefpunkt angelangt war. Ich konnte mir nicht vorstellen, dass mein Leben nach Sarahs Tod noch schlimmer werden könnte.

48

Neunundzwanzigster Februar. Ich war ja nie abergläubisch, aber bedeutete dieses Datum nicht Unglück?

Das Unheil nahm schon früh seinen Lauf. Erst nach drei Uhr war ich schlafen gegangen, und jetzt – ein Blick auf die Uhr auf dem Nachttisch verriet mir, dass es Viertel vor sieben war – war ich schon wieder wach. Geweckt vom Lärm, den jemand machte, der gegen die Haustür hämmerte.

»Okay, okay«, murrte ich, wälzte mich aus dem Bett und wankte mit dickem Schädel und schlaftrunken die Treppe hinunter in die Diele. Das Klopfen wurde lauter und heftiger. Die Holztür bebte in ihrem Türstock.

»Ich komme ja schon!«, rief ich, während ich den Schlüssel ins Schloss steckte und die Tür öffnete.

Vor mir stand Meg in Begleitung zweier kräftiger, uniformierter Polizisten.

»Jetzt hast du es getan«, begrüßte sie mich.

Gerade wollte ich sie fragen, was sie damit meinte, als die beiden Polizisten an ihr vorbeipreschten, mich am Arm packten und mit dem Gesicht grob gegen die Wand stießen.

»Sam Baxter«, sagte Meg teilnahmslos. »Ich verhafte dich wegen Mordes an Murray McAdam. Du hast das Recht zu schweigen, wobei ich dich darauf hinweise, dass es nicht zu deinem Vorteil ist, wenn du Dinge verschweigst, auf die du später, vor Gericht, Bezug nimmst. Alles, was du sagst, kann gegen dich verwendet werden …«

Murray? Mord?

Megs Stimme schien sich zu entfernen. Ich war wie erstarrt, nicht imstande zu sagen, ob ich wachte oder träumte. Der spitze Ellbogen, den mir einer der Polizisten ins Kreuz rammte, machte mir jedoch unmissverständlich klar, dass es kein Traum war.
»Was ist los?«, nuschelte ich bei dem Versuch, den Kopf von der Wand weg nach hinten zu drehen, um Meg anzusehen. »Was soll das verdammt noch mal werden?«
Meg antwortete mir nicht. »Schafft ihn aufs Revier«, wies sie die beiden Constables an.
Man drehte mich um, legte die Hände vorn zusammen, und dann schnappten eiskalte Handschellen zu. Ich wurde, immer noch im Schlafanzug, wie ein Bündel aus dem Haus geführt und in den bereitstehenden Streifenwagen verfrachtet. Ein paar Nachbarn, vom Lärm aufgeschreckt, standen in der Tür und starrten mich missbilligend an.
Als der Wagen losfuhr, wandte ich den Kopf um und sah durch die Rückscheibe, wie Meg auf dem Absatz vor meiner Haustür stand und den Wagen nicht aus den Augen ließ, bis wir um die Ecke gebogen und verschwunden waren.
Im Augenblick hatte ich zwar andere Sorgen, fand es aber doch recht bemerkenswert, dass Meg sich nicht einmal dazu herabgelassen hatte, mit mir in einem Wagen zu fahren.
Ich drehte mich wieder zu dem Polizisten um, der neben mir saß.
»Na? War hier jemand ungezogen?«, fragte er zynisch.
Ich betrachtete meine Handgelenke in Handschellen und zitterte.
Die Welt draußen erwachte langsam zum Leben.

Ich wurde aufs Revier gebracht und dort in eine kalte nüchterne Zelle gesteckt. Vier Backsteinwände und eine Stahltür mit einer kleinen Schiebeluke, die jede halbe Stunde kreischend aufgeschoben wurde, damit ein anonymes Augenpaar hindurchstarren konnte, um sicherzugehen, dass ich mir nichts antat.

An einer Wand war eine Pritsche befestigt, auf die ich mich erschöpft fallen ließ. Ich legte mich sogar hin und versuchte zu schlafen, schließlich hatte man mir in der letzten Nacht nicht viel Gelegenheit dazu gegeben. Aber die Matratze erwies sich als hart und unbequem, und ich zitterte vor Kälte, bis mir ein Polizist einen orangefarbenen Trainingsanzug brachte – die standardmäßige Gefängniskluft, wie ich feststellen musste –, den ich mir über die Shorts und das T-Shirt zog, die ich trug. Jetzt sah ich richtig kriminell aus.

Ein anderer Beamter fragte mich, ob ich meinen Anwalt sprechen wolle, was ich verneinte, da ich keinen hatte. Daraufhin erklärte er mir, dass man mir einen stellen würde, was ich keineswegs als so trostreich empfand, wie es vielleicht gemeint war.

Mittags bekam ich etwas zu essen, das zweifelsfrei aus der Belegschaftskantine kam, denn ich konnte es beim besten Willen nicht genießen. Mein Magen fühlte sich leer und hohl an, und schon der Anblick von Essbarem ließ ihn rebellieren. Schließlich kam ein anderer Beamter und holte das Tablett wieder ab, als er bemerkte, dass ich nicht aufessen würde.

Um eins holte man mich aus der Zelle und brachte mich in einen Vernehmungsraum. Wieder ein kahler, fensterloser Raum. Das spärliche Inventar beschränkte sich auf einen kleinen einfachen Tisch und vier harte Stühle. Auf dem Tisch sah ich ein Aufzeichnungsgerät und einen braunen, dick mit Papieren vollgestopften Aktenordner. Dahinter saß Meg. Sie sah kurz auf, als ich eintrat. Ihr Blick war ungerührt und emotionslos. Routiniert wandte sie sich wieder ihren Unterlagen zu, als man mich durch den Raum schob und auf den Stuhl ihr gegenüber drückte. Ein Polizist – ein ganz junger Kerl, der vermutlich gerade erst die Schule beendet hatte – nahm neben Meg Platz, während sein Kollege den Raum verließ und die Tür hinter sich zuzog, die mit einem unheilverkündenden metallischen Knall ins Schloss fiel, einem Gewehrschuss

gleich, der von den nackten Backsteinwänden zurückgeworfen wurde.
Stille machte sich im Raum breit. Meg machte keine Anstalten, von ihren Unterlagen aufzusehen. Ich ertrug das ziemlich lange.
»Meg«, flehte ich schließlich, als ich es nicht mehr aushalten konnte.
Aber Meg beachtete mich gar nicht, beugte sich nur über den Tisch und drückte auf die Taste des Aufzeichnungsgerätes. Mit einem Klicken setzten sich die beiden Spulen surrend in Bewegung. Das atmosphärische Rauschen begann sich stechend in meinem Kopf auszubreiten, als sich der Mechanismus drehte.
»Fünf Minuten nach eins«, formulierte Meg klar und deutlich. »Mittwoch Nachmittag, neunundzwanzigster Februar. Anwesende im Vernehmungsraum eins sind Detective Inspector Meg Caplan, Leitende Ermittlerin, Sergeant Frank Worthy, Beamter vom Dienst, und Sam Baxter, der Beschuldigte.«
Erst bei »der Beschuldigte« sah sie mich an. Die Intensität ihres Blicks erschreckte mich.
»Warte mal«, sagte ich. »Sollte ich nicht einen Anwalt bekommen? Habe ich nicht Anspruch darauf?«
»Wir haben einen beim zuständigen Gericht beantragt. Dir wurde ein Anwalt zugewiesen«, erklärte Meg in kühlem Ton. »Der ist aber leider gerade beschäftigt und kann noch nicht kommen. Du hast das Recht, die Sitzung zu beenden und zu warten, bis dein Rechtsvertreter kommt.«
Ich blickte in ihre eiskalten Augen und fragte mich, ob das nicht die beste Lösung wäre.
»Aber«, fuhr Meg samtweich fort, »wenn du nichts zu verbergen hast, dann wirst du doch gegen eine kurze Unterhaltung nichts einzuwenden haben, oder?«
So eine Schlange, dachte ich. Ich saß in der Falle.
»Okay«, willigte ich resigniert ein. »Dann lass uns reden.«

Auf Megs Zeichen ging der andere Beamte zur Tür, öffnete sie und nahm ein Paket in einer durchsichtigen Plastiktüte entgegen. Er kam damit zurück und legte es vor mir auf dem Tisch ab. Ich erkannte darin eine Kamera, eine der Standardvideokameras, die wir alle bei der Arbeit benutzen. Nach heutigen Maßstäben war sie ziemlich groß und lag beim Filmen immer sehr schwer auf der Schulter. Fast reichte schon ihr Anblick, um das Geräusch zu hören, das sie immer hinter meiner Metallplatte auslöste, kaum dass sie eingeschaltet war.

Mit dieser Kamera würde aber wohl niemand mehr filmen. Die Linse und das Gehäuse waren von einem dicken Blutfilm überzogen, der bereits angetrocknet und überraschend dunkel war, im Neonlicht aber dennoch schimmerte. In einem Riss in dem gesprungenen Plastik des Objektivtubus steckte ein kleines Haarbüschel.

Ich begriff, dass das die Mordwaffe sein musste, und allmählich drang in mein Bewusstsein, dass Murray wirklich tot war.

Meg schenkte der Kamera keine Beachtung. Stattdessen las sie laut aus den Unterlagen vor.

»Murray McAdam, Alter: sechsundvierzig, in den frühen Morgenstunden des Mittwoch, 29. Februar, in seinem Büro erschlagen aufgefunden. Die Leiche wurde im eigenen Blut auf dem Boden liegend aufgefunden. Die Mordwaffe lag daneben auf dem Boden. Der Gerichtsmediziner am Tatort schätzt den Eintritt des Todes auf irgendwann zwischen elf und zwölf Uhr, Dienstagabend, 28. Februar ein, was mit der Aussage des Zeugen übereinstimmt.«

»Zeuge?«, hakte ich überrascht und nicht minder verunsichert nach.

»Ja. Zeuge des Mordes war Jasper Kent. Er sagt aus, dass er gesehen habe, wie du Mr. McAdam umgebracht hast.«

»Das ist nicht wahr«, sagte ich. Gestern Abend hatte ich Jaspers

Stimme in Murrays Büro gehört. Sie hörte sich ziemlich erregt an, als würde er sich streiten. Vielleicht hat Jasper Murray umgebracht und versucht nun, mir die Sache in die Schuhe zu schieben?

»Jasper war …« Ich hielt inne. Wenn ich jetzt sagen würde, dass ich Jasper gestern Abend in Murrays Büro hatte streiten hören, dann würde ich den Verdacht auf mich lenken.

»Ja?«, hakte Meg nach.

Die einzige Möglichkeit zu beweisen, dass Jasper log, würde mich nur tiefer in die Scheiße reiten. »Nichts«, sagte ich leise.

»Sam, du wurdest gesehen«, beharrte Meg. »Gestern Abend im Studio, und zwar dabei, wie du Murray getötet hast. Willst du bestreiten, dass du dort warst?«

»Ich habe Murray nicht umgebracht.«

»Das war nicht meine Frage«, entgegnete Meg. »Warst du gestern Abend zwischen elf und zwölf Uhr im Studio?«

»Nein«, sagte ich kleinlaut. »Nein, ich war gestern Abend nicht im Studio.«

»Mr. Kent behauptet, dass er erregte Stimmen aus dem Büro von Mr. McAdam gehört hat. Als er hinging, um nachzusehen, fand er Mr. McAdam tot am Boden liegend. Und du standest über ihm und hattest die Mordwaffe noch in der Hand.«

Ich warf einen kurzen Blick auf die Kamera auf dem Tisch vor mir und die hässlichen dunklen Flecken auf ihrer Seite.

Meg fuhr fort: »Mr. Kent sagt aus, dass du ihn grob gegen die Wand gestoßen hast, als er dich zur Rede stellen wollte.«

Ich *hatte* Jasper gegen eine Wand gestoßen, aber das war über eine Woche her.

»Weiter behauptet Mr. Kent, dass du ihn mit der Mordwaffe bewusstlos geschlagen hast. Er ist erst gegen halb sechs heute Morgen wieder zu sich gekommen und hat sofort die Polizei gerufen. Er war etwas überspannt, sich aber sehr wohl im Klaren darüber, was er gesehen hat.«

Ich schüttelte den Kopf. Ich war völlig durcheinander. »Er lügt. Ich war nicht dort.«

»Warum sollte er lügen?«

»Keine Ahnung. Aber er lügt nicht zum ersten Mal.«

»Ach ja?«

»Ja. Er hat vorher schon unwahre Dinge über mich verbreitet. Ich weiß nicht, warum er das tut.«

»Was für Dinge?«

»Er will mich an Orten gesehen haben, an denen ich nicht gewesen bin.«

»Also nicht etwas so Verhängnisvolles wie einen Mord?«

»Nein.«

Meg machte wieder eine Notiz in ihrem Ordner.

»Du bestreitest also, gestern Abend auch nur in der Nähe des Studios gewesen zu sein?«

Was blieb mir übrig, als weiter zu lügen. »Ich habe dir doch schon gesagt, dass ich nicht da war.«

»Hm«, murmelte sie, als würde sie mit sich selbst reden. Dann wandte sie sich dem Beamten neben ihr zu und sprach leise, aber dennoch laut genug mit ihm, dass ich es hören konnte. »Sprechen Sie mit dem Nachtwächter. Er soll seine Aussage bestätigen, dass er Mr. Baxter kurz nach elf ins Fernsehstudio hat kommen sehen und kurz nach halb zwölf dann wieder hinausgehen.«

Verdammt. Sie wusste die ganze Zeit, dass ich log. Ich war in Erklärungsnot.

»Meg«, fing ich an, aber sie gab mir keine Chance.

»Es ist kein Geheimnis, dass ihr, also Mr. McAdam und du, nicht immer einer Meinung wart. Stimmt das?«

»Ich habe ihn nie gemocht, das ist richtig. Aber das bedeutet doch noch lange nicht, dass ich ihn umbringen wollte.«

»Und ist es nicht auch richtig, dass er dich gestern Nachmittag gefeuert hat?«

»Na ja, nicht richtig gefeuert.« Ich rutschte nervös auf meinem Stuhl herum. »Er hat mich suspendiert.«
»Und wie hast du darauf reagiert?«
Sie wusste es schon und wollte nur, dass ich es laut aussprach.
»Sam? Wie hast du reagiert?«
Ich nahm mir viel Zeit für den Satz. »Ich glaube, ich habe ihn ein wenig geschlagen.«
»Nach meinen Unterlagen …«, Meg las vor, »… hast du ihm mit deinem Kopf die Nase gebrochen.«
»Er hat mich provoziert«, protestierte ich kleinlaut.
»Und kannst du bestätigen, dass du einmal ein Verhältnis mit Regina Bridges hattest?«
»Wie? Was hat das mit der ganzen Sache zu tun? Und außerdem kennst du die Antwort, weil ich es dir persönlich erzählt habe.«
»Fürs Protokoll«, sagte Meg und deutete auf das Band.
»Ja«, erklärte ich. »Ich hatte ein Verhältnis mit Regina Bridges. Aber was hat das mit Murrays Tod zu tun?«
»Ich habe mit einigen deiner Kollegen gesprochen, die alle aussagen, dass du vor ein paar Wochen sehr aufgeregt warst, nachdem du erfahren hattest, dass Miss Bridges und Mr. McAdam eine Affäre hatten.«
Konnten diese aufgeblasenen Gimpel im Büro nicht ein Mal ihre verdammte Klappe halten?
»Das war kein Verhältnis«, korrigierte ich. »Er hatte ihr nur versprochen, sie beruflich nach vorn zu bringen, wenn sie ihn vögelte. Pardon …« Ich sah auf das Aufnahmegerät »Wenn sie mit ihm kopulierte. Ich war wütend auf ihn wegen der Art, wie er sie behandelte. Wer wäre das nicht?«
»Und noch wütender wurdest du, als du erfahren hast, dass er ihre Karriere blockierte, um sich dafür weiter mit kleinen sexuellen Gefälligkeiten verwöhnen zu lassen.«

Gab es überhaupt noch ein einziges Geheimnis in dem Scheißladen?
»Ich mochte die Art nicht, wie er sie benutzte«, wiederholte ich.
»Also hast du dir überlegt, ihm das auszutreiben?«
»Ja. Nein! Nicht so, wie du denkst! Ich habe Regina nur erklärt, was er tut. Ich habe ihn deshalb nicht umgebracht.«
»Hm«, murmelte Meg, während sie wieder ein paar kurze Notizen in ihre Unterlagen schrieb.
»Du erinnerst dich, dass wir gestern Fingerabdrücke von dir genommen haben.«
»Natürlich erinnere ich mich.« Sie verdächtigte mich ja, ihre Polizeimarke geklaut zu haben. Mein Gott, ein Witz, verglichen mit dem, was hier zur Rede stand.
»Wir haben Fingerabdrücke auf der Mordwaffe gefunden.« Sie richtete ihren Blick auf die Kamera. »Sam, deine Fingerabdrücke sind überall.«
»Natürlich sind sie das. Schließlich habe ich mit dem Ding gearbeitet, und das nicht nur ein Mal.«
»Dann gibst du also zu, dass das deine Kamera ist?«
»Nein. Wir nehmen immer die Kamera, die uns gegeben wird. Meine Fingerabdrücke dürften so ziemlich auf *jeder* Kamera sein, die im Büro rumliegt.«
Meg nickte. »Das leuchtet mir ein. Aber kannst du mir erklären, warum man deine Fingerabdrücke am Türgriff eines Hauses gefunden hat, in das kurz zuvor eingebrochen wurde?«
»Wie bitte?«
»Letzte Woche Montag? Die explodierenden Standuhren auf dem Marktplatz? Als ich dich gefragt habe, wo ich deinen Freund Guy finden könnte, hast du mir die Anschrift eines Hauses in Templar Grove genannt, in das kurz davor eingebrochen worden war. Und genau dort haben wir unbekannte Fingerabdrücke an der Hintertür gefunden, und heute Morgen habe ich die Spurensicherung

gebeten, ebendiese mit deinen zu vergleichen. Es waren deine Fingerabdrücke, Sam.«

»Ach.«

»Dann streitest du also nicht ab, in dem Haus gewesen zu sein?«

»Ich wusste nicht, dass das ein Einbruch war. Er sagte, dass es einem Freund gehörte und er für ihn nur einhüten würde.«

Das schien sie mir nicht abzunehmen.

»Nachdem wir deine Fingerabdrücke in dem Haus in Templar Grove identifiziert hatten«, fuhr sie fort, »habe ich die Spurensicherung gebeten, sie mit Spuren abzugleichen, die wir von anderen Straftaten haben.«

»Welche anderen Straftaten?«, fragte ich mit zunehmender Panik.

»Vor einem Monat, Donnerstag, zweiter Februar, habe ich dir einen Film aus der Überwachungskamera in dem Museum gezeigt.«

Ich nickte stumm.

»In dem war eine Gestalt mit einem bandagierten Gesicht zu sehen, deren Körperbau deinem sehr ähnelte und die in dem Gang außerhalb des Sicherheitstrakts des Museums auftauchte.«

»Ja, aber was …«

»Weißt du noch, dass ich dir erzählt habe, wie er aus dem Gebäude herausgekommen ist?«

Ehrlich, ich konnte mich beim besten Willen nicht erinnern.

»Ich habe dir erzählt, dass er das Schloss an der Tür zum Hinterausgang aufgebrochen hat. Wir haben Fingerabdrücke auf dem Schloss gefunden, und nachdem wir die Belegschaft ausschließen konnten, blieb nur noch ein Abdruck übrig, den wir nicht identifizieren konnten.«

Sie machte eine dramatische Pause.

»Es waren deine Fingerabdrücke, Sam.«

Ich war sprachlos. »Ich verstehe nicht«, stammelte ich. »Ich war nicht dort. Ich habe das Schloss nicht angerührt. Das musst du mir glauben. Ich war das nicht.«

Meg beachtete mich nicht. »Das war Mittwochabend, der erste Februar, und zwar in eben der Nacht, in der der Mord in dem Gang hinter dem Museum passiert ist.«

Mir schwante, worauf das Ganze hinauslief.

»Ein hinterhältiger Mord, bei dem die Leiche danach auch noch verstümmelt wurde. Eine Leiche, die so grauenvoll zugerichtet war, dass eine Identifizierung bisher nicht möglich war. Eine Leiche, die gestern Nachmittag von zwei Männern mit meiner gestohlenen Polizeimarke aus dem Leichenschauhaus geschafft wurde.«

»Meg«, flehte ich und wünschte mir, dass sie aufhören möge.

»Und dann taucht meine Polizeimarke in den Ruinen des Uhrenturms auf, zusammen mit zwei Leichen, von denen es sich bei einer vermutlich um die Überreste des gestohlenen Toten handelt. Wir haben die Marke untersucht und Spuren eines Fingerabdrucks darauf gefunden.«

»Das kann nicht sein …«

»Ja, Sam. Es war dein Abdruck auf meiner Polizeimarke. Ich weiß, dass du sie vor zwei Tagen gestohlen hast, um damit die Leiche aus dem Leichenschauhaus zu schaffen.«

»Das stimmt nicht.«

»Du hast sie zum Uhrenturm transportiert und die Explosion herbeigeführt, um Beweise zu vernichten.«

»Habe ich nicht.«

»In dem Turm gab es übrigens noch einen zweiten Toten. Eine Person, die du gefesselt und geknebelt hast und die möglicherweise noch lebte, als der Turm in die Luft flog.«

Ich war den Tränen nahe. »Meg, das ist nicht wahr.«

Sie unterbrach ihre Litanei, jedenfalls kurz. »Sam«, sagte sie freundlich, »auch ich kann es nicht glauben. Aber die Beweise sprechen für sich. Es wird alles einfacher, wenn du gestehst.«

»Aber ich habe es nicht getan.«

»Für den Mord an Murray McAdam gibt es einen Zeugen. Und es gibt eine ganze Menge Beweise, die dich mit zwei anderen Morden in Verbindung bringen. Es sind also drei Morde, Sam. Drei Morde.«

»Ich habe niemanden umgebracht«, protestierte ich und erhob mich. Der Polizist, der sich bis jetzt ruhig und unauffällig verhalten hatte, stand sofort auf und drückte mir seine Hand fest auf die Schulter. Er war zwar jung, aber größer und um einiges kräftiger als ich. Gehorsam nahm ich wieder Platz.

»Willst du mir nicht sagen, wer der andere Tote in dem Turm war, Sam?«, fragte Meg.

»Ich weiß es doch nicht. Ich habe nichts damit zu tun.«

Meg warf wieder einen Blick in ihre Unterlagen. »Die Spurensicherung hat die Leiche als eine gewisse Lesley Redman identifiziert. Kennst du die Frau, Sam?«

Ich schüttelte den Kopf. »Nie von ihr gehört.«

»Ihm«, korrigierte Meg, die wieder auf ihre Notizen sah. »Leslie mit ›ie‹. Wir sind noch dabei, seine Familie auszumachen, aber vielleicht kannst du uns ein bisschen über ihn erzählen.«

»Würde ich gern, wenn ich könnte. Aber weder weiß ich, wer er ist, noch, wie er in den Uhrenturm gekommen ist.«

Meg seufzte.

»Warum deckst du ihn, Sam?«

»Was willst du damit sagen?«

»Guy«, sagte sie. »Wir wissen, dass er der andere Mann war, der dir geholfen hat, den Toten aus dem Leichenschauhaus zu schaffen. Und wir wissen auch von diesem Anarchie-der-Zeit-Ding.«

Sie zitierte aus ihren Unterlagen. »Anarchie der Zeit – Teil eins, Zertrümmern von zwölf Uhren in Lagerhaus. Teil zwei, Begraben von vierundzwanzig Uhren unter Teilstück der Umgehungsstraße. Teil drei, Explosion von zwölf Standuhren auf Marktplatz. Teil vier, Explosion des Uhrenturms in altem Gaswerk.«

Das hatte sie also auch schon herausgefunden.
»Deshalb warst du schon dort, als die Feuerwehr eintraf?«, fragte sie. »Weil du die Explosion für ihn gefilmt hast?«
»Nein.«
»Hast du gewusst, dass er explodieren würde?«
»Aber nein.«
»Hast du die Explosion gefilmt?«
»Nein! Ich war verdammt noch mal gar nicht da.« Wahrscheinlich konnte sie die Verzweiflung in meiner Stimme hören und die Lügen in meinem Gesicht ablesen.
»Dann erklär mir Folgendes.« Aus den Tiefen ihrer Unterlagen kramte sie ein kleines schwarzes Ding in einer durchsichtigen Plastikfolie hervor und legte es vor sich auf den Tisch. Mit einem Finger schubste sie es zu mir hinüber. Ich erkannte es sofort. Es handelte sich zweifelsfrei um ein, wenn auch ziemlich verkohltes Videoband. Darauf erkannte ich ein halbverbranntes Etikett, das sich von dem verzogenen Plastik ablöste. Mit grünem Marker stand darauf geschrieben: »Brand am Uhrenturm.«
»Das wurde heute Morgen in den Trümmern des Uhrenturms gefunden«, erklärte sie. »Es ist doch deine Handschrift, oder? Es hat keinen Sinn, es abzustreiten. Ich habe einen Graphologen gebeten, sie mit der Schrift auf deiner letzten Weihnachtskarte zu vergleichen, die du mir geschickt hast.«
Okay, es war meine Handschrift. Es war das Band, das ich gestern Abend im Büro verzweifelt gesucht hatte. Das Band mit den Aufnahmen von der Explosion des Uhrenturms.
»Das Band selbst ist zerstört. Willst du mir nicht erzählen, was darauf zu sehen war?«
Mir schoss ein Gedanke durch den Kopf. »Es wurde in den *Trümmern* des Uhrenturms gefunden?«
»Ja«, bestätigte sie. »Es befand sich zum Zeitpunkt der Explosion in dem Gebäude.«

Aber dieses Band ist doch erst gestern Abend verschwunden. Mit dem hatte ich die Explosion doch gefilmt.
»Wir gehen davon aus«, fuhr Meg fort, »dass das Band leer war, als du es hingelegt hast. Du hast es beschriftet, als du plantest, die Explosion damit zu filmen, musstest dann aber ein anderes Band nehmen, nachdem du dieses verloren hattest.«
Für alles hatte sie eine Erklärung, mochte sie noch so falsch sein.
»Die Frage ist doch«, sagte sie, »wo das Band ist, auf dem sich die Bilder von der Explosion befinden?«
Ich musste fast lachen. Das Band, das sie suchte, lag direkt vor ihren Augen, ein verschrumpelter Haufen schwarzen Plastiks. Dennoch blieb die Frage, wie es dorthin gekommen war. *Vor* der Explosion konnte es nicht im Uhrenturm gewesen sein. Hatte Guy es von meinem Schreibtisch genommen, es ein wenig angekokelt und dann in die Trümmer gelegt, damit es von der Polizei gefunden wurde?
Aber *warum* …?
»Wo ist das Band, Sam?«
Mir fiel auf, dass ich Megs erste Frage noch gar nicht beantwortet hatte.
»Ich weiß es nicht«, antwortete ich ihr ausnahmsweise ehrlich.
»Wir wissen, dass du es gestern Abend mitgenommen hast.«
»Was soll das heißen?«
»Als Jasper Kent dich gestern Abend im Büro über Mr. McAdams Leiche stehen sah, sagt er, dass du die Mordwaffe in der einen und ein kleines digitales Videoband in der anderen Hand hieltest. Ein Band genau wie dieses hier.« Wie zum Beweis hielt sie das verschmorte Stück hoch. »Ich sage dir, wie es sich abgespielt hat: Du wusstest, dass dich das Band belasten würde. Also bist du zurück ins Büro, um es zu holen. Mr. McAdam hat sich dir in den Weg gestellt, ihr hattet einen Streit, den du beendet hast, indem du ihn umgebracht hast.«

»Das stimmt nicht.«
»Mr. Kent sagt, dass er sich genau erinnert, wie du das Band umklammert hast, als du ihn mit der Kamera niedergeschlagen hast.«
»Dann lügt er, verdammt noch mal!«, rief ich.
»Aus welchem Grund sollte er lügen?«, fragte Meg.
»Ich … Ich weiß es nicht.« Warum *sollte* Jasper lügen? Warum sollte er mir einen Mord anhängen, den ich nicht begangen habe? *Drei* Morde. Hatte Guy etwas damit zu tun? Hatte Jasper Guy für mich gehalten? War Guy der Mörder?
Mir wurde übel. Um mich herum drehte sich alles. Das Geräusch brach los und entlud sich in meinen Kopf.
»Tut mir leid«, sagte ich. Ich wollte aufstehen, musste mich aber am Tisch festhalten, um mir Halt zu verschaffen. »Ich kann nicht mehr.«
Meg sah auf ihre Uhr. »Ende des Verhörs, ein Uhr fünfunddreißig.« Sie drückte auf die Stop-Taste des Rekorders. Leise rumpelnd stellte das Gerät die Arbeit ein, aber das Geräusch in meinem Kopf blieb.
»Bringen Sie ihn zurück in seine Zelle«, befahl sie dem anderen Polizisten und ging zur Tür.
»Meg«, rief ich ihr nach, aber sie war schon verschwunden.
Der Sergeant brachte mich zurück in die Zelle, in der ich zunächst auf den Boden kotzte und mich dann auf der Pritsche zusammenrollte. Ein zitterndes, fötenhaftes Wrack von einem Mann.
Oben in die Wand war ein kleines vergittertes Fenster eingelassen, durch das ich die untergehende Sonne und die einbrechende Dunkelheit beobachtete.

49

Inzwischen war es spät, und ich hockte immer noch wie ein Häufchen Elend in meiner Zelle.
Man hatte mir vor ein paar Stunden etwas zu essen gebracht, von dem ich nur wenig mehr zu mir genommen hatte als bei der ersten Mahlzeit. Mir war zwar immer noch speiübel, aber ich hatte auch Hunger, der sich am Ende durchgesetzt hatte.
Den Polizisten, der mir das Essen gebracht hatte, hatte ich nach meinem Anwalt gefragt. Keine Menschenseele hatte sich seit dem Verhör mit Meg mehr um mich gekümmert, so dass ich mich allmählich fragte, ob man mich vielleicht vergessen hatte. Mir den Rechtsbeistand vorzuenthalten, auf den ich Anspruch hatte, sei ungesetzlich, klärte ich den jungen Mann auf, der mir versicherte, dass mein Anwalt bald kommen würde.
Das war Stunden her, und langsam bekam ich es mit der Angst zu tun. Wie lange konnte man mich hier festhalten? Achtundvierzig Stunden? Zweiundsiebzig Stunden?
Es war schon nach elf, als der Anwalt endlich kam. Jedenfalls glaubte ich das.
Das Rasseln eines Schlüssels, der sich im Schloss drehte, riss mich jäh aus dem Halbschlaf, die große Stahltür schwang auf. In gespannter Erwartung kauerte ich auf meiner Pritsche und rieb mir den Schlaf aus den Augen.
Doch nicht mein Anwalt betrat die Zelle, sondern Guy.
Er hatte wieder dieses idiotische Grinsen aufgesetzt, mein beklagenswerter Zustand schien ihn zu amüsieren.
»Zimmerservice«, flötete er, während er die Tür hinter sich zustieß. Wachen schien es im Gang draußen nicht zu geben.
»Sie Arschloch!«, brüllte ich ihn an. »Das habe ich alles Ihnen zu verdanken. Wissen Sie eigentlich, dass die mir drei Morde anhängen wollen?«

»Das wird nicht passieren«, sagte Guy und warf mir einen großen Plastiksack zu. Ich fing ihn auf und sah ihn fragend an.
»Na los, machen Sie ihn schon auf!«
In dem Beutel befanden sich Kleidungsstücke. Eine Hose, ein Hemd, ein Pullover, sogar Socken und Unterwäsche waren dabei.
»Die Klamotten habe ich aus Ihrem Haus geholt. Ich dachte, Sie werden schon nichts dagegen haben.«
»Sie sind in mein Haus eingedrungen?«, stammelte ich entgeistert. »Nach dem, was Sie mir sowieso schon angetan haben, wagen Sie es auch noch, bei mir einzubrechen?«
»Beruhigen Sie sich. Ziehen Sie sich lieber an.«
»Warum? Was soll das werden?«
Abfällig musterte er meinen orangefarbenen Trainingsanzug. »Ich dachte, Ihre eigenen Klamotten wären Ihnen lieber.«
Natürlich waren sie das. Rasch zog ich mich um. Unten in der Tasche fand ich noch eine Jacke. Guy wies mich an, auch diese anzuziehen.
»Wir gehen raus?«
»Ja. Sie waren lang genug hier.« Er öffnete die Tür und trat auf den Gang hinaus.
Ich folgte ihm. »Haben Sie eine Kaution für mich hinterlegt?«, wollte ich wissen. »Oder sind Beweise aufgetaucht, die mich entlasten?«
Guy blieb stehen und sah mich an. »Nicht ganz«, sagte er.
»Was dann?«
Er trat zur Seite. Hinter ihm lag ein Polizist bewusstlos am Boden, Überraschung im leeren Blick, ein dunkelvioletter Fleck auf der Stirn.
»Ist das Ihr Werk?«
»Ich hole Sie hier raus«, stellte Guy nüchtern fest.
»O nein«, sagte ich und blieb stehen. »Ich gehe in meine Zelle zurück.«

Guy packte mich unsanft am Arm und zog mich mit sich fort. Widerstand war zwecklos, er war stärker als ich.
»Ich mach das nicht mit«, protestierte ich, während er mich über den Gang in den Eingangsbereich zerrte, in dem zwei weitere Polizisten bewusstlos am Boden lagen, der Kopf des einen in einer Blutlache.
»Sie sind nicht tot«, erklärte Guy ungerührt, als könnte er meine Gedanken lesen.
Eine Tür stand offen. Sie führte in einen Nebenraum, in dem ebenfalls Körper am Boden lagen, von denen sich einer wieder zu berappeln schien, eine Hand an seinen übel zugerichteten Schädel führte und laut aufstöhnte.
»Los! Beeilung«, drängte Guy und zerrte mich durch die Eingangstür in die kalte Nacht hinaus.
Ich riss mich los.
»So geht das nicht«, protestierte ich.
»Und ob das geht, Sam«, widersprach er. »Und zwar *genau so*. Vertrauen Sie mir.«
»Ha! Dass ich nicht lache! Ihnen zu vertrauen hat mich doch erst in die Scheiße geritten.«
»Sam, um das zu diskutieren, fehlt uns im Augenblick die Zeit.«
»Ist Ihnen schon mal der Gedanke gekommen, dass da drin Dutzende von Überwachungskameras installiert sind? Damit dürfte der letzte Beweis für meine Schuld erbracht sein. Warum halten Sie sich aus meinem Leben nicht einfach heraus?«
»Darum geht es jetzt nicht, Sam«, erklärte er mit ruhiger Stimme. »Es ist nicht wichtig. In wenigen Stunden werden Sie verstehen, dann wird sich alles zu einem sinnvollen Ganzen zusammenfügen.«
»Habe ich das nicht schon mal gehört?«
»Dieses Mal stimmt es.«
Ich schüttelte den Kopf. »Kein Wort glaube ich Ihnen, Guy. Sie haben mich in die Scheiße geritten, und ich bin wenig zuversicht-

lich, dass Sie mich da wieder rausholen. Ich gehe jetzt in meine Zelle zurück.«
Plötzlich brach der Alarm los, vermutlich von einem der Polizisten ausgelöst, die wieder zu sich gekommen waren. Wie ein Leuchtfeuer durchstach der Lärm die Dunkelheit.
»Los, weg hier!« Guys Hand umklammerte meinen Arm und zog mich unsanft die Straße entlang. Panik überkam mich und nahm mir die Kraft, mich zu widersetzen.
»Ich habe Ihnen doch gesagt«, keuchte er, während der Abstand zum Polizeirevier immer größer wurde, »dass ich in das Museum einbrechen will.«
Ich war außer Atem, meine Lunge brannte wie Feuer. »Und? Was ist damit?«
Er sah über die Schulter zu mir zurück. »Heute Abend ist es so weit.«

50

Ohne auch nur einmal stehen zu bleiben, waren wir bis zum Museum gerannt, dessen Silhouette sich riesenhaft und pechschwarz vor dem Nachthimmel über uns abzeichnete. Es schien meinen Blick unheilvoll zu erwidern.
Völlig erschöpft und atemlos sank ich auf die Stufen vor dem Haupteingang, über mir Guys Schattenriss, orange getüncht vom Schein einer Straßenlaterne. Er war knallrot im Gesicht und aufgedreht von dem Lauf.
»Was zum Teufel«, keuchte ich, »wollen wir hier?«
»Da drin ist etwas, das mir gehört.«
»Hätten Sie das nicht offiziell reklamieren können?«
Er schüttelte den Kopf. »Ich bin der Einzige, der davon weiß.«
»Außer mir.«

Warum er lächelte, verstand ich nicht.
Er rannte die Stufen hinauf und lehnte sich gegen die riesigen Eichentüren, die sich widerstandslos sofort öffneten.
»Na los«, drängte er und stürmte hinein. Mit einem unguten Gefühl folgte ich ihm.
Bis auf das spärliche Licht, das von der Notausgangsbeschilderung ausging, war es im Eingangsbereich des Museums stockdunkel. Wie eine riesige Fledermaus schwebte der Schatten des aufgehängten Doppeldeckers über uns und schien sich im Dunkel sogar zu bewegen. Unbeirrt setzte Guy seinen Weg durch die verlassene Halle fort.
»Warten Sie!«, rief ich und erschrak, als mir das Echo meine Stimme zurückzuschicken schien. Guy drehte sich um: »Was ist los?«
Mit einer Hand fuchtelte ich in der Luft herum. »Warum geht kein Alarm los? Warum war die Eingangstür offen? Wo sind die Nachtwächter?«
»Für alles ist gesorgt«, sagte Guy ungerührt.
»Das ist keine Antwort auf meine Frage.«
»Doch. Für alles ist gesorgt, bis ins kleinste Detail. Machen Sie sich keine Sorgen.«
»Aber wie?«
»Das tut jetzt nichts zur Sache.«
»Und die Überwachungskameras?« Suchend sah ich mich im ganzen Raum um.
»Kein Problem.«
»Aber man wird uns *entdecken*.«
»Sam«, sagte er mit sanfter Stimme, als gelte es, einem Kind einen komplizierten Rechenschritt zu erklären. »Das alles wird schon sehr bald keine Rolle mehr spielen.«
Er ging weiter zu der Tür mit dem Schild »Privat – Nur für Mitarbeiter« und gab einen vierstelligen Code in das Tastenfeld ein. »Seit dem letzten Mal haben sie den Code geändert«, erklärte er.

»Und woher kennen Sie den neuen Code?«
»Das …«
»Schon gut, ich weiß, das spielt keine Rolle.«
Er grinste zufrieden, als ein grünes Lämpchen aufleuchtete und die Tür mit einem Klicken aufsprang. Wir traten hindurch und gelangten dahinter in ein Labyrinth dunkler Gänge. Guy ging voraus, bis wir schließlich vor der schweren Tresortür standen. Ich sah schon von weitem, dass etwas nicht stimmte.
»Sie steht offen.«
»Genau.«
»Wussten Sie, dass sie offen stehen würde?«
»Ja.«
»Und woher? Oh, Pardon, bemühen Sie sich nicht. Ich weiß schon, das spielt jetzt keine Rolle.«
Guy grinste, griff an die Türkante und zog sie auf. Die Tür war mindestens einen halben Meter dick, schien sich aber trotz ihres Gewichts problemlos öffnen zu lassen. Mit der Hand tastete er in das dahinterliegende Dunkel, fand sofort den Schalter und knipste das Licht an.
Nervös zuckend erwachten die Neonröhren zum Leben und tauchten den Raum in ein krankes Licht. Wir traten ein, aber aus Angst, die Tür könnte hinter mir zufallen, blieb ich am Eingang stehen. Reihenweise übereinander angebrachte Regalfächer waren mit unzähligen, sorgfältig verschlossenen und beschrifteten Pappkartons vollgestellt. Ich hatte Kunstobjekte erwartet, Gemälde, kostbare Statuen oder auch eine ägyptische Mumie. Aber alles war fein säuberlich geschützt in diesen Behältern verstaut und verschlossen. Ohne ein detailliertes Inventarverzeichnis war man hier vermutlich verloren.
Guy schien genau zu wissen, wohin er wollte. Wie von einem Faden gezogen, bewegte er sich den Gang entlang, blieb stehen und zog einen Pappkarton aus dem Regal, der hinter einer Reihe

anderer angestaubter Kisten in einem dunklen Eckchen verborgen stand.
Als er damit zurückkam, konnte ich den ziemlich abgegriffenen, mit Flecken übersäten alten Pappkarton mit den abgestoßenen Ecken genauer sehen, der so ganz anders aussah als alles andere in diesem Raum. Die Klappen waren übereinandergelegt und versperrten mir einen Blick hinein. Dass Guy in der Lage war, ihn zu tragen, verriet mir jedoch, dass er so schwer nicht sein konnte.
»Das ist es«, stellte er sichtlich zufrieden fest.
»Ich hoffe, der Aufwand hat sich gelohnt«, bemerkte ich spitz.
»Ja, das kann man wohl sagen«, lächelte er verzückt.
Er trat vor mir aus dem Tresor hinaus. Ich schaltete das Licht aus und wollte die Tür gerade schließen, als Guy mir bedeutete, sie aufstehen zu lassen.
Die Route, die er für den Rückweg wählte, führte nicht durch das Foyer. Meine Bemerkung, dass er in die falsche Richtung ging, ignorierte er. Schließlich standen wir vor einem Notausgang. Eine Kette und ein Vorhängeschloss lagen auf dem Boden. Die Kette war aufgebrochen.
»Wer …«, fing ich an, aber da hatte Guy den Riegel schon zur Seite geschoben und die Tür geöffnet. Ich folgte ihm hinaus.
Wir traten hinaus auf den Durchgang hinter dem Museum und standen an der Stelle, an der sich vor einem Monat der Mord zugetragen hatte.
Guy drückte die Tür hinter uns zu.

51

Guy sah mich an. »Jetzt bekommen Sie Ihre Antworten.«
Eine einzige Laterne in der Ferne tauchte den Gang in ein düsteres, unheilvolles Licht. Vor einer Wand türmte sich Müll.

»Also gut. Was ist in der Kiste? Was ist daran so wichtig?«

Guy verzog das Gesicht zu einem hässlichen Grinsen. »Die Frage kann ich Ihnen nicht beantworten. Jedenfalls jetzt noch nicht.«

»Sie verdammtes Arschloch!«

»Okay«, sagte er und setzte die Kiste zwischen uns auf den Pflastersteinen ab. »Ich will versuchen, es Ihnen etwas allgemeiner zu erklären. Der Inhalt der Kiste ist nicht wichtig. Wichtig ist, was man mit ihr tun kann.«

»Und das wäre?«

»Sam, was ich Ihnen jetzt sage, mag unglaublich klingen. Das ist mir klar. Aber dank dieser Kiste sind wir wieder am Monatsanfang zurück.«

Im ersten Augenblick wusste ich darauf nichts zu sagen, bis mir schließlich ein gequältes »Ach?« entfuhr.

»Gestern Abend sind wir ins Museum gegangen«, erklärte Guy. »Das war der neunundzwanzigste Februar. Jetzt, heute früh, schreiben wir den ersten Februar. Wir sind einen Monat in die Vergangenheit zurückgesprungen.«

»Das ist doch Unsinn.«

»Dass Sie mir das nicht abnehmen würden, hatte ich erwartet.«

Ich ließ mich nicht beirren. »Ich weiß nicht, welches Spiel Sie hier treiben, aber ich will wissen, was in dem Karton ist. Was ist wichtig genug, mir mein Leben zu ruinieren?«

Ich bückte mich, um die Klappen der Kiste zu öffnen, aber Guy legte seine Hand rasch fest auf meine.

»Sie würden es nicht verstehen, Sam. Jetzt noch nicht.«

Ich trat einen Schritt zurück.

»Sie scheinen es ernst zu meinen. Sie scheinen diesen Unsinn also tatsächlich zu glauben?«

»All mein Tun war auf diesen Tag gerichtet. Und alles wird einen Sinn ergeben, wenn Sie bereit sind, die Wahrheit zu akzeptieren.«

»Dass ich in der Zeit zurückgegangen bin?«

»Genau.«
»Und dass diese Kiste so eine Art Zeitmaschine ist?«
»Gewissermaßen, ja.«
»Zum Teufel mit Ihnen.«
»Den Beweis dafür liefere ich Ihnen gern«, sagte er. »Haben Sie eine Zwanzig-Pence-Münze?«
Was für eine Frage, aber ich suchte trotzdem in meinen Taschen. »Ich habe ein Fünfzig-Pence-Stück. Geht das auch?«
Es ging. Er nahm den kostbaren Karton auf und ging in Richtung Hope Street davon. Ich folgte ihm.
Am Ende der Gasse stand eine Telefonzelle, vor der er stehen blieb. »Stellen Sie sich vor, heute wäre der erste Februar«, sagte er. »Was würden Sie dann in diesem Augenblick tun?«
»Jetzt?«, fragte ich. »Ich würde mich ins Bett legen und schlafen.«
Guy öffnete die Tür der Telefonzelle und bedeutete mir, hineinzugehen.
»Rufen Sie sich an«, sagte er.
»Wie bitte?«
»Nehmen Sie den Hörer auf«, erklärte er langsam, »stecken Sie die Münze in den Schlitz, und wählen Sie Ihre eigene Nummer.«
»Wozu soll das gut sein? Der Anrufbeantworter wird anspringen.«
»Tun Sie es einfach«, sagte er. »Tun Sie mir den Gefallen.«
Ich betrat die Telefonzelle. Er blieb dicht hinter mir, während ich die Münze einwarf und meine Nummer wählte.
Das Freizeichen ertönte.
Es läutete fünf Mal. »Niemand zu Hause«, sagte ich.
»Psst«, sagte Guy, und in dem Augenblick vernahm ich ein Klicken am anderen Ende der Leitung. Überfallartig entlud sich das Geräusch in meinen Kopf.
Eine kehlige, rauhe Stimme meldete sich, deren Besitzer gerade aufgewacht zu sein schien: »Hallo?« Die Stimme kam mir bekannt vor.

Ich war verwirrt und sagte nichts. Guy stand ruhig und scheinbar unbeteiligt da.

»Hallo?«, rief die Stimme noch einmal. »Sind Sie es, Murray?«

Guy signalisierte mir, dass ich antworten sollte.

»Hallo?«, meldete ich mich zögernd.

»Wer spricht da?«, fragte die Stimme.

Ich brachte keinen Ton heraus. Mein Mund war trocken, und der Unterkiefer hing herab.

»Das ist nicht unbedingt der richtige Zeitpunkt, Scherze mit mir zu machen. Ich werde jetzt auflegen.«

»Warten Sie«, sagte ich. Ich nahm alle Kraft zusammen. »Sind Sie Sam Baxter?«

»Ja«, sagte die Stimme. »Und wer sind Sie?«

»Ich bin …« Meine Stimme begann zu stocken. »Das ist unwichtig. Ich muss Ihnen etwas sagen. Ich habe …«

Ein brennender Schmerz durchfuhr meine Kehle. Verblüfft ließ ich den Hörer fallen, der haltlos gegen die Zellenwand schlug.

Ich griff mir mit der Hand an den Hals und spürte etwas Klebriges. Beim Versuch, etwas zu sagen, quoll feuchter Schaum zwischen meinen Fingern hervor. Guy stand hinter mir und drückte sich gegen meinen Rücken. Eine Hand presste er mir gegen die Brust, die andere schien sich im Zeitlupentempo von meiner Kehle zu entfernen. In ihr ein kleines Messer, von dessen Klinge frisches Blut tropfte.

Guy entließ mich aus der Umklammerung, und ich glitt, mit dem Rücken gegen die Glasscheibe der Telefonzelle gelehnt, zu Boden. Mit beiden Händen fasste ich mir an die Kehle und ertastete den Spalt zwischen zwei durchtrennten Hautlappen, der von einer Seite des Halses zur anderen reichte. Zwischen meinen Fingern drang Blut hervor, und ich schrie vor Schmerz und Angst.

Guy griff hinter mich und nahm den herabbaumelnden Hörer auf,

führte ihn zum Mund und sagte schlicht und kalt: »Ich habe mich verwählt.«
Dann legte er auf und verließ die Telefonzelle. Mein Oberkörper kippte langsam zur Seite, ich schlug mit dem Kopf auf den Gehsteig und spürte mein Leben entschwinden. Blitzartig schossen mir Bilder von meinem Autounfall durch den Kopf. Ich dachte an Sarah, wie sie gestorben war an jenem schicksalhaften Abend, und daran, wie mein Leben von da an diese fatale Wendung genommen hatte.
Während ich vor Schmerz fast besinnungslos auf dem Gehsteig lag, das Blut aus der klaffenden Wunde am Hals sickerte, wünschte ich mir nichts sehnlicher, als die Zeit bis zu dem Unfall zurückdrehen und die Dinge ungeschehen machen zu können.
Während ich immer tiefer in Bewusstlosigkeit versank, spürte ich, wie Guy mir etwas gegen den Hals drückte, und dann hörte ich ihn sagen: »Das stoppt die Blutung.«
Ich lallte etwas vor mich hin und drosch ungelenk auf ihn ein.
»Machen Sie sich keine Sorgen, Sam«, vernahm ich seine Stimme, die sich zu entfernen schien, während die Ohnmacht sich meiner bemächtigte. »Alles wird wieder gut. Ich passe auf Sie auf.«
Aus der Ferne hörte ich das Klingeln eines Telefons. Ich wusste, dass ich es war, der zurückrief. Aber auch das Klingeln entrückte, und ab dann wusste ich nichts mehr.

52

Mein atmosphärisches Rauschen holte mich wieder zurück.
Ich befand mich in einem kleinen Krankenhauszimmer mit nichts weiter als einem Bett und einem Gerät, das bedächtig vor sich hin tickte. Meine rechte Hand war über eine Nadel, die schmerzhaft

tief unter der Haut steckte, mit einem Tropf verbunden. Im Raum hing ein seltsamer Geruch, eine Mischung aus Desinfektionsmittel und Übelkeit. Alterung und Schmutz hatten die Deckenplatten mit einer gelblichen Patina überzogen.
Ich war benommen und zunächst fest davon überzeugt, nach dem Autounfall gerade wieder aufgewacht zu sein, als lägen keine sieben Jahre dazwischen. Bilder schwirrten mir im Kopf herum. Das Auto kommt von der Straße ab; ein Messer fährt mir durch den Hals; Sarahs toter Körper neben mir auf dem Beifahrersitz; Guy über mir, während ich um Hilfe lalle.
Langsam kam ich wieder zu mir und vermochte, die beiden Ereignisse auseinanderzuhalten. Während ich das Durcheinander flüchtiger Bilder aus der Erinnerung einfing und Stück für Stück zu einem Ganzen zusammensetzte, fragte ich mich, wie lange ich bewusstlos gewesen sein mochte. Das letzte Mal waren es drei Tage gewesen. Hinten an der Wand erspähte ich einen Kalender. Aber entweder war er zu weit entfernt oder ich zu benommen, um etwas darauf entziffern zu können. Nur mit angestrengtem Blinzeln konnte ich ausmachen, dass der angezeigte Monat Januar war.
Eine Krankenschwester kam herein.
»Guten Morgen, Mr. Smith«, grüßte sie freundlich.
Mein Versuch zu antworten endete mit dem Gefühl, ein Stück glühende Kohle verschluckt zu haben. Der einzige Ton, den ich herausbrachte, war ein ersticktes Keuchen.
»Sie dürfen nicht sprechen«, erklärte mir die Krankenschwester. Ein Rat, der ein paar Sekunden früher hilfreicher gewesen wäre.
Ich führte die Hände an den Hals und ertastete den dicken Verband. Ansonsten spürte ich nichts als Schmerzen. Die rechte Hand war immer noch mit dem Tropf verbunden und hatte sich in dem Schlauch verfangen. Verzweifelt und vergeblich versuchte ich, mich loszureißen.
»Jetzt sehen Sie sich das an!«, rief die Schwester mit mildem

Tadel. »Was haben Sie denn da angerichtet?« Sie befreite mich aus meiner misslichen Lage und steckte meine Hände unter mir fest.

»Sie hatten einen schweren Unfall«, klärte sie mich auf. »Aber Sie kommen wieder auf die Beine. Sie müssen sich ausruhen und sollten möglichst nicht sprechen.«

Jetzt, da ich wusste, dass er da war, spürte ich den Verband, eng um den Hals gewickelt. Vor meinem geistigen Auge sah ich auch die Stiche, mit denen die Hautlappen zusammengehalten wurden. Mir wurde wieder übel.

»Der Arzt sieht später nach Ihnen. Ruhen Sie sich bis dahin noch aus.«

Ausruhen? Ich wusste doch gar nicht, wie lange ich bewusstlos gewesen war.

Ich deutete auf meinen linken Arm, dorthin, wo ich normalerweise meine Uhr trug.

Sie war eine kluge Frau und verstand sofort. »Sie wollen wissen, wie spät es ist? Kurz nach halb fünf am Nachmittag. Ich habe gleich Feierabend.«

Eine große Hilfe war das nicht, da ich auch nicht wusste, welchen Tag wir hatten. Ich deutete auf den Kalender hinten an der Wand. Sie brauchte eine Weile, um zu begreifen, was ich wollte.

»Ach so, Sie meinen den Kalender. Falscher Monat, nicht wahr?«

Ich nickte. Er zeigte noch Januar an. Guy war am ersten März in den frühen Morgenstunden über mich hergefallen.

Die Schwester riss das oberste Blatt ab und deckte den Februar darunter auf. Den Januar knüllte sie zusammen und beförderte ihn in den Papierkorb.

Schmerzhaft krächzend deutete ich auf den Kalender.

»Was meinen Sie?«

Ich wollte, dass sie noch ein Blatt abriss, um März aufzudecken, nicht Februar. Ich suchte nach einem Beweis, dass Guy sich irrte.

Schließlich begriff sie. »Ach, Sie wollen das Datum wissen?« Sie zeigte auf den Kalender. »Wir haben Mittwoch, den ersten Februar. Mein Gott, wie die Zeit vergeht.«
Ich glitt hinüber in eine neue Bewusstlosigkeit.

Ein paar Stunden waren vergangen, als der Arzt hereinkam.
»Können Sie sich erinnern, was passiert ist?«, fragte er, während eine Krankenschwester Fieber bei mir maß.
Der Wahrheit zum Trotz schüttelte ich den Kopf.
»Sieht so aus, als seien Sie überfallen worden«, sagte er. »Sie lagen mit aufgeschlitzter Kehle lebensgefährlich verletzt und hilflos in einer Gasse. Der Schnitt war nicht tief, wäre aber tödlich gewesen, wenn man Sie nicht rechtzeitig gefunden hätte. Sie können von Glück sagen, Mr. Smith.«
Dass ich Glück gehabt hatte, war mir noch gar nicht in den Sinn gekommen.
»Sie werden ein paar Tage nicht sprechen können«, fuhr der Arzt fort. »Aber wir haben bestimmt einen Stift und etwas Papier für Sie, meinen Sie nicht, Schwester?«
Die Krankenschwester nickte und verließ sofort das Zimmer, um sich auf die Suche zu machen.
Der Arzt wickelte mir den Verband vom Hals ab und begutachtete die Wunde. Er brummte etwas vor sich hin und berührte sie vorsichtig mit dem Finger. Ich jaulte auf, was offensichtlich eine gute Reaktion war.
Der Umstand, dass mir das Betrachten der Verletzung technisch nicht möglich war, machte mich nicht unglücklich, aber ich konnte trotzdem nicht umhin, sie mir vorzustellen, eine breite, gezackte Narbe. Zu einem Wulst übereinandergelegte, mit groben Stichen wieder zusammengesetzte Haut. Schon möglich, dass sie gar nicht so schlimm aussah, wie ich es mir vorstellte. Mich von dieser Option vor einem Spiegel zu überzeugen, dazu fehlte mir dennoch der Mut.

Der Arzt legte einen neuen Verband an, als die Schwester mit einem Block und einem Stift zurückkam. Gemeinsam halfen sie mir auf, damit ich sitzen konnte. Schnell schrieb ich meine erste Frage auf und hielt den beiden den Block hin.
Welches Datum haben wir heute?, stand darauf.
»Wir haben den ersten Februar«, antwortete der Arzt. »Sie waren nur ein paar Stunden bewusstlos.«
Meinen Sie nicht März?, schrieb ich in großen Buchstaben.
Der Arzt schmunzelte und sah mich besorgt an. »Sind Sie sicher, dass alles in Ordnung ist mit Ihnen?«
Ich zeigte noch einmal auf das Wort »März«.
»Nein, Mr. Smith«, antwortete er stirnrunzelnd. »Ich bin ganz sicher. Wir haben Februar.«
Warum nannten sie mich ständig Mr. Smith? Ich schrieb: *Wie heiße ich?*
Jetzt wirkte der Arzt ernsthaft besorgt. Er warf der Schwester einen Blick zu. »Hatte er eine Kopfverletzung, als er eingeliefert wurde?«
»Nein«, sagte sie, während mir der Arzt mit einer Lampe erst in das eine, dann in das andere Auge leuchtete.
Noch einmal tippte ich mit dem Stift auf die Frage.
»Ihr Name ist John Smith«, antwortete der Arzt, der keine Hinweise auf eine Gehirnerschütterung gefunden zu haben schien. »Das jedenfalls hat Ihr Freund den Sanitätern gestern Abend gesagt. Sie hatten keine Papiere bei sich, die hat der Täter vermutlich mitgehen lassen.«
Mein Freund?, schrieb ich auf den Block.
»Ja. Er hat sie in die Notaufnahme gebracht, nachdem er Sie bewusstlos gefunden hatte, und Ihnen vermutlich das Leben gerettet.«
Das konnte nur Guy gewesen sein. Schon möglich, dass er mir das Leben gerettet hatte – aber erst nachdem er es mir fast genommen hatte.

Ich schrieb noch eine Frage nieder.
Hatte er einen Pappkarton bei sich?
»Was für eine seltsame Frage.« Der Arzt sah mich forschend an. »Lassen Sie ihn nicht aus den Augen, Schwester«, ordnete er an, als könnte ein Patient ihn nur dann hören, wenn er direkt mit ihm sprach. »Nur zur Sicherheit.«

Zum Abendessen bekam ich Suppe. Eine Schwester half mir beim Essen. Das Schlucken war eine Qual.
»Sie sollten sich daran gewöhnen«, sagte sie. »In den nächsten Tagen werden Sie nur Flüssiges essen können.«
Sie sollte recht behalten. Nach einem unruhigen Schlaf wurde ich viel zu früh geweckt. Zum Frühstück gab es eine Art verwässerten Haferschleim, dessen Geschmack nicht minder grauenhaft war als der Schmerz in meinem Hals.
Ich bat eine Schwester, mir eine Zeitung zu bringen, und nachdem ich ihr schriftlich dargelegt hatte, dass mir egal sei, welche, kam sie mit der Morgenausgabe eines Lokalblatts zurück. Das Datum auf der Titelseite war das Erste, worauf mein Blick fiel.
Donnerstag, der zweite Februar.
»Lehrer wegen Betrugs in Haft«, lautete die Schlagzeile. Darunter aber, ganz unten auf der Seite, fand ich eine andere Meldung: »Identität der verstümmelten Leiche immer noch nicht geklärt«.
Ich las weiter. »Die Identität der Leiche, die gestern Morgen in der Gasse hinter dem Stadtmuseum aufgefunden wurde, ist laut Auskunft der Polizei immer noch ungeklärt. ›Es handelt sich um einen schwierigen Fall‹, erklärte die Leitende Ermittlerin, Detective Inspector Megan Caplan. ›Der Leiche wurden sämtliche Merkmale entrissen, die einer Identifizierung hätten dienlich sein können. Für Informationen zu diesem brutalen Verbrechen wenden Sie sich bitte an die Polizei unter …‹«
Ich las nicht weiter. Die Zeitung war alt, ich hatte sie schon ein-

mal gelesen. Das gehörte zu Guys üblem Spiel. Vielleicht hatten ja der Arzt und die Schwestern auch ihre Finger drin?
Im Krankenzimmer stand auch ein Fernsehgerät. Unter Schmerzen streckte ich mich nach der Fernbedienung und schaltete das Gerät ein. Auf der Suche nach etwas, das beweisen könnte, dass wir März hatten und nicht Februar, zappte ich mich durch die Kanäle. Ich stieß auf einen uralten Western, ein Bowlingturnier, eine Talkshow und auf eine dieser beliebig austauschbaren Besser-Wohnen-Dokusoaps. Alle ohne den kleinsten Hinweis auf das aktuelle Datum.
Schließlich war es Mittag. Zeit für die Nachrichten. Die meisten kannte ich. Dann kamen die Lokalmeldungen. Sie wurden von Jasper verlesen. Die dritte Meldung war ein Folgebericht über die verstümmelte Leiche, die man am Vortag in dem Durchgang gefunden hatte. Regina war die Reporterin. Sie stand an der Stelle, an der die Leiche gefunden worden war, und sprach in die Kamera, dass die Polizei die Identität des Opfers immer noch nicht geklärt hatte.
Ich erinnerte mich an jedes Wort, das Regina gesagt hatte. Ich erinnerte mich daran, dass ich in der Gasse zwischen der Hope Street und dem Museum gefilmt hatte. Ich erinnerte mich an jeden einzelnen Schnitt, an jede Szene des Berichts.
Das war *meine* Arbeit von vor einem Monat. Hatte ich wirklich …
Ich wagte kaum, den Gedanken weiterzudenken. War ich tatsächlich einen Monat in die Vergangenheit zurückgegangen?
Aber wie konnte das passieren? Und warum?
Erst später, nachdem ich mir die Situation noch einmal gründlich hatte durch den Kopf gehen lassen, stellte sich mir die wichtigste Frage überhaupt. Kann ich das zu meinem Vorteil nutzen?

53

Sarah war mir in der letzten Zeit oft durch den Kopf gegangen. Vor ein paar Wochen der Jahrestag ihres Todes. Jetzt lag ich nach dem Unfall schon wieder im Krankenhaus. Ich wurde das Gefühl nicht los, dass ich gedanklich von ihr und unserem gemeinsamen Leben nicht loskam.

Aber ich habe sie vor sieben Jahren verloren, und seitdem war mein Leben leer und unausgefüllt. Niemand konnte die Lücke ausfüllen, und vermutlich wird es auch niemals jemand können. Die Schuld an ihrem Tod gebe ich mir selbst. Und den Rest meines Lebens ohne sie zubringen zu müssen ist die Strafe dafür.

Bis jetzt jedenfalls. Vielleicht bekam ich nun eine zweite Chance. Langsam beschlich mich eine Ahnung, dass ich vielleicht *tatsächlich* in die Vergangenheit zurückgereist war, dass dies also kein ausgeklügelter Scherz war. Fernsehen, Radio, Zeitungen, selbst das Wetter und der Sonnenauf- und -untergang deuteten eher auf Februar hin als auf März. Ich hatte mir in dem kleinen Kiosk im Foyer des Krankenhauses sogar eine Packung Milch gekauft, die laut Stempel bis zum siebten Februar haltbar war. Ich öffnete sie und roch daran. Sie war frisch, aber getrunken habe ich sie nicht. Wenn es *tatsächlich* ein Scherz war, dann war es ein unmöglicher. Zu groß und zu viele Beteiligte. Also überlegte ich weiter. Wenn ich einmal davon ausging, dass ich tatsächlich in die Vergangenheit zurückgegangen war – ließe sich das vielleicht wiederholen? Ein zweites Mal? Wäre es möglich, noch weiter zurückzureisen? Zum Beispiel sieben Jahre?

Würde ich weit genug zurückgehen können, um den Unfall ungeschehen zu machen? Würde ich Sarahs Leben retten und die letzten sieben Jahre meines Elends einfach löschen können?

Es gab nur einen Menschen, der mir diese Fragen beantworten konnte. Guy.

Ich musste ihn finden. Ich musste das Krankenhaus verlassen und ihn aufspüren. Mir war klar, dass es unter normalen Umständen schwer sein würde, ihn ausfindig zu machen, aber ich erkannte einen Vorteil. Wenn ich tatsächlich in die Vergangenheit zurückgegangen war, dann müsste ich auch wissen, wo er steckte, zumindest an bestimmten Tagen dieses Monats. Ich versuchte, mich zu erinnern, wann ich ihn das erste Mal getroffen hatte. Das war zwei Tage nachdem die Leiche hinter dem Museum gefunden worden war, also am dritten Februar, in einem leerstehenden Lagerhaus im Industriegebiet im Süden der Stadt. Da musste ich hin.
Als es so weit war, griff mich eine Krankenschwester bei dem Versuch auf, das Krankenhaus zu verlassen. Meine Kraft reichte nicht aus, um mich ihr zu widersetzen. Mühelos bugsierte sie mich zurück ins Bett. Ich fühlte mich krank, alles um mich herum begann sich zu drehen. Ich schlief ein, und als ich wieder aufwachte, stellte ich fest, dass auch Guy mich nicht vergessen hatte.

54

Mittag war schon vorbei, als ich aufwachte. Die Möglichkeit, Guy in der leeren Lagerhalle zu treffen, hatte ich verpasst. Inzwischen würde er alle zwölf Uhren zertrümmert haben, und Regina und ich würden schon wieder zurück in der Redaktion sein.
Erst jetzt bemerkte ich, dass ich nicht allein im Raum war. Sie saß ruhig in der Ecke neben der Tür. Die Jalousien waren halb heruntergelassen, so dass ich sie im Halbdunkel gar nicht sehen konnte. Sie stand auf, als sie mitbekommen hatte, dass ich sie wahrgenommen hatte.
»Entschuldigen Sie«, fing sie an, »aber die Krankenschwester hat mir erlaubt, hereinzukommen.«
Sie war groß, schlank, um nicht zu sagen dürr. Ich schätzte sie auf

Ende dreißig. Auf keinen Fall vierzig. Sie hatte äußerst attraktive und markante Züge, stechende, vor Klugheit sprühende blaue Augen. Sie trug kein Make-up, und wenn, dann sehr geschickt und in Maßen aufgetragen, langes brünettes Haar, Jeans und einen engen Pulli, was sie mit lässiger Eleganz zur Schau stellte.

Zögernd kam sie einen Schritt auf mich zu, und in dem Augenblick, in dem Licht durch die offene Tür auf ihr Gesicht fiel, erkannte ich sie. Zwei Wochen war es her gewesen, für mich jedenfalls. Eine Frau hatte mich auf der Straße angesprochen. Sie hatte mich beim Namen gerufen. Ich sah ihr Gesicht ganz deutlich vor mir, diese Augen, die auf meinen Hals starrten, während sie den Kragen meines Hemdes befingerte. Was hatte Regina gesagt? Wie war doch gleich ihr Name? Lily Attwell.

Sie klemmte sich eine verirrte Haarsträhne hinter das Ohr, die sich aber sofort wieder löste und ihr ins Gesicht fiel. Nervös spielte sie mit ihr herum.

Ich sagte nichts. Konnte es auch nicht. Sprechen war immer noch zu schmerzhaft. Allein der Gedanke ans Reden brachte den Schnitt in der Kehle zum Rasen.

»Sie werden sich fragen, was ich hier will«, sagte sie. »Um ehrlich zu sein, frage ich mich das sogar selbst.«

Sie warf einen ängstlichen Blick zur Tür und schien zu überlegen, wie sie möglichst schnell wieder wegkommen konnte.

»Ich glaube nämlich gar nicht, dass ich Sie kenne«, fuhr sie fort. »Er sagte, dass ich Sie erkennen würde, wenn ich Sie sähe. Aber jetzt bin ich mir gar nicht sicher. Entschuldigen Sie, aber ich sollte besser gehen und Sie in Ruhe lassen.«

Als sie sich zum Gehen wandte, bedeutete ich ihr zu bleiben, wobei ich einen krächzenden Laut ausstieß, der mir schmerzhaft durch die Kehle fuhr. Die Vorstellung, dass dieser klägliche Laut das Einzige war, was zu erzeugen ich inzwischen in der Lage war, bestürzte mich.

Mit Block und Stift in der Hand signalisierte ich ihr, dass ich aufschreiben könnte, was ich sagen wollte. Die Idee schien sie nicht zu begeistern, aber sie kam trotzdem näher und setzte sich auf den Stuhl neben dem Bett. Kerzengerade und stocksteif saß sie mit auf den Schoß gelegten Händen da.
Ich kritzelte etwas auf den Block und hielt es ihr zum Lesen hin.
Wer hat Ihnen gesagt, dass ich hier bin?
»Ein Mann«, sagte sie. »Er tauchte an der Universität auf – dort arbeite ich – und sagte, dass jemand im Krankenhaus liegt, den ich besuchen sollte. Dann gab er mir die Stations- und die Zimmernummer.«
Ich schrieb: *Guy?*
Sie nickte. »Genau, ein Mann …«
Ich schüttelte den Kopf, verzweifelt, dass ich nicht in der Lage war, mich verständlich zu machen. Ich schrieb: *Hieß er Guy?*
»Seinen Namen hat er mir nicht gesagt. Heißt er so, Guy?«
Ich nickte.
»Eigentlich hat er gar nicht viel gesagt. Nur, dass Sie mich erkennen würden, wenn ich herkäme. Tut mir leid, dass ich Ihre Zeit verschwendet habe.«
Es hatte den Anschein, als wollte sie gehen, also schrieb ich schnell: *Ihr Name ist Lily Attwell.* Ich zeigte ihr den Block.
Erst schien sie überrascht, dann verärgert zu sein. »Oh, wie es aussieht, haben Sie mir etwas voraus. Ich fürchte, ich kenne Sie wirklich nicht.«
Ich heiße Sam Baxter, schrieb ich.
Sie las es. »Schön, dann hallo, Sam Baxter. Haben wir uns schon mal gesehen?«
Ich kramte die Erinnerungen an unser allerestes Treffen hervor. Ich glaube, es war vor etwa sieben – Pardon, sechs Monaten, als ihr Mann während eines Bootsurlaubs in Schottland plötzlich verschwunden war. Seine Leiche war eine Woche später aufgetaucht.

Vermutlich war er über Bord gegangen, hatte sich den Kopf unter Wasser an einem Stein angeschlagen und war ertrunken. Sein Körper wurde flussabwärts in einen See geschwemmt, wo ihn die Gase, die sich bei der Zersetzung bilden, schließlich wieder an die Oberfläche befördert hatten.

Regina hatte Lily zweimal interviewt, bevor seine Leiche ans Ufer gespült worden war. Und ich war in beiden Fällen der Kameramann.

Ich bin Kameramann bei den Fernsehnachrichten, schrieb ich, *und habe gefilmt, als Regina Bridges Sie interviewt hat.*

»Tut mir leid, aber ich kann mich wirklich nicht an Sie erinnern, wobei ich mich zugegeben an die Zeit damals nur dunkel erinnere.«

Sie sah aus, als wollte sie zu weinen anfangen. Der Tod ihres Mannes lag noch nicht lange zurück, und ich hatte Mitleid mit ihr, weil ich wusste, wie sich durch den Tod eines geliebten Menschen das ganze Leben verändert.

Vermissen Sie ihn immer noch?, schrieb ich.

Sie nickte. »Natürlich. Aber ich glaube, ich möchte jetzt nicht darüber reden.«

Um ehrlich zu sein, war auch mir jetzt nicht nach reden. Ich musste herausfinden, warum Guy sie hergeschickt hatte.

Hat Guy noch etwas anderes gesagt?

»Nein. Nur, dass es sehr wichtig wäre, dass ich Sie besuchte.«

Hat er gesagt, warum es wichtig war?

»Nein. Er sagte nur, ich würde es verstehen, wenn ich dort sei. Er schien … na ja, ich weiß ja, dass er ein Freund von Ihnen ist, aber irgendwie schien er ziemlich seltsam zu sein. Wenn ich ehrlich bin, sogar angsteinflößend.«

Ich nickte zustimmend.

»Erst wollte ich gar nicht kommen, aber er hat mir ein Päckchen für Sie mitgegeben, so dass ich dachte, es wäre wohl nicht in Ordnung, wenn ich es Ihnen nicht bringe.«

Ein Päckchen? Meine Neugier war geweckt. Hatte es vielleicht etwas mit der Schachtel aus dem Museum zu tun?
Sie öffnete ihre Handtasche und zog eine kleine braune Papiertüte hervor. Sie war ziemlich verknautscht und mit einem breiten Streifen Tesafilm zugeklebt.
»Ich habe sie nicht aufgemacht«, sagte sie und reichte sie mir. »Sie sah schon so aus, als er sie mir gab.«
Ich legte Stift und Papier weg, nahm die Tüte und kippte sie vorsichtig um. Das Papier gab nach und öffnete sich. Ein paar Gegenstände, die mir bekannt vorkamen, fielen auf das Bett.
Als Erstes kam meine Brieftasche zum Vorschein. Ich öffnete sie und fand darin drei Zwanzig-Pfund-Scheine, meine Bank- und meine Kreditkarte.
Als Nächstes fand ich mein Handy. Ich schaltete es ein. Der Akku war leer, so dass ich jetzt ein Ladegerät dafür brauchte.
Brieftasche und Handy waren in meiner Tasche, als Guy mich in der Telefonzelle in der Hope Street überfallen hatte. Er hatte sie vermutlich an sich genommen, um zu verhindern, dass man mich im Krankenhaus identifizierte. Aber warum bekam ich sie nun wieder?
»Er sagte, Sie würden das brauchen«, sagte Lily, als hätte ich die Frage laut ausgesprochen. »Ich glaube, ich gehe jetzt besser.«
Ich griff nach Block und Stift. *Warten Sie*, schrieb ich schnell und hielt die Seite hoch, um sie aufzuhalten.
Unwillig setzte sie sich wieder. »Ich wüsste nicht, was ich Ihnen dazu noch sagen könnte.«
Ich musste unbedingt mehr über sie in Erfahrung bringen. Guy hatte sie aus einem bestimmten Grund zu mir geschickt, und ich musste herausfinden, weshalb.
Sie hatte gesagt, dass sie an der Uni arbeitete. *Was arbeiten Sie?*, schrieb ich. *An der Uni?*
»Ich bin wissenschaftliche Mitarbeiterin im Fachbereich Physik«,

erklärte sie. »Hin und wieder muss ich ein wenig unterrichten, aber meistens arbeite ich in der Forschung.«

Woran forschen Sie?, schrieb ich.

»Quantenmechanik im Wesentlichen. Die Betrachtung des Universums auf der Quantenebene. Ich beginne gerade mit einem neuen Projekt über die Theorie der Zeit.«

Ich war wie vom Donner gerührt. Schlagartig wurde mir klar, warum Guy sie geschickt hatte.

Schnell schrieb ich: *Sind Zeitreisen möglich?*

Sie lachte, als sie es las. »Nicht so, wie Sie es sich vorstellen.«

Wie stelle ich es mir denn vor?

»So, wie es sich alle vorstellen. Durch die Zeit vor- oder zurückreisen, ganz wie es beliebt. Nur, so funktioniert es eben nicht.«

Gerade hatte ich angefangen zu glauben, *tatsächlich* in die Vergangenheit gereist zu sein. Hatte Guy Lily hergeschickt, um mir zu zeigen, dass ich mich irrte?

Das Geräusch entlud sich elektrisierend in meinen Kopf.

Ich glaube …, schrieb ich, hielt inne und strich es wieder durch. Ich sah zu Lily auf, blickte in die traurigen, durchdringenden Augen in dem hageren Gesicht. Ich wollte etwas sagen, aber die Worte blieben mir im Hals stecken. Sie erkannte, dass mich etwas quälte.

»Ich sollte besser gehen«, sagte sie und erhob sich von ihrem Stuhl. »Soll ich Ihnen eine Krankenschwester schicken?«

Eilig kritzelte ich auf meinen Block. *Ich weiß auch etwas über die Zeit*, schrieb ich und hielt ihr den Block hin.

Sie sah mich fragend an, ging zur Tür und öffnete sie.

»Eine Frage noch, Mr. Baxter. Warum steht auf dem Schild über Ihrem Bett John Smith?«

Unter Schmerzen drehte ich den Kopf nach oben. Tatsächlich hing über meinem Bett eine weiße Plastiktafel, auf der mit einem roten Marker der Name John Smith notiert war.

Sie wartete auf eine Antwort. Ich blätterte in meinem Block fast

bis zum Anfang zurück, bis ich die Seite gefunden hatte, die ich suchte.
Guy, stand da. Ich zuckte mit den Schultern, als wollte ich sagen, dass ich auch keine Ahnung hatte, was los war.
Der Name auf der Seite machte ihr offensichtlich Angst. Wortlos ging sie hinaus.

55

Der Arzt sagte, dass ich Anfang der Woche vermutlich nach Hause gehen und dann vielleicht schon wieder ein paar Worte sprechen könnte. Das war am Samstag und auch das einzig Interessante, das sich an jenem Tag ereignet hatte.
Ich fragte mich, was ich heute getan hatte. Ich meine das andere Ich. Das Ich vor einem Monat, das Ich in der Gegenwart, nehme ich an. Samstagnachmittag bin ich vermutlich allein zu Hause gewesen, habe ein Buch gelesen oder ferngesehen. Vielleicht habe ich aber auch ein wenig Hausarbeit erledigt. Wie auch immer, vermutlich habe ich nur herumgehangen, in Selbstmitleid gebadet und darauf gewartet, dass die Zeit vorübergeht.
Das war jetzt vorbei. Ich musste herausfinden, was mit mir passiert war und ob ich einen Vorteil daraus ziehen konnte. Ich begann zu ahnen, dass mein Leben einen Sinn bekommen hatte. Guy finden. Herausfinden, wie man in die Vergangenheit reist. Sarahs Leben retten.
Ganz einfach.
Zunächst aber musste ich mich in Geduld üben, bis ich wieder bei Kräften war.
Ich versuchte, ein wenig fernzusehen, fand aber nur Wiederholungen. Selbst Programme, die keine Wiederholungen waren, kannte ich schon.

Mein Handy klingelte ein paarmal. Da ich aber wusste, dass die Anrufe dem anderen Sam galten, ließ ich es klingeln, bis er die Gespräche annahm. An diesem Sonnabend gab es zwei Sams auf der Welt, zwei Telefone mit ein und derselben Nummer. Ich schaltete das Handy aus. Von jetzt an konnte ich es nur noch einschalten, wenn ich es unbedingt brauchte.
Zwei Sams. Ziemlich abgedreht. Irgendwo da draußen gab es noch einen, einen, der einen Monat jünger war als ich und einen Monat weniger an Erfahrung und Erinnerungen aufzuweisen hatte. Einmal hatte ich schon mit ihm gesprochen. Ich dachte an das Gespräch in der Telefonzelle, kurz bevor Guy mir die Kehle aufgeschlitzt hatte. Ich hatte meine Stimme nicht erkannt, genauso wenig wie einen Monat zuvor, als ich den ersten Anruf bekommen hatte. Aber ich erinnerte mich an jedes Wort, an jede Äußerung und an jede Betonung, und ich wusste, dass ich mit mir selbst geredet hatte. Ich wusste, dass ich die 1471 gewählt und die Nummer zurückgerufen hatte, die mir genannt worden war. Ich hatte das aufdringliche Läuten im Hintergrund gehört, während ich in die Ohnmacht hinüberglitt.
Sollte ich mich noch einmal anrufen? Ein reizvoller Gedanke. Ich könnte mich selbst davor warnen, mich auf Guy einzulassen, mir den Rat geben, vom Museum fernzubleiben und mich nicht in seine dunklen Pläne verstricken zu lassen.
Das könnte ich tun. Ich könnte die Zeit verändern und den letzten Monat ungeschehen machen. Mein Leben würde wieder mir gehören, und ich läge nicht mit durchschnittener Kehle im Krankenhaus.
Und Sarah? Sarah wäre immer noch tot. Würde ich die Zukunft verändern, könnte ich die Vergangenheit nie mehr ändern. Wenn ich auch nur die geringste Chance haben wollte, Sarahs Leben zu retten, dann musste ich Guys Spiel mitspielen, zumindest jetzt.

56

Am Sonntag bekam ich wieder Besuch von Lily.

»Ich weiß nicht, warum ich noch einmal gekommen bin. Ich habe Ihnen Weintrauben mitgebracht.«

Ich lächelte sie dankbar an. Mir ging jetzt erst auf, wie sehr ich gehofft hatte, sie wiederzusehen.

»Möchten Sie jetzt ein paar essen?«, fragte sie und reichte mir die Trauben.

Ich schüttelte den Kopf, nahm ihr die Tüte ab und stellte sie auf den Nachtschrank neben meinem Bett. Sie sollte nicht wissen, dass ich immer noch keine feste Nahrung zu mir nehmen konnte.

Sie setzte sich auf den Stuhl neben dem Bett. Wieder saß sie kerzengerade da und hatte ihre Hände auf den Schoß gelegt. Die Ruhe, die sie umgab, empfand ich als sehr wohltuend.

Ich nahm Papier und Stift zur Hand. *Danke, dass Sie gekommen sind*, schrieb ich.

Sie lächelte mich unsicher an. Ich nahm es als Bestätigung. »Ich habe gestern den ganzen Tag über unsere erste Begegnung nachgedacht«, sagte sie mit gewählter Diktion.

Ich auch, schrieb ich.

»Aber ich verstehe immer noch nicht, was ich hier soll«, fuhr sie fort. »Ich meine, ich kenne Sie kaum.«

Warum sind Sie dann zurückgekommen?

»Ich weiß es nicht. Ich dachte, dass Sie mir das vielleicht sagen können? Wissen Sie, warum ich hier bin?«

Ich nahm mir für die Antwort Zeit.

Schon möglich, schrieb ich schließlich.

»Ja? Und warum bin ich hier?«

Wenn sie nur den Hauch einer Ahnung hätte, wie schwer die Frage zu beantworten war. Ich versuchte mein Bestes. *Ich glaube, es wird Zeit*, schrieb ich.

»Zeit?«, las sie. »Wofür?«
Nein, schrieb ich in Großbuchstaben. Ich zeigte ihr noch einmal, was ich geschrieben hatte, und unterstrich das Wort »Zeit« zwei Mal.
»Zeit?«, fragte sie, »was wollen Sie damit sagen?«
Ich glaube, Guy hütet ein Geheimnis über die Zeit.
»Was für ein Geheimnis?«
Ich schrieb: *Keine Ahnung, aber …*
Ich wusste nicht, wie ich den nächsten Satz formulieren sollte, ohne dass sie denken musste, ich sei irre.
Ich glaube, er kann Dinge zu bestimmten Zeiten geschehen lassen, schrieb ich schließlich.
Lily las es lange und sah mich verwundert an. Hatte ich schon zu viel gesagt?
Wenn ich ihr erzählte, dass ich überzeugt war, in die Vergangenheit zurückgehen zu können, würde sie in lautes Gelächter ausbrechen. Würde ich ihr sagen, dass *ich* in die Vergangenheit zurückgereist *war*, würde sie wahrscheinlich sofort gehen, ohne dass ich ihr das verübeln könnte.
Ich schrieb langsam und bedachte jedes Wort.
Ich glaube nicht, dass er an die Gesetze der Zeit gebunden ist.
Lily dachte darüber nach. »Meinen Sie das im übertragenen Sinne oder wörtlich?«
Ich zögerte und schrieb dann: *Wörtlich.*
Sie sah mich lange fragend an. Sie sagte nichts, so dass ich auch nicht antworten konnte. Schließlich brachte sie hervor: »Was haben Sie damit zu tun?«
Ich möchte nichts damit zu tun haben, schrieb ich. *Ich möchte auch gar nicht hier sein.*
Das verstand sie falsch: »Sie sind verletzt. Sie sind hier gut aufgehoben.«
Nein, schrieb ich. *Hier und jetzt.*

Sie schien immer noch nicht zu verstehen.
Guy hat mich hierher gebracht. Aus meiner eigenen …
»Zeit« wollte ich schreiben, zögerte aber. Ich strich es durch, auch wenn ich wusste, dass Lily es schon gelesen hatte.
Ich versuchte es erneut. *Ich dürfte gar nicht in diesem …*
Ich strich es durch.
Ich bin aus der …
Ich strich es wieder durch, dieses Mal energischer.
Was ich auch schrieb, musste den Anschein erwecken, dass mit mir etwas nicht stimmte. Sie hatte gesagt, dass sie Zeitreisen für unmöglich hielt. Wie konnte ich ihr das Gegenteil beweisen?
Was wäre, wenn es möglich wäre, ein und denselben Monat zweimal zu leben?
Wieder sah sie mich ungläubig an.
Ich setzte noch schnell *Wörtlich* hinzu, bevor sie fragen konnte.
»Das können Sie nicht«, antwortete sie. »Das ist unmöglich.«
Ich glaube, das hat Guy noch niemand gesagt.
Sie sah erst auf den Block, dann mich an und wandte sich ab.
»Ich glaube, so kommen wir nicht weiter«, sagte sie ruhig. »Ich sollte jetzt besser gehen.«
Als sie sich erhob, ergriff ich verzweifelt ihre Hand. Sie ließ es zu, wartete aber, während ich mit der anderen Hand ein paar Sätze notierte. Ich zeigte ihr das Blatt.
Regionalnachrichten, morgen Nachmittag, hatte ich geschrieben. *Alte Frau zusammengeschlagen und ausgeraubt. Hämatom am linken Auge, mit fünf Stichen am Kopf genäht, rechter Arm gebrochen. Regina Bridges wird das Interview mit ihr führen. Mittagsausgabe und ausführlicherer Bericht in den Sechs-Uhr-Nachrichten.*
Lily las es und entzog ihre Hand entschlossen meinem Griff. Sie schien verwirrt zu sein, vielleicht sogar wütend.
»Das ist einfach nicht …«, hauchte sie. »Ich denke, das ist nicht sehr nett.«

Sie drehte sich um und ging grußlos.
Hatte ich es vermasselt? Würde sie sich morgen die Nachrichten ansehen? Hatte ich ihr überhaupt die richtigen Termine genannt? Eine alte Frau würde heute Nacht in ihrem Haus brutal überfallen werden. Ich konnte es verhindern, wenn ich wollte. Ein Anruf bei der Polizei, und sie wäre gerettet.
Es hatte sich bereits zugetragen, und trotzdem war es noch nicht passiert. Konnte ich verhindern, dass es geschah, würde das bedeuten, dass ich die Vergangenheit korrigieren, meine eigene Zukunft neu gestalten und Sarah retten konnte.
Ich musste Lily dazu bringen, mir zu glauben. Würde ich die alte Dame vor ihren Angreifern retten, dann wäre es nicht geschehen, und Lily würde nicht erfahren, dass ich die Wahrheit sagte.
Was war wichtiger? Irgendeine alte Dame, die ich nicht kannte, oder Lily davon zu überzeugen, dass ich in der Zeit zurückgegangen war?
Ich biss mir auf die Lippe, denn ich wusste, dass ich mich selbstsüchtig für mich und meine eigenen Bedürfnisse entscheiden würde.
Nein, korrigierte ich mich, ich entschied mich für Sarah.

57

In einem Punkt war ich nicht ganz ehrlich zu Ihnen.
Nach dem Autounfall, dem ohrenbetäubenden Lärm und dem Schrecken, nachdem Stille eingekehrt war und meine Sinne langsam wieder erwachten, wandte ich mich Sarah zu, die immer noch auf dem Beifahrersitz saß.
Sie schrie.
Ich weiß, ich habe Ihnen erzählt, dass sie schon tot war. Ich sagte, dass sie aussah, als sei sie gerade eingeschlafen.

Das war gelogen.
Sarah hat nach dem Unfall noch fünf Minuten gelebt. Sie hatte grauenhafte Schmerzen und schrie vor Angst, als sie starb.
»Alles in Ordnung mit dir?«, fragte ich zitternd vor Aufregung und Erleichterung darüber, dass ich noch lebte.
Sie hob langsam den Kopf.
»Ich fühle mich nicht gut«, sagte sie nur. Im Gesicht und auf ihrer weißen Bluse war überall Blut. Ich konnte sehen, wie es sich ausbreitete.
Sie fasste sich an den blutverschmierten Oberkörper und zuckte vor Schmerz zusammen.
»Mit mir stimmt etwas nicht«, sagte sie. »Es fühlt sich nicht richtig an.«
Eine scharf gezackte Scherbe aus der Windschutzscheibe ragte direkt unter dem Brustbein hervor.
Schon bei dem Anblick wurde mir übel. Blut sickerte am Rand der Scherbe entlang und fiel vorn an der Spitze in Tropfen herab. Ich musste mich übergeben und spie alles über mir aus.
»Was ist los?«, fragte Sarah.
»Mir ist übel.«
Sie betrachtete die Glasscherbe, die ihr im Leib steckte. »Soll ich sie rausziehen?«
»Ich weiß nicht.«
»Vielleicht sollte ich sie drinlassen.« Ihre Stimme wurde ruhiger und gleichförmig. Sie verlor zu viel Blut.
»Werde ich sterben?«, fragte sie scheinbar abwesend, als würde sie meine Antwort gar nicht interessieren.
»Nein«, antwortete ich entschlossen. »Ich werde nicht zulassen, dass du stirbst. Ich hole Hilfe.« Ich wollte aussteigen, bekam aber den Sicherheitsgurt nicht auf. Linkisch fuchtelten meine Finger an der Schnalle herum, als sei mein Gehirn nicht mehr imstande, simpelste Verrichtungen zu steuern. Erst der Schmerz, den ich mit

einem Mal verspürte, machte mir klar, dass mein Arm gebrochen war und sich eigentlich gar nichts mehr bewegte.

»Lass mich nicht allein«, rief Sarah.

»Nein, ich lass dich nicht allein.«

»Halt meine Hand.«

Unter Höllenqualen streckte ich den unverletzten Arm aus, um ihre Hand zu ergreifen. Sie war kalt, schlapp und feucht vom Blut. Plötzlich schrie sie auf.

»Es tut so weh. Es tut so weh. Mach, dass es aufhört!«

»Ich weiß nicht, wie.« Ich war verzweifelt.

Ihr Brustkorb bebte. Die Glasscherbe in ihrem Fleisch bewegte sich hin und her, während sie nach Luft rang. In dem Blut um die Wunde herum bildeten sich Blasen. Zu dem Zeitpunkt wusste ich nicht, dass ihre Lunge perforiert worden war.

Sie hustete und spuckte Blut.

»O Gott, Sam«, schrie sie. »Ich glaube, ich sterbe.«

»Das werde ich nicht zulassen.«

»Lass mich nicht gehen.«

»Ich werde dich nie gehen lassen.« Ich drückte fest ihre Hand. »Spürst du das? Ich werde deine Hand nie wieder loslassen.«

»Ich spüre meine Hand nicht. Ich spüre gar nichts außer Schmerz.«

»Ich bin bei dir. Ich bin hier.«

»Sam, ich habe Angst.«

Dann entfuhr ihr ein schriller Schrei, sie sackte in ihrem Sitz zusammen. Der Kopf kippte nach vorn, und ein gedehnter Stoßseufzer drang aus ihrem Mund. Anschließend herrschte Stille.

Dieses Mal ist es die Wahrheit. Genau so hat es sich zugetragen. Nur in meinen Alpträumen bin ich in der Lage gewesen, mich den Bildern der Erinnerung zu stellen. Ich habe Ihnen erzählt, dass sie sofort tot war und keine Schmerzen litt, weil ich den Gedanken nicht ertragen konnte, dass ich sie wirklich verloren hatte.

Deshalb habe ich die Vergangenheit umgeschrieben, habe ihr mit Worten eine erträglichere, weniger schmerzhafte Form gegeben. Aber was wäre, wenn ich die Vergangenheit mit mehr als nur Worten umschreiben konnte? Was wäre, wenn ich Geschehenes *tatsächlich* verändern konnte?
Ich könnte Sarah retten. Ich könnte alles anders machen. Besser. Ich hatte die Geschichte schon einmal umgeschrieben, und ich war Sarah zuliebe fest entschlossen, es noch einmal zu tun. Dieses Mal wirklich.

58

Montagmorgen fühlte ich mich schon viel besser, wenn auch nicht gut genug, wie der Arzt betonte, um entlassen zu werden. Vielleicht morgen, stellte er mir in Aussicht. Während die Schwester mir einen neuen Verband anlegte, sagte der Arzt, dass die Wunde sehr gut verheilte und die Fäden am nächsten Tag gezogen würden.
Zum Mittagessen versuchte ich, etwas feste Nahrung zu mir zu nehmen. Für den Anfang nur etwas Leichtes, überbackene Nudeln mit einer faden Soße. Das Schlucken war eine Qual, aber die Schwester war bei mir und prophezeite mir, dass der Schmerz rasch nachlassen würde, wenn ich wieder ordentlich aß.
»Danke«, sagte ich mit einer Reibeisenstimme, die mir fast die Kehle zuschnürte.
»Jetzt noch nicht«, ermahnte sie mich. »Sie dürfen nicht ungeduldig werden.«
Am Nachmittag unternahm ich einen Ausflug in die Eingangshalle des Krankenhauses. Das schaffte ich inzwischen, ohne mich zu krank und schwach zu fühlen und mich danach gleich wieder hinlegen zu müssen. Ich ging immer hinaus, um frische Luft

zu schnappen, und setzte mich vor der Notaufnahme auf die Bank, um den Rettungswagen zuzusehen, die herangebraust kamen. Ich stellte mir immer vor, was den Patienten wohl fehlen mochte, die von den Sanitätern auf Bahren vorbeigeschoben wurden. Bein gebrochen, Herzinfarkt, niedergestochen, Autounfall, tot.
Am leichtesten waren tote Patienten zu erkennen. Bei denen hatte es niemand mehr eilig.
In der Eingangshalle gab es einen Kiosk. Der Kiosk, an dem ich vor ein paar Tagen die Milch erstanden hatte. Ich hatte es mir inzwischen zur Gewohnheit gemacht, mir jeden Tag ein paar Zeitungen zu besorgen, auch wenn ich immer schon wusste, war darin stehen würde. Ich kaufte Zeitungen, in die ich vorher nie einen Blick geworfen hätte, und wenn, dann höchstens für ein Kreuzworträtsel, das ich dann nicht gelöst hätte, oder für einen Cartoon, über den ich nicht gelacht hätte. Die Meldungen enthielten nichts, was mir nicht schon bekannt gewesen wäre.
Neben dem Kiosk stand ein Geldautomat. Hätten wir März gehabt, dann hätte es von meinem Konto nichts abzuheben gegeben, aber Anfang Februar muss ein knapper Tausender drauf gewesen sein.
Ich hatte die Brieftasche dabei, die ich von Guy zurückbekommen hatte. Ich öffnete sie und zog meine Bankkarte heraus. Es war die neue, die mir die Bank ausgestellt hatte, nachdem mein Konto abgeräumt worden war. Hinter der neuen Karte steckte die alte. Ich weiß, dass man sie eigentlich zerschneiden und vernichten soll. Aber ich hatte sie nun mal zurück in die Brieftasche gesteckt und dann vergessen. Jetzt war ich froh, sie zu besitzen.
Ich schob sie in den Automaten und gab meine alte PIN-Nummer ein, nämlich die, die ich immer benutzt hatte, bevor sie von der Bank geändert worden war. Ohne Schwierigkeiten nahm der Automat die Nummernfolge an und forderte mich auf, den Betrag

zu nennen, den ich abheben wollte. Dreihundert Pfund gab ich ein. Ein Surren und Brummen ertönte, und schon war das Geld da. Ein Bündel Zwanzig-Pfund-Scheine schob sich mir entgegen. In dem Augenblick war mir klar, was mit dem ganzen Geld passiert war und warum mein Konto bald geräumt sein würde. Ich fühlte mich aber nur mäßig schuldig, dass ich mein anderes Ich bald mittellos und verstört zurücklassen würde.

An dem Abend bekam ich wieder Besuch von Lily.
»Wie konnten Sie das wissen?«, fragte sie, als sie am Fußende des Bettes stand. »Wie konnten Sie wissen, dass man die alte Dame überfallen würde?«
Ich wollte antworten, was sich jedoch als zu schmerzhaft erwies. Also beschloss ich, es aufzuschreiben.
Das ist schwer zu erklären.
»Erst dachte ich, dass Sie das, was gesendet wird, schon kennen, weil Sie bei einem Nachrichtensender arbeiten. Aber in dem Bericht hieß es, dass sich der Überfall erst in der letzten Nacht ereignet hat, also nachdem Sie mir davon erzählt hatten.«
Ich nickte.
»Dann überlegte ich«, fuhr sie fort, »was wäre, wenn es gar nicht stimmte? Wenn es in der Nacht davor oder sogar noch eher passiert wäre? Was, wenn die Aufnahmen schon ein paar Tage alt waren und erst heute gesendet wurden?«
Ich sah sie konzentriert an und fragte mich, wohin das führen sollte.
»Deshalb habe ich bei der Polizei angerufen und mich für eine Freundin der Frau ausgegeben, die überfallen wurde. Ich habe mit dem zuständigen Ermittler gesprochen, der mir bestätigte, dass es in der letzten Nacht passiert ist. Und bei der Gelegenheit habe ich auch erfahren, dass man sie zur Behandlung in genau dieses Krankenhaus gebracht hat.«

Das war mir neu, aber eigentlich hätte es mich nicht überraschen dürfen.
»Als ich herkam«, fuhr Lily fort, »erkundigte ich mich am Empfang, ob eine Mrs. Jackson heute Morgen hier aufgenommen worden war. Ich gab mich als ihre Nachbarin aus und sagte, dass ich sie im Fernsehen gesehen hätte und mir Sorgen um sie machte. Die Dame am Empfang sah in ihren Unterlagen nach und bestätigte, dass sie heute Vormittag da war, aber um zehn Uhr schon wieder entlassen wurde.«
Ihre Gründlichkeit beeindruckte mich. Vermutlich war es die Wissenschaftlerin in ihr, die jede Möglichkeit so lange beleuchtete, bis nur noch die empirische Wahrheit übrig blieb.
»Somit stellt sich die Frage«, sagte sie und sah mir direkt in die Augen, »woher Sie wussten, dass es passieren würde?«
War sie für die Wahrheit bereit? Sie war neugierig, sicher, vielleicht auch ein wenig ängstlich. Ich beschloss, die Gelegenheit beim Schopf zu packen.
Versprechen Sie mir, nicht wegzulaufen, wenn ich etwas verrückt klinge?
»Ich will nur wissen, was hier los ist.«
Das war genau die Frage, die ich Guy oft gestellt hatte und auf die ich nicht eine ehrliche Antwort bekommen hatte. Lily hatte etwas Besseres verdient.
Ich schrieb: *Ich glaube, ich bin einen Monat in die Vergangenheit zurückgegangen*, und hielt es ihr besorgt hin.
Ich glaube, sie las es zweimal.
»Wollen Sie mich verarschen?« Ein solch obszöner Ausdruck aus ihrem Munde überraschte mich.
Ich schüttelte den Kopf. *Glauben Sie, dass ich verrückt bin?*
Sie überlegte länger, als ich gehofft hatte.
»Ich weiß es nicht«, sagte sie schließlich. »Ich bin nicht Ihr Arzt.«
Ich seufzte hörbar.

»Eines aber weiß ich genau«, fuhr sie fort. »Zeitreisen sind nicht möglich, nicht so, wie Sie es beschreiben. Zeit lässt sich *beugen*, theoretisch jedenfalls. Aber dazu müsste man schneller sein als das Licht. Das geht nicht so einfach wie mit dem Bus, der sie einen Monat zuvor irgendwo absetzt.«

Ich ließ die Schultern hängen und schrieb: *Wenn's hilft, ich glaube ja auch nicht dran.*

Das war gelogen. Schon möglich, dass ich nicht daran glaubte, aber ich war zu dem Schluss gekommen, dass es wahr sein musste. *Wollen Sie mir helfen?*

»Wie soll ich Ihnen helfen?«

Ich muss wissen, was passiert ist.

Sie schüttelte den Kopf. »Wenn Sie wirklich in die Vergangenheit zurückgegangen sind, was ich für unmöglich halte, dann kann ich es Ihnen nicht erklären, weil ich es selbst nicht verstehe. Das mit der alten Dame verstehe ich schon nicht. Aber mich davon zu überzeugen, dass Sie wirklich in die Vergangenheit gereist sind, dürfte um einiges schwieriger sein.«

Dann erlauben Sie, dass ich Sie davon überzeuge.

»Ich weiß nicht. Ich glaube nicht, dass ich mit der Sache etwas zu tun haben möchte.«

Sie stand immer noch am Fußende des Bettes, und ich war erneut fasziniert von ihren beeindruckenden Einsachtzig und ihrer aufrechten Haltung.

Ich schrieb wieder auf meinen Block. *Tun Sie mir einen Gefallen?*

Die Frage schien sie zu verunsichern. »Ich weiß nicht.«

Ich werde morgen entlassen, habe aber keine Kleidung. Würden Sie mir etwas besorgen? Was ich am Leib getragen hatte, als ich eingeliefert wurde, war voller Blut gewesen und vernichtet worden. Die Schlafanzüge, die ich hier trug, waren gebraucht und Eigentum des Krankenhauses.

Lily schüttelte den Kopf. »Ich halte das nicht für angebracht.«

Bitte, schrieb ich.
»Es ist wohl besser, wenn ich jetzt gehe.«
»Bitte«, krächzte ich. Wie die Klinge eines Schwertes durchfuhr der Schmerz meine Kehle. »Bitte helfen Sie mir.«
Ich griff in den Nachtschrank neben meinem Bett, holte die dreihundert Pfund heraus und hielt sie ihr flehend hin.
Langsam beugte sie sich nach vorn und nahm das Geld. »Was brauchen Sie?«, erkundigte sie sich schließlich und seufzte tief.
Hosen, Hemd, Jacke, Mantel, Schuhe, Socken, Unterhosen.
Beim letzten Punkt stutzte sie und zog die Augenbrauen hoch.
Ich notierte auch meine Größen, riss die Seite vom Block und reichte sie ihr.
»Gut. Aber ich muss morgen arbeiten. Vor acht werde ich nicht hier sein.« Noch einmal las sie, was auf der Liste stand. »Ich tue, was ich kann.«
»Danke«, krächzte ich. Mit der Andeutung eines Lächelns ging sie.

59

Dienstagnachmittag wurden mir die Fäden gezogen, von denen jeder einzelne mein Gesicht zur Grimasse verzerrte. Zum ersten Mal erlaubte man mir, die Wunde im Spiegel anzusehen. Ich war mir zwar nicht sicher, ob das wirklich eine gute Idee war, aber die Krankenschwester redete mir gut zu und riet mir, es besser jetzt zu tun als später, damit ich es hinter mir hatte.
Vorsichtig zog ich den Spiegel näher heran und betrachtete das Abbild der Narbe an meinem Hals. Ein hübscher Anblick war es nicht, sah aber lange nicht so schlimm aus, wie ich befürchtet hatte. Der Arzt hatte gesagt, dass die Wunde nicht sehr tief gewesen war, und jetzt, da ich mich selbst davon überzeugen konnte,

fand ich, dass sie nicht einmal sehr breit war. Ich hatte mir ausgemalt, dass sie einem riesigen Maul gleich von einem Ohr zum anderen reichen würde, aber was ich da sah, war keine zehn Zentimeter lang. Natürlich war der Hals von roten und lilafarbenen Blutergüssen marmoriert, und die Stiche hatten hässliche Striemen hinterlassen. Aber die würden mit der Zeit verblassen und nur eine feine Narbe als Beweis dessen hinterlassen, was mir zugestoßen war.

Die Krankenschwester legte einen neuen, wesentlich kleineren Verband an. Ich konnte mich mit meiner eigenen Stimme bedanken, und sie schien sehr zufrieden zu sein, dass ich ein paar Worte herausbrachte, ohne zu ersticken.

Erst nachdem sie gegangen war, fiel mir ein, dass ich mein nächstes Treffen mit Guy verpasst hatte. Zu der Zeit, als mir hier die Fäden gezogen wurden, hatte ich mit Regina auf einem Acker am Stadtrand gestanden und dabei zugesehen, wie Guy unter der neuen Umgehungsstraße vierundzwanzig Uhren unter Beton begrub. Es ärgerte mich, dass ich ihn verpasst hatte, doch ich wusste, dass ich Guy wiedersehen würde, und zwar sehr bald.

Später an jenem Abend wurde ich entlassen. Man gab mir eine Salbe mit, mit der ich die Wunde einreiben konnte, ein paar Verbände und Schmerzmittel für den Notfall.

Da ich nichts zum Anziehen hatte, ließ mich die Krankenschwester im Bett warten, bis Lily mit meiner neuen Ausstattung kam. Natürlich hoffte ich, dass sie kommen würde, fürchtete aber auch, dass ich sie verschreckt haben könnte. Ich hasste es, von jemandem abhängig zu sein, der mir in jeder Hinsicht vollkommen fremd war, aber mir blieb im Augenblick nichts anderes übrig. Sie war alles, was ich hatte.

Mir war jetzt auch gedämmert, dass ich keinen meiner alten Freunde oder Kollegen mehr treffen konnte. Auf Regina oder vielleicht auch auf Meg hätte ich mich verlassen können (in der ersten Monatshälfte jedenfalls), aber wie sollte ich ihnen meinen Aufenthalt im Krankenhaus erklären und die Narbe am Hals, wenn ich gleichzeitig meiner Arbeit nachging und vollständig unversehrt war. Ich musste allen aus dem Weg gehen, die mich kannten. Allen außer Guy, mit dem ich in die Vergangenheit gereist war und der wusste, was los war, und Lily, die ich ja gerade erst kennengelernt hatte.

Kaum hatte ich mich der Befürchtung hingegeben, dass Lily nicht mehr aufkreuzen würde, stand sie mit drei riesigen Plastiktüten bepackt in der Tür.

»Ich habe getan, was ich konnte«, sagte sie. »Ich weiß nicht, ob ich Ihren Geschmack getroffen habe.«

Hatte sie nicht. Eigentlich entsprach alles eher dem Stil des Outfits, das sie selber trug. Hellblaue Jeans, ein frisches, weißes Hemd und ein schlichter, pastellfarbener Pulli.

Ich bedankte mich mit meinem Gekrächze und schenkte ihr ein warmes, ehrliches Lächeln. Ich war sehr glücklich, sie wiederzusehen, und nicht imstande, das zu verbergen.

»Dann lasse ich Sie jetzt mal allein, damit Sie sich anziehen können.« War sie etwa rot geworden? Wir zogen den Vorhang um mein Bett herum zu.

Rasch zog ich mich an. Es war ein seltsames Gefühl zu wissen, dass Lily nur ein paar Schritte entfernt auf der anderen Seite des Vorhangs stand. Ein ungewohntes Gefühl von Verlegenheit befiel mich, als ich den Schlafanzug aus- und die Unterhose anzog, die sie mir mitgebracht hatte.

Blitzschnell war ich angezogen. Die Jeans passte, nur die Schuhe mussten noch etwas eingelaufen werden.

Ich zog den Vorhang zur Seite und posierte in der neuen Garderobe vor Lily. Sie musterte mich kritisch.

»Nicht schlecht«, sagte sie.

»Sie haben einen guten Geschmack«, knarzte ich.
»Ich habe nicht zum ersten Mal …« Sie hielt inne und wirkte plötzlich abwesend. Natürlich dachte sie an ihren verstorbenen Mann. Ich wandte mich ab, um sie in ihren Erinnerungen nicht zu stören.
Dann zog ich den Pulli vom Bett und streifte ihn über. Der Verband endete über dem Kragen. Als Lily es bemerkte, fing sie an, in einer der Einkaufstüten zu kramen.
»Das habe ich Ihnen auch noch mitgebracht«, sagte sie und reichte mir einen roten Wollschal. »Ich dachte, den könnten Sie tragen, wenn sie hinausgehen. Er verdeckt die …«
Ich bedankte mich und schlang ihn mir um den Hals. Sie beugte sich zu mir und zupfte an ihm herum, bis der Verband nicht mehr zu sehen war. Sie war mir bisher noch nie so nah gekommen, dass ich ihr Parfüm riechen konnte. Ich traute mich nicht mehr zu atmen und glaube, dass es ihr genauso ging. Leicht verlegen trat sie einen Schritt zurück.
»Ich habe Ihnen auch einen Mantel besorgt.« Sie öffnete die letzte Tasche.
Es war ein langer schwarzer Mantel, eher schlicht geschnitten und alles andere als das, was ich mir selbst gekauft hätte. Aber ich zog ihn an und stellte überrascht fest, dass er mir nicht einmal schlecht stand. Lily schien mit meinem Outfit zufrieden zu sein.
Dann griff sie in ihre Handtasche. »Viel Geld ist nicht übrig geblieben«, sagte sie und reichte mir ein paar Scheine und Münzen. »Ich wollte Ihnen schon ein paar Kleidungsstücke von meinem Mann mitbringen. Sie haben etwa dieselbe Größe. Aber ich dachte …« Wieder sprach sie den Satz nicht zu Ende.
»Ich bin Ihnen sehr dankbar«, sagte ich. Ich konnte immer nur ein paar Worte hintereinander sprechen. »Die Sachen sind wunderbar.«
Ich überlegte, ob ich mich mit einem Kuss auf die Wange bedan-

ken sollte, kam aber zu dem Schluss, dass dies nicht der richtige Zeitpunkt war.
Sie blieb bei mir, als ich mich von den Krankenschwestern verabschiedete, die sich so freundlich um mich gekümmert hatten. Ich ahnte schon, dass ich sie vermissen würde, wenngleich ich natürlich froh war, das Krankenhaus endlich verlassen zu können.
Als wir mit dem Aufzug hinunterfuhren, sagte Lily: »Kann ich Sie ein Stück mitnehmen? Mein Wagen steht vor der Tür.«
»Darf ich Ihnen etwas zeigen?«
»Kommt darauf an, was es ist.« Ein Nein war es zumindest nicht.
»Bei mir zu Hause«, sagte ich. Mein Hals war schon wieder rauh und schmerzte, aber ich musste es herausbringen. »Etwas, mit dem ich Sie überzeugen kann.«
Sie sah mich verunsichert an. »Ich weiß nicht. Vielleicht …«
Wenn sie etwas gesagt hatte, hörte ich es jedenfalls nicht. Der Aufzug war stehengeblieben, und die Türen öffneten sich in die Eingangshalle. Es war schon spät, und trotzdem wimmelte es in der Halle von Menschen. Und unter ihnen, auf der anderen Seite des Eingangs erkannte ich eindeutig Jasper.
Ich musste ihm aus dem Weg gehen. Er durfte mich hier auf keinen Fall sehen, nicht jetzt und nicht so. Mit gesenktem Kopf ergriff ich Lilys Arm und bugsierte sie rasch zum Ausgang.
»Was soll das?« Sie war zu überrascht, um sich zu widersetzen.
»Wir müssen hier raus«, krächzte ich barsch. Ich warf einen verstohlenen Blick über Lilys Schulter zu Jasper. Er sah zu mir hinüber. Hatte er mich gesehen? Ich duckte den Kopf weg, eilte dem Ausgang entgegen und trat dann in die klare Abendluft hinaus.
»Was sollte das alles?«, beschwerte sich Lily.
Ich atmete ein paarmal tief durch. Die kühle Luft drängte schmerzhaft in den Hals. Ich hustete und ließ Lilys Arm los.
Sie sah durch die Glastüren in die Empfangshalle zurück.
»Der Mann hat Ihnen zugewinkt. Er hat Ihren Namen gerufen.«

Ich nickte.
»Ist das nicht dieser Jasper Sowieso, der Nachrichtensprecher aus dem Fernsehen?«
Wieder nickte ich.
»Warum versuchen Sie, ihm aus dem Weg zu gehen?«
»Weil«, krächzte ich, wobei mir jedes Wort wie ein Schnitt durch die Kehle fuhr, »er ein Arschloch ist.«

Ich wollte Jasper aus dem Weg gehen, obwohl ich genau wusste, dass er mich gesehen hatte. Nicht etwa weil Lily es gesagt hatte, sondern weil ich mich erinnerte, dass es vor einem Monat so gewesen war.
Jasper hatte gesagt, dass er mich im Krankenhaus gesehen hatte, und sogar beschrieben, was ich am Leib getragen hatte – den Schal, den langen schwarzen Mantel, alles Dinge, von deren Existenz ich eine halbe Stunde zuvor nichts geahnt hatte. Selbst damit, dass ich Arm in Arm mit einer Frau gegangen war, hatte er recht gehabt.
Ich war wütend auf ihn gewesen und hatte ihm vorgeworfen, Geschichten zu erfinden. Dabei hatte er die ganze Zeit recht gehabt. Vielleicht hatte alles andere, was er gesagt hatte, ja auch gestimmt. Wenn das tatsächlich der Fall war, würde ich dann Murray in den nächsten drei Wochen wirklich umbringen?

60

Ich bat Lily, zu mir nach Hause zu fahren. Vor dem Haus hielt sie an und stellte den Motor ab. Ich zeigte auf das Haus. Im Wohnzimmer brannte Licht, die Vorhänge standen offen, andere Lebenszeichen gab es nicht.
»Wollten Sie mir das zeigen?«, fragte sie.

Ich nickte. »Warten Sie.«

Die Straße lag im Halbdunkel, und im Auto wurde es schon kühl. Ich war dankbar für den dicken Mantel und den Schal, hatte aber nichts auf dem Kopf und spürte die Metallplatte, die kalt unter der Kopfhaut lag.

Ein Pärchen kam Hand in Hand die Straße entlang und schlenderte von einer goldenen Lichtinsel, die die Laternen auf das Trottoir zeichneten, zur nächsten. Neben dem Wagen blieben sie stehen, wandten sich einander zu und küssten sich lange und leidenschaftlich. Ich versuchte, nicht hinzusehen, und blickte zu Lily, die ebenfalls bemüht war, wegzusehen. Wir mussten lachen.

Nach ein paar Minuten sah sie auf ihre Uhr. »Halb neun«, stellte sie fest. »Sie haben mir immer noch nicht gesagt, was Sie mir zeigen wollten.«

»Da«, sagte ich und deutete auf mein Haus. »Sehen Sie.«

Im Wohnzimmerfenster tauchte eine Gestalt auf, die sich ein Handy ans Ohr hielt. Ein kalter Schauer lief mir über den Rücken. Damit war endgültig bewiesen, dass ich in die Vergangenheit zurückgereist war. Ich sah Lily an. Sie schien nicht zu glauben, was sie sah.

»Sieht aus wie Sie«, murmelte sie.

»Das bin ich.«

Wir sahen der Gestalt in dem Fenster noch eine Weile zu. Ich erinnerte mich, dass ich mit Guy telefoniert hatte. Er hatte angerufen, weil die Geschichte seiner *Anarchie der Zeit – Teil zwei*, die wir an jenem Morgen gefilmt hatten, nicht gesendet worden war. Ich sah zu, wie ich mich in einen Sessel warf und mir das Handy noch immer ans Ohr hielt.

»Ist das Ihr Bruder?«, hauchte Lily. »Es muss Ihr Zwillingsbruder sein.«

»Ich habe keinen Bruder«, flüsterte ich.

»Aber Sie können es nicht sein. Das ist unmöglich.«

Der andere beendete das Gespräch und legte das Handy auf den Couchtisch. Er wirkte verwirrt, als hätte ihn etwas durcheinandergebracht, was Guy ihm gesagt hatte.

Es war unheimlich, sich mit eigenen Augen selbst zu beobachten. Ich erkannte mich kaum wieder. Alles an mir schien ungewohnt und fremd. So sahen mich also die anderen.

Mein anderes Ich stand auf, schaltete den Fernseher ein, kratzte sich an den Eiern und zog den Vorhang zu.

»Was war das gerade?«, fragte Lily. Ihr Blick wechselte zwischen mir und den zugezogenen Vorhängen hin und her. »Das muss ein Trick sein.«

»Nein, das ist kein Trick.«

»Sam«, sagte sie, und es war vermutlich das erste Mal, dass sie mich beim Vornamen nannte, »Sie bitten mich, etwas zu glauben, von dem ich weiß, dass es unmöglich ist. Ich meine, wer immer das in dem Fenster ist, hat eine verblüffende Ähnlichkeit mit Ihnen, und ich habe auch immer noch keine Erklärung dafür, wie Sie wissen konnten, dass die alte Dame überfallen würde, aber dass Sie eine Zeitreise gemacht haben, das kann ich nicht akzeptieren. Das ist einfach unmöglich.«

»Dass es unmöglich ist, weiß ich selbst. Aber das war mein Haus, und ich war es, den wir da drin gesehen haben.« Das war ein sehr langer Satz für mich, und mein Hals präsentierte mir sofort die Quittung.

»Was soll ich Ihnen sagen, Sam? Dass ich Ihnen glaube? Dass Sie tatsächlich in die Vergangenheit gereist sind? Das kann ich nicht, Sam. Es muss eine andere Erklärung dafür geben.«

Ich seufzte. Ich war enttäuscht, dass sie mir nicht glauben wollte, beschloss aber, nicht zu hoch zu pokern, jedenfalls für den Augenblick. Ich würde einen anderen Weg finden, sie zu überzeugen, aber nicht heute Abend. Jetzt war ich müde und gekränkt und brauchte Ruhe.

»Könnten Sie mich bitte in die Garland Street fahren? Dort ist ein Hotel.«

Lily bekam meine Bitte in den falschen Hals. »Wenn Sie glauben, dass wir in ein Hotel gehen …«, empörte sie sich.

Abwehrend hob ich die Hände. »Nur ich. Nach Hause kann ich nicht.« Ich zeigte auf das Fenster, das wir gerade beobachtet hatten. »Ich bin schon da.«

Lily entspannte sich und startete den Wagen.

Das Hotel lag ein paar Straßen entfernt. Schweigend fuhren wir dorthin. Vor dem Eingang hielt sie an, ließ aber den Motor laufen. Ich bedankte mich heiser und öffnete die Tür.

»Passen Sie auf sich auf, Sam«, sagte sie und fügte noch hinzu: »Darf ich Sie anrufen?«

Ich lächelte erleichtert und nickte. Die Nummer meines Handys konnte ich ihr nicht geben. Es musste ausgeschaltet bleiben, um zu vermeiden, dass ich Anrufe für den anderen Sam bekam. Ich sagte ihr, dass sie mich im Hotel anrufen könnte, und bat sie auch um ihre Nummer.

Sie schrieb sie auf ein Stück Papier und gab sie mir. Dann beugte sie sich zu mir und gab mir einen flüchtigen Kuss auf die Wange, es war kaum mehr als ein Hauch. Wie ihre Lippen meine Haut berührten, versetzte mir aber trotzdem einen elektrischen Schlag der Erregung.

»Wofür war das?«, fragte ich.

Ich glaubte gesehen zu haben, dass sie errötete, war mir im Dämmerlicht aber nicht ganz sicher.

»Passen Sie auf sich auf, Sam«, sagte sie, als ich ausstieg.

»Mach ich«, sagte ich und schlug die Tür zu. »Und danke.«

Ich sah ihr nach, bis sie außer Sichtweite war, bevor ich die Stufen zum Hotel hinaufstieg.

61

Das West Lodge Hotel war ziemlich abgewirtschaftet, aber preisgünstig.

Zum Einchecken verwendete ich meine Kreditkarte. In ein paar Wochen wäre sie überzogen, und man würde sie sperren, jetzt aber erwies sie mir noch gute Dienste. Mir war zunächst nicht wohl, als sie durch den Scanner gezogen wurde. Aber sie ging problemlos durch. Jedenfalls war ich für ein paar Wochen wieder flüssig.

Ich buchte mich auf unbestimmte Zeit in der Herberge ein. Das sei kein Problem, eröffnete mir die Dame an der Rezeption, und dass ich so lange bleiben könnte, wie ich wollte. Ich hoffte, dass es nicht zu lang war.

Das Zimmer war klein, aber ausreichend. Leichter Zigarettengeruch hing in der Luft. Ich öffnete das Fenster, obwohl es draußen sehr kalt war, und schlief ein, bevor ich es wieder schließen konnte.

Ich wachte erst spät wieder auf, zu spät für das Frühstück im Restaurant.

Ich stellte mich im Bad vor den Rasierspiegel und nahm vorsichtig den Verband ab. Die Schwellung war größtenteils zurückgegangen, und die Blutergüsse begannen allmählich zu verblassen. An den Stellen, an denen die Fäden gesessen hatten, waren die roten Punkte noch sichtbar. Auf jeden Fall sah es schon besser aus. Ich trug etwas von der Salbe auf, die man mir im Krankenhaus mitgegeben hatte, und legte einen neuen Verband an. Jetzt war ich bereit, hinauszugehen und mich der Welt zu stellen.

Ich überlegte, was ich heute vor einem Monat gemacht hatte, und wusste, dass ich Guy bis zu unserem Ausflug ins Museum am kommenden Sonntag nicht wiedersehen würde. Heute, Mittwoch, der achte Februar, hielt keine besonderen Erinnerungen für mich be-

reit, einmal abgesehen von einem Disput mit Jasper darüber, dass ich in der Nacht davor nicht im Krankenhaus gewesen war.
Bei dem Gedanken daran musste ich grinsen, auch wenn mir klar war, dass das überhaupt nicht zum Lachen war.
Dann ging ich los und machte ein paar Besorgungen. Zunächst kaufte ich noch etwas zum Anziehen, denn ich hatte nichts zum Wechseln. Alle Stücke entsprachen dem Stil, in dem Lily mich am vergangenen Abend eingekleidet hatte. Das war keine bewusste Entscheidung. Erst als ich wieder im Hotelzimmer war und meinen Einkauf in Augenschein nahm, fiel mir die Ähnlichkeit auf. Es war, als würde ich mich jetzt für jemand anderen halten. Für jemand Fremdes.
Ich dachte an den letzten Abend zurück und daran, wie ich mir selbst durch das Wohnzimmerfenster des Hauses zugesehen hatte, in dem ich nicht mehr wohnen konnte. Dabei wurde mir klar, dass ich *tatsächlich* eine andere Person war.
Den Einkauf bezahlte ich mit meiner Kreditkarte. Es war mir egal, zumal ja nicht *ich* die Rechnung bekommen würde. Ich ging auch in einen Supermarkt und kaufte ein paar Lebensmittel und Toilettenartikel, eben alles, was ich für einen Neuanfang brauchte, und alles ging auf die Kreditkarte.
Voll beladen mit den Einkäufen schleppte ich mich in mein Zimmer hinauf, warf die Tüten auf das Bett und fing an, alles sorgfältig einzuräumen. Im Zimmer befand sich eine klapprige Kommode, in der ich die Sachen verstaute. Die Toilettenartikel brachte ich ins Bad.
Ich sah mich im Spiegel an. Die Stoppeln meines Eintagesbartes reichten bis unter den Verband. Wegen der Nähe zur Wunde hatten mich die Krankenschwestern im Krankenhaus immer rasiert, eine Annehmlichkeit, an die ich mich inzwischen sehr gewöhnt hatte. Ich ließ das Waschbecken mit heißem Wasser volllaufen und begab mich vorsichtig an die Rasur, wobei ich die Klinge

achtsam bis zum Rand des Verbands führte. Um den Rest, also das, was unter dem Verband stehengeblieben war, würde ich mich beim nächsten Verbandswechsel kümmern.
Schließlich schmierte ich mir etwas Feuchtigkeitscreme ins Gesicht und betrachtete mich erneut im Spiegel. Ich sah schon anders aus.

Beim Einkaufen war mir eine Idee gekommen. Eigentlich sollte ich Guy erst am Sonntagnachmittag im Museum wiedersehen, aber mir kam in den Sinn, dass ich vielleicht wusste, wo er jetzt war.
Ich stieg in den Bus – du lieber Himmel, wie ich mein Auto vermisste – und stand nach einem kurzen Fußweg vor der Tür von Templar Grove Nummer vierzehn.
Ich klingelte.
Beim letzten Mal war Guy dabei gewesen. Wir waren durch die Hintertür hineingegangen, an der ich mich mit meinen Fingerabdrücken am Türgriff verewigt hatte.
Ich läutete noch einmal. Drinnen hörte ich ein Kind weinen.
Eine Frau kam an die Tür. Sie mochte etwa Mitte dreißig sein und trug ein schluchzendes Kind auf dem Arm. Sie wirkte gestresst.
»Ja, bitte?«
»Entschuldigen Sie.« Meine Stimme klang immer noch wie ein Reibeisen. »Ich glaube, ich habe mich in der Adresse geirrt.«
»Wen suchen Sie denn?«, erkundigte sie sich, während sie immer noch versuchte, ihr Kind zu beruhigen.
»Einen Freund. Er heißt Guy. Ich dachte, dass er hier wohnen würde.«
»Einen Guy gibt es in dieser Gegend nicht. Jedenfalls nicht, dass ich wüsste.«
Ich bedankte mich und verabschiedete mich, nicht ohne mich noch einmal zu entschuldigen.

Im Gehen drehte ich mich um und sah zurück. In der Einfahrt neben dem Haus stand ein Wohnmobil, an dessen Heck mehrere Fahrräder angebracht waren.
Die Familie traf also Urlaubsvorbereitungen. Das Haus würde ein paar Tage unbewohnt sein.
Ich fragte mich, wann Guy einziehen würde.

62

Der Donnerstagvormittag war langweilig. Ich wusste nichts mit mir anzufangen, saß auf meinem Hotelzimmer herum und blätterte unruhig in einer Zeitung, deren Schlagzeilen ich entnahm, dass dieselben Leute immer dieselben Fehler machten. Manche Dinge ändern sich eben nie.
Mittags machte ich einen kleinen Spaziergang, um den Kopf freizubekommen. Ich schlug mir den Schal eng um den Hals, so dass niemand den Verband sehen konnte und auf die Idee käme, mich zu fragen, was passiert war.
Als Erstes führte mich mein Weg zur Bank in der Surrey Street. Das war die Zweigstelle, in der ich mein Geld problemlos vollständig vom Konto abheben konnte. Über achthundert Pfund. Davon war ein großer Teil mein wöchentliches Gehalt, das an jenem Morgen erst eingegangen war.
Im Augenblick hatte ich weder Arbeit noch Einkommen, und meine Kreditkarte würde in ein paar Wochen nicht mehr gedeckt sein. Bargeld war also wichtig für mein unmittelbares Überleben. Zurück im Hotel würde ich den größten Teil des Geldes verstecken und nur einen kleinen Betrag bei mir tragen.
Ich schlenderte eine Weile durch die Straßen und kaufte zwei Bücher, um im Hotelzimmer nicht vor Langeweile umzukommen. Einen fetten Schundroman, einer von der Sorte, die ich vorher

nie gelesen hätte, und *Eine kurze Geschichte der Zeit* von Stephen Hawking, dem ich ein paar Anhaltspunkte dafür zu entlocken hoffte, wie ich hierher gekommen war.

Auf dem Weg zurück ins Hotel fiel mir auf, dass ich den Kopf jedes Mal senkte oder mich wegdrehte, wenn ich jemandem begegnete. Ich wollte vermeiden, dass jemand mich erkannte und sich fragte, wie ich so schnell hierher gekommen sein konnte, wo er mich doch gerade noch an einem anderen Ort in der Stadt gesehen hatte, oder dass ich jemandem meine rauhe Stimme und den verbundenen Hals erklären musste, zumal ich mich kurz zuvor doch noch bester Gesundheit erfreut hatte und mich an ein früheres Treffen nicht erinnern konnte.

Auf noch so eine Situation wie die mit Jasper im Krankenhaus legte ich keinen gesteigerten Wert.

Sein Leben ein zweites Mal zu leben, war eine logistische Glanzleistung, also sah ich zu, dass ich schnell wieder in mein Hotelzimmer kam. Ich beschloss, es nur noch zu verlassen, wenn es unvermeidlich war.

Ich begann mit der Lektüre von *Eine kurze Geschichte der Zeit*, um schon bald festzustellen, dass mir die wenigen Abschnitte, die ich tatsächlich verstand, keine Antwort auf meine Fragen lieferten, so dass ich mich nicht weiter darin vertiefte.

Stattdessen hing ich in Gedanken immer mehr Lily nach. Ich war nicht nur sicher, dass sie der Schlüssel zur Erklärung dessen war, was mir widerfahren war, sondern begann langsam auch zu bemerken, wie sehr ich mich zu ihr hingezogen fühlte.

Sie war etwas älter als ich, fünf oder sechs Jahre vielleicht, zu groß und zu dünn, um wirklich eine Figur zu haben, und die schmalen Lippen und kleinen Brüste ließen sie hager wirken. Aber es war dieser Hauch von Verwundbarkeit, von dem ich mich angezogen fühlte. Ein Anflug von Traurigkeit lag in ihren Augen. Ihr Mann war erst vor sechs Monaten unter tragischen Umständen ums Le-

ben gekommen, und ich erkannte ihren Schmerz als Spiegelbild meines Selbst.
Ich hatte das Bedürfnis sie festzuhalten, ihr Mut zuzusprechen, und bildete mir ein, dass auch sie mich trösten könnte. Aber ich kannte sie kaum und wusste, dass ich sie mit meinem abstrusen Gerede von der Zeitreise nur in die Flucht schlagen würde.
Ich spielte mit dem Zettel, auf dem ihre Telefonnummer stand. Sollte ich sie anrufen? Oder würde mich das verzweifelt erscheinen lassen und ihr vielleicht nur Angst machen?
Unentschlossen, wie ich war, tat ich nichts und hatte damit ja auch eine Entscheidung getroffen. Ich war erleichtert, als sie mich am Freitagmorgen selbst anrief.

»Ich hätte nicht gedacht, dass Sie anrufen würden«, sagte ich. »Ich dachte schon, ich hätte Sie vielleicht verängstigt.«
»Ihre Stimme klingt schon etwas besser. Nicht mehr so heiser. Haben Sie noch Schmerzen?«
Ich versicherte ihr, dass es mir besserging.
»Ich habe noch mal über alles nachgedacht, was Sie mir erzählt haben. Vielleicht sollten wir uns treffen?«
»Gerne. Heute Nachmittag?« Verdammt, das klang zu übereifrig.
»Ich bin bis sechs bei der Arbeit. Danach. Gehen wir essen?«
Ich sagte ihr, dass das eine großartige Idee wäre, worauf sie ein Restaurant vorschlug. Ich musste kurz nachdenken, wo ich an diesem Tag vor einem Monat gewesen war. Freitagabend war ich zu Hause, allein. Wie immer. Das Restaurant wäre also eine sichere Sache.
Wir verabredeten uns für acht Uhr und legten auf.
Das war kein Rendezvous, aber aufgeregt war ich trotzdem.

63

Es war ein kleines italienisches Restaurant in einer Seitenstraße, das nur wenige Leute kannten. Es war halb voll, und wir suchten uns einen Tisch in einer Nische, in der wir ungestört reden konnten. Wir bestellten unser Essen, bevor Lily zum Thema kam.

»Ich bin im Einwohnermeldeamt gewesen. Ich hoffe, Sie haben nichts dagegen.«

»Warum sollte ich etwas dagegen haben?«

»Na ja, vielleicht halten Sie mich für zu neugierig.«

»Ganz und gar nicht. Auch wenn ich eigentlich nicht weiß, wovon Sie reden.«

Sie nippte an ihrem Weinglas. »Ich habe mir die Aufzeichnungen über Ihre Familie angesehen. Sie sind als Einzelkind aufgewachsen, hatten weder Brüder noch Schwestern. Und mit Sicherheit auch keinen Zwillingsbruder.«

Ich antwortete nicht, also fuhr sie fort.

»Ich habe auch nach Cousins und Cousinen gesucht. Die sehen einem Menschen manchmal ähnlicher als Zwillinge. Aber es gibt nur zwei, und das sind Cousinen. Auch in deren Akten habe ich nachgesehen, nur für den Fall, dass es eine Geschlechtsumwandlung gegeben hat.«

Ich muss gelacht haben. Lily schien sich jedenfalls angegriffen zu fühlen.

»Ich meine es durchaus ernst«, protestierte sie. »Ich muss alle Möglichkeiten ausloten.«

»Tut mir leid. Machen Sie weiter.«

»Dann habe ich das Haus überprüft, das Sie mir gezeigt haben. Es gehört einem Sam Baxter.«

»Das bin ich.«

Sie sah mich mit ernster Miene an. »Können Sie das beweisen?«

Ich griff in die Tasche und zog meine Brieftasche heraus.

»Meine Bankkarte«, sagte ich und schob sie ihr hin. »Sam Baxter. Meine Kreditkarte: Sam Baxter. Meine Tesco-Clubkarte: Sam Baxter.«

»Die könnten Sie auch gestohlen haben«, wandte sie ein. »Wie kann ich sicher sein, dass sie tatsächlich Ihnen gehören?«

Dann zog ich eine kleine Plastikkarte heraus und legte sie ihr hin. »Mein Führerschein. Mit Foto. Sehen Sie?«

Es war zwar schon zehn Jahre alt, aber es war mein Foto. Ich trug das Haar länger und war dünner als heute. Aber ich war zweifelsfrei zu erkennen.

Sie betrachtete das Foto mit einem Lächeln im Gesicht und gab mir die Karte zurück.

»Ich glaube, ich habe Ihnen sowieso schon geglaubt«, sagte sie.

»Ach? Woher der Sinneswandel?«

»Ich weiß es nicht. Vielleicht, weil Sie so ein ehrliches Gesicht haben.« Sie sah mich verschmitzt an und wandte den Blick wieder ab.

»Und was ist mit der Person, die wir am Dienstagabend durch das Fenster in dem Haus beobachtet haben? Glauben Sie nun, dass ich das war?«

Sie wirkte unsicher. »Es ist ja nicht so, dass ich Ihnen nicht glaube«, erklärte sie. »Das Problem ist nur, dass ich Ihnen die Zeitreise nicht glauben kann.«

»Und wie erklären Sie sich, dass Sie mich an zwei Orten zur gleichen Zeit gesehen haben?«, setzte ich nach. »Und was ist mit der alten Frau, von der ich wusste, dass sie überfallen werden würde?«

»Ich weiß es nicht«, gab sie zu. »Aber die Zeit funktioniert so nicht.«

Unsere Vorspeisen kamen. Sie hatte sich etwas Vegetarisches bestellt. Kein Wunder, dass sie so dünn war.

»Was ist mit Ihrer Forschung?«, fragte ich. »Sie sagten, dass Sie über die Zeit forschen.«

»Normalerweise nicht«, sagte sie. »Ich meine, die Struktur der Zeit ist ein wesentlicher Teil der Quantenmechanik, aber ich habe einen privaten Auftrag übernommen, mich eingehender mit der Thematik zu befassen.«

»Was für ein Auftrag?«, fragte ich voller Begeisterung.

»Das ist etwas kompliziert«, erklärte sie. »Ich wurde gebeten, die Quantentheorie und die allgemeine Relativitätstheorie miteinander in Einklang zu bringen. Sie sind nicht kompatibel, verstehen Sie? Deshalb ist es so interessant. Ich muss eine neue Theorie aufstellen, um die Dehnbarkeit der Zeit im Verhältnis zum Betrachter zu erklären, und zwar auf der Quantenebene.«

Ich schüttelte den Kopf. »Ich verstehe kein Wort.«

»Es ist schwer zu erklären«, räumte sie ein. »Die Zeit ist jedenfalls nicht die Konstante, für die sie die meisten Leute halten. Sie kann sich entsprechend der relativen Perspektive des Betrachters ausdehnen oder zusammenziehen.«

»Sie meinen, wie sich die Zeit verlangsamt, wenn man sich langweilt, oder dahinrast, wenn man Spaß hat?«

Sie sah mich an, als hätte sie diese hirnrissige Bemerkung schon hundert Mal gehört.

»Nein«, korrigierte sie geduldig. »Ich meine die Art und Weise, wie sich die Zeit verlangsamt, wenn man sich der Lichtgeschwindigkeit nähert, und sich im Kraftvakuum negativer Dichte beschleunigt.«

»In einem was?«

»In einem schwarzen Loch.«

»Ach so. Und Sie sollen nun eine Theorie aufstellen, um das zu erklären?«

»Na ja. Einstein hat ja schon eine aufgestellt. Aber dann kam die Quantentheorie und warf alles über den Haufen. Ich versuche, beide Theorien zu einer neuen zusammenzufügen.«

Der Hauptgang wurde serviert, bevor sie weiter ausholen konnte.

Wir schwiegen höflich, während der Ober die Teller vor uns absetzte und uns die Dressings zur Auswahl stellte. Ich konnte es kaum erwarten, dass er endlich ging und ich Lily wieder für mich allein hatte.
Ich war mir nicht sicher, ob ich alles richtig verstanden hatte, selbst auf einer theoretischen Ebene, und fragte mich ernsthaft, ob ich es je verstehen würde. Aber vielleicht sollte ich es auch gar nicht verstehen. Vielleicht sollte Lily es für mich verstehen?
Mir kam ein Gedanke. »Sie sprachen von einem privaten Auftrag. Der Auftraggeber ist nicht zufällig Guy?«
»Guy? Ach, Sie meinen Ihren Freund, der mir sagte, dass Sie im Krankenhaus lägen. Nein, er war es nicht.«
Ich war erleichtert. »Ich dachte nur.«
»Die Forschungsabteilungen der Universität bekommen oft private Aufträge«, erklärte sie. »Das bringt Geld und hält die Fakultäten am Leben. Die Unis können sich nicht darauf verlassen, allein vom Staat alimentiert zu werden.« Sie lachte, als hätte sie einen Witz gemacht, den aber offensichtlich nur sie verstand.
»Und welchen Zweck soll eine solche neue Theorie erfüllen?«
»Keinen. Sie ist eine theoretische Erklärung der Beziehung zwischen der Zeit und dem Beobachter unter Berücksichtigung von Masse, Energie, Entfernung und Geschwindigkeit, aber im Rahmen der Quantenmechanik. Und natürlich wird sie die Newtonschen Gesetze verhöhnen.«
»Sie sagen also, es ist unmöglich?«
»Möglich ist es schon, aber nur auf einer Quantenebene. Als theoretische Lösung eines theoretischen Problems. Nicht als Erklärung für die Reise eines Menschen in die Vergangenheit.«
»Also keine Erklärung für das, was mir widerfahren ist?«
Sie schüttelte den Kopf. »Tut mir leid, nein.«
»Ich frage mich, warum Guy Sie gebeten hat, mich im Krankenhaus zu besuchen«, fing ich wieder an, nachdem wir uns einen

Augenblick angeschwiegen hatten. »Aus irgendeinem Grund muss er gewollt haben, dass wir uns kennenlernen, und ich würde gerne herausfinden, weshalb.«

»Ich habe auch viel darüber nachgedacht«, sagte sie.

»Wissen Sie, es gibt etwas, das ich Ihnen noch nicht gesagt habe. Es war Guy, der mich in die Vergangenheit zurückgeschickt hat. Wir sind zusammen zurückgegangen.«

Wieder sah sie mich ungläubig an.

Unbeirrt fuhr ich fort. Sie musste es erfahren, ganz egal, ob sie es glaubte oder nicht.

»Was wäre, wenn Guy von diesem Auftrag schon wusste?«, fragte ich, wobei ich die Frage so formulierte, wie sie mir in den Kopf kam. »Was, wenn er schon wusste, dass Sie die Antwort finden würden, nach der Sie suchen? Was, wenn er es gewusst hat, *bevor* wir in die Vergangenheit gereist sind? Wir haben den zehnten Februar und sind erst am neunundzwanzigsten gegangen. Irgendwann in den nächsten neunzehn Tagen werden Sie mit Ihrer Theorie kommen, die erklären wird, was mir passiert ist, und Guy hat das gewusst, bevor wir gegangen sind. Vielleicht hat er uns *deshalb* zusammengebracht.«

Sie sah mich argwöhnisch an. »Das alles scheint mir ziemlich weit hergeholt zu sein«, entgegnete sie.

»Ergibt aber irgendwie einen Sinn.«

Sie wandte den Blick ab, damit ich den Zweifel in ihren Augen nicht sehen konnte.

Dann sah sie mich wieder an. »Sam, ich weiß nicht, was Ihnen passiert ist, das können Sie mir glauben. Aber manchmal vergesse ich, dass Sie davon überzeugt sind, in die Vergangenheit gereist zu sein, und in solchen Momenten sind Sie mir richtig sympathisch. Ich bin sicher, dass es irgendwo eine Erklärung für das gibt, was Sie erlebt haben, glaube aber nicht, dass es die ist, nach der Sie suchen.«

»Sie glauben also, dass ich verrückt bin.«
»Das habe ich nicht gesagt.«
»Mussten Sie auch nicht. Mag sein, dass ich ein wenig verrückt bin, aber glauben Sie bitte nicht, dass ich irre bin.«
»Ich glaube weder, dass Sie verrückt, noch, dass Sie irre sind. Ich habe mit meinen eigenen Augen Dinge gesehen, die ich nicht erklären kann, bin mir aber ganz sicher, dass wir nach einer rationaleren Erklärung suchen müssen.«
»Und die wäre?«
»Das weiß ich nicht. Noch nicht.«
Der Zusatz »noch« ließ unerwartet Hoffnung in mir aufkeimen. Dann hatte sie mich also doch noch nicht aufgegeben.
Der Abend schritt fort, und wir unterhielten uns über alles Mögliche, aber nicht mehr über Zeitreisen. Wir sprachen über unser Leben, unsere Arbeit und unsere Familie, tauschten uns über die Musik aus, die wir gerne hörten, und über Filme, die wir gerne sahen. Lily wurde aufgeschlossener und sprach sogar ein wenig über ihren verstorbenen Mann. Mit der Erinnerung an seinen Tod wurde ihre Stimme brüchig. Sie biss sich auf die Unterlippe. Eine einzelne Träne löste sich aus dem Augenwinkel. Ich streckte meinen Arm über den Tisch hinweg aus und wischte sie mit dem Daumen weg. Sie ließ mich gewähren.
Schließlich war der Abend vorbei. Da wir beide etwas getrunken hatten, teilten wir uns ein Taxi, das zunächst zu meinem Hotel fuhr, um mich dort abzusetzen.
»Dann müssen wir wohl gute Nacht sagen«, sagte ich, als das Taxi vor dem Hotel hielt.
»Ich denke, ja.«
Ich beugte mich zu ihr, unsicher, wie sie reagieren würde. Sie ließ zu, dass meine Lippen ihre berührten, und wir küssten uns leidenschaftlich, ungelenk, zunächst hastig, dann nahmen wir uns Zeit. Es war ein gegenseitiges Bedürfnis, ein Verlangen nach mensch-

licher Berührung, nach Intimität, die wir beide seit einiger Zeit vermisst hatten.
Der Taxifahrer räusperte sich. »Das Taxometer läuft noch«, erklärte er. »Ich muss Ihnen die Zeit berechnen.«
Wir trennten uns, lächelten verlegen. Lily sah geziert weg.
»Du könntest noch«, fing ich an, »ich meine, auf eine Tasse Kaffee nach oben kommen.«
Zunächst dachte ich, sie würde die Einladung annehmen. Dann aber schüttelte sie den Kopf.
»Ich bin mir nicht sicher, ob das eine gute Idee wäre. Ich möchte nichts überstürzen.«
»Es scheint nur überstürzt«, antwortete ich, »weil die Zeit für uns vorher eher langsam verging.« Ich wollte geschickt sein, und obwohl es vermutlich so schrecklich witzig gar nicht war, hatte ich sie zum Lachen gebracht. Sie gab mir einen schnellen Kuss auf die Lippen und schob mich sanft aus dem Taxi.
Sie kurbelte das Fenster herunter. »Ich rufe dich an«, sagte sie, als das Taxi schon anfuhr.
»Gerne«, rief ich ihr nach, während der Wagen davonbrauste.
Allein, aber mit einem fast vergessenen Gefühl der Freude im Herzen ging ich die Stufen zum Hotel hinauf und ins Bett.

64

Auch der Samstag war ein nicht enden wollender Tag, den ich für mich allein in meinem Hotelzimmer verbrachte. Am Sonntag sah ich Guy zum ersten Mal wieder, nachdem er mir die Kehle aufgeschlitzt hatte.
Es war der zwölfte Februar, der Tag, von dem ich wusste, dass ich ihn ins Museum begleiten würde, in dem wir ein paar Stunden herumlaufen und dann in den nichtöffentlichen Bereich

einbrechen würden, um den Tresorraum in Augenschein zu nehmen.
Ich dachte an das Video, das ich während unserer Stippvisite gemacht hatte, und an den Moment, als Guy mich stehengelassen hatte, um zu dieser ominösen Gestalt mit dem roten Schal zu gehen. Ich legte mir den Schal, den Lily mir mitgebracht hatte, um den verbundenen Hals und wusste, dass ich eine Verabredung hatte, die ich einhalten musste.

Um vier kam ich beim Museum an, da ich wusste, dass Guy mich im Foyer nur diesen kurzen Moment allein gelassen hatte, bevor wir dann durch die Personaltür in den nichtöffentlichen Bereich eingedrungen waren.
Das Foyer sah genauso aus, wie ich es in Erinnerung hatte. Sogar ein paar Besucher erkannte ich wieder, die durch die Ausstellung liefen und bei meinem letzten Besuch auch schon da gewesen waren. Ich ging durch die Halle und stellte mich in den Durchgang zu einem der Nebengebäude. Dort wartete ich.
Es dauerte nicht lange, bis am anderen Ende des Foyers aus einem der anderen Räume zwei Gestalten traten, die ich sofort erkannte. Der eine war Guy, der andere ich selbst.
Natürlich hatte ich mich vorher schon gesehen, aber es mutete trotzdem seltsam an. Ich hielt eine Videokamera vor der Brust und betrachtete durch den LCD-Monitor, was ich filmte. Ein Ausdruck purer Verblüffung stand mir ins Gesicht geschrieben, und ich schien mich zu fragen, was um Himmels willen ich dort tat, und warum.
Ich hatte die Kamera nach oben gerichtet, um den Doppeldecker zu filmen, der über uns aufgehängt war. Diesen Augenblick nutzte ich, um durch die Tür kurz hervorzutreten und Guy ein Zeichen zu geben. Ich fuchtelte mit der Hand in der Luft, bis er mich erkannte und zurückwinkte.

Guy sah sich um und sprach kurz mit dem anderen Ich. Dann kam er durch das Foyer direkt auf mich zu. Ich zog mich hinter den Rahmen zurück, so dass ich für mein anderes Ich nicht mehr zu sehen war.
»Schön, Sie zu sehen, Sam«, begrüßte er mich, fast als hätte er mich zufällig getroffen.
»Die Freude ist sehr einseitig«, platzte ich heraus, wenn auch leise genug, dass niemand auf uns aufmerksam wurde.
»Jetzt regen Sie sich doch nicht auf, Sam«, sagte er. »Es gibt keinen Grund, gleich wütend zu werden.«
»Was Sie nicht sagen! Sie haben mir immerhin die Kehle aufgeschlitzt. Wenn das kein Grund ist, ungehalten zu sein?« Die Anstrengung ließ meine Stimme wieder kippen und heiser werden.
Guy griff mit der Hand an meinen Schal, zog ihn ein Stück herunter und betrachtete die Blutergüsse und den Verband darunter.
»Das habe ich getan?«
»Verdammt, ja. Natürlich haben Sie das getan. Und dafür werden Sie bezahlen, Sie Scheißkerl.«
Er trat einen Schritt näher und flüsterte mir direkt ins Ohr. »Das glaube ich nicht.«
Ich legte ihm beide Hände auf seinen Oberkörper und schob ihn entschlossen weg.
»Sie wollten mich umbringen«, sagte ich mit leichter Übertreibung. »Das Mindeste, was ich erwarten kann, ist eine Erklärung.«
»Sie haben noch nicht verstanden, was passiert ist, Sam. Ich bin nicht der Guy, der mit Ihnen in die Vergangenheit zurückgereist ist. Ich bin der Guy, der heute mit Ihnen im Museum ist. Alles, was Sie schon erlebt haben, ist mir noch nicht widerfahren.«
Als mir die Bedeutung seines Satzes dämmerte, brach eine Woge der Ernüchterung über mich herein.
Guy fuhr fort. »Was immer ich Ihnen getan habe, habe ich noch gar nicht getan. Verstehen Sie? Sie wollen mich bestrafen. Dazu

muss ich Ihnen jedoch leider sagen, dass ich der Falsche bin. Nicht mich sollten Sie bestrafen. In diesem Monat gibt es zwei von Ihnen. Es gibt Sie«, er sah mich an, »und ihn …« Mit einem Blick über meine Schulter deutete er in die Richtung, von der ich wusste, dass ich dort mit einer Videokamera stand, auch wenn ich mich hütete, mich umzudrehen und hinzusehen. »Von dieser Stelle aus«, fuhr Guy fort, »sehe ich Sie beide gleichzeitig. Dieselbe Person, mit dem einzigen Unterschied, dass die eine einen Monat älter ist als die andere.«

»Sie wollen mir also sagen, dass der Guy, der mir die Kehle aufgeschlitzt hat und mit mir in die Vergangenheit gereist ist, nicht Sie sind.«

»Er *ist* ich. Nur noch nicht jetzt. Ihn müssen Sie finden. Und bestrafen, wenn Sie das noch müssen.«

Ich wusste, dass er recht hatte. Ich hatte mir das Hirn darüber zermartert, an welchen Tagen und um welche Uhrzeit ich mit Guy zusammen gewesen war, und nun war alles bedeutungslos geworden. Ich musste den anderen Guy finden, *meinen* Guy, den, der in diesem Monat schon einmal gelebt hatte.

»Wissen Sie, wo er ist?«

Guy schüttelte den Kopf.

»Aber Sie haben ihn getroffen?«

»Natürlich«, antwortete Guy. »Er ist zu mir gekommen. Deshalb ist das hier auch keine Überraschung.«

»Aber Sie wissen nicht, wo er jetzt ist?«

»Er hat es mir nicht gesagt.«

Der andere Guy war also immer noch irgendwo da draußen, und ich hatte nicht die leiseste Ahnung, wo ich ihn finden konnte.

»Sie werden über alles noch eine Zeit nachdenken müssen«, sagte Guy. »Aber eine Warnung sei Ihnen hiermit noch auf den Weg gegeben. Tun Sie nichts, was die Zukunft durcheinanderbringen würde. Versuchen Sie nicht, den Lauf der Dinge zu verändern.

Und versuchen Sie auf gar keinen Fall, mit sich selbst Kontakt aufzunehmen.«

»Warum?«

»Es ist nicht geschehen, und deshalb ist es zwecklos zu versuchen, es geschehen zu lassen.« Er sprach mit leiser Stimme und sah mich eindringlich an.

»Und wenn ich Ihnen nicht glaube? Was wäre, wenn ich auf der Stelle dorthin ginge, um mir zu sagen, dass ich hinausgehen und mich von Ihnen und Ihren verrückten Plänen fernhalten solle. Was wäre dann?«

Guy kam mir bedrohlich nah. »Als Sie vor einem Monat mit mir hier gewesen sind«, sagte er eindringlich, »ist da jemand auf Sie zugekommen, der aussah wie Sie und Ihnen abstruse Warnungen über die Zukunft mit auf den Weg gegeben hat? Nein? Genau, und zwar weil es nicht passiert ist, und deshalb kann es auch jetzt nicht passieren. Denken Sie darüber nach, Sam. Was glauben Sie, wie er reagieren würde, wenn er Sie jetzt zu Gesicht bekäme? Er würde es mit der Angst zu tun bekommen, er würde ausflippen. Und das Schlimmste wäre, dass Sie Ihre eigene Vergangenheit verändert hätten, und das darf ganz einfach nicht passieren.«

»Kann nicht? Oder wird nicht?«

»Die Frage stellen Sie nicht im Ernst«, sagte er mit einem finsteren Unterton.

»Ist das überhaupt möglich? Lässt sich die Vergangenheit ändern?« Ich dachte an Sarah.

Guy wich zurück. Seine Stimmung schien sich etwas aufgehellt zu haben. »Ich gebe Ihnen ein Beispiel, Sam. Ich werde gleich wieder zu dem Sam dort hinten gehen. Warum sagen Sie mir nicht, was dann passiert, wenn es Ihnen doch schon widerfahren ist?«

Ich wusste, was sich als Nächstes ereignen würde. »Sie gehen mit mir durch eine Tür in den nichtöffentlichen Bereich.«

»Und was passiert dann?«
»Sie zeigen mir die Tresortür.«
»Wirklich?«, fragte Guy. »Ohne dass uns jemand entdeckt? Es gibt doch sicher überall Überwachungskameras?«
»Sie sind alle …« Verdammt.
»Sie sind was, Sam?«
Ich sprach jedes Wort langsam aus. »Sie sind alle abgeschaltet worden.«
»Wie praktisch«, sagte Guy. »Und wie erklären Sie sich das?«
Eine Erklärung hatte ich dafür bisher noch nicht. Meg hatte gesagt, sie sei davon ausgegangen, ich hätte irgendwie damit zu tun, was sich hier an dem Tag ereignet hatte. Vier Wochen später stelle ich fest, dass sie recht hatte.
Ich war verblüfft, sprachlos.
»Ich möchte, dass Sie Folgendes tun«, flüsterte Guy eindringlich. »Der Sicherheitsraum, von dem aus die Überwachungskameras gesteuert werden, befindet sich rechts hinter dem Haupteingang. Ich möchte, dass Sie dorthin gehen und dem Wachmann sagen, dass in der Herrentoilette ein Mann bewusstlos am Boden liegt. Und sobald der Mann den Raum verlassen hat, um nachzusehen, stellen Sie die Überwachungskameras ab. Haben Sie das verstanden?«
»Äh, nein. Doch ja, aber ich kann nicht.«
»Sie haben zwei Minuten Zeit«, führte Guy aus. »So lange brauche ich für den Weg durch das Foyer zu dem anderen Sam und zum Eingeben des Sicherheitscodes in die Tastatur. Die Kameras müssen abgeschaltet sein, bevor ich die Tür öffne.«
Ich bekam es mit der Angst zu tun. »Ich brauche Zeit. Ich muss darüber nachdenken«, stammelte ich.
»Nein. Wenn Sie erst darüber nachdenken, werden Sie es nicht tun. Vergessen Sie nicht, dass Sie die Geschichte nicht verändern können, Sie sind ein Teil von ihr.«

Ich konnte nicht denken. Denken tat weh, es schmerzte im Kopf und ließ mein Geräusch wieder auflodern.

»Tun Sie es einfach«, drängte Guy. »Gehen Sie durch die Tür dahinten. Durch die kommen Sie zum Eingang zurück, ohne durch das Foyer gehen zu müssen. Los, beeilen Sie sich.«

Ich drehte mich um und rannte los. Hinter meinem Rücken war Guy schon auf direktem Weg zu meinem anderen Ich.

Er hatte recht. Ich konnte mir nicht erlauben nachzudenken. Mir blieb keine Wahl, ich musste es *tun*. Ich rannte durch den Gang, den Guy mir gezeigt hatte, an den Toiletten vorbei und kam in der Nähe des Eingangs zum Foyer wieder heraus. Durch eine Doppeltür aus Glas sah ich Guy auf dem Weg zu meinem anderen Ich.

An der Tür vor mir stand ein Schild *Sicherheitsdienst*. Ich klopfte kurz an und ging hinein.

»Sie haben hier nichts verloren«, empfing mich ein fetter Sicherheitsmann, der hinter seinem Schreibtisch hing und von einem Schokoriegel abbiss. Hinter ihm war eine Reihe von Schwarzweißbildschirmen angebracht, wobei ich in einem von ihnen beobachten konnte, wie Guy mit mir sprach und auf die Tür zeigte, die sich auf der gegenüberliegenden Seite befand.

»Entschuldigung«, platzte ich heraus, »aber in der Herrentoilette liegt ein Mann bewusstlos am Boden. Er ist zusammengebrochen, und ich glaube, er atmet nicht mehr.«

Der Mann schien munter zu werden und schob den Rest des Schokoladenriegels für später unter den Schreibtisch. »Schon gut, ich kümmere mich darum«, sagte er entschlossen und griff zum Telefon.

»Was haben Sie vor?«, fragte ich, während er wählte.

»Ich rufe den Leiter für Arbeitsschutz an. Er nennt mir den diensthabenden Ersthelfer.«

»Dazu ist jetzt keine Zeit«, insistierte ich. »Der Mann stirbt. Aus seinem Kopf lief eine Menge Blut.«

Offensichtlich ging niemand ans Telefon. Beim nächsten Freizeichen verzog der Wachmann das Gesicht. Im Monitor hinter ihm beobachtete ich Guy und mich auf dem Weg zur Sicherheitstür.

»Los! Beeilen Sie sich«, drängte ich. »Der macht es nicht mehr lange.«

Mit einem gelangweilten Seufzer legte er den Hörer auf, erhob sich und folgte mir aus dem Raum.

»Er ist auf der Herrentoilette«, wiederholte ich.

»Ich hab's ja verstanden«, raunzte er und latschte an mir vorbei zu den Toiletten.

»Nein, nicht hier«, rief ich. »Oben, im zweiten Stock.«

»Es gibt keine Toiletten im zweiten Stock.«

»Dann eben im dritten Stock.«

Er brummelte sich etwas in den Bart und machte sich auf den Weg zur Treppe.

Ich eilte in den verlassenen Kontrollraum zurück und war fest davon überzeugt, geschnappt zu werden, sobald ich ihn betrat.

Auf den Bildschirmen sah ich, dass Guy nur noch wenige Sekunden bis zu dem Tresor brauchte. Ich musste schnell handeln. Ich erspähte ein paar Videorekorder, die in einer Reihe standen und jeweils unterschiedliche Aufnahmen von den vielen Überwachungskameras aufzeichneten, die im Museum installiert waren. Ich folgte den Kabeln, bis ich zum Hauptschalter kam, den ich kurzerhand abschaltete.

Erst stellten die Rekorder ihren Betrieb ein, dann die Bildschirme. Geschafft. Ich stellte mir Guy vor, wie er den Sicherheitscode eingab, um die Tür zum nichtöffentlichen Bereich zu öffnen. Aber das sah ich zum Glück nicht mehr, ich nicht und jemand anderer auch nicht.

Fünf Minuten blieben Guy und dem anderen Ich. So lange, hatte Meg gesagt, waren die Überwachungskameras ausgeschaltet gewe-

sen. Lang genug, um zu tun, was sie tun mussten, und wieder zurück ins Foyer zu gelangen.
Auch mir reichte die Zeit. Ich musste das Gebäude verlassen haben, wenn die Kameras wieder in Betrieb gingen.
Ich verließ den Kontrollraum, nicht ohne mich zu vergewissern, dass mich niemand sah, huschte zum Haupteingang und hinaus auf die Außentreppe. Dann ging ich los und war schon bald außer Sichtweite des Museums. Ich drehte mich nicht um, sah nur auf meine Uhr. Zwei Minuten hatten sie noch. Ich wünschte ihnen Glück, wusste aber, dass sie es nicht brauchen würden. Die Zeit war auf ihrer Seite.

65

Am Valentinstag hatte es zu schneien begonnen – derselbe Schnee wie vor einem Monat. Den Tag verbrachte ich im Hotelzimmer. Hauptsächlich sah ich aus dem Fenster und dachte an Sarah.
In meinem ganzen Leben hatte ich nur zwei Arten von Valentinstagen erlebt: die mit und die ohne Sarah. War das der Grund für meine verworrenen Gefühle an diesem besonderen Tag, wenn ich an Lily dachte?
Wir hatten uns geküsst. Vier Tage war das her. Ein Abschiedskuss auf der Rückbank eines Taxis. Leidenschaftlicher als erwartet, vielleicht entfacht durch den Alkohol. Lily hatte gesagt, dass sie mich anrufen würde. Aber es war schon Dienstag, und sie hatte ihr Versprechen nicht gehalten. Vielleicht bedauerte sie den kurzen Augenblick unserer Intimität sogar schon und hatte es sich anders überlegt, nachdem sie wieder nüchtern war.
Ich fragte mich, warum ich so viel über Lily nachdachte. Ausgerechnet jetzt, wo ich eine Chance erkannt hatte, Sarah zurück-

zubekommen. Sieben lange Jahre verboten es mir Schuldgefühle und die Trauer über Sarahs Tod, eine dauerhafte Beziehung aufzubauen. Und ausgerechnet jetzt, wo ich mehr denn je an Sarah dachte, begann ich zu ahnen, dass ich möglicherweise genau die Frau getroffen hatte, die mich aus dem nicht enden wollenden Kreislauf von Gewissensbissen befreite und mich die Schuld an Sarahs Tod überwinden ließ, für immer.

Durfte ich mich auf Lily einlassen, wenn auch nur der Hauch einer Möglichkeit bestand, Sarah zurückzubekommen? Würde ich mich entscheiden müssen?

Ich hatte keine Wahl. Ich würde mich für Sarah entscheiden.

Warum dachte ich dann noch über Lily nach? Ich war konfus und froh, dass sie nicht angerufen hatte.

Am Nachmittag rief sie an.

Mir pochte das Herz bis zum Hals, als ich zum Telefon griff.

»Hallo. Lily?«

»Woher wusstest du, dass ich es bin? Du sitzt doch nicht etwa seit Freitag am Telefon und wartest auf meinen Anruf?«

»Ich hatte sonst nichts zu tun.«

»Wegen letztem Freitag«, fing sie an. »Ich habe über das nachgedacht, was passiert ist.«

Ich setzte mich auf die Bettkante.

»Ich auch.«

»Es ist nur, weil …« Sie klang nervös und etwas verlegen. »Ich meine, was da in dem Taxi passiert ist.«

Das Wort »küssen« brachte sie nicht über die Lippen.

»Ja«, antwortete ich, »ich weiß.«

»Ich möchte nicht, dass du es falsch verstehst … Es tut mir leid, es ist mir ein wenig unangenehm. Es ist schon eine Weile her seit meinem letzten Zwiegespräch dieser Art.«

Auch für mich war es schon eine Weile her.

»Ich glaube, wir müssen darüber reden«, fügte sie hinzu. »Können wir uns heute Abend treffen?«
»Heute Abend?«
»Wenn du schon etwas vorhast, können wir uns auch ein anderes Mal treffen.«
»Nein, nein«, versicherte ich ihr. »Heute Abend passt sehr gut.«
Sie nannte mir den Namen eines Restaurants und eine Uhrzeit, und ich sagte zu. Zögernd und mit einem unsicheren Abschiedsgruß legte sie auf.
Gedankenverloren legte ich den Hörer auf. Vielleicht war es doch mehr als ein Kuss. Bei dem Gedanken musste ich lächeln.

Kaum hatte ich aufgelegt, bemerkte ich auf meinem Handy das rote Blinklicht unter der Taste mit der Bezeichnung »Nachricht«. Ich drückte auf die Taste. »Sie haben eine neue Nachricht«, verkündete eine digitalisierte Stimme. Und dann:
»Hallo, Sam.«
Es war Guy.
»Sie haben mich gesucht?«, tönte seine Ansage. »Tut mir leid, dass ich mich nach dem kleinen Unfall mit Ihrer Kehle nicht gemeldet habe. Ich war sehr beschäftigt. Es gab viel vorzubereiten. Ich hoffe, es geht Ihrem Hals wieder besser. Ich bitte Sie um Entschuldigung, dass ich das tun musste, aber Sie wissen ja, wie es ist.«
Nein, ich wusste nicht, wie es ist.
»Sie werden sich inzwischen vielleicht fragen, wie Sie die Zeitreisen zu Ihrem Vorteil nutzen können«, fuhr er fort. »Ich weiß, dass Sie in letzter Zeit viel an Sarah denken. Deshalb habe ich Ihnen Lily geschickt. Ich weiß auch, dass Sie gerade mit ihr telefonieren. Das ist gut. Sie ist wichtig. Warum, das kann ich Ihnen jetzt nicht erklären, aber Sie werden es bald herausfinden. Betrachten Sie Lily als das letzte noch fehlende Stück zum Puzzle, Sam. Die

Lösung. Deshalb müssen Sie in ihrer Nähe bleiben. Tun Sie, was Sie tun müssen, Sam. Aber lassen Sie sie nicht ziehen. Sie werden sie brauchen. Wir beide werden sie brauchen, wenn es so weit ist. Ohne sie geht es nicht. Vielleicht sollten wir uns jetzt auch wieder treffen. Sie werden ein paar Fragen haben, die Sie mir unbedingt stellen möchten, auch wenn ich nicht versprechen kann, dass Ihnen die Antworten gefallen werden. Sagen wir morgen Abend um sieben. Ich schlage vor, dass wir uns am Stadtrand treffen, wo keine Leute sind. Wie wäre es mit Potter's Road? Dort gibt es eine Kurve, die Sie kennen dürften. Und einen Baum, dessen Rinde nach all den Jahren immer noch nicht nachgewachsen ist. Ich erwarte Sie dort an dem Baum, Sam. Morgen Abend um sieben.«

Er legte auf.

Ich hörte die Nachricht noch drei Mal ab, bevor ich sie löschte.

Potter's Road, das war die Straße, wo ich den Unfall hatte. Dort war die Kurve, in der ich von der Straße abgekommen bin. Der Baum hatte meinen Wagen zum Stehen gebracht und Sarah das Leben genommen.

Seit dieser furchtbaren Nacht bin ich nie wieder dort gewesen. Ich fahre die Straße nicht mehr entlang. Ich fahre lieber andere Strecken, um dieser Stelle aus dem Weg zu gehen.

Seit sieben Jahren konnte ich mich nicht überwinden, dorthin zurückzukehren, wo ich Sarah verloren hatte. Und jetzt sollte Guy der Erste sein, mit dem ich diesen Ort wieder besuchte.

Zunächst aber hatte ich eine Verabredung mit Lily.

66

Meine Stimmung war auf einem Tiefpunkt, nachdem ich Guys Nachricht gehört hatte, so dass mir erst wieder einfiel, dass Valentinstag war, als ich das Restaurant betrat.

Im Lokal saßen lauter Pärchen, die sich im schwachen Schein des flackernden Kerzenlichtes verliebt in die Augen starrten. Auf jedem Tisch stand eine einzelne Rose.

Lily erwartete mich bereits. Ihr Blick war mindestens so verlegen, wie ich mich fühlte.

»Ich habe ganz vergessen, dass heute Valentinstag ist«, sagte sie, als ich mich ihr gegenüber niederließ.

»Ich auch«, antwortete ich, zog meinen Mantel aus und hängte ihn über die Stuhllehne. Um den Verband um meinen Hals zu kaschieren, trug ich einen Rollkragenpullover und bekam die brütende Hitze in dem Restaurant auch ziemlich bald deutlich zu spüren.

»Wie geht es deinem …?«, fragte Lily mit einer Geste zu meinem Hals.

»Schon besser.« Tatsächlich verheilte die Wunde gut, auch wenn mir ein ständiges Kribbeln geblieben war und meine Stimme immer noch heiser klang.

Wir schwiegen uns einen unangenehm langen Augenblick an, als gäbe es nichts, über das wir uns unterhalten könnten.

Am Nachbartisch küsste sich ein junges Pärchen leidenschaftlich. Mein Blick traf Lilys, aber sie wandte sich peinlich berührt zur Seite.

Nachdem der Ober unsere Bestellung aufgenommen hatte, nahm Lily all ihren Mut zusammen und sprach das Thema an, um das wir uns beide gedrückt hatten.

»Wegen letztem Freitag«, sagte sie.

»Du musst dazu nichts sagen«, antwortete ich.

»Will ich aber«, beharrte sie. »Ich möchte, dass du weißt, dass ich so etwas normalerweise nicht tue. Ich möchte nicht, dass du einen falschen Eindruck von mir bekommst. Natürlich können wir nicht abstreiten, dass es passiert ist. Dennoch denke ich, dass wir uns eingestehen sollten, dass es nicht hätte passieren dürfen, und es dabei belassen.«

Mir wurde übel. »Du sagst, dass es nicht hätte passieren dürfen?«

»Ja, es war ein Fehler.« Sie wandte sich ab und wich meinem Blick aus.

»Es war nur ein Kuss«, besänftigte ich sie.

»Ich war noch nicht so weit. Es ging zu schnell.«

»Zu schnell?«

»Zu früh. Ich meinte, zu früh.«

»Aha.«

Dann war es einen Augenblick still. »Ich meine, Robert ist erst seit sechs Monaten tot. Es fühlte sich einfach zu früh an.«

Ich nickte verständnisvoll, denn ich wusste nur zu gut, wie sie sich anfühlte.

»Nicht, dass ich es nicht genossen hätte«, fuhr sie nach längerer Pause fort. »Das war schon in Ordnung.«

»Freut mich.«

»Aber es hätte trotzdem nicht passieren dürfen.«

Während wir aßen, schwiegen wir uns wieder an. Die Pärchen um uns herum tauschten Zärtlichkeiten aus. Lily wusste kaum noch, wo sie hinsehen sollte.

»Ich meine nur«, fing sie wieder an, »du scheinst wirklich ein netter Typ zu sein. Aber im Grunde kenne ich dich kaum und …«

»Ich verstehe«, versicherte ich ihr.

»Wenn es dir recht ist. Ich möchte nicht, dass du denkst, ich würde dich nicht ernst nehmen.«

»Das denke ich überhaupt nicht.«

»Ich hoffe, du verstehst es.«

»Natürlich verstehe ich es.«
Tatsächlich *hatte* ich es verstanden. Ich versuchte, mir einzureden, dass die Gefühle, die ich für sie empfand, rein platonischer Natur waren. Alle anderen Gedanken schob ich beiseite, aber nicht alle von ihnen ließen das zu.
Der Ober brachte die Rechnung, und Lily bestand darauf, zu zahlen.
Hand in Hand, Arm in Arm verließen die Pärchen das Restaurant.
»Lass uns einen Spaziergang machen«, schlug Lily vor.

»Wir waren elf Jahre verheiratet«, erzählte sie mir. »Es war eine Romanze auf der Arbeit, ich glaube, so könnte man es nennen. Ich war dabei, meine Doktorarbeit zu Ende zu bringen, und habe nebenher unterrichtet. Robert bekam in der Fakultät einen Job als Assistenzprofessor. Ich hatte ein Auge auf ihn geworfen, gleich nachdem ich ihn das erste Mal gesehen hatte, aber keine Ahnung, ob das auf Gegenseitigkeit beruhte. Schließlich haben uns ein paar gemeinsame Freunde zusammengebracht. Wir führten eine sehr glückliche Ehe.«
Sie lenkte ihren Blick wehmütig in die Ferne.
Es hatte wieder angefangen zu schneien in dieser dunklen, eiskalten Nacht. Wir saßen im Stadtpark auf einer kalten Holzbank am Ententeich. Die Wasseroberfläche lag spiegelglatt da, und die Enten waren aus gutem Grund woanders, im Warmen. Der Mond warf seinen matten Schein durch die tanzenden Schneeflocken.
Ich trug keine Kopfbedeckung, so dass sich die Metallplatte in meinem Kopf schmerzhaft bemerkbar machte. Aber davon sagte ich Lily nichts.
»Ich habe auch jemanden verloren«, bemerkte ich ruhig.
»Deine Frau?«, fragte sie.
»Nein, nicht meine Frau. Aber sie wäre es geworden, wenn sie

noch lebte. Es war in einer Nacht wie dieser. Es war kalt, und der Boden war leicht gefroren.«

»Was ist passiert? Aber wenn du nicht darüber reden möchtest ...«

»Nein, ist schon gut«, sagte ich. »Ich kann darüber reden.«

Bisher hatte ich über Sarah und darüber, wie ich sie umgebracht hatte, noch mit niemandem gesprochen. Manchmal konnte ich nicht einmal mir selbst die Wahrheit eingestehen. An jenem Abend aber, in dieser kalten und wunderbaren Nacht, erzählte ich Lily alles.

»Du musst sie wirklich sehr geliebt haben«, sagte sie, als ich zum Ende gekommen war.

»Ja«, sagte ich nur. »Und du musst Robert auch sehr geliebt haben.«

»Mehr, als mir je klar war«, seufzte sie schwer.

Sie ergriff meine Hand und zog sie zu sich auf ihren Schoß. Sie war wie Eis, aber unter der Haut spürte ich die Wärme ihres Blutes.

»Wir sind beide verlassen und allein«, sagte sie.

Ich schwieg und sah den Schneeflocken zu, die sich auf der eiskalten Wasseroberfläche niederließen.

Plötzlich beugte sie sich zu mir und gab mir einen Kuss auf die Wange. Es war ein flüchtiger Kuss, der ein paar Sekunden nachwirkte. Ihre Lippen waren kühl und trocken.

Ich sah sie überrascht an.

»Sag mir bitte eines. Ist das auch nur einfach so passiert oder nicht?«

Ein mildes Lächeln lag auf ihrem Gesicht, ihr erstes echtes Lächeln an jenem Abend.

»Ich glaube, es *ist* passiert«, sagte sie schließlich. »Ich frage mich, ob es noch einmal passiert.«

»Hältst du das für möglich?«, fragte ich hoffnungsvoll.

»Wenn ich eines gelernt habe«, sagte sie, »dann, dass alles möglich ist.«

67

Der fünfzehnte Februar dieses Monats brachte genauso viel Schnee wie der letzte. Um sieben Uhr war es kalt und dunkel, der gefrierende Schnee knirschte bei jedem Schritt unter meinen Füßen.
Ich hatte kein Auto mehr – mein erstes Ich benutzte es noch. Also nahm ich den Bus, um aufs Land hinauszukommen. In der Nähe meines Ziels stieg ich aus und ging etwa eine Meile zu Fuß zu der Stelle, an der ich vor sieben Jahren den Unfall gehabt hatte.
Ich war warm eingepackt und vor der Kälte geschützt. Den roten Schal, den Lily mir gekauft hatte, hatte ich mir eng um den Hals geschlungen. Außerdem trug ich eine Wollmütze auf dem Kopf, die ich mir selbst gekauft hatte und die dafür sorgte, dass mir die Metallplatte nicht gefror. Die Straßen draußen auf dem Land waren nicht mehr beleuchtet, aber der Mond schien hell, und meine Augen hatten sich schnell an die Dunkelheit der Nacht gewöhnt.
Guy erwartete mich schon. Er lehnte lässig an dem Baum, der Sarahs Leben ausgelöscht hatte.
»Hallo, Sam«, sagte er nur. »Ich hoffe, dass es Ihnen gutgeht.«
»Von der Tatsache einmal abgesehen, dass Sie mir den Hals aufgeschlitzt haben, kann ich nicht klagen«, entgegnete ich zynisch.
»Ach ja, Ihr Hals«, sagte er, als sei es ihm gerade erst wieder eingefallen. »Ja, das tut mir leid.«
»Es tut Ihnen leid, dass Sie mir den Hals aufgeschlitzt haben?«, erwiderte ich gereizt.
»Ich habe es nicht gern getan, wenn es das ist, was Sie meinen«, entgegnete er. »Es ließ sich nicht vermeiden.«
»Ach ja! Sie wollen mich umbringen und behaupten, es ließe sich nicht vermeiden?«
»Ich wollte Sie nicht umbringen. Aber ich musste Ihnen den Hals aufschneiden. Das war unvermeidlich. Eines Tages werden Sie es verstehen.«

»Ständig höre ich von Ihnen«, giftete ich ihn an, »dass ich eines Tages alles verstehen werde. Warum erklären Sie es mir nicht einfach jetzt?«

Guy seufzte kurz. »Alles hat seinen Ort und seine Zeit. Wörtlich genommen.«

»Was soll das heißen?«

»Ich kann mir vorstellen, dass Ihnen alle möglichen Fragen durch den Kopf gehen. Aber es gibt eine natürliche Ordnung der Dinge, die sich nicht umgehen lässt. Mit der Zeit werden Sie alle Antworten bekommen.«

»Für Sie ist alles nur ein Spiel«, platzte ich heraus. »Aber es ist mein Leben, in dem Sie herumpfuschen.«

»Es ist kein Spiel, Sam.«

»Das ist doch Unsinn.«

»Lassen Sie mich Ihnen eines versprechen, Sam.« Er sah mich ernst an und legte sich sogar die Hand aufs Herz. »Ich verspreche Ihnen, Sam, dass Sie Ende des Monats alles verstehen werden.«

»So ein Zufall! Entspricht genau dem, was Sie mir schon im vergangenen Monat gesagt haben.«

»Ich glaube, ich habe gesagt, dass alles, was Ihnen passiert ist, einen Sinn ergeben wird. Wie es scheint, haben die Dinge, die Ihnen seitdem widerfahren sind, ihrerseits Fragen aufgeworfen.«

»Sie sind ein Mistkerl, das ist Ihnen doch wohl klar«, bemerkte ich rhetorisch.

Er lachte und griff an den Baum, gegen den er gelehnt stand. Er hatte recht gehabt. Ein Teil der Rinde fehlte, abgerissen von der Haube meines Autos, als es vor all den Jahren dort hineingekracht war. Wie meine eigenen Narben, körperliche wie mentale, hatte die Zeit auch diese Wunde nicht geheilt.

»Ich habe Sie aus einem bestimmten Grund herbestellt, Sam.«

»Woher kennen Sie überhaupt diese Stelle? Ich habe Ihnen nie von dem Unfall erzählt.«

»Was glauben Sie, wie ich es herausgefunden habe?«, fragte er.

Ich dachte nach. »Es stand damals in allen Zeitungen. Sie könnten es in der Bücherei gelesen haben; dort werden sie ein paar Jahre aufbewahrt.«

»Hm«, stimmte Guy zu. »Das wäre eine Möglichkeit.«

»Oder Sie haben mit jemandem gesprochen, den ich kenne. Regina oder Murray. Oder Meg vielleicht.«

»Das ist ziemlich unwahrscheinlich.«

»Oder Jasper«, fügte ich betont hinzu.

»Wem?« Er gab den Unwissenden.

Ich ließ mich nicht beeindrucken. »Jasper. Der Nachrichtensprecher.«

»Ich glaube nicht, dass ich ihn kenne.«

»Der Jasper, der behauptet hat, dass ich Murray vor zwei Wochen umgebracht habe.«

Guy zog fragend eine Augenbraue hoch.

»Ich meine den, der in zwei Wochen behaupten *wird*, dass ich Murray umgebracht habe.«

»Ach, *der* Jasper.« Er schüttelte den Kopf. »Nein, Jasper war es nicht.«

»Wissen Sie«, sagte ich, »einmal habe ich sogar schon gedacht, dass Jasper mit Ihnen zusammenarbeitet.«

»Wirklich?«

»Ja. Er hat behauptet, mich an Stellen gesehen zu haben, an denen ich nicht gewesen bin, Dinge getan zu haben, die ich nicht getan habe.«

»Und jetzt stellt sich heraus, dass er die ganze Zeit recht hatte?«

»Bis jetzt, ja«, stimmte ich zu. Doch, was Murray anging, konnte er nicht recht haben. Ich konnte nicht zulassen, dass es zutraf.

»Lassen Sie es mich deutlicher sagen, Sam«, begann Guy. »Wissen Sie noch, wie wir vor zwei Wochen in das Museum eingebrochen sind?«

»Ob ich das noch weiß? Wie könnte ich das vergessen? Das war, als Sie mir die verdammte Kehle aufgeschnitten haben.«

Guy tat meine Bemerkung mit einer Handbewegung ab. »Davor. Auf dem Weg zum Tresor. Kam Ihnen da nicht etwas ungewöhnlich vor?«

Ich nickte. »Es war viel zu einfach.«

»Jetzt kommen wir der Sache schon näher. Los, weiter so.«

»Wo waren die Aufseher? Warum gab es keinen Alarm? Warum waren alle Türen offen.«

»Und die Antwort ist …?«

Mir ging ein Licht auf. »Weil alles gut vorbereitet worden war.«

»Und wer könnte das getan haben? Wer kannte unsere Pläne und konnte alles für uns vorbereiten?«

Ich traute mich kaum mehr zu atmen. »Wir.«

»Genau«, rief Guy. »Jetzt fangen Sie an zu verstehen.«

Ich wusste nicht, was ich sagen sollte. Ich war wie gelähmt. Guy packte mich bei den Schultern und sah mir in die verwirrten Augen.

»Heute ist der fünfzehnte Februar. Am neunundzwanzigsten werden wir in das Museum einbrechen und alles so arrangieren, dass alle unsere vorhergehenden Ichs problemlos hineingehen können und auf direktem Wege wieder hinauskommen.«

»Nein«, murmelte ich. »Das ist unmöglich.«

»Doch, Sam. Sie und ich. Uns bleiben noch zwei Wochen, um auszubaldowern, wie wir vorgehen werden.«

68

Und wenn ich es nicht tue?«, fragte ich. »Was passiert, wenn ich mich für die nächsten zwei Wochen einfach in meinem Hotelzimmer einschließe und gar nichts tue?«

Guy sah mich erstaunt an.
»Dann wären Sie nie in die Vergangenheit gereist und jetzt auch nicht hier.«
»Wollen Sie damit sagen, dass alles vorherbestimmt ist? Dass mir gar keine Wahl bleibt? Nein, das kann ich nicht glauben. Ich habe eine Wahl. Ich kann mein Leben leben, wie ich will.«
»Nehmen wir aber einmal an, dass Ihre Entscheidungen genau mit dem übereinstimmen, was sowieso passieren soll? Ist das dann Vorsehung oder freier Wille? Was ist, wenn es zwischen den beiden keinen Unterschied gibt?«
»Nennen Sie mir einen guten Grund, warum ich es tun sollte? Nur einen.«
Guy fuhr mit einer Hand langsam den Baum hinauf und tätschelte die rauhe, vom Mond beschienene Rinde.
»Sagen Sie jetzt nicht, dass Ihnen das nicht schon durch den Kopf gegangen ist«, sagte er. Seine Finger glitten den Baum hinab bis zu der Stelle, an der die fehlende Rinde das helle Holz darunter hervorscheinen ließ. »Einmal sind Sie bereits in die Vergangenheit zurückgereist«, fuhr er fort. »Was wäre, wenn Sie das wiederholen könnten?«
»Sarah«, brummte ich.
»Sie haben also *doch* schon darüber nachgedacht?«
»Ja.«
»Erzählen Sie.«
»Wenn ich zu dem Unfall zurückkehren könnte, könnte ich Sarah das Leben retten«, erklärte ich widerwillig.
»Und was wäre, wenn Sie es nicht könnten?«, fragte er. »Was wäre, wenn ich Ihnen sage, dass Sie gar nichts mehr ändern können?«
»Dann würde ich es trotzdem versuchen müssen.«
»Konnten Sie in den letzten beiden Wochen schon etwas ändern?«

Alles, was ich bisher gemacht hatte und was irgendwie mit meiner früheren Existenz zusammenhing, hatte sich genauso abgespielt, wie es sich abspielen sollte: Jasper im Krankenhaus getroffen, das abgeräumte Bankkonto, mein Zusammentreffen mit Guy im Museum, der rote Schal, den Lily mir gekauft hatte.

»Ich kann nicht glauben, dass ich nichts verändern kann«, widersprach ich. »Wenn es eine Chance gibt, in die Vergangenheit zurückzukehren und Sarahs Leben zu retten, dann muss ich sie wahrnehmen. Warum würde ich all das sonst erleben?«

»Guter Mann«, sagte Guy, »das höre ich gern. Ihnen bleiben zwei Wochen, einen Plan auszuarbeiten, um in das Museum zu gelangen.«

»Aber ich kann nicht …«

»Wenn Sie es nicht tun, dann werden Sie nie in die Vergangenheit zurückgereist sein, und Sie werden sicher auch keine Möglichkeit mehr haben, es noch einmal zu versuchen.«

»Und was ist mit dem freien Willen? Was ist, wenn ich beschließe, Ihnen *nicht* zu helfen?«

»Damit würden Sie beweisen, dass freier Wille *möglich ist*, Sarah aber nie retten können. Es ist Ihre Entscheidung, Sam, ob Sie mir helfen wollen oder nicht. Alles, was Sie brauchen, um in die Vergangenheit zurückzureisen, befindet sich im Museumstresor. Es liegt an Ihnen, ob wir es holen oder nicht.«

»Die Schachtel?«, ging es mir auf.

»Genau. Die Schachtel.«

»Aber haben Sie die nicht jetzt?«

»Ja. Deshalb konnten wir ja auch schon so weit in die Vergangenheit zurückreisen. Aber das ganze Potenzial der Schachtel zeigt sich erst, wenn wir dafür sorgen, dass das, was passiert *ist*, auch *wirklich* passieren *wird*.«

Ich ließ mir das einen Augenblick durch den Kopf gehen.

»Und wenn ich Ihnen tatsächlich helfe?«, fragte ich schließlich.

»Dann wird sich alles so entwickeln, wie es sollte, und Sie werden entdecken, welche Macht Sie wirklich über die Zeit haben.«

Ich musste mich entscheiden, hatte aber eigentlich keine Wahl.

»Gut«, willigte ich ein. »Ich werde Ihnen helfen.«

Guy lächelte. »Ich wusste, dass Sie das sagen würden.«

Guy weihte mich in seinen Plan ein.

Er bestand darin, dass *ich* herausbekommen sollte, wie man in den Tresor gelangte.

»Aber ich dachte, Sie …«

»Es liegt bei Ihnen, Sam«, unterbrach er mich.

»Aber die Aufseher, der Alarm und die Kameras«, wandte ich ein. »Ganz zu schweigen von den Zahlenkombinationen!«

»Es liegt alles an Ihnen. Machen Sie sich keine Sorgen, Sie werden einen Weg finden.« Er lächelte wieder dieses eingebildete, selbstgefällige Lächeln, das ich so verachtete. »Dafür sind Sie zuständig. Ich muss mich um andere Dinge kümmern.«

»Andere Zuständigkeiten?«, wiederholte ich hämisch.

Er packte mich an den Schultern. »Es ist Teamarbeit, Sam. Wir sind ein Team.«

Damit drehte er sich um und ging.

»Aber ich weiß doch gar nicht, wo ich anfangen soll«, rief ich ihm hinterher.

»Denken Sie ein wenig nach, Sam«, rief er zurück. »Es wird Ihnen bald einfallen. Oh, und noch etwas«, setzte er hinzu, während er die Böschung zur höhergelegenen Straße hinaufstieg. »Kümmern Sie sich um Lily, tun Sie es für mich. Sie ist sehr wertvoll, wissen Sie.«

Lily hatte ich ganz vergessen. Ich hatte nach ihr fragen wollen.

»Bleiben Sie in ihrer Nähe«, rief er, als hinter ihm ein Scheinwerferpaar auftauchte. »Aber beten Sie sie nicht zu sehr an. Ich möchte nicht, dass Sie verletzt werden.«

Die Scheinwerfer kamen näher und wendeten, wobei sich herausstellte, dass sie zu einem Taxi gehörten. Guy stieg ein, sprach kurz mit dem Fahrer, und schon brauste der Wagen in die Nacht davon. Guy winkte mir kurz und unverfroren aus dem Heckfenster zu, während sich das Auto entfernte.

»He!«, rief ich vergeblich hinterher. »He!«

Ich kletterte die Grabenböschung hinauf auf die schneebedeckte Straße, aber das Taxi war nicht mehr zu sehen. Guy war zuzutrauen, dass er den Mietwagen im voraus gebucht hatte. Ich wünschte, ich wäre auf dieselbe Idee gekommen.

Ich fühlte mich allein und erbärmlich und zitterte in der nächtlichen Kälte. Ich zog den Mantel enger um mich und machte mich auf den langen Weg zurück in die Zivilisation.

69

Am folgenden Morgen stand ich früh auf und nahm mir vor, gleich mit der Arbeit zu beginnen, die Guy mir aufgetragen hatte. Jedoch konnte ich mich kaum darauf konzentrieren, als ich mir über die Bedeutung dieses Tages klarwurde.

Ich hatte zunächst gar nicht bemerkt, dass meine innere Uhr einen Monat vorging, aber die Zeitung, die man mir vom Hotel zusammen mit dem Frühstück gebracht hatte, machte mir das unmissverständlich klar.

Es war der sechzehnte Februar. Sarahs Todestag. Diesen Tag beging ich jedes Jahr, indem ich Blumen auf ihr Grab legte. Das geschah immer einmal im Jahr, jetzt aber schon zum zweiten Mal im Monat.

Zu dem Floristen, bei dem ich die Blumen für Sarah normalerweise kaufte, konnte ich nicht gehen. Also wählte ich einen anderen, bei dem ich vorher noch nie gewesen war. Ich fragte nach weißen Rosen. »Tut mir leid, weiße Rosen haben wir gerade nicht mehr,

Sir«, sagte der Verkäufer. »Aber ich kann Ihnen wunderschöne rote anbieten.«

Ich betrachtete die Rosen mit ihrem leuchtenden, kräftigen Rot und entschied mich schweren Herzens für einen solchen Strauß.

Vor einem Monat hatten rote Rosen auf dem Grab gelegen. Damals hatte ich gedacht, dass sie aussahen, wie Blutflecken im weißen Schnee. Und ich hatte mich gefragt, wer sie dort hingelegt haben mochte. Dass ich selbst es gewesen war, darauf war ich nicht gekommen.

Auf dem Weg zum Grab hielt ich den Strauß eng an die Brust gedrückt und sann darüber nach, wie mir die Wahl der Blumen abgenommen worden war. Rote Rosen hatte die Vorhersehung für mich auserkoren oder gar keine.

Ich hätte natürlich auch beschließen können, *keine* Blumen zu kaufen oder in ein anderes Blumengeschäft zu gehen. Dass ich mich aber für etwas entschieden hatte, was ich bereits getan hatte – na ja, war das nicht schon eine Entscheidung in sich? Ich hatte mich also schlicht und einfach entschlossen, dem vorgezeichneten Weg zu folgen.

Damit fühlte ich mich besser, als ich an das Grab trat und die Blumen hingebungsvoll am Fuß des Grabsteins ablegte. Ich strich ein wenig Schnee von ihrem auf ewig in Stein eingemeißelten Namen. Mit den Fingern fuhr ich das Datum ihres Todes nach, als bedurfte es einer Erinnerung *daran*.

Einen Augenblick verweilte ich noch am Grab und dachte über das nach, was Guy mir gestern erzählt hatte. Zwei Anweisungen hatte er mir mit auf den Weg gegeben: einen Plan auszuarbeiten, um in das Museum zu gelangen, und möglichst in der Nähe von Lily zu bleiben.

Lily. Da stand ich am Grab der einzigen Frau, die ich je wirklich geliebt hatte, und dachte an eine andere. Ich spürte, dass ich dabei war, mich in sie zu verlieben, und damit genau das tat, wovor Guy mich gewarnt hatte. Jedes Mal, wenn ich sie sah, empfand ich stärkere Gefühle für sie, und jeder Tag, an dem wir nicht zusammen waren, zeigte mir, wie sehr ich sie begehrte.

Mit Sarah hatte es nie eine Phase des Verliebens gegeben. Wir hatten uns gekannt, seit wir klein waren, und jetzt schien es, als wäre unsere Liebe schon immer da gewesen. Die Liebe zu Sarah fühlte sich an wie das Natürlichste und Schönste auf der Welt.

Die Gefühle, die ich für Lily empfand, hatten eher etwas von einem Schmerz. Einem Schmerz, der sich bis in den Magen bohrte. Konnte das richtig sein?

Während ich dort auf dem Friedhof stand und der Schnee mir auf die Schultern rieselte, begriff ich, dass ich Lily wiedersehen musste. Noch heute. Jetzt.

»Tut mir leid, Sarah«, murmelte ich zum Grab gewandt. »Ich komme noch mal wieder.«

Ich beschloss, das Risiko einzugehen und mein Handy zu benutzen – ich hatte immer noch nicht verstanden, warum die Telefonrechnung für diesen Monat so hoch ausgefallen war, wo ich doch so selten telefoniert hatte –, um bei der Universität anzurufen. Ich bat, mich zu Lily Attwell durchzustellen, und brachte kaum ein Wort heraus, als sie sich meldete.

»Lily?«

»Sam? Bist du es?«

»Ich muss dich sehen.« Ich versuchte, meine Verzweiflung zu verbergen.

»Ich muss bis sechs Uhr arbeiten. Danach könnten wir uns doch treffen, wenn du Lust hast.«

»Ich muss dich jetzt sehen.«

Sie lachte unterdrückt. »Ich bin bei der Arbeit, Sam. Ich kann mir nicht einfach einen Tag freinehmen. Warum treffen wir uns nicht um sechs an der Universität? Ich warte vor dem Haupteingang auf dich.«

»Ich komme.«

»Warum hast du es denn so eilig?«

»Ich will nur … Ich denke an dich, Lily«, sagte ich leise.

Einen Augenblick war es still. »Wir sehen uns um sechs, Sam.« Mit diesen Worten legte sie auf.

Ich atmete tief aus und machte mich auf den Weg zurück ins Hotel.

Den Rest des Nachmittags verbrachte ich damit, über Guys andere Anweisung nachzudenken. Wie bricht man in das Museum ein? Den ersten Schritt würde ich kennen, hatte er gesagt, und dass es offensichtlich sei, wenn ich ein wenig überlegte.

Er sollte recht behalten.

Vor viereinhalb Wochen – beziehungsweise vor vier Tagen, je nachdem, von welcher Seite man es sieht – ging Guy mit mir in das Museum und bat mich, alles zu filmen, was ich sah. Es sollte Recherchezwecken dienen, hatte er damals erklärt, ohne es näher auszuführen. Jetzt verstand ich, was er damit gemeint hatte. Ein Schauer lief mir über den Rücken.

Vor viereinhalb Wochen. Damals hatte er schon etwas geplant, das sich erst zwei Wochen später ereignen sollte. Und damals wusste er auch schon genau, welche Rolle ich dabei zu spielen hatte. Wieder beschlich mich das Gefühl, der Vorsehung nicht entkommen zu können.

Unseren Gang durch das Museum hatte ich auf Video aufgenommen und alles gefilmt, wie Guy es mir aufgetragen hatte: jeden Eingang, jeden Ausgang, jeden Raum, jede Tür, jede Treppe und jede Überwachungskamera. Nicht einmal der Weg zum Tresor war mir entgangen. Und alles war auf dem Videoband, das jetzt in der untersten Schublade meines Schreibtisches lag.

Ich musste ins Büro und das Band holen.
Was hatte ich heute gemacht? Ich meine, heute vor vier Wochen. Nach der Arbeit war ich zu Sarahs Grab gegangen. Das sah ich klar und deutlich vor mir. An die Stunden davor hatte ich keine deutliche Erinnerung.
Möglich, dass ich den ganzen Nachmittag im Büro verbracht hatte. Das Risiko war hoch. Bevor ich dort hinging, würde ich warten müssen, bis ich mir sicher sein konnte, dass ich das Büro verlassen hatte.
In der Regel verließ ich das Büro gegen sechs Uhr.
Um sechs war ich mit Lily verabredet.
Wieder galt es, eine Entscheidung zu treffen. Ich musste Lily sehen, unbedingt sehen, um jeden Preis. Ich beschloss, die Abmachung einzuhalten, ahnte aber bereits, dass sich unser Zusammensein anders abspielen würde, als sie es erwartete.

70

Punkt sechs traf ich Lily vor dem Haupteingang der Universität. Sie empfing mich mit einem zaghaften Kuss auf die Wange. Dann gingen wir zum Parkplatz, wo sie krampfhaft versuchte, sich zu erinnern, wo sie ihren Wagen am Vormittag abgestellt hatte.
»Was haben wir heute Abend vor?«, fragte sie unbeschwert, während wir die Reihen der geparkten Autos suchend auf und ab gingen.
»Wir« hatte sie gesagt. Mich überkam ein Anflug von schlechtem Gewissen.
»Eigentlich«, fing ich an, »muss ich vorher noch etwas erledigen. Mir ist etwas dazwischengekommen. Ich muss noch kurz ins Büro, um etwas zu holen.«

Das Auto hatte sie gefunden. Nun wühlte sie in ihrer Handtasche nach dem Schlüssel.
»Weißt du eigentlich, dass du sehr wenig von deiner Arbeit erzählst?«
»Ach ja?«
»Ja. Du hast sie nur ein paarmal beiläufig erwähnt.«
»Wenn es dich interessiert, hättest du doch fragen können.«
Sie öffnete die Wagentüren, und wir stiegen ein. Im Auto war es kalt, wenn auch nicht so eisig wie in der klirrenden Abendluft.
»Wenn ich recht überlege«, fuhr sie nachdenklich fort, »gibt es eine Menge Dinge, über die du nicht sprichst.«
»Ich habe nichts vor dir zu verbergen«, sagte ich, wohl wissend, dass das eine Lüge war.
»Das meinte ich nicht«, entgegnete sie ernst. »Einerseits erzählst du abenteuerliche, ja geradezu unglaubliche Geschichten von dir. Andererseits aber erwähnst du mit keiner Silbe, wie dein Tag war. Es ist etwas … ach, vergiss es. Ist nicht so wichtig.«
Sie legte den Rückwärtsgang ein und manövrierte den Wagen aus der Parklücke heraus.
»Also, wohin fahren wir?«
Ich dirigierte sie zu den Studios.
»Was musst du denn holen?«, erkundigte sie sich.
»Nur ein Videoband.«
»Ich hoffe, es ist etwas Interessantes darauf.«
Ich nickte. »Ist es, ja.«

Es war fast sieben Uhr, als wir beim Sender ankamen.
Am Haupteingang zückte ich meinen Ausweis, er steckte immer noch in der Brieftasche, die Guy mir zurückgegeben hatte, obwohl ich ihn bis jetzt nicht mehr gebraucht hatte. Schnell und ungehindert gelangten wir in die Etage, in der sich mein Büro befand.

»Hier arbeitest du also«, sagte Lily, als wir das Büro betraten. »Es ist ein wenig unpersönlich.«
»Wem sagst du das«, pflichtete ich ihr bei.
Ich sah mich um, um sicherzugehen, dass sonst niemand da war und in Murrays Büro kein Licht brannte. Wer noch nicht Feierabend hatte, war unten im Sendestudio und mit den Aufräumarbeiten beschäftigt, die es immer zu erledigen gab, wenn eine Nachrichtensendung beendet war. Sie würden bald zurückkommen, so dass mir nur wenige Minuten blieben.
Ich ging auf direktem Weg zu meiner Arbeitsecke und öffnete die unterste Schublade meines Schreibtisches.
Da lag es, das Video von dem Museumsbesuch. Das Band, um das ich mir all die Gedanken gemacht hatte, als es verschwunden gewesen war. Dessen Verschwinden ich sogar Jasper in die Schuhe geschoben hatte.
Ich ließ das Band in meiner Tasche verschwinden, wobei mich ein schlechtes Gewissen überkam, dass ich mein früheres Ich in all die Schwierigkeiten stürzte.
In der Schublade fand ich auch die Kamera, mit der ich die Aufnahmen gemacht hatte. Als mir einfiel, dass ich etwas brauchte, um das Band abzuspielen – es war eine Minikassette, keine VHS –, steckte ich sie ebenfalls ein. Beim Schließen der Schublade, fiel mir ein, wie Murray mich beschuldigt hatte, ebendiese Kamera verloren zu haben, und wie er darauf bestanden hatte, dass ich sie von meinem Gehalt zurückzahlte. Gut, dachte ich. Zur Hälfte hatte ich sie schon abbezahlt. Ein echter Diebstahl war es also nicht.
Als ich mich erhob, sah ich, wie Lily sich immer noch in der Tristesse des Büros umsah.
»Los«, sagte ich. »Wir müssen gehen.«
Ich nahm sie am Arm und wollte sie zur Tür hinausbugsieren.
»Warum hast du es so eilig?«, fragte sie verunsichert. »Darfst du

die Kamera überhaupt mitnehmen? Du stiehlst sie doch nicht etwa?«

»Es ist ein wenig kompliziert«, fing ich an zu erklären, als genau das passierte, von dem ich am wenigsten wollte, dass es geschah. Es war Jasper, in den ich fast hineingerannt wäre, als ich um eine Ecke kam. Erschreckt machte ich einen Satz zurück.

»Ach, hallo Sam«, begrüßte er mich freundlich. »So eine Überraschung, Sie heute Abend hier zu sehen.«

»Verdammt«, brummte ich wütend vor mich hin, als ich begriffen hatte, dass es mir schließlich doch nicht gelungen war, Vorbestimmtes zu verhindern.

»So spät noch bei der Arbeit?«, fragte er. »Sie haben doch gerade noch an Ihrem Schreibtisch gesessen. Haben Sie gefunden, wonach Sie gesucht haben? Ist das Ihre Kamera?«

»Ach, scheren Sie sich zum Teufel und kümmern Sie sich um Ihren eigenen Mist, Jasper«, blaffte ich ihn an. Ich nahm Lily bei der Hand und wollte sie den Gang entlangziehen.

»Heh!«, rief Jasper Lily zu. »Sind Sie nicht die Frau, die ich mit Sam im Krankenhaus gesehen habe? Wir haben uns alle schon gefragt, wer Sie sind. Aber Sam wollte es uns nicht verraten.«

Ich blieb stehen und drehte mich nach ihm um. »Wollen Sie sich mit mir anlegen, Jasper?«, warnte ich ihn mit leiser, heiserer Stimme. »Ich habe kein Problem damit, Ihnen eine zu verpassen«, sagte ich und schlug zu. Er starrte mich verängstigt und mit offenstehendem Mund an. Ich packte Lily fester am Arm und ging weiter, aber sie widersetzte sich und riss sich los. »Warum hast du ihn so angefahren? Das war unmöglich.«

Wie sollte ich ihr die Wahrheit sagen? Dass mir die Hand gegen Jasper ausgerutscht war, weil ich wusste, dass ich es tun *würde*. Weil ich nicht anders konnte, als genau das zu tun, dessen er mich schon einmal bezichtigt hatte. Ich war wütend, und zwar nicht auf Jasper, sondern auf mich, weil es mir offensichtlich nicht gelingen

wollte, etwas zu verändern, was sich bereits zugetragen hatte. Aber wie sollte ich Lily all das erklären?
»Weil er ein Arsch ist«, erklärte ich knapp.
Ich sah ihn wütend an und stieß, nachdem mir wieder eingefallen war, was er mir noch gesagt hatte, ein kurzes, grimmiges Knurren aus. Ich schwöre, dass ich das nur getan habe, weil er mir die Idee schon in den Kopf gesetzt hatte.
Er wich überrascht zurück. Lily war entsetzt.
»Komm«, sagte ich zu ihr und reichte ihr die Hand. »Lass uns gehen.«
Argwöhnisch beäugte sie meine Hand, bevor sie sie ergriff. Wir gingen den Gang entlang zum Aufzug und stiegen ein. Während sich die Türen langsam zuschoben, sah ich Jasper am anderen Ende des Ganges stehen. Schmerz und Irritation standen ihm ins Gesicht geschrieben, und ich bereute, was ich ihm an den Kopf geworfen hatte. Doch bevor ich mich entschuldigen konnte, schlugen die Türen donnernd zu.

71

Während der Fahrt schwiegen wir, bis Lily schließlich anhielt und den Motor abstellte. Ich sah durchs Fenster auf die dunkle, mir fremde Straße hinaus.
»Wo sind wir?«, wollte ich wissen.
»Vor meinem Haus«, sagte sie. »Kommst du mit rein?«
Zögernd willigte ich ein und ging hinterher.
Sie ließ mich im Wohnzimmer zurück, während sie einen Kaffee machte. Ich sah mich ein wenig um. Es war ein kleiner Raum mit dunklen Möbeln. Eine ganze Wand war zugestellt mit Regalen, in denen ordentlich einsortierte Bücher standen, bei denen es sich um akademische Lehrwerke zu handeln schien. Jedenfalls konnte

ich nicht einen Roman darunter ausmachen. Ich las ein paar Buchrücken: *Thermodynamik: eine Abhandlung über die Grundlagen der Energie*, *Angewandte Newtonsche Mathematik*, *Der Hitzetod des Universums*, *Quantenfeldtheorie in gekrümmter Raumzeit*. Kein Wunder, dass Lily nur wenig Zeit für andere Dinge als ihre Arbeit hatte.

Ich setzte mich auf ein Ledersofa, das knatschend unter mir nachgab. In einer Ecke stand ein kleiner Fernseher mit einem alten Videorekorder darunter. Von einem DVD-Spieler oder einer D-Box keine Spur. Fürs Fernsehen schien sie ebenfalls nicht viel übrigzuhaben.

Auffallender war die teure Musikanlage, die von zahllosen CDs umstellt war. Allerdings handelte es sich bei den meisten davon um Jazz- und Klassikstücke, stellte ich enttäuscht fest.

An den Wänden hingen ein paar Drucke. Abstrakte, geometrische Darstellungen von Quadraten, Kreisen und Linien. Alles streng geometrische Formen. Den Raum dominierte eine männliche Note, oder anders formuliert, ihm fehlte es an Spuren von Weiblichkeit, wie man sie in der Umgebung einer alleinlebenden Frau erwarten würde. Sie schien keine wesentlichen Veränderungen vorgenommen zu haben, seit ihr Mann gestorben war. Ich musste mir ins Gedächtnis rufen, dass dies erst sechs Monate her war.

Sie kam aus der Küche zurück.

»Ich weiß nicht, wie es dir geht«, sagte sie, »aber ich könnte etwas Stärkeres als einen Kaffee vertragen. Möchtest du auch? Ich glaube, ich habe noch ein paar Bier im Kühlschrank.«

»Ein Bier. Klingt verlockend«, stimmte ich zu.

Mit zwei geöffneten Flaschen kam sie zurück und setzte sich neben mich auf das Sofa. Während sie sich die Schuhe von den Füßen streifte, schienen sich ihre und meine Körperwärme fast zu berühren, wenn auch nicht ganz. Ich nahm einen Schluck von dem Bier und versuchte, nicht darüber nachzudenken, wie sehr ich sie begehrte.

»Warum warst du so unhöflich zu diesem Mann?«, fragte Lily unvermittelt. »Jasper hieß er doch, oder? Er wollte doch nur freundlich sein.«

Ich seufzte. »Das ist schwer zu erklären.«

»Warum versuchst du es nicht?«, forderte sie mich freundlich auf.

Ich hatte das Gefühl, ihr eine Erklärung schuldig zu sein.

»Na ja, alles fing damit an, dass Jasper Dinge über mich erzählte, die einfach nicht wahr sind.«

»Was für Dinge?«

»Dass er mich an Orten gesehen hat, an denen ich nicht gewesen bin, mit Leuten, die ich nicht kannte. Außerdem fing er an, mir Dinge in die Schuhe zu schieben, so dass ich Schwierigkeiten auf der Arbeit bekam. Und schließlich hat er …« Ich hielt inne.

»Was hat er?«

Ich schüttelte den Kopf und dachte an Murray. »Ist nicht so wichtig.«

»Und warum hat er das alles getan?«

»Damals wusste ich es nicht. Aber jetzt …«

»Ja?«

»Jetzt stellt sich heraus, dass er die Wahrheit gesagt hat. Alles, was er über mich erzählt hatte, stimmte.«

»Wie ist das möglich?«

»Weil ich die Dinge, die er mich hatte tun sehen, zu dem Zeitpunkt noch gar nicht gemacht hatte.«

Ich spürte, wie sich Lily neben mir anspannte. »Du meinst die Zeitreise?«

Über dieses Thema hatten wir schon seit einer Woche nicht mehr gesprochen.

»Ja«, sagte ich ruhig.

Sie wich meinem Blick kurz aus und sah mich dann wieder an.

»Dann wird also alles, was er gesagt hat, wirklich eintreten?«
Ich nickte. »Bisher war es so, ja. Und ich war so wütend, weil ich nicht verhindern konnte, dass es sich genauso zugetragen hat, wie er es beschrieben hatte.«
»Und was ist mit all dem anderen? Was ist mit den Dingen, von denen er behauptet hat, du hättest es getan, die aber noch nicht eingetreten sind?«
Ich dachte an Murray. An das Verhör bei der Polizei in dem Vernehmungsraum, als Meg mir eröffnete, dass Murray tot war und Jasper ausgesagt hätte, gesehen zu haben, wie ich ihn umbrachte.
»Ich muss dafür sorgen, dass es nicht passiert«, sagte ich düster.
Lilys Stimme entspannte sich etwas. »Ist es etwas Schlimmes?«, fragte sie vorsichtig.
Ich sah sie an. Ihr Gesicht war meinem ganz nah, zu nah.
»Ja«, sagte ich leise. »Glaubst du mir?«
»Ich bin nicht sicher«, antwortete sie, während sich ihr Körper gegen meinen presste. »Aber ich trau dir zu, dass du das Richtige tust. Reicht das?«
»Das ist ein Anfang«, sagte ich und ließ meinen Kopf auf ihre Schulter sinken.
Alles Weitere geschah wie in Zeitlupe. Ihre Augenlider flackerten und schlossen sich, als sich unsere Lippen trafen. Die Zeit schien stehenzubleiben, während sich unsere Münder gegenseitig ausgiebig und lustvoll mit einer Leidenschaft erkundeten, wie sie keiner unserer vorherigen Küsse je hätte erahnen lassen.
Unsere Lippen trennten sich kurz, gerade lang genug, dass Lily vor Überraschung und Erregung nach Luft schnappen konnte, bevor wir zu einem neuen ungezähmten und noch brennenderen Kuss verschmolzen. Ich spürte, wie ihre Hände über meinen Körper wanderten. Unnötig zu erwähnen, dass sich bald auch meine Hände über ihren Körper bewegten.

Wieder trennten sich unsere Lippen. Lily drückte mich auf das Sofa, warf ein Bein über meine Hüfte, so dass sie rittlings auf mir saß. Für einen neuen flüchtigen Kuss beugte sie sich vor, zog sich den Pulli aus und öffnete ein paar Knöpfe ihrer Bluse. Von ihr ermutigt, half ich ihr, auch die die letzten Knöpfe zu öffnen. Die Bluse sprang auf und entblößte die blasse Haut ihres Bauches und die Umrisse des Busens, der nur noch von ihrem BH bedeckt wurde.
Lächelnd machte sie sich daran, mein Hemd auszuziehen, und riss in der Eile sogar ein paar Knöpfe ab. Sie beugte sich hinab, küsste und leckte begierig meinen Hals, direkt unter dem Verband, dann meinen Oberkörper hinunter. Sie muss die Spitze meiner Erregung durch den Kleidungsstoff hindurch gespürt haben. Doch dann, im denkbar ungünstigsten Augenblick, dachte ich plötzlich an Sarah.
»Nein«, murmelte ich, während sich Lily noch abmühte, die Bluse auszuziehen, und dabei mit der Zunge über meine Nippel fuhr.
»O Sam«, stöhnte sie auf.
Erinnerungen an Sarah kamen in mir auf.
»Nein«, rief ich wieder und ächzte unter ihren Küssen. Ich umfasste ihre Schulter, um sie wegzuschieben. Heute war Sarahs Todestag. Erst wenige Stunden war es her, dass ich ihr Blumen aufs Grab gelegt hatte.
Lily griff hinter sich und löste geschickt den Verschluss ihres Büstenhalters. Die Träger lösten sich von der Schulter, und das gute Stück fiel auf mich hinab. Ich konnte gar nicht anders, als mit einer Hand an ihre Brust zu greifen, die warme Haut unter meinen Fingern zu spüren und mit dem Daumen an ihrem rosafarbenen, erregten Nippel zu spielen.
Alles, was ich in den letzten sechs Wochen durchgemacht hatte – alles, was ich in den nächsten vierzehn Tagen noch durchzumachen hatte –, diente nur einem einzigen Zweck: Sarah zurückzubekommen.
»Nein!«, rief ich ungewollt laut. »Stopp.«

Lily hielt inne, verwirrt und mit hochrotem Gesicht.
»Was ist los?« Plötzlich wirkte sie verängstigt und verletzlich. Sie nahm die Hände von meiner Brust und unterbrach den Kontakt.
»Tut mir leid«, sagte ich. »Ich kann nicht.«
»Was?«
Ich konnte Sarah nicht betrügen, nicht jetzt. »Tut mir wirklich leid. Ich kann einfach nicht.«
Frustriert schnaufend stieg sie von mir herab, nahm ihre Bluse vom Boden auf und verhüllte damit in einem plötzlichen Anflug von Scheu ihre Brüste.
Ich setzte mich auf, der BH lag immer noch auf meinem Schoß. Wütend entriss sie ihn mir, als ich ihn ihr reichte.
»Was ist los, Sam?«, fragte sie. »Ich dachte, du wolltest es?«
»Ja«, sagte ich und knöpfte mein Hemd wieder zu, so gut es ging. »Es ist schwer zu erklären.«
Ich stand auf, peinlich berührt von der Erhebung, die sich immer noch unter dem Reißverschluss meiner Hose abzeichnete.
»Liegt es an mir?«, fragte Lily gefasst. Mit zittrigen Händen hielt sie Bluse und BH eng an ihren Oberkörper gepresst.
»Nein«, antwortete ich, nahm meinen Mantel und zog ihn an. »Es liegt nicht an dir.«
»Dann verstehe ich es nicht.« Sie machte keine Anstalten, mich zur Tür zu begleiten.
»Ich glaube, ich verstehe es auch nicht«, sagte ich und ging.

72

In jener Nacht habe ich kaum geschlafen. Als ich aufwachte, hatte es draußen angefangen zu tauen, in mir drinnen aber schien etwas gefroren zu sein.
Ich fühlte mich erbärmlich für das, was ich Lily angetan hatte, war

aber wild entschlossen, nur noch an Sarah zu denken. Nur sie zählte.

Ich hatte die Videokamera und das Videoband, die ich am Abend zuvor aus dem Büro geholt hatte. In meinem Hotelzimmer stand ein kleiner Fernseher, an den ich die Kamera anschloss. Ich sah mir das Band viermal an, immer wieder vom Anfang bis zum Ende, jedes Mal zwei Stunden lang. Ich verließ das Zimmer an diesem Tag nur kurz, um mir etwas zu essen zu kaufen, das ich mir aufs Zimmer holte, um es vor dem Fernseher zu verzehren. Am Abend sah ich alles nur noch verschwommen und hatte Kopfschmerzen von dem Geräusch, das sich in meinen Schädel entlud.

Dennoch hatte ich nicht den Eindruck, dem Band bedeutende Erkenntnisse entlockt zu haben, auch wenn es, wie ich bemerkte, zwei wichtige Szenen gab, die ich an jenem Tag gefilmt hatte.

Die erste, ganz am Schluss des Films, war Guys Unterhaltung mit dem Fremden im dunklen Mantel und mit dem roten Schal. Diese Begegnung zu beobachten, war sehr interessant, zumal ich nun wusste, dass ich es war, mit dem Guy diskutierte, auch wenn es mir immer noch schwerfiel, meine Züge an der entfernten Gestalt auszumachen. Sah ich wirklich so aus? Hat mein Haar wirklich diese Farbe? Habe ich wirklich so einen Gang?

Die zweite wichtige Szene zeigte etwas, das mir zuvor schon einmal aufgefallen war. Die Art, wie sich Guy bewusst mit dem Körper zwischen die Tastatur und die Kamera schob, damit ich den vierstelligen Zahlencode nicht filmen konnte, mit dem er sich Zutritt zum nichtöffentlichen Bereich verschaffte.

Warum wollte Guy unbedingt, dass *ich* herausfand, wie man in das Museum einbricht, wenn er ganz offensichtlich schon viel mehr darüber wusste als ich? Das ergab keinen Sinn, war aber typisch für Guy.

Am folgenden Tag dachte ich an Lily. Ich hatte zwar gesagt, dass ich es nicht tun würde, konnte es aber nicht verhindern.

Ich wusste, dass ich sie verletzt hatte, als ich mich ohne Erklärung einfach davonmachte. Daran musste sie jetzt zu knabbern haben. Sie wusste ja nicht, was sie falsch gemacht hatte, und auch nicht, dass alles nur meine Schuld gewesen war.

Ich hoffte, dass ihr unsere kurze Affäre nicht so viel bedeutet hatte wie mir, dass ihr Schmerz nicht so groß sein würde wie meiner. Ein anderer Teil in mir hoffte jedoch genau das Gegenteil, nämlich dass sie dieselbe Intensität und Hingabe bei unserer kurzen Intimität gespürt hatte wie ich. Ich begehrte Lily, wie ich seit Sarah keine andere Frau begehrt hatte, und ich konnte die Vorstellung nicht ertragen, dass sie vielleicht nicht dasselbe für mich empfinden könnte.

Sollte ich sie anrufen?

Guy hatte mich gewarnt, mich nicht zu sehr in Lily zu verlieren, da er nicht wollte, dass ich verletzt würde. Aber davon, dass ich Lily verletzte, hatte er nichts gesagt.

Also: Sollte ich sie anrufen?

Nein. Mir missfiel der Gedanke, dass Lily Teil von Guys Plänen war, zumal ich nicht wusste, wie er sie benutzen wollte. Würde ich mich von ihr fernhalten, könnte ich sie auch von Guy fernhalten. Guy hatte aber auch gesagt, dass wir Lilys Hilfe bräuchten, um Sarah zurückzubekommen. Ohne Lily bliebe Sarah für immer weg.

Was sollte ich tun?

Schließlich beschloss ich, nichts zu tun. Ich würde Lily nicht anrufen, andererseits aber auch die Hoffnung nicht aufgeben, sie irgendwann wiederzusehen.

Am Wochenende fand ich schließlich heraus, warum Guy mich unseren Gang durch das Museum hatte filmen lassen. Kaum hatte ich die Idee im Kopf, war es nur zu offensichtlich.

Es war ein Plan.
Das Video zeigte jeden Raum, jede Tür und jeden Gang in dem Bau. Jedes Fenster, jede Treppe, jeden Aufzug und jede Überwachungskamera. Alle Informationen, die ich brauchte, sah ich vor mir auf dem Bildschirm. Ich musste sie nur noch in eine praktischere Form übertragen.
Es war Samstag und schon später Nachmittag. Ich lief durch die Stadt, auf der Suche nach einem Schreibwarenladen, um Bleistifte, Zeichenfedern, Lineale und ein paar Seiten großformatiges Zeichenpapier zu besorgen. Ich bezahlte mit meiner Kreditkarte, wohl wissend, dass ich sie nur noch wenige Tage nutzen konnte.
Ich schaffte alles in mein Hotelzimmer und fing an zu zeichnen. Der erste Versuch war ein Fehlschlag, den ich unverzüglich vernichtete.
Der zweite war schon besser. Aber als er halb fertig war, erkannte ich, dass auch er nicht gut werden würde, also wanderte auch dieser in den Papierkorb.
Mein dritter Vorstoß basierte auf den Lektionen aus meinen ersten Fehlern. Es ging schon viel besser. Erst fertigte ich eine grobe Skizze des Gebäudes an, dann schätzte ich die Abmessungen der Räume und die Länge der Flure anhand der Standbilder auf dem Fernsehschirm ab und übertrug diese Maße anschließend mit dem Lineal auf das Zeichenpapier. Für jedes Stockwerk nahm ich ein eigenes Blatt. Ganz präzise war es nicht, aber es nahm langsam Gestalt an.
An dem Samstag arbeitete ich bis spät in die Nacht, am folgenden Sonntag bis die Sonne untergegangen und die Nacht angebrochen war. Als ich eine ungefähr genaue Zeichnung fertiggestellt hatte, trat ich einen Schritt vom Tisch zurück, um mein Werk in seiner Gesamtheit zu betrachten. Ich war müde und konnte kaum noch stehen, war jedoch sehr angetan von dem, was ich zustande gebracht hatte.

Das Telefon klingelte, das Hoteltelefon neben dem Bett. In dem Glauben, es sei Lily, ging ich sofort ran.
Sie war es nicht.
»Hallo, Sam«, drang Guys rauhe Stimme durch die Leitung.
»Jetzt weiß ich, warum Sie mich alles im Museum haben filmen lassen«, platzte ich heraus und war zufrieden mit mir, wie ein Schüler, der seinem Lehrer die richtige Antwort geben konnte.
»Das ist schön.«
»Und ich habe einen Plan von dem Gebäude gemacht«, fuhr ich fort. »Nicht hundertprozentig akkurat, aber für den Anfang reicht es.«
»Gewiss, ein Anfang«, stimmte Guy zu. »Und was ist mit dem nächsten Schritt?«
Verunsichert hielt ich inne. »Ich weiß nicht«, räumte ich ein.
»Denken Sie nach«, sagte Guy. »Sie haben einen Plan von dem Museum, der nicht ganz genau ist. Wie kommen Sie an einen Plan, der genau ist?«
Ich überlegte. »Ich weiß es nicht.«
»Na los, Sam«, drängte Guy. »Warum würde jemand einen genauen Plan von einem Gebäude machen?«
Mir dämmerte es. »Um zu bauen«, antwortete ich. »Blaupausen.«
»Genau. Und wo werden Blaupausen für öffentliche Gebäude aufbewahrt?«
»Keine Ahnung.«
»Na los, denken Sie nach!«
»Bei der Stadtverwaltung«, überlegte ich. »Stanton House?«
»Die sind zuständig für Geburten, Sterbeurkunden und Eheschließungen«, sagte Guy. »Das andere ist es.«
»Das Aldmoor House?«
»Genau!«, rief er, für mich eine Spur zu erfreut.
»Und wie soll ich die da herausbekommen?«
»Ihnen fällt bestimmt etwas ein«, sagte er und legte auf.

Verblüfft starrte ich auf den Hörer, während sich das Brummen des Freizeichens mit dem Geräusch in meinem Kopf vermischte.

73

Am nächsten Tag war Montag. Als ich zum Aldmoor House kam, hatte ich bestenfalls vage Vorstellungen von einem Plan im Kopf. Schließlich lief es aber viel besser, als ich erwartet hatte.

Das öffentliche Register befand sich im dritten Stock. Am Empfang saß eine hübsche Frau hinter einem hohen Tresen.

»Kann ich Ihnen helfen?«, fragte sie. Sie schien sehr jung zu sein und hatte vielleicht gerade erst die Schule beendet.

»Ja«, sagte ich ziemlich nervös. »Ich suche die Blaupausen für das Museum. Man sagte mir, dass ich sie hier finden würde.«

»Das ist richtig«, sagte sie freundlich. »Sie müssen Mr. Baxter sein.«

»Hm, ja«, bestätigte ich zögernd und fragte mich, woher sie meinen Namen wusste, als sie mir die Antwort schon lieferte.

»Der Mann hat heute Morgen angerufen und gesagt, dass sie kommen würden.«

»Der Mann?«

»Ihr Chef von der Abteilung für Arbeitssicherheit«, erklärte sie. »Komisch, aber ich glaube, ich habe seinen Namen vergessen. Egal, jedenfalls sagte er, dass Sie kommen würden, um das hier abzuholen.«

Sie packte einen Stapel prall gefüllter Aktendeckel vor mir auf den Tresen. Ich starrte ihn ungläubig an.

»Das ist alles, was ich über das Museum auftreiben konnte. Ich hoffe, Sie finden, was Sie suchen.«

Ich blätterte ein paar Ordner durch, kam aber schnell zu dem

Schluss, dass es viel zu viel war, um in der Kürze der Zeit auch nur einen kleinen Teil davon zu verstehen.
Ich konnte mein Glück kaum fassen, es schien, als kümmerte sich Guy dieses Mal wirklich um mich.
»Sind die Originale hier drin?«, fragte ich, bemüht, die Frage so klingen zu lassen, dass nicht der geringste Zweifel daran aufkommen konnte, dass ich einen Anspruch auf die Antwort hatte.
Sie schüttelte den Kopf. »Das Bauwerk ist mehrere hundert Jahre alt. So weit reichen unsere Aufzeichnungen nicht zurück.«
»Ach«, bedauerte ich.
»Aber«, fügte sie lächelnd hinzu, »ich habe die Pläne für den Umbau aufgetrieben, als der alte Bau Ende der sechziger Jahre zu einem Museum umgebaut wurde. Und die Pläne für die große Sanierung Mitte der neunziger Jahre habe ich auch gefunden. Ist alles hier drin.« Sie zeigte auf den Ordner.
Ich hätte sie auf der Stelle umarmen und küssen können.
Ich fragte sie nach ihrem Namen. »Carole«, antwortete sie.
»Gut, Carole, ich danke Ihnen für die großartige Arbeit. Sie waren eine große Hilfe, und ich bin Ihnen sehr dankbar.«
Ich nahm die Ordner und wollte gehen.
»Entschuldigen Sie, Mr. Baxter«, rief Carole. »Würden Sie bitte hier noch unterschreiben?«
»Natürlich«, sagte ich, ging zum Tresen zurück und unterschrieb ein Formblatt an der Stelle, auf die sie zeigte.
»Ich kann sie Ihnen aber nur für längstens vierundzwanzig Stunden überlassen«, sagte sie. »Eigentlich geben wir sie überhaupt nicht aus dem Haus, aber Ihr Chef hat uns überredet.«
»Ja«, grinste ich. »Das kann er gut.«
»Ich hoffe, Sie finden, was Sie suchen«, sagte sie.
»Ich auch.«

Ich nahm die Ordner mit ins Hotel und machte mich gleich an die Arbeit, aber die Hunderte von Seiten erwiesen sich als zu viel, um alles an nur einem Tag zu lesen. Vieles überflog ich nur, notierte, was ich für wichtig hielt, aber als sich der Nachmittag zum Abend neigte, stellte ich fest, dass es unmöglich war, alle Informationen zu sichten, ohne wichtige Passagen auszulassen.

Ich fand zum Beispiel ein Dokument mit dem Titel »Angebot für die Aufrüstung der Überwachungsanlage«. Begriffe wie »Vertraulich«, »Anordnung der Kameras« und »Überarbeitung der aktuellen Sicherheitsmaßnahmen« sprangen mir ins Auge. Sechzig Seiten eng bedruckter Text. Zu viel, um es alles zu lesen, geschweige denn von Hand abzuschreiben.

Ich überlegte kurz, ob ich die Unterlagen einfach behalten sollte, dachte dann aber daran, dass sie meinen Namen hatten und mich – oder zumindest mein früheres Ich, das sowieso schon genug Probleme hatte – leicht finden würden. Also blieb mir nur eine Möglichkeit.

Wie aber sollte ich zu dieser späten Stunde an einen Kopierer kommen?

Gegen neun Uhr war ich im Büro. Wenn ich Glück hatte, befand sich die komplette Spätschicht unten in den Studios und bereitete gerade die Spätnachrichten vor, so dass die Büros leer waren.

Vorsichtig trat ich aus dem Aufzug, wobei ich mir klarmachte, dass ich *eigentlich* eingebrochen war. Umso überraschter und mit großer Erleichterung stellte ich fest, dass mir das Glück treu geblieben war. Das Büro war menschenleer.

Der Raum lag im Halbdunkel, und es war, von dem leisen Summen nicht abgeschalteter Computer einmal abgesehen, absolut still. Zügig begab ich mich zum Kopierer, schaltete ihn ein und wartete, bis er sich aufgewärmt hatte, wofür er eine gefühlte Ewigkeit zu brauchen schien, bis mit einem unüberhörbaren Rattern endlich seine Bereitschaft angezeigt wurde.

Ich konnte mit der Arbeit beginnen. Die A4-Seiten übergab ich dem automatischen Papiereinzug, die größeren Formate legte ich einzeln von Hand ein. Die Maschine arbeitete schnell, musste aber auch eine enorme Menge bewältigen. Ich musste sie sogar noch anhalten, um Papier nachzulegen.

Etwa eine halbe Stunde später hatte ich das meiste geschafft. Nur noch ein paar Dutzend Seiten waren übrig. Während der Kopierer im Automatikbetrieb weiterarbeitete, fing ich schon an, die beiden Stapel – Originale und Kopien – zu sortieren, damit ich mich zügig wieder davonmachen konnte.

Plötzlich hörte ich in der Ferne eine Tür, die sich öffnete und langsam wieder zufiel. Dann näherten sich Schritte über den Teppich.

Über den Kopierer gebeugt, stand ich mit dem Rücken zum Büro. Ich drehte mich nicht um, während ich den Unbekannten hinter mir vorbeigehen und die Tür in einen anderen Raum öffnen hörte. Als die Tür klickend ins Schloss fiel, wagte ich einen verstohlenen Blick über die Schulter.

In Jaspers Büro brannte jetzt Licht.

Verdammt. Hatte er mich gesehen? Hatte er mich erkannt? Spielte das überhaupt eine Rolle? Hatte er nicht gesagt, dass er mich genau in dieser Nacht am Kopierer gesehen hatte?

Nur noch wenige Seiten warteten darauf, kopiert zu werden, als die Maschine geräuschvoll zum Stehen kam und einen Warnton von sich gab. Papierstau.

»Scheißteil«, entfuhr es mir, vielleicht zu laut. Sicherheitshalber verpasste ich dem Gerät einen kräftigen Tritt genau in den Papierschacht.

Ein Blatt Papier ragte seitlich aus dem Kopierer heraus. Beherzt zog ich daran, es riss. Ich griff hinein und zog die andere Hälfte

heraus, von schwarzem Toner überzogen und vollkommen zerknittert.
Ich drückte auf den Reset-Schalter, brachte aber nur ein paar Lampen dazu, mich rot anzublinken, während die Maschine eine Reihe weiterer aufgebrachter Laute von sich gab, die noch aufdringlicher waren als die letzten.
»Unnützes Schrottteil«, zischte ich sie an und öffnete die Seitenabdeckung, in der das erste Blatt stecken geblieben war. Dort entdeckte ich noch ein Blatt, noch zerknitterter als das erste. Es war zusammengeschoben wie eine Ziehharmonika und noch warm von nasser Tinte. Meine Finger waren schwarz, nachdem ich es Zentimeter für Zentimeter herausgezogen hatte.
Dennoch weigerte sich das Gerät, seine Arbeit wiederaufzunehmen.
Ich verpasste ihm einen weiteren boshaften Tritt, der es heftig zum Beben brachte. »Verdammte Scheiße!«, fluchte ich, als ich den Schmerz verspürte, den mir die Maschine aus Rache am Zeh zugefügt hatte.
Als ich auch die Frontplatte öffnete, um mir ein genaueres Bild von der Störung zu verschaffen, vernahm ich plötzlich eine Stimme hinter mir.
»Gibt's Probleme?« Ich schloss die Frontplatte langsam wieder und drehte mich um. Hinter mir stand Jasper, in gebührendem Abstand, den er offensichtlich nicht aufzugeben bereit war.
Ich sagte nichts, hatte ich doch erkannt, dass meine Zeit abgelaufen war und ich nichts mehr tun konnte, um zu verhindern, was schon passiert war. Ich zog die restlichen Seiten aus dem Kopierschacht und raffte alles mit beiden Armen zusammen, wobei mich das Gewicht sehr überraschte.
»Alles in Ordnung«, beruhigte ich Jasper, ohne ihn eines Blickes zu würdigen. »Ich bin jetzt fertig.«
Er machte keine Anstalten, mich aufzuhalten, also verließ ich

schnurstracks das Büro und befand mich Sekunden später wieder draußen auf der Straße auf dem direkten Weg zurück ins sichere Hotel.

74

Am folgenden Morgen brachte ich die Unterlagen ins öffentliche Register zurück, nicht ohne mich freundlich bei der Dame hinter dem Tresen zu bedanken, dass sie mir die Dokumente überlassen hatte.

»Kein Problem, Mr. Baxter«, sagte sie. Ich hoffte, sie würde sich nicht so leicht an meinen Namen erinnern, wenn sie eine Woche später die Nachricht hörte, dass im Museum eingebrochen wurde.

Zurück im Hotel machte ich mich gleich über die Kopien her. Ein paar Abschnitte markierte ich, von anderen machte ich Notizen. Dann verglich ich die Architektenpläne für die Umbauarbeiten mit den Zeichnungen, die ich anhand des Videos gemacht hatte, und war angenehm überrascht, als ich feststellte, dass ich trotz meiner manchmal ziemlich ungenauen Schätzungen vieles sehr genau wiedergegeben hatte.

Am späten Abend brannten mir die Augen. Mir brummte der Schädel von den vielen Fakten, von denen ich nicht wusste, ob ich sie überhaupt brauchen würde. Von der Erkenntnis einmal abgesehen, dass ich eine Menge über Gebäudeplanung gelernt hatte, schwand allmählich die Hoffnung, dem riesigen Papierstapel vor mir noch etwas Nützliches entlocken zu können. Ich schätzte, dass ich mich erst durch ein Viertel des Blätterwaldes gekämpft hatte.

Schließlich fiel mir auf, dass ich zwei wichtige Informationen unter den Dokumenten wohl kaum finden würde, nämlich den Sicherheitscode für die Tür zum nichtöffentlichen Bereich und die Zahlenkombination für den Tresor. Guy hatte den Code für die Tür bei unserem Besuch dort vor eineinhalb Wochen zwar gekannt, aber die Angestellten des Museums (und natürlich auch Meg Caplan) hatten mitbekommen, dass die Überwachungskameras an dem Tag abgeschaltet gewesen waren, so dass ich mir kaum vorstellen konnte, dass man nach einem solchen Einbruch nicht sämtliche Codes im Gebäude inzwischen ausgetauscht hatte.

Wie also sollte ich an diese Nummern kommen? Und wo sollte ich die Zahlenkombination für den Tresor herholen? Ich war an meine Grenzen gelangt, das wusste ich, aber ich dachte an Sarah, und meine Verzweiflung schlug in Entschlossenheit um.

Während ich an Sarah dachte, fiel mir Lily wieder ein. Ich fühlte mich schuldig für das, was ich ihr angetan hatte, und schuldig dafür, dass ich den ganzen Tag nicht ein einziges Mal an sie gedacht hatte.

Müde und mit meinem atmosphärischen Rauschen im Kopf ging ich an jenem Abend spät zu Bett. Ich konnte lange nicht einschlafen, mir schwirrte der Kopf von all den Gedanken und Überlegungen zum Museum und über Sarah. Als ich schließlich doch eingeschlafen war, träumte ich nur von Lily.

Am nächsten Morgen wachte ich spät auf. Die Sonne war schon aufgegangen, als ich völlig gerädert aufstand. Mir brummte der Schädel von der wenig erholsamen Nacht. Ich nahm ein Duschbad, was mir ein wenig auf die Beine half, und beschloss, einen kleinen Spaziergang an der frischen Luft zu machen.

Ich wanderte eine Weile ziellos durch die Straßen und war gegen Mittag wieder im Hotel, nicht ohne mir rasch noch eine Zeitung und eine Milchpackung zu krallen.

Der Mann am Empfang rief mich zu sich an den Tresen.

»Warten Sie bitte kurz, ich hole die Hoteldirektorin«, sagte der junge Mann und verschwand in einem Hinterzimmer. Es dauerte nicht lange, da trat eine stattliche Frau durch die Tür und kam auf mich zu. Sie wirkte angespannt.

»Mr. Baxter?«, fragte sie. Ich nickte.

»Wie es aussieht, haben wir ein kleines Problem mit Ihrer Rechnung, Sir.«

»Was für ein Problem?«, fragte ich argwöhnisch.

»Genauer gesagt«, fuhr sie fort, »mit Ihrer Zahlungsfähigkeit.«

»Ach«, antwortete ich, während mir aufging, dass die Zeit nun gekommen war. »Meine Kreditkarte ...«

Sie reichte mir eine Kopie der Rechnung. Sie war ziemlich hoch. Vierzehn Tage hatte ich in dem Hotel schon zugebracht, und meine Kreditkarte schien nur für dreizehn Tage gedeckt gewesen zu sein.

»Ihre Kreditkarte ist nicht mehr gedeckt«, bestätigte die Dame meine Vermutung. »Verfügen Sie über andere Zahlungsmittel?«

»Ich könnte Ihnen einen Scheck ausstellen«, bot ich an.

»Haben Sie dafür eine Scheckgarantiekarte von der Bank?«

Ich durchsuchte meine Brieftasche und fand beide Bankkarten – die alte, die ich hätte vernichten sollen, und die neue, die man mir ausgestellt hatte, nachdem mein Konto geplündert worden war. Ich reichte ihr die neue Karte und befürchtete gleich, dass nicht mehr genug Geld auf dem Konto sein würde.

»Ich muss bei Ihrer Bank anrufen«, sagte sie, griff zum Telefon und wählte. Während sie darauf wartete, dass jemand abnahm, fixierte sie mich mit strengem Blick.

Nach einem kurzen Gespräch, bei dem sie nicht müde wurde, immer wieder »Verstehe« vor sich hin zu murmeln, legte sie auf und wandte sich mir zu.

»Tut mir leid, Sir«, sagte sie, was nicht überzeugend klang. »Ihre Bank ist leider nicht bereit, die Summe zu zahlen.«

»Ach ja?«, antwortete ich, Ahnungslosigkeit mimend. »Das ist seltsam. Sind Sie sicher?«

Natürlich war sie das und wollte wissen, wie ich gedachte, die Rechnung zu begleichen.
Ich hatte mein Bankkonto vor ein paar Wochen geplündert und nur noch wenig Bargeld übrig, das selbst in dieser billigen Herberge sicher nicht für zwei Nächte Unterkunft und Zimmerservice reichen würde.
»Ich gehe davon aus, dass es Zeit bis morgen hat?«, fragte ich. »Donnerstags wird immer mein Gehalt überwiesen.« Mein Gehalt wurde mir immer direkt auf das neue Konto überwiesen, und trotz der zweihundert Pfund weniger, die Murray mir für die verlorene Kamera abzog, sollte das reichen, um die Rechnung zu begleichen.
Die Dame schüttelte nur den Kopf: »Nein.«
Erneut warf ich einen Blick in meine Brieftasche und bot ihr das wenige Bargeld an, das ich noch hatte.
»Damit wäre ein Teil bezahlt«, sagte sie, nahm das Geld und gab mir eine Quittung. »Wann bekomme ich den Rest?«
»Mehr habe ich nicht«, sagte ich unangenehm berührt. »Ich habe gar nichts mehr.«
»Dann bedaure ich«, sagte sie mit bedrohlichem Blick, »Sie bitten zu müssen, das Haus zu verlassen. Ich gehe davon aus, dass Sie Verständnis dafür haben und uns keine Schwierigkeiten machen.«
Ich schüttelte geknickt den Kopf. »Wann soll ich gehen?«, fragte ich.
»Jetzt«, antwortete sie bestimmt.

Während ich packte, klopfte es an der Tür.
Ich hatte einen Gepäckträger erwartet, der mich hinausbegleiten würde, und war sehr überrascht, Lily vor der Tür stehen zu sehen.
»Hallo, Sam«, sagte sie. Dann bemerkte sie die Unordnung hinter mir im Zimmer. »Du packst?«
Ich bat sie ins Zimmer und schloss die Tür hinter ihr. Sie sah sich

um und ließ sich auf dem harten Stuhl neben dem Frisiertisch nieder. Dort saß sie steif mit geradem Rücken, die Knie eng aneinandergepresst, die Hände auf dem Schoß. Ich musste an das erste Mal denken, als ich sie im Krankenhaus gesehen hatte. Diese steife, formale Haltung.

»Ich habe kein Geld mehr«, sagte ich offen. »Sie wollen, dass ich gehe.«

Ich wandte mich wieder meiner Garderobe zu, die auf dem Bett verteilt lag. Einen Koffer hatte ich nicht – ich war ohne gekommen und hatte bisher keine Gelegenheit gefunden, einen zu kaufen. Daher verstaute ich meine Habe, so gut ich konnte, in Plastiktüten.

Lily saß eine Weile schweigend da. Ich faltete meine Kleider weiter zusammen und konzentrierte mich auf meine Arbeit, bemüht, der Versuchung zu widerstehen, mich nach ihr umzusehen.

Schließlich sprach sie doch. »Lass mich dir helfen«, sagte sie, erhob sich von ihrem Platz und kam zum Bett.

Wir standen nebeneinander, falteten Stück für Stück zusammen und legten alles ordentlich in die Tüten. Sie war besser im Falten, routinierter und auch schneller. Ein unangenehmer Moment entstand, als sie unter einem Hemd aus Versehen einen Stapel Unterhosen aufdeckte. Ohne ein Wort darüber zu verlieren, faltete sie auch diese zusammen. Ich musste daran denken, dass sie mir sogar welche besorgt hatte.

Da ich nicht mehr Kleidungsstücke besaß, als die, die ich in den letzten drei Wochen gekauft hatte, waren wir im Nu fertig.

»Danke«, sagte ich auf dem Weg ins Bad, um auch dort alles zusammenzupacken. Lily folgte mir und blieb in der Tür stehen.

»Ich denke, ich glaube dir jetzt, Sam.«

»Das musst du nicht«, entgegnete ich, während ich den Schrank über dem Waschbecken öffnete und all meine Utensilien in eine andere Tüte packte.

Sie kam näher und berührte meinen Arm.
»Ich habe dich heute in der Stadt gesehen.«
»Ja, ich habe einen kleinen Spaziergang gemacht«, erklärte ich, während ich weiterpackte. »Warum hast du mich nicht angesprochen?«
»Das habe ich«, sagte sie.
Ich hielt inne und sah sie an.
»Wann war das?«
»Vor etwa zwanzig Minuten. Danach bin ich gleich hergekommen.«
Sie löste die Hand von meinem Arm und berührte den Verband am Hals. »Darf ich?«, fragte sie.
Ich nickte. Sie zog den Verband vorsichtig herunter, um die Narbe darunter aufzudecken. Sie war in den letzten drei Wochen gut verheilt, wenngleich immer noch deutlich sichtbar. Lily fuhr mit den Fingern über die Wunde, tastete über die Erhebung an der Stelle, an der die Haut wieder zusammengefügt worden war.
Sie schob den Verband wieder an seine alte Stelle zurück und ließ die Hand sinken. »Ich glaube dir jetzt, Sam«, wiederholte sie. »Ich habe dich auf der Straße gesehen und dich gerufen. Du bist stehen geblieben und hast dich umgedreht, aber du hast mich nicht erkannt.«
Jetzt fiel es mir wieder ein. »Du hast mir an den Hals gefasst, den Kragen heruntergezogen und bist mir mit einem Finger über die Haut gefahren.«
»Ja«, sagte sie und schien mit den Tränen zu kämpfen.
»Du hast gesagt, dass du mich für jemand anderen gehalten hast.«
Sie nickte. »Du *warst* jemand anderes. Ich habe dich vor einem Monat getroffen, und trotzdem ist es gerade erst passiert. Vor zwanzig Minuten hattest du keine Narbe am Hals, weil dir das alles noch gar nicht passiert war. Du hast die ganze Zeit die Wahrheit gesagt. Ich muss mich entschuldigen, Sam.«

»Wofür?«
»Für alles.« Langsam und unbeirrt trat sie auf mich zu, legte die Arme um mich und den Kopf an meine Schulter. Ich erwiderte die Umarmung, vergrub mein Gesicht in ihrem Haar und sog ihren Duft tief in mich ein.
Eine Weile, mindestens eine Minute lang, standen wir regungslos da. Dann löste sie ihren Griff und trat einen Schritt zurück. Sie rieb sich die Augen, wischte sich die Tränen weg und schniefte leicht.
Dann sah sie sich im Bad um.
»Meine Güte, Sam«, sagte sie. »Diese Unterkunft ist ja ein richtiger Volltreffer.«
Ich musste ihr recht geben.
»Ich kann nicht glauben, dass du es hier die letzten Wochen ausgehalten hast.«
»Nach Hause kann ich nicht«, antwortete ich. »Du hast die Person gerade getroffen, die jetzt dort lebt.«
Ich räumte im Bad zu Ende auf und ging zurück ins Schlafzimmer. Lily folgte mir.
»Und wo willst du bleiben?«
»Ich weiß es nicht«, gab ich zu, während ich die letzten Sachen einpackte. »Ich habe kein Geld mehr und kann nirgendwo hin.«
»Du solltest zu einem Freund ziehen«, schlug sie vorsichtig vor.
Ich schüttelte den Kopf. »Meine Freunde glauben immer noch, dass ich einen Monat zurück bin. Sie würden nicht verstehen, warum es mich zweimal gibt.«
»Ich würde es verstehen«, sagte sie.
Ich stutzte und sah sie an.
»Du kannst bei mir wohnen«, sagte sie. »In meinem Haus.«
Ich wollte ihr Angebot annehmen, sagte aber stattdessen: »Ich weiß nicht, ob das eine gute Idee ist.«

»Ich habe ein Gästezimmer«, sagte sie, »wenn es das ist, was dich stört.«
»Ich meinte nicht …«, antwortete ich.
»Ich würde mich freuen, wenn du annimmst«, sagte sie freundlich. »Ich möchte dir den Gefallen tun.«

Sie half mir, die Tüten aus dem Hotel in ihr Auto zu schleppen. Auf dem Weg an der Rezeption vorbei reichte sie der Hoteldirektorin ihre Kreditkarte, um meine Rechnung zu begleichen. Ich bedankte mich bei ihr mit dem Gefühl, dass das völlig unzureichend war.

75

Die erste Nacht war unangenehm, für uns beide.
Wie versprochen, quartierte Lily mich im Gästezimmer ein und ließ mich dort meine Sachen auspacken. Im Kleiderschrank und in der Kommode befanden sich die Sachen ihres verstorbenen Mannes, was sie jedoch nicht kommentierte. Ich schob seine Sachen zurück und räumte meine eigenen davor.
Lily machte uns etwas zu essen, ein Gemüsecurry, das wir unaufgeregt zu uns nahmen. Die Unterhaltung beschränkte sich auf eine harmlose Plauderei. Keiner von uns verlor auch nur ein einziges Wort über unser fehlgeschlagenes Liebesspiel in der vergangenen Woche. Es war, als wäre es nie geschehen, auch wenn unser Schweigen und der unbeholfene Umgang miteinander das Gegenteil bewiesen. Es wurde auch dadurch nicht besser, dass ich jedes Mal, wenn ich sie ansah, das Bild vor Augen hatte, wie sie auf mir saß, und mich an das Gefühl ihrer nackten Brüste unter meinen Händen erinnerte. Ich versuchte, nicht daran zu denken, was keine einfache Aufgabe war.

Zwischen uns schien sich eine gewisse Distanz aufgebaut zu haben, eine Befangenheit, die wir schon einmal überwunden hatten und die nun wieder da war. Bestimmte Themen waren jetzt tabu, für eine Weile jedenfalls. Und ich begründete auch mit keiner Silbe, warum ich sie in jener Nacht so plötzlich und ohne ein Wort der Erklärung verlassen hatte. Aber sie fragte auch nicht danach. Keiner von uns sprach noch von meiner Zeitreise.

Um halb elf erklärte Lily, dass sie ins Bett gehen wollte, da sie am folgenden Morgen zur Arbeit musste. Es gehörte nicht zu meinen Gepflogenheiten, so früh schlafen zu gehen, ich blieb aber als Gast in einem fremden Haus nicht gern allein auf. Also sagte ich, dass auch ich ins Bett gehen würde. *Mein* Bett, hob ich hervor, als ich den Blick bemerkte, den sie mir zuwarf.

Wir wünschten uns geziert gute Nacht und zogen uns in unsere jeweilige Schlafstatt zurück. Die Wände in Lilys Haus waren sehr dünn, und als ich im Bett lag, hörte ich, wie sie sich im Nebenzimmer bewegte. Das Knarren der Bodendielen, das Rascheln der Kleider, die sie weghängte, das Geräusch des Bettes, als sie sich hineinlegte und zudeckte. Eine Stunde später, ich war immer noch wach, hörte ich erneut ihre Schritte, auf dem Weg ins Bad, das Plätschern beim Pinkeln. Sie tapste schnell wieder in ihr Zimmer zurück, und ich drehte mich um und hörte, wie sie sich wieder ins Bett legte. Zwischen uns war nichts als eine dünne Wand, aber mir war bewusst, dass uns mehr trennte.

Wie gewöhnlich schlief ich schlecht und wachte spät auf. Ich betrat die Küche, als Lily gerade zur Arbeit gehen wollte, mit zerzaustem Haar, nur mit einer kurzen Schlafanzughose und einem T-Shirt bekleidet. Der Verband war in der Nacht abgefallen, und einen neuen hatte ich noch nicht angelegt. Rasiert hatte ich mich schon seit Tagen nicht mehr, so dass sich die Anmut meines Anblicks zweifellos in Grenzen hielt.

Lily musterte mich von oben bis unten, verzog die Lippen zu einem sanften Lächeln, ließ mein Erscheinungsbild aber unkommentiert.
»Hast du gut geschlafen?«
Ich versicherte ihr, dass dies zutraf.
»Ich muss zur Arbeit. Fühl dich wie zu Hause. Milch ist im Kühlschrank, Müsli im Schrank. Geschirr findest du dort in dem Schrank und Besteck in der Schublade. Hier habe ich noch etwas für dich.«
Sie reichte mir einen Schlüssel.
»Für die Haustür«, sagte sie nur.
Als sie gegangen war, machte ich mir Frühstück. Wie sie gesagt hatte, fand ich die Milch im Kühlschrank und das Müsli im Schrank. Sonst war kaum etwas da. Ich hätte mir gern etwas gebrutzelt, etwas Speck oder Würstchen. Aber Fleisch konnte ich nicht entdecken, weder im Kühlschrank noch im Gefrierschrank. Verdammte Vegetarier.
Ich fragte mich, was ich zu Mittag essen würde. Als es so weit war, verließ ich das Haus und besorgte mir einen Hamburger.

Den Tag verbrachte ich mit der Durchsicht der Unterlagen über das Museum. Ich schaffte mir Platz auf dem Küchentisch und breitete alle Papiere um mich herum aus. Bevor Lily am Abend nach Hause kam, hatte ich alles wieder weggeräumt, denn es gab eine Menge Dinge, die ich ihr noch nicht sagen konnte.
»Was hast du heute Interessantes gemacht?«, erkundigte sie sich, während sie ihren Schlüssel auf die Garderobe neben der Tür schleuderte. »Ich hoffe, du hast dich nicht gelangweilt.«
Ich hatte mich schätzungsweise durch die Hälfte der Unterlagen gewühlt, so dass mir nur noch ein knappes Viertel zu lesen blieb. Am interessantesten schien mir eine Seite mit der Überschrift »Angebot für die Aufrüstung der Sicherheitsprozesse«. Dort fand

ich hilfreiche Hinweise über die Anzahl der Wachen und auch darüber, wo sie eingesetzt waren und welche Routen sie auf ihren stündlichen Runden durch das Museum nehmen mussten.

Dem Dokument entnahm ich auch Einzelheiten über die Stellen, an denen die Überwachungskameras angebracht waren. Die meisten hatte ich zwar schon auf dem Video ausgemacht, das ich gedreht hatte, aber die Beschreibung darüber, wie sie mit dem Kontrollraum verbunden waren, schien mir aufschlussreich, zeigte sie mir doch, welche Drähte ich zu durchtrennen hatte und wo ich sie finden würde.

Darüber hinaus fanden sich auch Hinweise über die elektronische Verriegelung sämtlicher Innentüren. Zwar ohne die zum Öffnen und Schließen erforderlichen Sicherheitscodes, aber dafür mit dem Namen des Herstellers und dem Produktcode. Ich schaltete Lilys PC ein und hatte die technischen Pläne für ebendieses Schloss schon nach kurzer Suche im Internet gefunden, heruntergeladen und ausgedruckt. Wenn ich gewollt hätte oder tatsächlich gewusst hätte, wie, hätte ich ein solches Schloss mit diesen Plänen komplett nachbauen können.

Auch der Tresor und das altmodische Kombinationsschloss, mit dem er gesichert war, wurden in dem Dokument erwähnt. Demnach war das Schloss damals eine gute Investition gewesen und leistete immer noch gute Dienste. Ein Aufrüsten war deshalb nicht empfohlen worden.

Gut, überlegte ich, vielleicht ließ sich ein älteres Schloss leichter öffnen. Bei einer erneuten Suche im Internet stieß ich jedoch nicht auf hilfreiche Informationen über dieses spezielle Schloss, so dass ich nicht weiterkam.

Der Haken an der Sache war natürlich, dass es sich bei den Unterlagen lediglich um ein Angebot handelte. Ich wusste also nicht, welcher dieser Vorschläge von der Museumsverwaltung tatsächlich angenommen und umgesetzt worden war und welcher nicht.

Nach meiner Recherche im Internet löschte ich sämtliche Cookies von Lilys Computer und fuhr ihn herunter, so dass die besuchten Webseiten aus dem Verlaufsordner verschwanden.
»Nein«, antwortete ich also auf Lilys Frage. »Ich hatte einen ruhigen Tag. Habe eigentlich gar nichts gemacht.«

Auch an diesem Abend machte Lily wieder das Essen. Ich wäre ihr gern zur Hand gegangen, kannte mich aber bei der Zubereitung vegetarischer Mahlzeiten nicht aus. Ich entschuldigte mich dafür, doch sie ging lachend darüber hinweg.
Zum Essen machte sie eine Flasche Rotwein auf, die wir anschließend auf dem Sofa sitzend und plauschend, leerten. Bestimmten Themen gingen wir weiterhin aus dem Weg, etwa, was zwischen uns geschehen war, als wir das letzte Mal auf diesem Sofa gesessen hatten, und warum ich mich ihr, quasi mittendrin, entzogen hatte. Stattdessen redeten wir über unsere Vergangenheit, das Leben, bevor wir uns kennengelernt hatten. Sie erzählte von ihrem verstorbenen Mann, und ich kurz und vorsichtig von Sarah. Sie sprach von ihrer Arbeit, und ich, nachdem sie gefragt hatte, von meiner. Es war fast Mitternacht, als wir ins Bett gingen, jeder in seines, und ich rechnete es ihr hoch an, dass sie dieses Mal deutlich hinter ihrer normalen Schlafenszeit geblieben war.
Sie gab mir einen Kuss auf die Wange. Ich versuchte, ihn zu verlängern, meine Lippen zu ihrem Mund zu bewegen, hatte aber das Gefühl, dass es irgendwie nicht richtig war, jetzt noch nicht. Wir trennten uns und wünschten einander eine gute Nacht.
Wieder hörte ich, wie sie im Nebenzimmer in ihr Bett ging, lauschte angestrengt, um durch die Wand ihr Atmen zu hören, und fragte mich, ob sie dasselbe tat.

76

Am folgenden Tag hatte ich mich endlich durch alle Dokumente gequält und drehte das letzte Blatt erschöpft, aber mit großer Befriedigung um. Ich hatte den Eindruck, dass ich jetzt um einiges mehr über das Museum wusste als jemand, der klar bei Verstand war, jemals hätte wissen wollen. Dennoch gab es hartnäckige Wissenslücken, und obwohl es bis zum Einbruch nur noch fünf Tage waren, hatte ich noch keine konkrete Vorstellung davon, wie er zu bewerkstelligen wäre.

Am Nachmittag klopfte es an der Tür. Lily war bei der Arbeit, und ich überlegte, ob ich öffnen sollte oder nicht. Als ich es schließlich doch tat, stand Guy auf dem Treppenabsatz.

»Hallo, Sam«, strahlte er. »Wollen Sie mich nicht hineinbitten?«

»Das ist nicht mein Haus«, erklärte ich und machte keine Anstalten, ihn vorbeizulassen.

»Lily wird nichts dagegen haben«, sagte er und rauschte an mir vorbei. Schnurstracks hielt er auf das Wohnzimmer zu, ließ sich auf das Sofa fallen und grinste mich an, als müsste ich erfreut sein, ihn zu sehen.

»Also«, fragte er, als ich ihm gegenüber Platz genommen hatte. »Wie sieht es aus?«

»Die Informationen, die ich von der Stadtverwaltung bekommen konnte, habe ich«, sagte ich.

»Waren sie hilfreich?«

»Einige schon. Den Gebäudeplan konnte ich fertigstellen. Ich glaube, er ist ziemlich akkurat geworden.«

»Sehr gut«, sagte Guy. »Den müssen Sie sich jetzt einprägen. Bis nächsten Mittwoch müssen Sie alle Details im Kopf haben.«

»Es gibt allerdings ein paar Dinge, über die ich nichts finden konnte«, erklärte ich.

»Keine Sorge«, entgegnete er.

»Ich habe den Code für die Tür noch nicht, und auch nicht die Zahlenkombination für den Tresor.«
»Keine Sorge«, wiederholte er.
»Keine Sorge!«, rief ich. »Wir werden in ein Museum einbrechen. Das ist eine Straftat! Und Sie sagen mir, dass ich mir keine Sorgen machen soll!«
Guy ließ den Blick durch den Raum schweifen, beugte sich vor und nahm ein Buch zur Hand, das auf dem Couchtisch lag. »Schön hier«, sagte er, während er in dem Buch blätterte.
»Hören Sie wenigstens zu, wenn ich mit Ihnen rede«, zischte ich ihn erbost an. »Es ist schließlich Ihre Idee, dass ich einbrechen soll.«
Guy legte das Buch zurück und sah mich an. »Ich will gar nichts, Sam. Es war Ihre Entscheidung, mir bei dem Einbruch in das Museum zu helfen. Oder hat Sie der Einzug bei Lily vergessen lassen, warum Sie es tun?«
Darauf fiel mir keine Antwort ein.
»Sie ist keine schlechte Person«, fuhr Guy fort. »Lily, meine ich. Sie ist hier und jetzt verfügbar. Und ich glaube, dass sie auch Gefühle für Sie entwickelt hat. Ich weiß, dass Sie Gefühle für sie hegen. Warum machen Sie da nichts draus? Vergessen Sie Sarah! Lassen Sie sie ziehen. Warum kümmern Sie sich um die Vergangenheit, wenn Sie in der Gegenwart Lily haben?«
Mir war klar, dass ich eines Tages eine Entscheidung treffen musste. Ich konnte ihn nicht ansehen, als ich antwortete: »Wenn ich die Wahl habe, dann entscheide ich mich für Sarah.« Ich sah ihn an. »Versprechen Sie mir, dass ich sie zurückbekomme?«
»Wollen Sie das?«
»Das wissen Sie ganz genau.«
Er sprach leise mit tiefer, rauher Stimme. »Versprechen kann ich Ihnen gar nichts, Sam. Aber ich werde alles tun, um Ihnen zu helfen.«

Er klang so seriös, dass ich nur noch danke sagen konnte.
Er erhob sich und ging zur Tür. »Kümmern Sie sich nicht um den Code oder die Zahlenkombination. Das mache ich selbst. Sie haben getan, was Sie konnten. Ich bin beeindruckt, Sam. Wirklich.«
»Wann sehen wir uns wieder?«, fragte ich.
»Sonntag. Sie werden wissen, wo und wann es so weit ist.«
Er hatte die Tür schon hinter sich zugezogen, bevor ich ihn fragen konnte, wie er das meinte.

Als Lily von der Arbeit zurückkam, hatte ich ihr mit Zutaten, die ich im Kühlschrank gefunden hatte, eine vegetarische Lasagne zubereitet. Das Rezept hatte ich in einem ihrer Kochbücher ausgegraben. Sie schien sich sehr darüber zu freuen. Meine Kochkünste hielten mit ihrem gewohnten Standard zwar nicht mit, aber für meine Verhältnisse war es ein durchaus vorzeigbarer Versuch.
Nach dem Essen sagte sie: »Jetzt bin ich an der Reihe, etwas für dich zu tun. Wie lange hast du dich schon nicht mehr rasiert?«
Das war inzwischen Tage her, mein Kinn war übersät von Stoppeln. Es war immer noch sehr unangenehm, um die unebene Narbe herum zu rasieren, wo vor kurzem noch die Verletzung geklafft hatte.
»Komm mit«, sagte sie und ging mit mir nach oben ins Bad. Sie holte einen Stuhl mit hoher Rückenlehne und forderte mich auf, Platz zu nehmen.
»Zieh dein Hemd aus«, sagte sie und drehte sich um, um warmes Wasser ins Waschbecken laufen zu lassen.
Zögernd knöpfte ich mein Hemd auf und zog es aus. Ich fühlte mich unsicher und verwundbar, war ich mir doch nur zu sehr der Wölbung bewusst, die mein Bauch inzwischen entwickelt hatte.
Lily schien davon keine Notiz zu nehmen. Hinter ihr stieg heißer Dampf aus dem Waschbecken empor.
»Leg den Kopf zurück«, forderte sie mich auf und bedeckte mei-

nen Oberkörper und die Schultern mit einem Handtuch. Ich gehorchte.
Mein Rasierzeug hatte ich auf ein Bord neben dem Waschbecken gelegt. Sie drückte sich einen Klecks Rasierschaum in die Hände und verteilte ihn über mein Kinn. Sie ging sehr behutsam vor, nahm sich viel mehr Zeit für die Prozedur, als ich es getan hätte. Mit den Fingern strich sie sanft über die Haut und verteilte den Schaum bis zum Hals hinunter, um die Wunde herum.
Das Gefühl war unbeschreiblich sinnlich, und ich betete, dass mir eine Erektion erspart blieb.
Sie tauchte den Rasierer ins Wasser und setzte ihn auf der Haut an. Fast hätte ich laut aufgeschrien, so heiß war er. Sie fuhr mit dem Rasierer hinunter, über die Wange, die Kinnpartie und weiter über die Stoppeln am Hals. Sie hatte eine sichere Hand, und mir schien, dass sie das schon oft gemacht hatte. Ihr verstorbener Mann muss ein glücklicher Mensch gewesen sein.
Sie spülte den Rasierer aus und führte ihn erneut über mein Kinn. Das einzige Geräusch war das sanfte Kratzen der Metallklinge beim Kappen der Stoppeln und das Plätschern des Wassers im Waschbecken.
Sie beugte sich stärker über mich, als sie die Klinge an der Stelle über die Haut zog, an der mein Hals aufgeschlitzt worden war. Sie war so vorsichtig, dass ich es kaum spürte.
Viel zu schnell war alles vorbei. Mit dem Handtuch tupfte sie die Haut trocken und trug noch eine Feuchtigkeitscreme auf, die sie auf der Narbe etwas länger einmassierte. Der Duft der Creme war leicht und berauschend in der Enge des Bades.
Sie trat einen Schritt zurück und begutachtete ihr Werk. »Nicht schlecht«, befand sie, als ich aufstand, wobei mir das Handtuch in die Hände rutschte. Ihr Blick streifte kurz meinen unbekleideten Oberkörper, dann sah sie rasch wieder auf, als wäre nichts geschehen.

»Ich habe noch etwas für dich«, sagte sie. »Es ist in meinem Schlafzimmer.«
Sie ging vor. Handtuch und Hemd ließ ich im Bad zurück und folgte ihr blind über den Flur in ihr Zimmer. Dort stand sie schon vor dem Kleiderschrank und wühlte darin herum.
»Hier«, sagte sie und zog einen Herrenbademantel heraus. »Probier mal, ob er dir passt.«
Überrascht und ein klein wenig enttäuscht ließ ich mir von ihr in das Kleidungsstück helfen. Sie legte ihn mir über die Schultern und sah zu, wie ich ihn zuzog und mit dem Gürtel um die Taille schloss.
»Gar nicht schlecht«, sagte sie bewundernd. »Er hat Robert gehört«, fügte sie hinzu, »aber ich denke, du kannst ihn haben.«
Ich bedankte mich, auch wenn ich mir etwas anderes erhofft hatte. Sollte ich das Schicksal herausfordern und sie zum Dank küssen?
»Ich muss jetzt«, sagte sie, während sie mich aus dem Schlafzimmer führte und mir damit diese Möglichkeit nahm, »noch etwas tun. Ich habe mir Arbeit mit nach Hause genommen, die heute Abend noch fertig werden muss. Es wird wahrscheinlich spät. Ich hoffe, du hast nichts dagegen.«
»Nein, natürlich nicht«, sagte ich und sah ihr hinterher, wie sie leichtfüßig die Treppe hinuntereilte.

Sie hatte sich an den Wohnzimmertisch gesetzt, an dem sie zwischen Stapeln von Papier arbeitete, die sie um sich herum angeordnet hatte, was mich daran erinnerte, wie ich es selbst in den letzten Tagen gemacht hatte.
Ich lag im Bett und träumte von verpassten Gelegenheiten. Heute vor einer Woche hätten wir fast miteinander geschlafen, aber die Gedanken an Sarah hatten es mir unmöglich gemacht. Ich hatte mich Lily immer noch nicht erklärt; sie wusste nicht, warum ich

es nicht durchziehen konnte. Sie muss gedacht haben, dass ich sie nicht begehrte, dass ich sie so nicht wollte.
So aber war es nicht. Und so ist es auch nicht. Ich begehrte Lily mehr denn je. Ich wollte ihr körperlich nahe sein, wollte, dass sich unsere Körper berührten, sich miteinander verbanden. Aber ich hatte einen Fehler gemacht, und deshalb arbeitete Lily jetzt unten, während ich im Bett lag, allein.

77

Es war Samstagmorgen. Ich war schon früh wach, blieb aber noch liegen und wartete darauf, dass Lilys Wecker nebenan klingeln würde. Er läutete aber nicht.
Schließlich stand ich auf und ging ins Bad, zog den Bademantel über, den Lily mir am Abend zuvor geschenkt hatte, und ging nach unten. Lily war am Wohnzimmertisch eingeschlafen, ihr Kopf lag inmitten der Papiere, an denen sie am Abend zuvor gearbeitet hatte. Offensichtlich war es an dem Abend doch später geworden, als sie gedacht hatte.
Ich blieb stehen und beobachtete eine Weile, wie sich die Schultern mit jedem ihrer flachen Atemzüge auf und ab bewegten. Einmal ächzte sie kurz und bewegte sich ein bisschen, wachte aber nicht auf.
Als sie ihre Position leicht veränderte, entdeckte ich einen kleinen Zettel, der unter ihrem Haar versteckt war. Irgendetwas in mir schlug Alarm. Ich ging näher heran, um besser sehen zu können, was es war.
Das Papier war über und über mit Zahlen und Buchstaben bedeckt. Mathematische Gleichungen, die ich vermutlich nicht verstehen würde. Aber ihre Form, die Umrisse kamen mir vage bekannt vor …

Unten auf der Seite stand eine letzte Gleichung. Sie war größer geschrieben als die anderen und von einer fetten schwarzen Linie umkreist. In dem Gewirr erkannte ich die Zeichen $E=mc^2$, und plötzlich überkam mich eine entsetzliche Erkenntnis.

Guy in dem Tätowierstudio. »Das ist das letzte«, hatte er gesagt, »Das wichtigste von allen. Ein Freund hat es für mich entworfen. Ich selbst wäre dazu nicht in der Lage gewesen.«

Ich zog den Zettel unter Lilys Kopf hervor und rüttelte sie wach. Stöhnend öffnete sie die Augen, blinzelte in die helle Morgensonne, die ihre Strahlen durchs Fenster schickte. Sie gähnte und bemerkte erst dann, dass ich neben ihr stand.

»Was in drei Teufels Namen ist das?«, fragte ich wütend und wedelte mit dem Zettel vor ihr herum.

»Das ist meine Arbeit«, sagte sie, wobei ich das Gefühl hatte, dass sie mir auswich. »Das sind ein paar Formeln, die ich lösen musste.«

»Wer hat dich damit beauftragt?«

Sie zögerte. »Die Universität. Das gehört zu meinem Job.«

»Du hast mir einmal gesagt«, sagte ich, bemüht meinen Ärger im Zaum zu halten, »dass du einen privaten Auftrag angenommen hast, um eine neue Theorie aufzustellen, um ... na ja, die Zeit oder so etwas zu erklären.«

»Das stimmt. Ich habe dir auch gesagt, dass ich häufig ...«

»Ich habe dich auch gefragt, ob dieser Auftrag etwas mit Guy zu tun hätte. Und das hast du verneint«, fiel ich ihr ins Wort.

»Ach, wirklich?«

»Ich frage dich noch einmal«, sagte ich langsam und zeigte auf die Gleichung auf der Seite. »Hat das irgendetwas mit Guy zu tun?«

Sie biss sich auf die Lippe. »Tut mir leid, Sam. Er hat mir verboten, dir etwas davon zu erzählen.«

Jetzt, wo die Wahrheit heraus war, seufzte ich und ließ mich mit hängenden Schultern auf den Stuhl neben ihr fallen.

»Guy ist gefährlich«, fügte ich in *gemäßigterem* Ton hinzu.
»Es war doch nicht mehr als nur eine kleine Gefälligkeit«, antwortete sie.
»Guy ist der Kerl, der mir die Kehle aufgeschlitzt hat.«
»Oh«, sagte sie, plötzlich verunsichert. »Warum?«
»Das weiß ich nicht. Er hat es einfach getan.«
»Das wusste ich nicht. Warum hast du mir nichts davon gesagt?«
Wieder betrachtete ich die Gleichung auf dem Zettel, der vor mir lag. Durchgehend in einer Linie in Lilys Handschrift sah sie zwar etwas anders aus, war aber zweifelsfrei als das Tattoo erkennbar, das Guy sich auf die letzte freie Stelle auf seiner Brust hatte ätzen lassen. Tatsächlich konnten all die Seiten, die über den ganzen Tisch verstreut lagen und gleich einem Spinnennetz aus schwarzen Mustern und Formen eng mit Zahlen, Buchstaben und mathematischen Hieroglyphen überzogen waren, eine Ähnlichkeit mit Guys tätowiertem Körper nicht leugnen.
»Versprich mir«, sagte ich eindringlich, um keinen Zweifel an der Ernsthaftigkeit meiner Bitte aufkommen zu lassen, »dass du Guy nie wiedersehen wirst und dass du ihm diese Gleichung auf keinen Fall gibst. Lily, das ist zu deiner eigenen Sicherheit! Er ist ein sehr gefährlicher Mensch. Du musst es mir versprechen.«
Sie nickte ängstlich.
»Sag es. Ich will es hören.«
»Ich verspreche es.«
Ich nahm die Seite mit der letzten Gleichung, riss sie entzwei und warf die Schnipsel in den Papierkorb.
»Tut mir leid«, sagte ich zu Lily. »Du wirst es nicht verstehen.«
»Damit wären wir schon zu zweit«, antwortete sie.

Die Male auf Guys Körper, so viel wusste ich jetzt, waren nicht die zufälligen Muster, für die ich sie zunächst gehalten hatte, sondern hatten etwas mit Zeitreisen zu tun. Oder, wie Lily mich korrigierte, mit der *Theorie* der Zeitreise. Er hatte gesagt, dass er Jahre für die Tattoos gebraucht hätte, und es als sein Projekt bezeichnet. Er hatte gesagt, dass er nur noch eines brauchte, um das Werk fertigzustellen.

Und jetzt hatte Lily dieses Tattoo für ihn fertiggestellt.

Später am selben Tag entschuldigte ich mich bei Lily. Wir setzten uns hin und redeten darüber. Sie erzählte mir, wie Guy an sie herangetreten war, vor fast einem Monat, mit einem Angebot und einer Bitte. Er hatte sie gebeten, eine neue theoretische Gleichung zu entwickeln, um die Quantenbeschaffenheit der Zeit zu erklären, die sie mir zwar schon beschrieben, die ich aber immer noch nicht richtig verstanden hatte. Er hatte ihr seine eigenen unvollständigen Arbeiten zu dem Thema überlassen. Es schien sich um eine atemberaubende Hypothese zu handeln, und mit Guys unvollendeter Theorie ging die Quantenphysik ganz neue, aufregende Wege, auf deren Erkundung Lily ganz wild war.

Seine Bitte war, dass sie mich noch am selben Tag im Krankenhaus besuchte. Er hatte ihr erzählt, dass ich wichtig für die Lösung ihres Problems wäre.

Genau dasselbe hatte er mir auch über Lily erzählt.

Er hatte ihr nur zwei Bedingungen gestellt, die, wie er betonte, nicht verhandelbar und unbedingt einzuhalten waren. Die eine war, dass sie die Gleichung spätestens heute, am fünfundzwanzigsten Februar, fertig haben musste, und die andere, dass sie, sollte ich sie jemals nach ihrem Auftraggeber fragen, lügen musste.

»Ich war dazu gezwungen, Sam«, sagte sie bedauernd. »Ich habe dich im letzten Monat benutzt. Ich habe dich im Krankenhaus nur besucht, weil Guy mich beauftragt hat. Ich bin immer wiedergekommen, um herauszufinden, was du mit der Lösung der Gleichung zu tun hattest.«

Der Augenblick für umfassende Geständnisse schien jetzt gekommen.

»Ich habe dich auch benutzt«, gab ich zu. »Guy sagte mir, dass nur du wüsstest, wie ich in die Vergangenheit zurückgereist bin, und dass ich es ohne dich nicht wiederholen könnte.«

»Wiederholen?« Lily klang überrascht.

Ich nickte. »Wenn ich noch einmal in die Vergangenheit zurückreisen könnte, wenn ich dabei mein Ziel selbst aussuchen könnte, dann ...«

»Ja?«

»Es gibt in meiner Vergangenheit etwas, das ich noch zu erledigen habe. Etwas, das korrigiert werden muss.«

Lily nahm meine Hand und streichelte sie zärtlich.

»Ich weiß, wie du dich fühlst.«

»Ja?«

»Ja. Wenn ich zurückgehen könnte, würde ich auch etwas verändern wollen.«

»Tut mir leid«, sagte ich, »dass ich dich in dem Glauben gelassen habe, zwischen uns sei mehr als Freundschaft gewesen.«

»Bist du sicher, Sam? Haben wir uns *die ganze Zeit* gegenseitig belogen?«

»Guy hat mich gewarnt, dass ich mich auf keinen Fall in dich verlieben sollte.«

»Vielleicht war das falsch«, sagte sie leise.

»Sag es mir! Die Nacht in der letzten Woche, als wir fast miteinander geschlafen hätten, war das echt?«

Sie lächelte. »Es war echt, für mich jedenfalls.«

»Ich habe mich noch gar nicht bei dir entschuldigt«, sagte ich, »für die Unterbrechung.«

»Ich glaube, ich verstehe es jetzt. Du musst es nicht erklären.«

»Glaubst du, dass es vielleicht noch eine zweite Chance gibt? Dass wir die Nacht noch einmal erleben können?«

»Willst du das? Zurückgehen und einen Fehler aus der Vergangenheit korrigieren?«

»Mehr denn je.«
»Komm her«, sagte sie und zog mich zu sich heran.

78

Am nächsten Morgen wachte ich in einem fremden Bett, in einem anderen Zimmer auf und musste lächeln, als mir einfiel, was geschehen war.

Ich drehte mich auf die Seite und tastete nach Lily, aber ihre Betthälfte war leer, nicht einmal mehr warm. Ich setzte mich auf, aber auch im Zimmer war sie nicht. Nackt tapste ich in mein eigenes Zimmer, um mir den Morgenmantel zu holen. Ich warf ihn mir über und ging hinunter.

»Lily«, rief ich, aber es war still. Das Haus schien leer zu sein.

Auf dem Küchentisch fand ich eine Notiz. »Habe etwas zu erledigen. Bin gleich wieder da. Ich liebe dich, Lily.«

Das »Ich liebe dich« am Schluss ließ eine warme Welle durch meinen Körper laufen. Dennoch fragte ich mich, was sie an einem Sonntagmorgen zu einer so frühen Stunde Dringendes zu erledigen hatte. Milch holen? Die Zeitung?

Ich duschte, zog mich an und frühstückte. Von Lily immer noch keine Spur. Zunächst beunruhigte mich ihre Abwesenheit nicht besonders, aber im Laufe des Vormittags überkam mich doch die Sorge, dass ihr vielleicht etwas zugestoßen sein könnte. Ich überlegte, ob ich sie anrufen sollte, wollte aber in dieser frühen Phase unserer Beziehung nicht den Eindruck entstehen lassen, dass ich vereinnahmend sei.

Der Mittag kam und ging. Ich machte mir etwas zu essen, war aber nicht bei der Sache. Ich sah mich nach etwas um, mit dem ich mir die Zeit vertreiben konnte, und merkte, wie mich ihre Abwesenheit immer mehr schmerzte.

Ich schaltete den Fernseher ein, fand nichts Interessantes und schaltete ihn wieder aus. Vor mir auf dem Couchtisch lag ein Buch von Lily. Ich nahm es und blätterte ein wenig darin, um nicht weitergrübeln zu müssen, warum Lily noch nicht wieder zurück war.

Der Text war trocken und akademisch. Ich betrachtete die Titelseite: »Quantenfeldtheorie in der gekrümmten Raumzeit« von Lesley Redman. Der Name kam mir bekannt vor, ohne dass ich hätte sagen können, woher. Ganz allmählich und nicht ohne eine dunkle Vorahnung fiel es mir wieder ein.

Es war vor einem Monat gewesen, als ich im Vernehmungszimmer des Polizeireviers gesessen hatte. Meg hatte mir erzählt, dass sie zwei Leichen aus den Trümmern des explodierten Uhrenturms geholt hatten. Die eine bis zur Unkenntlichkeit entstellt, die andere war die eines Mannes namens Leslie Redman.

Mit zitternden Händen sah ich hinten im Buch nach. Der Klappentext des Schutzumschlags zeigte ein Foto der Autorin, die in der letzten Nacht noch um einiges jünger aussah.

Ich las die Biographie unter dem Foto: »Lesley Redman«, hieß es, »hat kürzlich ihr Studium an der Universität Cambridge mit einem Diplom in theoretischer Quantenphysik abgeschlossen. Dieses ist ihr erstes Buch. Sie ist verheiratet mit dem Physiker Robert Attwell, mit dem sie jetzt in …«

Meine Hände zitterten, konnten das Buch nicht länger halten und ließen es zu Boden fallen. Meine Beine gaben nach, und ich sank auf die Knie.

Auf dem Polizeirevier hatte sich jemand verschrieben: Es musste »Lesley« heißen, nicht »Leslie«. Lesley Redman war also meine Lily.

Woher hätte ich das wissen sollen? Mir war es noch gar nicht in den Sinn gekommen, darüber nachzudenken, für welchen Namen

Lily die Kurzform hätte sein können. Woher sollte ich wissen, dass sie für ihre akademische Tätigkeit ihren Mädchennamen behalten hatte?
Im Regal fand ich noch weitere Bücher von Lesley Redman, von denen einige eindeutig nach ihrer Heirat veröffentlicht worden waren. Privat war sie Lily Attwell, bei der Arbeit Lesley Redman. Wie hätte ich darauf kommen können?

Lesley Redman war bei der Explosion in dem Uhrenturm ums Leben gekommen. An Händen und Füßen gefesselt und mit einem Knebel im Mund. Morgen würde sich die Explosion ereignen. Wie konnte ich das zulassen?

Guy! Guy hatte sie umgebracht, würde sie umbringen. Keine Beleidigung ließ ich aus. Wütend und verzweifelt brüllte ich seinen Namen. Ich musste ihn aufhalten. Vielleicht war es noch nicht zu spät, vielleicht konnte ich sie noch retten.

Mein Handy hatte ich kaum benutzt, seit ich in die Vergangenheit zurückgereist war, aus Angst, der andere Sam könnte Anrufe auf seinem identischen Handy annehmen oder abfangen. Jetzt aber war nicht die Zeit, mir darüber den Kopf zu zerbrechen. Ich schaltete das Gerät ein, bekam aber vom Display nur blinkend signalisiert, dass kein Netz zur Verfügung stand. Ich versuchte es noch mal, dieses Mal mit dem vierstelligen PIN-Code, den mir die Telefongesellschaft geschickt hatte, nachdem ich die exorbitant hohe Rechnung reklamiert hatte. Die Sperre konnte erst ein paar Tage alt sein, für mich aber war es über einen Monat her, so dass mir der Code nicht mehr einfallen wollte.
Ich wählte Lilys Nummer und ließ es ein paarmal klingeln. Sie nahm nicht ab. Als schließlich die Mailbox ansprang, legte ich auf, ohne eine Nachricht zu hinterlassen. Ich wählte noch einmal.

Wieder keine Antwort. Dann noch ein drittes Mal. Dieses Mal, begleitet von einer Entladung elektrostatischen Rauschens in meinem Kopf, wurde der Hörer aufgenommen.
»Lily?« Mir wurde schwindlig vor Erleichterung. »Ich habe mir große Sorgen …«
»Ich bin nicht Lily«, sagte eine Stimme. »Hallo, Sam.«
Das Blut gefror mir in den Adern. Es war Guy.
»Sie elender Scheißkerl!«, schrie ich ins Telefon. »Wo ist sie? Was haben Sie mit ihr gemacht?«
»Sie kennen die Antworten auf beide Fragen bereits«, antwortete er.
»Sie *Mistkerl!*«, brüllte ich. »Ich bringe Sie um.«
»Dann wissen Sie, wo Sie mich finden?«, entgegnete er und legte auf.
Ich kochte vor Wut, als mir klarwurde, dass er wieder mal recht hatte. Ich hatte *keine* Ahnung, wo ich ihn suchen sollte.

Die Uhr zeigte Viertel vor zwölf an, auch wenn ich wusste, dass es viel später war. Es war inzwischen Abend geworden, und die Luft war eisig kalt, als ich bei dem alten Uhrenturm auf dem verlassenen Gelände des Gaswerks am Stadtrand ankam. Der Turm zeichnete sich bedrohlich über mir ab, eine schwarze Silhouette vor dem klaren Winterhimmel.
Es fiel mir nicht leicht zu glauben, dass er wieder intakt war. Noch vor vier Wochen hatte ich ihn völlig zerstört gesehen. Gepackt von Grauen und Entsetzen wünschte ich jetzt fast, den Bau selbst zerstören zu können. Aber nicht mit Lily darin.
Ich schob das Tor auf, durch das ich hinter das Gebäude kam. Ein rostiges Vorhängeschloss löste sich und fiel scheppernd zu Boden. Es hatte dort offensichtlich nur gehangen, um den Schein zu wahren.
Die Tür zum Turm war mit einem wesentlich neueren Schloss bes-

ser gesichert gewesen. Es lag in zwei Teilen auf dem Boden. Das Metall glänzte an der Stelle, an der es durchtrennt worden war. Drinnen war es stockdunkel, aber nachdem sich meine Augen ein wenig daran gewöhnt hatten, entdeckte ich eine Steintreppe, die sich an der Innenwand des Turms nach oben wand. Das Gebäude hatte eine quadratische Form, so dass die Treppe alle sieben oder acht Stufen in einem rechten Winkel abknickte. Ich spähte hinauf bis unter den Glockenraum, wo die riesigen Dachsparren unterbrochen waren, um eine Luke zu bilden, durch die die Stufen in den darüberliegenden Raum mündeten.

Ich setzte einen Fuß auf die erste Stufe und spürte, wie mich ein Schauer durchfuhr. Ich musste es zu Ende bringen, Lily zu Liebe.

»Kommen Sie herauf«, kam eine tiefe Stimme von oben, »Sie werden erwartet.«

Die ersten Stufen nahm ich auf einmal, drosselte dann aber mein Tempo, um keine Kraft zu vergeuden, die mir vielleicht für das fehlen würde, was mich oben erwartete. Weiter oben setzte ich vorsichtig einen Schritt vor den anderen. Mit dem Kopf befand ich mich auf Höhe der Sparren. Die Decke über mir wurde zum Fußboden unter mir, als ich mich behutsam durch die Luke in den Glockenraum vorschob.

Der Raum lag in dunkle Schatten gehüllt. Das spärliche Licht fiel durch das farbige Glas der vier Uhren hinein. Hinter jedem Zifferblatt befand sich der Mechanismus zum Bewegen der Zeiger, Zahnräder und Ritzel, die still waren und sich nicht rührten. Von jedem Mechanismus führten Unruhspeichen und Hebel zu einem Zentralwerk und einer Vielzahl großer Zahnräder und Federn mitten im Raum, die alle miteinander verbunden waren, auch wenn sie an einigen Stellen nur noch von Rost zusammengehalten wurden.

Hoch über dem zentralen Uhrwerk thronte die riesige Glocke, die, mindestens zwei Meter im Durchmesser und vermutlich noch um einiges höher, unheilverkündend den Raum beherrschte. Ein massiver, eiserner Glockenschwengel war zur Seite zurückgezogen, als wartete er gespannt darauf, die volle Stunde schlagen zu können. Er hatte bereits sehr lange gewartet.

Nachdem sich meine Augen an das Dunkel gewöhnt hatten, erkannte ich Hinweise auf kürzlich durchgeführte Reparaturen an der Vorrichtung. Auf dem Boden lagen Werkzeuge, ein Schraubenschlüssel und ein Schraubenzieher. Der Geruch frischen Öls stieg mir in die Nase, und ich bemerkte Teile, die von der Apparatur abgenommen worden waren, um später wieder montiert zu werden.

In einer Ecke lag ein Schlafsack, daneben standen ein kleiner Petroleumkocher und ein paar Lebensmittelkonserven.

»Hallo, Sam«, tönte Guys Stimme aus der Dunkelheit. Ich fuhr herum und sah einen Schattenriss, der sich aus dem Dunkel löste und in den Lichtstrahl trat, der durch einen schmalen Spalt in einem der Zifferblätter einfiel. Eine dramatische Inszenierung, die er gut geplant hatte.

»Wo ist sie?«, fragte ich mit einer Mischung aus Zorn und Verzweiflung in der Stimme.

»Eins nach dem anderen«, sagte Guy. »Gefällt Ihnen, was ich aus dem Raum gemacht habe?«

»Wie bitte?«

»Ein wenig primitiv vielleicht, aber ich lebe schon eine Weile hier. Und untätig war ich auch nicht.« Er deutete auf das Uhrwerk. »Ich hab es fast wieder zum Laufen gebracht. Ich gehe davon aus, dass es morgen Abend gegen sieben Uhr fertig ist und funktioniert.«

»Sie wollen sie umbringen«, stellte ich fest.

»Dabei fällt mir ein, dass ich die ursprüngliche Konstruktion noch ein wenig ergänzt habe. Gefällt Ihnen das?«

Ich sah in die Richtung, in die er zeigte. Zwischen all den Getrieben und Zahnrädern steckten grau ummantelte Dynamitstangen, die nur schwer zu erkennen waren, weil sie aussahen, als gehörten sie zur Maschinerie; lange, dünne Rohre, die genauso gut ein Hebel oder ein Metallstab hätten sein können. Kaum wusste ich, wonach ich suchen sollte, entdeckte ich immer mehr. Und während ich um das mittlere Pult herumging, sprang mir über ein Dutzend davon ins Auge. Lauter feine Drähte, die sich zu einem Muster verwoben hatten.

Mir stockte der Atem, als ich erkennen musste, dass der Turm für die Explosion bereits bestens vorbereitet war.

»Was …?«, fing ich an, kam aber nicht weiter.

»Ich sehe, Sie sind beeindruckt«, sagte Guy. »Sie wirken ein wenig überrascht. Dabei sollten Sie das gar nicht sein. Sie können doch nicht vergessen haben, was sich morgen Abend hier abspielen wird.«

Ich drehte mich um und sah ihn an.

»Ich werde nicht zulassen, dass Sie das tun«, sagte ich und versuchte, meiner Stimme Schärfe zu verleihen. »Ich werde nicht zulassen, dass Sie Lily umbringen.«

»Wer spricht denn davon, Lily umzubringen?«, fragte er, den Ahnungslosen mimend.

»Man wird ihre Leiche in den Trümmern finden. Lesley Redman. Das ist Lilys Mädchenname.«

»Aber warum sollte ich Lily töten wollen, wenn sie mir nützlich ist? Ohne sie könnte ich mein Projekt nicht zu Ende bringen.«

»Wo ist sie?«

»Seit zwanzig Jahren«, fuhr er fort, als hätte er mir nicht zugehört, »versuche ich, dem Problem der Zeitreise auf die Spur zu kommen. Zwanzig Jahre mühsamen Forschens brachten mich endgültig und unausweichlich zu dem Schluss, dass ich einfach nicht klug genug bin, das alles selbst herauszufinden. Aber ich war sehr nah dran und brauchte nur noch jemanden, der mir die Arbeit zu einer endgültigen Gleichung zusammensetzt. Lily ist die Einzige, die dazu in der Lage ist. Und sie hat es getan. Heute Morgen hat sie mir die endgültige Antwort gebracht.«

»Aber die konnte sie doch gar nicht haben«, sagte ich. »Ich habe sie vernichtet.«

»Ach, Sam«, tadelte Guy mich. »Sie haben sie zerrissen und in den Papierkorb geworfen. Das ist nicht dasselbe wie vernichten.« Er zog ein Stück Papier aus der Tasche und hielt es mir hin, damit ich es lesen konnte. Die Seite war zerknittert und eingerissen, jedoch mit breiten Klebestreifen wieder zusammengesetzt worden. Und darauf stand Lilys Formel.

»Das dürften Sie schon einmal gesehen haben, stimmt's?«, sagte er. »Und das nicht erst gestern.«

»Ja«, entgegnete ich. »Es ist Ihr Tattoo.«

Guy nickte und öffnete sein Hemd, um das Tattoo zu enthüllen, das ihm vor vier Wochen in meiner Anwesenheit auf die Brust gezeichnet worden war.

»Was haben Sie gedacht, woher ich den Entwurf hatte?«, sagte er. »Glauben Sie, er kam aus dem Nichts? Haben Sie noch nicht verstanden, Sam, dass alles einen Anfang hat, selbst wenn es noch nicht passiert ist?«

Ich hörte Schritte auf der Treppe und sah zur Luke im Boden, wo die Stufen endeten.

»Ah«, sagte Guy. »Gerade noch rechtzeitig.«

Schemenhaft schoben sich ein Kopf und Schultern durch die Luke.

»Lily?«, flüsterte ich in banger Hoffnung.

»Nicht ganz«, sagte der Neuankömmling und trat ins Licht.

Es war Guy. Ein anderer Guy.

»Hallo, Sam«, sagte er mit seiner rauhen Stimme und nickte seinem anderen Selbst beiläufig zu.

Guy, der Guy, der schon im Uhrenturm war, der, der gerade mit

mir gesprochen hatte, reichte dem neuen Guy den Zettel mit der Formel.
»Sie werden das brauchen, denke ich«, sagte er.
Der andere Guy nahm die Formel, warf einen Blick darauf und bedankte sich höflich. »Ich habe genau den richtigen Platz dafür.« Dann öffnete auch er die ersten Knöpfe seines Hemdes und zeigte mir seine Brust, die ebenfalls mit schwarzen Tattoos übersät war und genau in der Mitte, direkt neben dem Herzen, einen kleinen runden freien Hautfleck aufwies.
»Sie«, sagte ich, »Sie sind also der Guy, den ich zuerst getroffen habe. Mit Ihnen habe ich im Museum gesprochen. Und morgen früh werde ich zusehen, wie Sie das Tattoo auf ihre Brust tätowiert bekommen.«
»Psst«, sagte dieser Guy. »Es ist noch nicht passiert. Verderben Sie mir doch nicht den Spaß!«
Er wandte sich dem anderen, dem späteren Guy zu. »Wir sehen uns«, sagte er nur, drehte sich zur Treppe um, winkte mir frech zu und verschwand. Ich hörte, wie sich seine Schritte über die Steintreppe entfernten.
»Fahren wir also fort«, sagte der Guy, der geblieben war. »Ich erinnere mich gut. Heute Nacht werde ich aus der Gleichung eine Vorlage machen. Morgen früh werde ich sie auf die letzte freie Stelle meines Körpers tätowiert bekommen.«
»All Ihre Tattoos«, bemerkte ich, »sind Gleichungen über die Zeit.«
Guy nickte. »Mein ganzer Körper legt die theoretische Möglichkeit einer Zeitreise dar.«
»Aber Sie können sie doch gar nicht richtig lesen. Sie sind alle durcheinander. Nichts als Formen und Schnörkel.«
»Aber die Information ist da. Wie sie aussieht, ist nicht wichtig.«
»Warum machen Sie es dann? Warum tätowieren Sie sich die Gleichungen nicht direkt auf, damit man sie lesen kann?«

»Weil ich nicht wollte, dass Sie es herausbekommen, bevor die Zeit reif ist.«

Ich schüttelte den Kopf. »Ich verstehe das nicht.«

»Am Ende werden Sie es verstehen.«

»Aber Sie haben doch gesagt, dass Sie sich Ihren Körper in den letzten zwanzig Jahren haben tätowieren lassen. Ich konnte unmöglich schon Teil Ihres Plans sein, als Sie damit angefangen haben.«

»Das ist jetzt nicht wichtig, Sam.«

»Aber ich …«

»Lily ist wichtig«, fiel er mir ins Wort.

Ich hielt inne. Über all den Ereignissen hatte ich sie fast vergessen. Ich fühlte mich schuldig.

»Es geht ihr gut, sollte das Ihre Frage gewesen sein.«

»Wo ist sie?« Erneut spürte ich Wut in mir aufsteigen.

»Sie werden sich möglicherweise fragen, warum sie zu mir gekommen ist, nachdem Sie ihr in der vergangenen Nacht erzählt haben, wie gefährlich ich bin. Sie weiß, dass ich Ihnen die Kehle aufgeschlitzt habe, und ist trotzdem gekommen, um mir die Formel als Geschenk zu bringen. Drohungen oder Überredungskünste waren nicht erforderlich. Sie kam absolut freiwillig. Und ich möchte wetten, dass Sie ganz scharf darauf sind, zu erfahren, warum.«

»Okay, warum?« Warum glaubte sie Guy mehr als mir?

»Weil sie genauso ist wie Sie, Sam. Sie möchte dasselbe wie Sie. Haben Sie vergessen, was das ist?«

»Sarah«, antwortete ich.

»Richtig. Sie wollen Ihre verlorene Liebe zurückhaben, und sie ihre.«

»Was haben Sie ihr erzählt?«

»Gar nichts habe ich ihr erzählt. Sie ist nicht dumm. Sie hat es selbst herausgefunden.«

»Wie?«
»Vor ein paar Tagen. Als sie Sie auf der Straße getroffen hat und Sie keine Narbe am Hals hatten. Da hat sie Ihnen zum ersten Mal wirklich geglaubt, dass Sie tatsächlich in die Vergangenheit zurückgereist sind. Und wissen Sie, was ihr erster Gedanke war? Wenn er es kann, dann kann ich es auch. Sie wollte selbst in die Vergangenheit reisen, nicht sieben Jahre zurück wie Sie, sondern nur sieben Monate. Sie dachte, sie könnte ihren Mann davon abhalten, die Schiffstour nach Schottland zu machen, bei der er auf diese tragische Weise ums Leben gekommen ist. Sie dachte, sie könnte in die Vergangenheit zurückreisen und ihn retten. Wie Sie sehen, hat sie Sie die ganze Zeit benutzt. Und Sie haben gedacht, nur Sie würden sie benutzen.«
Nein, dachte ich bei mir. Wir haben uns gegenseitig benutzt. Den Vorwurf mussten wir uns beide machen.
»Schließlich lief es darauf hinaus, dass sie sich entscheiden musste, Sam. Zwischen Ihnen und ihrem verstorbenen Mann. Sie hat sich für ihn entschieden.«
Er dachte, er würde Salz in die Wunde streuen, aber ich hielt es aus.
»Auch ich musste mich entscheiden. Und ich habe mich für Sarah entschieden. Aber was Lily und ich hatten, war trotzdem wahr. Wir wussten beide, dass wir nicht lang zusammenbleiben würden, aber das war uns egal. Ich hoffe, dass sie Robert findet. Ich *möchte*, dass sie ihn findet.«
»Trotzdem«, stellte Guy ungerührt fest, »wird sie morgen sterben.« Er warf den Kopf in den Nacken und lächelte.
Es entstand eine lange Pause.
»Okay«, sagte ich schließlich. »Was muss ich tun?«
»Tun?«, wiederholte Guy.
»Um Lilys Leben zu retten. Was wollen Sie, dass ich dafür tue?«
Guy klatschte in die Hände, dass es im Raum widerhallte, als gäbe

es mehrere Ausgaben von ihm. »Bravo, Sam! Jetzt fangen Sie an, selbst nachzudenken. Sie glauben, dass ich sie als Geisel halte, damit Sie etwas tun, was Sie unter normalen Umständen nie tun würden.«

»Ist das falsch?«

»Ich habe sie, Sam. Das ist richtig. Und im Augenblick geht es ihr gut. Und rein zufällig gibt es *tatsächlich* etwas, wofür ich Ihre Hilfe brauche. Man könnte es auch einen kleinen Gefallen nennen.«

»Und wenn ich es tue, bringen Sie sie mir dann zurück? Unversehrt?«

»Ich bringe sie Ihnen«, wiederholte er. »Was danach passiert, liegt allein in Ihrer Hand.«

»Und was soll ich dafür tun?«

»Sie erinnern sich an den Monatsanfang, also vor acht Wochen, in dem Gang hinter dem Museum hatte man eine Leiche gefunden. ›Fürchterlich zugerichtet‹, lautete Reginas Beschreibung, wenn ich mich recht erinnere.«

»Natürlich erinnere ich mich«, sagte ich. Ich weiß sogar noch, dass Meg mir vorwarf, Informationen über den Killer zurückzuhalten. »Ich nehme an, dass Sie es waren, der ihn umgebracht hat?« Ich wäre nicht überrascht gewesen, wenn er ja gesagt hätte.

»Ich *weiß*, wer der Mörder ist, Sam«, stichelte er. »Aber es ist nicht der, an den Sie denken. Aber das herauszufinden, überlasse ich Ihnen.«

»Vielen Dank«, bemerkte ich zynisch.

»Aber ich brauche die Leiche«, fügte er hinzu.

»Wie bitte?«

»Sie befindet sich im städtischen Leichenschauhaus. Morgen Nachmittag werden wir beide uns dort hinbegeben und sie holen.«

Ich starrte ihn einen Augenblick fassungslos an.

»Warum wollen Sie eine Leiche stehlen?«, brachte ich schließlich heraus.
»Weil«, erklärte er langsam und geduldig, »es Zeit wird, dass wir ihr einen würdigen Abgang verschaffen. Ich hatte zunächst an ein Begräbnis gedacht, aber eine Einäscherung wäre doch passender, finden Sie nicht?«
Und dann fiel mir wieder ein, dass Meg mir erzählt hatte, im Uhrenturm habe es noch eine zweite Leiche gegeben, als er in die Luft geflogen war. Sie hatte die volle Kraft der Explosion abbekommen und war bis zur Unkenntlichkeit verstümmelt. Meg hatte vermutet, dass es dieselbe Leiche war, die ein paar Stunden vorher aus dem Leichenschauhaus gestohlen worden war.
»Sie wollen sie loswerden«, sagte ich, nachdem ich begriffen hatte, dass Meg in allem recht gehabt hatte. »Bis zum letzten kleinen Beweis wollen Sie alles vernichten.«
»Würden Sie nicht dasselbe tun?«, entgegnete Guy.
»Dann hatten Sie *doch* etwas damit zu tun, stimmt's?«
Guy zuckte mit den Schultern.
»Meg sagte, dass die Leiche nicht mehr zu identifizieren war. Wer war sie? Guy, wenn Sie es wissen, sagen Sie mir, wer sie war!«
»Wenn Sie Lily wiedersehen möchten«, sagte er ernst, »dann rate ich Ihnen, zu tun, was ich Ihnen sage, und keine weiteren Fragen zu stellen.«
»Aber wir können doch nicht einfach in ein Leichenschauhaus gehen und eine Leiche klauen.«
»*Wir* nicht«, stimmte er mir zu. »Aber ein Polizist kann das.«
»Sie meinen …«
»Ja, Sam. Warum besorgen Sie uns nicht eine schöne, hübsch glänzende Polizeimarke, die wir uns für ein paar Stunden ausleihen? Überlegen Sie mal, welchen Spaß wir mit ihr haben könnten!«
Ich wusste genau, was er damit meinte.

»Meg«, sagte ich.
Er nickte. »Guter Junge, Sam. Jetzt haben Sie endlich einen Plan.«

79

Es war am nächsten Morgen. Ich sollte Megs Polizeimarke beschaffen und Guy später am Nachmittag vor dem städtischen Leichenschauhaus treffen. Das klang so einfach, war aber nur ein Plan, also nichts als Theorie.
Um halb zehn war ich auf dem Polizeirevier und klopfte ziemlich nervös an Megs Bürotür.
»Herein«, rief sie ungehalten.
»Hallo, Meg«, begrüßte ich sie. »Hast du viel zu tun?«
»Natürlich habe ich das. Wo ist Guy?«
Das war genau das, was ich nicht hören wollte. »Wie?«
»Dein Freund Guy«, wiederholte sie. »Ich will ihn immer noch zu dieser Uhrenexplosion letzte Woche auf dem Marktplatz verhören. Wir werden Anklage gegen ihn erheben. Du bist bestimmt hierhergekommen, um mir zu sagen, wo ich ihn finde.«
»Tut mir leid«, sagte ich. »Aber ich weiß immer noch nicht, wo er ist.«
»Wie bedauerlich«, sagte Meg ironisch. »Was willst du dann?«
»Ich komme noch mal wegen der Leiche, die vor einem Monat hinter dem Museum gefunden worden ist.«
Misstrauisch verengte Meg ihre Augen zu Schlitzen. »Willst du mir darüber etwas sagen? Etwas, das dir wieder ›eingefallen‹ ist?« Die Anführungsstriche waren nicht zu überhören.
»Nein, nein. Ich weiß nichts«, stammelte ich. »Wir machen eine Folgestory und möchten nur wissen, ob es Neuigkeiten zu dem Fall gibt. Etwas Berichtenswertes.« Ich warf einen kurzen Blick zur

Tür, in der Erwartung, dass sich dahinter etwas ereignen würde, ohne allerdings genau zu wissen, was es sein könnte. Als Meg mir von meinem Besuch an jenem Tag erzählt hatte, hatte sie auch gesagt, dass sie das Büro wegen eines Tumultes draußen für ein paar Minuten verlassen musste. Hoffentlich hatte ich die Zeit richtig in Erinnerung.

»Und warum kommst *du* hierher«, hakte Meg nach. »Du bist doch kein Journalist. Wo ist Regina?«

»Regina ist …« Was sollte ich sagen? »Sie hat zu tun.«

»Dann soll *sie* kommen, wenn sie wieder Zeit hat.«

»Ehrlich gesagt«, ich suchte krampfhaft nach einer glaubhaften Begründung, »hat sie ein bisschen Angst vor dir.«

Meg sah mich ungläubig an. »Angst vor *mir?*«

Ich nickte. »Ich glaube, du schüchterst sie ein. Sie hat mich gebeten, mir dir zu reden, weil wir doch alte … na ja, Freunde sind, nehme ich an.«

»Nimmst du an?«

Ich schielte wieder zur Tür. »Sind wir das nicht?«

»Sam, ich hoffe, du nimmst mir die Frage nicht übel. Du wirkst ziemlich zerstreut, fast würde ich sagen nervös. Stimmt etwas nicht?«

»Nein, alles in Ordnung«, sagte ich schnell, während ich schon spürte, wie mir der Schweiß auf die Stirn trat. »Was sollte denn nicht stimmen?«

»Das frage ich dich.«

Da geschah es endlich. Ein lautes Krachen und ein Knall von draußen, gefolgt von eiligen Schritten und erregten Stimmen. Meg sah zur Tür, dann wieder mich an.

»Warte hier«, wies sie mich an, sprang auf und rannte aus dem Büro.

Sie hatte die Tür offen gelassen. Ich schob einen Fuß behutsam zur Tür und stieß sie mit einem leichten Tritt zu. Ich traute mich nicht

aufzustehen, solange ich nicht sicher sein konnte, dass ich von niemandem beobachtet wurde.
Nervös sprang ich auf und huschte hinter Megs Schreibtisch. Sie hatte ihre Jacke über den Sessel gehängt. Ich griff mit der Hand in jede Tasche, bis ich gefunden hatte, wonach ich suchte.
Meg Caplans Polizeimarke in ihrem abgewetzten Lederetui. Ich betrachtete sie kurz, steckte sie schnell ein und eilte auf meinen Platz zurück. Ich setzte mich und bemühte mich um eine Unschuldsmiene. Meine vor Angst schweißnassen Hände wischte ich an der Hose ab.
Ich spürte das Gewicht von Megs Marke in meiner Jackentasche und hatte das Gefühl, sie würde brennen.
Sekunden später kam Meg zurück. »Nur ein Betrunkener«, sagte sie und ließ sich auf ihren Schreibtischstuhl fallen. »Kommt nicht oft vor, so früh am Morgen. Wo waren wir stehengeblieben?«
»Ich muss jetzt gehen«, sagte ich und versuchte, meine Stimme so ruhig und ausgeglichen wie möglich zu modulieren. »Ich habe gerade einen Anruf aus dem Büro bekommen.« Wie zum Beweis hielt ich mein Handy hoch.
»Ich glaube, es ist gar nicht eingeschaltet«, klärte Meg mich auf.
»Ähm, ja. Der Akku war gerade in dem Moment leer, als sie mir den Grund für den Anruf erklären wollten. Deshalb muss ich jetzt zurück ins Büro.«
Ich eilte zur Tür.
»Sam«, rief Meg.
»Ja?«
»Du weißt, dass du immer mit mir reden kannst, wenn du Probleme hast«, bot sie mir freundlich, wenngleich mit harter Miene an.
In den letzten Wochen dachte ich immer, Meg wäre Teil meines alten Lebens, des Lebens vor Guy, vor der Zeitreise, vor der Möglichkeit, Sarah zu retten. Würde ich es wirklich schaffen, in die

Vergangenheit zurückzureisen und Sarah zu retten, dann würde ich Meg jetzt zum letzten Mal sehen, diese Meg jedenfalls, die Meg, die von Jahren harter Polizeiarbeit und vom Leben gezeichnet war und immer noch um ihre kleine Schwester trauerte. Wenn ich sie das nächste Mal sähe, wäre das sieben Jahre her. Ohne Sarahs Tod, der uns getrennt hatte, ohne die Jahre der Feindschaft und Vorbehalte, wären wir vielleicht bessere Freunde, so wie wir es vor dem Unfall gewesen waren. Wir brauchten weiß Gott beide jemanden in unserem Leben, der sich kümmerte.

Würde ich Sarah retten, wäre das auch ein Geschenk an Meg.

»Du kannst mit mir reden«, hatte sie gerade gesagt. Aber ich konnte nicht.

»Ich muss gehen«, sagte ich traurig und zog die Tür hinter mir zu.

80

Seit Stunden saß ich schon vor dem Leichenschauhaus und wartete auf Guy. Vor Kälte zitternd hatte ich den Mantel eng um mich geschlungen und den roten Schal ein paarmal um den Hals gewickelt.

Um zwei Uhr war ich mit Guy verabredet gewesen, jetzt war es fast fünf. Ich sah zum tausendsten Mal auf die Uhr und fing langsam an, mir ernsthaft Sorgen zu machen.

Die Wartezeit gab mir unverhofft Zeit, an Lily zu denken. Ich war krank vor Sorge um sie. Ging es ihr gut, oder hatte sie Schmerzen? Litt sie Qualen, irgendwo, allein und verängstigt?

Über allem aber stand die eine Frage, die ich mir immer wieder stellte: Konnte ich sie retten? Wieder sah ich auf meine Armbanduhr – noch zwei Stunden, bis sie bei der Explosion in dem Uhrenturm sterben würde. Ich hatte keine blasse Ahnung, wie ich sie retten konnte, außer Guys Anweisungen zu folgen und zu hoffen,

dass er, wenn er die Leiche hatte, mich zu ihr führen und ich sie – bar jeder Vorstellung über die genauen Einzelheiten – irgendwie befreien und in Sicherheit bringen würde.
Erst als Guy schließlich eintraf, kam mir in den Sinn, dass er sie vielleicht schon in den Uhrenturm verschleppt hatte. Ich hätte gleich dorthin gehen sollen, um nach ihr zu sehen, aber vermutlich hatte er mich drei Stunden hier warten lassen, um zu verhindern, dass ich genau das tat. Schon wieder war mir Guy mindestens einen Schritt voraus.
Er fuhr mit einem Krankenwagen vor. Ich ging über die Straße zu ihm, als er aus dem Führerhaus sprang.
»Wie geht es Lily?«, fragte ich besorgt, während ich versuchte, meine Stimme möglichst kraftvoll klingen zu lassen.
»Es geht ihr gut«, sagte er. »Sie ruht sich erst einmal aus. Ich bringe Sie bald zu ihr. Was sagen Sie zu dem Wagen? Gefällt er Ihnen?«, fragte er und streichelte die Seite des Wagens.
»Woher haben Sie den?«
»Aus einem Krankenhaus, was glauben Sie denn?«, antwortete er gereizt. »Haben Sie die Marke?« Auch wenn das nicht wie eine Frage klang, antwortete ich trotzdem mit Ja.
»Gut«, stellte er zufrieden fest und warf sich die gelbe Warnweste für Sanitäter über, die er vermutlich zusammen mit dem Krankenwagen hatte mitgehen lassen. »Wir haben nicht viel Zeit.« Er machte sich auf den Weg Richtung Leichenschauhaus.
Ich eilte ihm hinterher und sah noch einmal auf die Uhr. »Die schließen gleich.«
»Genau das ist der Zweck der Übung.«
Mit diesen Worten erreichte er den Eingang und betätigte den Türdrücker. Das städtische Leichenschauhaus, oder zumindest der Teil, der der Polizei zur Verfügung stand, befand sich auf dem Gelände der Krankenpflegeschule St. Stephen's, auch wenn ich nicht glaube, dass es für Ausbildungszwecke genutzt wird. Es lag hinter

der Schule, in einem alten, zweistöckigen viktorianischen Bau, der vom übrigen Teil der Einrichtung getrennt war.

Ein junger Mann mit Kinnbart öffnete uns. Er wirkte leicht gestresst, als er uns hineinließ.

»Tut mir leid«, sagte er. »Aber wir schließen gerade. Janet ist nicht hier …«, er deutete auf den unbesetzten Empfangstresen, »und ich weiß nicht, ob ich Ihnen helfen kann.«

Ich sah Guy an und erwartete, dass er etwas sagte. Stattdessen aber schob er mich vor und zischte mich an: »Sie sind der Polizist. Schon vergessen? Ich bin nur der Fahrer.«

»Ach ja«, sagte ich zu dem jungen Mann. »Es geht um ein paar Papiere, die ich über einen Toten ausfüllen muss, der hier aufgebahrt ist.«

»Können Sie sich ausweisen?«, fragte der Mann.

Ich fischte Megs Polizeimarke aus der Tasche und hielt sie ihm hin. »Detective Inspector, äh, Martin Caplan«, sagte ich, wissend, dass auf der Marke nur »M. Caplan« stand.

Der Mann warf einen flüchtigen Blick darauf und schien zufrieden zu sein. Er sah Guy an. »Sie kommen mir bekannt vor«, sagte er. »Habe ich Sie schon einmal gesehen?«

»Das glaube ich nicht«, antwortete Guy.

Der Mann zuckte mit den Schultern und führte uns zum Empfangstresen. »Wie ist der Name?«, wollte er wissen, als er sich vor den Computer setzte.

»Name?«

»Des Toten.«

»Ach so, natürlich. Die Leiche, die wir suchen, wurde noch nicht identifiziert. Sie wurde am ersten dieses Monats hergebracht. Sie wurde hinter dem Museum gefunden.«

»Ach, die«, erinnerte sich der Mann. »Eine kleine Sensation.«

»Ich weiß. Ich brauche den Bericht des Rechtsmediziners.«

»An den erinnere ich mich gut«, sagte der junge Mann, während er etwas in die Tastatur eingab. »Solche Leichen vergessen Sie so schnell nicht. Ich arbeite hier seit fünf Jahren, aber so etwas ist mir noch nicht untergekommen. Kaum zu glauben, dass das mal ein Mensch gewesen ist. Hat mich mein Mittagessen gekostet, die Sache. Aha, hier haben wir es.« Er klickte einen Ordner an. »Soll ich Ihnen eine Kopie schicken?«

»Haben Sie das Original?«, mischte Guy sich ein.

»Das Original?«, fragte der junge Mann nach. »Das ist hier abgespeichert. Wofür benötigen Sie das Original?«

Wir brauchen das Original, dachte ich im Stillen, damit du den Raum so lange verlässt, bis wir die Leiche haben. »Weil«, sagte ich stattdessen und für mein Empfinden ziemlich gereizt, »wir glauben, dass sich eine kleine Ungenauigkeit in die Unterlagen eingeschlichen hat.«

Der Mann sah mich überrascht an. »Fehler? Aber Dr. Johnston hat die Autopsie selbst durchgeführt. Er würde nie einen Fehler machen. Das sieht ihm nicht ähnlich.«

Ich beugte mich näher zu ihm und senkte die Stimme. »Ich habe nicht gesagt, dass es ein Fehler war.«

»Oh«, entfuhr es dem Mann, »ich verstehe.«

»Würden Sie mir freundlicherweise die Originalkopie besorgen?«, fragte ich höflich. »Ich muss nur ein paar Fakten überprüfen.«

»Ja, ja«, nuschelte er. »Ich gehe nur kurz ins Archiv hinunter. Bin in fünf Minuten zurück.« Er bedeutete uns, im Eingangsbereich zu warten, und entschwand in einem der Gänge.

Kaum war er außer Sichtweite, schmiss sich Guy vor den Computer. »Nicht identifizierter Mann«, las er vom Bildschirm ab. »Erster Februar. Fach 6 b.«

»Fach?«, fragte ich.

»Kühlfach«, klärte er mich auf.

Keine fünf Minuten blieben uns noch. Auf einem Schild über einer Tür, die aus dem Eingangsbereich hinausführte, stand »Kühl-

lager«. Wir gingen hindurch und folgten einem Gang, bis wir in einen anderen Raum kamen.
Der Raum war funktional und schmucklos. Der geflieste Fußboden neigte sich leicht zu einer abgedeckten Ablaufrinne in der Mitte hin. An den Wänden befanden sich schwere Stahltüren, hinter jeder von ihnen vermutlich eine Leiche.
Mich fröstelte, wenn auch nicht unbedingt von der Kälte.
Die Stahltüren waren deutlich beschriftet. 6 b war schnell gefunden. Einem kleinen Schild darauf war zu entnehmen: »Nicht identifizierter Mann, erster Februar«.
Guy fasste an die Klinke, drückte sie entschlossen herunter und zog die Tür auf. Ein Klicken und Zischen, dann kam uns ein kalter Luftzug entgegen, verbunden mit dem Geruch von Desinfektionsmittel.
Wie erwartet lag darin eine Leiche, in einen schwarzen Leichensack gehüllt, so dass uns der Anblick unappetitlicher Details erspart blieb. Reste gefrorenen Niederschlags hingen am Plastik.
»Beeilung«, drängte Guy und zeigte auf eine Bahre, die ungenutzt in einer Ecke stand. Ich fuhr das Gefährt geräuschvoll heran.
Er zog den toten Körper auf einer Platte aus dem Fach, dann hoben wir ihn gemeinsam an und legten ihn auf die Bahre. Ich schloss die Kühlfachtür und erntete Guys missbilligenden Blick für die Zeit, die ich mit dieser überflüssigen Aktion verschwendet hatte.
Ratternd und ruckelnd schob ich die Bahre vor mir her und konnte mich nur mit Mühe dem Drang widersetzen, einfach loszulaufen.
Wir bewegten uns so ruhig wie möglich durch den verlassenen Eingangsbereich, die Rollstuhlrampe hinab auf den Bürgersteig. Ich sah mich nervös um, als Guy das Heck des Krankenwagens öffnete. Sicher würde schon bald jemand bemerken, dass wir dabei waren, eine Leiche zu stehlen, und uns zur Rede stellen. Aber es waren nur wenige Leute unterwegs, von denen niemand Notiz

von uns zu nehmen schien. Wir schoben die Leiche samt Bahre in den Wagen.

»Halt«, vernahm ich eine Stimme aus dem Leichenschauhaus. »Stopp! Was tun Sie da?« Der junge Mann lief die Stufen hinab und kam auf uns zu.

»Schnell«, drängte Guy, während wir vorn ins Auto sprangen und die Türen verriegelten. Guy ließ den Motor an, als der Mann anfing, wie wild auf das Fenster an der Fahrerseite einzuschlagen. Guy ignorierte ihn und trat aufs Gas. Der Mann blieb zurück, als der Krankenwagen davonpreschte. Ich sah in den Rückspiegel, um mich zu vergewissern, dass ihm nichts passiert war. Benommen stand er am Straßenrand, vermutlich mit der bösen Vorahnung, dass es zu nichts Gutem führen würde, was er gerade zugelassen hatte.

Ich wusste nur zu gut, wie er sich fühlte.

81

Es war jetzt halb sechs, und es herrschte dichter Feierabendverkehr. Ein kurzer Blick auf die Armbanduhr machte mir klar, dass nicht mehr viel Zeit blieb, um Lily zu retten.

»Ist Lily im Uhrenturm?«, fragte ich Guy.

Er wandte seinen Blick nicht von der Straße ab. »Ja.«

»Sind wir auf dem Weg dorthin?«

»Ja.«

»Warum wollen Sie sie umbringen?«

»Will ich gar nicht.«

»Aber man wird ihre Leiche in den Trümmern finden«, erklärte ich. »Sie war gefesselt und geknebelt.«

»Manchmal geht es nicht anders«, bemerkte Guy nur.

Für den Rest der Fahrt schwiegen wir.

Als wir am Uhrenturm ankamen, war es fast zwanzig nach sechs. Ich sah zum Zifferblatt empor, das in unsere Richtung zeigte, und stellte fest, dass die Zeiger jetzt die richtige Zeit anzeigten. Guy musste alle Hände voll zu tun gehabt haben an jenem Tag, um rechtzeitig mit der Reparatur fertig zu werden. Als ich sah, wie der Minutenzeiger sich vorschob, zog mein Magen sich zu einem Knoten zusammen.

Guy fuhr an das Gebäude heran und wies mich an, die Tore zu öffnen. Ich stieg aus, führte seinen Auftrag aus, folgte dem Wagen und machte die Tore hinter mir wieder zu.

Viel Platz bot der Hof nicht, der Boden war unbefestigt und übersät von Müll und Glasscherben. Wir waren umgeben von dem alten, roten Backsteingemäuer der bereits lange Zeit verlassenen Büros und Nebengebäude, die zum Gaswerk gehörten. Der Schein des Mondes tauchte das Anwesen in ein unheilvolles, bedrohliches Licht.

Guy hatte angehalten und setzte den Wagen rückwärts vor den Turm. Mit der Hecktür kam er nur wenige Meter vor der Tür zum Stehen, die in den Turm hineinführte. »Packen Sie mit an«, forderte er mich auf. Gemeinsam hoben wir die Leiche von der Bahre und trugen sie die Stufen empor. Runde für Runde hinauf unter das Dach.

Der Aufstieg war lang und beschwerlich, und ich ächzte, als wir oben angekommen waren und die Leiche auf den groben Dielen ablegten. Zunächst war es dunkel, aber als sich meine Augen an das schwache Licht gewöhnt hatten, sah ich mich schnell um.

Im Unterschied zum Vortag wirkte der Raum auf eine seltsame Weise belebt. Das riesige Uhrwerk, das die Mitte beherrschte, war zum Leben erwacht. Die Zahnräder drehten sich, Getriebe bewegten sich hin und her, die Hebel schoben sich vor und zurück. Obwohl all die Metallteile in Bewegung waren, war es erstaunlich still.

Inmitten all der Betriebsamkeit entdeckte ich die Umrisse der Dynamitstangen, von deren Existenz ich ja bereits wusste. Sie schienen die einzigen Teile der Vorrichtung zu sein, die sich nicht bewegten.

Etwas weiter weg erspähte ich eine alte Pappschachtel auf dem Boden, die ich sofort wiedererkannte: Guy hatte sie vor einem Monat aus dem Museumstresor mitgenommen, kurz bevor wir in die Vergangenheit zurückgereist waren. Die Deckelklappen waren noch immer ineinandergesteckt. Neugierig auf das Geheimnis, das sie barg, ging ich hin. Doch als ich mich hinkniete, um sie mir genauer anzusehen, bemerkte ich weiter hinten im Dunkel einen zusammengesackten Körper, der an der Wand lehnte.

Es war Lily. Die ausgestreckten Beine waren an den Füßen gefesselt, die Handgelenke zusammengebunden, und in ihrem Mund steckte ein Knebel. Der Kopf war nach vorn auf die Brust gekippt, und ich konnte zunächst nicht einmal erkennen, ob sie überhaupt noch atmete.

»Lily!«, rief ich, dann zu Guy gewandt: »Ist sie tot?«

Er schüttelte den Kopf und deutete in ihre Richtung, als sie gerade anfing, sich zu bewegen. Ich eilte zu ihr und hob ihren Kopf vorsichtig an. Mit der anderen Hand strich ich ihr das Haar aus dem Gesicht. Sie wirkte verängstigt, der glasige Blick ließ ihre Furcht erahnen, aber davon abgesehen schien sie unverletzt zu sein.

Ich zog ihr den Knebel aus dem Mund.

»Sam?«, murmelte sie benommen, als sei sie gerade aus einem Traum erwacht. »Es tut mir leid, Sam.«

»Du musst dich nicht entschuldigen, Lily. Du hast nichts falsch gemacht.«

»Ich dachte, ich könnte Robert wieder zurückbekommen. Ich musste mich zwischen ihm und dir entscheiden. Es tut mir leid, Sam.«

Ich strich ihr sanft über die Wange. »Ich weiß. Aber lass uns jetzt von hier weggehen.«

Ich wollte ihre Handgelenke losbinden, als Guy mich grob wegriss. Überrascht richtete ich mich auf.
»Nicht jetzt, Sam.«
Ich war bereit, mich ihm zu stellen, den Kampf mit ihm aufzunehmen – für Lilys Leben. Ich ballte die Hände zur Faust.
»Ich werde sie jetzt losbinden«, erklärte ich zu allem entschlossen. »Sie halten mich nicht auf.«
»Warten Sie noch einen Augenblick, Sam. Vorher muss ich Ihnen noch etwas erklären.«
Ich sah auf die vier riesigen Zifferblätter, die uns umgaben. Alle vier zeigten das gespiegelte Bild von halb sieben.
»Für einen Augenblick bleibt uns *keine* Zeit. Hier wird gleich alles in die Luft fliegen, und ich werde Lily herausbringen, bevor das passiert.«
Beim ersten Schritt, den ich auf Lily zuging, ertönte Guys Stimme, und ich blieb wie angewurzelt stehen.
»Sarah ist tot, Sam.«
Ich drehte mich um und starrte ihn an.
»Sarah ist tot«, sagte er noch einmal. »Und das wird sich nicht mehr ändern.«
»Was wollen Sie damit sagen?«
»Damit will ich sagen, dass es nicht möglich ist, weit genug in die Vergangenheit zu reisen, um Sarahs Leben zu retten. Sieben Jahre, das ist einfach nicht möglich, Sam.«
Ich sah Lily an. Guy musste es bemerkt haben.
»Sieben Monate«, sagte er zu ihr gewandt, »allerdings auch nicht.«
»Sie Schwein«, brüllte ich ihn an. »Sie haben gesagt …«
»Gar nichts habe ich gesagt«, unterbrach er mich. »Sie haben sich etwas vorgemacht. Ich habe Sie gewarnt, aber Sie haben es vorgezogen, nicht auf mich zu hören.«
Ich war nicht bereit, ihm zu glauben. »Aber Sie haben doch gesagt, dass wir in die Vergangenheit zurückreisen könnten.«

Er nickte. »Stimmt. Ich habe aber nicht gesagt, wie weit.«
»Und wie weit können wir zurück?«
»Einen Monat.«
»Einen Monat?«
»Genauer gesagt, denselben Monat. Immer und immer wieder. Weiter als bis zum ersten Februar kommen Sie nicht zurück. Nie. Tut mir leid, Sam. Tut mir leid, Lily.«
Mir wurde schwer ums Herz. All das, was ich getan hatte, und all das, was ich Lily zugemutet hatte, sollte umsonst gewesen sein?
»Und warum haben Sie mich all diese Dinge tun lassen?«
»Weil sie geschehen sind und ich dafür sorgen musste, dass sie wieder geschehen. Mir waren sozusagen die Hände gebunden«, erklärte er mit einem Blick auf Lilys gefesselte Handgelenke.
»Aber warum können wir nicht weiter zurück?«, fragte ich, immer noch nicht bereit, mich geschlagen zu geben. »Warum kann ich nicht zurück und Sarah retten?«
»Um ehrlich zu sein«, sagte er, »ich weiß es nicht. So hat es sich ergeben. Ich habe selbst versucht, es zu ändern, oft sogar. Aber es gibt einfach keine Lösung.« Schwermut schwang in seiner Stimme mit, vielleicht sogar Bedauern.
»Aber wir könnten es doch versuchen?«, insistierte ich.
Er schüttelte den Kopf. »Ich habe es versucht, und ich habe es jetzt aufgegeben. Ich will nur noch sehen, wie es endet.«
»Endet?«
»Vor vier Wochen sind Sie in die Vergangenheit zurückgereist, weil Sie genau das getan haben, was Sie jetzt getan haben, und genau das gemacht haben, was Sie in den nächsten Tagen noch machen werden.«
»Aber …«
»Die Geschichte zeigt, dass Sie schon gemacht haben, was Sie noch zu machen haben. Sie können nichts ändern. Das ist Ihre Rolle in der Zeit, und die müssen Sie spielen.«

Ich sah zu Lily hinüber, die immer noch gefesselt an der Wand lehnte. Es war jetzt zwanzig vor sieben.

»Zu spät. Ich werde Lily hier rausholen. Ich will nicht länger Teil dieses Spiels sein.«

»Ich kann das nicht zulassen«, sagte er.

»Versuchen Sie doch, mich aufzuhalten«, drohte ich.

Das tat er. Mit für einen Mann seines Alters erstaunlicher Gelenkigkeit kam er mit einem Satz durch den Glockenraum auf mich zu und riss mich zu Boden. Ich bekam keine Luft, setzte mich aber wild entschlossen zur Wehr, schlug auf ihn ein, wo immer ich ihn treffen konnte, doch er schien kaum Notiz davon zu nehmen.

Er drückte mich kraftvoll zu Boden, saß auf mir, die Hände um meinen Hals gelegt. Sein Griff war fest, und ich spürte, wie sich meine Luftröhre zusammenzog, während er den Druck langsam erhöhte.

Ich bekam keine Luft mehr, keuchte und röchelte, konnte nicht atmen. Ich versuchte, Guy von mir zu stoßen, aber er war stärker als ich. Mir wurde schwarz vor Augen.

Kraftlos ruderte ich mit den Armen umher, während mir immer mehr die Sinne schwanden, bis ich mit der Hand plötzlich auf etwas Metallisches stieß, das auf dem Boden lag. Ohne etwas sehen zu können, tastete ich mit letzter Kraft danach. Da war es wieder – kaltes Metall unter meinen Fingern –, und ich griff zu, hob es in einem Bogen an und ließ es auf Guys Kopf niedersausen.

Es war kein heftiger Schlag, dazu war ich zu schwach, aber es reichte aus, um Guy zu Fall zu bringen. Grunzend löste er den Griff um meinen Hals und sackte bewusstlos auf mir zusammen. Ich stieß ihn von mir und rappelte mich benommen auf.

In der Hand hielt ich einen großen Schraubenschlüssel, eines der Werkzeuge, mit denen Guy die Uhr instand gesetzt hatte. Ich

schleuderte ihn zu Boden, weit genug entfernt von Guys kraftlos daliegendem Körper.
Jetzt war es Viertel vor sieben. Nur noch fünfzehn Minuten bis zur Explosion. Ich eilte zu Lily hinüber, küsste sie mit verzweifelter Leidenschaft und löste ihre Fesseln. Sie stand auf, rieb sich die Handgelenke und bewegte sich, damit das Blut wieder in die Beine strömte. Dann ging ich zu Guy, der leise vor sich hin stöhnend wieder zu sich kam, und fesselte ihn mit der Schnur, die ich Lily gerade abgenommen hatte. Es war ein erhebendes Gefühl, sie ihm um die Handgelenke zu wickeln und ordentlich zu verknoten.
»In den Trümmern wurde eine Leiche gefunden«, sagte ich zu Lily, während ich ihn fesselte. »An Händen und Füßen zusammengebunden und geknebelt. Aber sie haben sich geirrt. Du warst es nicht. Es war Guy. Ich werde es so machen, dass Guy es war, dass du es also gar nicht sein kannst.«
»So geht das nicht«, tönte eine vertraute Stimme von hinten, als mir auch schon ein stechender Schmerz durch den Schädel fuhr und ich ächzend vornüberkippte. Lily schrie auf, aber der Schmerz war zu heftig, und während alles um mich herum in Dunkelheit versank, klangen mir Lilys Schreie in den Ohren.

Jemand schlug mir ins Gesicht.
»Aufwachen, Sam«, rief eine Stimme. »Wir haben nicht mehr viel Zeit.«
Den Schmerz, der einem Wirbelsturm gleich in meinem Kopf wütete, kannte ich bisher nur von meinem atmosphärischen Rauschen. Benommen schlug ich die Augen auf und erblickte vor mir zwei Guys.
»Tut mir leid«, grinste mich der eine an. Er drehte sich nach der riesigen Uhr hinter ihm um. Es war sechs Minuten vor sieben. »Ich muss mich beeilen. In einer Minute muss ich mich mit jemandem treffen, den Sie kennen dürften.«

Lachend rannte er die Treppe hinunter, seine Schritte hallten auf den Steinstufen, bis sie schließlich in der Ferne verebbten.

Ich sah den zweiten Guy an.

»Mir tut es auch leid, Sam«, sagte er und sah in die andere Richtung. Ich folgte seinem Blick und entdeckte Lily, die, an Händen und Füßen gefesselt und mit einem Knebel im Mund, zusammengesackt an der Wand lehnte. Sie stöhnte leise und sah mich flehend an, aber der Ausdruck in ihrem Gesicht verriet, dass wir schon verloren hatten.

Verzweifelt versuchte ich aufzustehen, aber etwas stimmte nicht. Ich sah an mir herunter und erkannte, dass auch ich an Händen und Füßen gefesselt war, genau wie Lily. Die Zeiger der Uhr bebten und rückten ein Stück vor. Jetzt war es fünf vor sieben.

»Sie machen mich auf der Stelle los«, schrie ich Guy an. »Das Ding geht in die Luft.«

»Ich weiß«, sagte Guy ruhig. »Das ist alles Teil des Plans. Und da es schon einmal passiert ist, kann ich daran auch gar nichts ändern.«

Ich schrie und zerrte an den Knoten, aber die Schnur schnitt mir in die Haut, ohne auch nur einen Millimeter nachzugeben. Ich sah Lily an, die nur still dasaß, als hätte sie sich bereits in das Unausweichliche ergeben, was mich in meiner Entschlossenheit, nicht aufzugeben, noch bestärkte.

»Lassen Sie mich gehen«, sagte ich zu Guy. »Noch ist es nicht zu spät. Sie müssen niemanden töten.«

»Sie werden nicht sterben«, antwortete er.

»Und Lily? Was ist mir ihr?«

In seinem Blick lag aufrichtiges Mitgefühl, als er mich ansah: »Tut mir leid, Sam.«

Ich schrie und wehrte mich noch heftiger, warf mich auf den harten Holzboden und zerrte an den Fesseln.

»Beruhigen Sie sich, Sam«, sagte Guy. »Ich muss es Ihnen erklären, damit Sie es verstehen.«

Ich hielt inne und sah zu ihm hoch. In abgehackten Zügen schnappte ich nach Luft. Es war jetzt vier Minuten vor sieben. Guy ging zu der Schachtel, die nun mitten im Raum, neben der Leiche beim Uhrwerk lag. Er kniete sich hin, öffnete die Deckelklappen und betrachtete den Inhalt. Ich streckte mich, um auch etwas sehen zu können, konnte aber nicht erkennen, was sich hinter dem Deckel verbarg.

»Was ist da drin?«, fragte ich.

»Sie werden es herausfinden«, sagte er, nahm eine übriggebliebene Dynamitstange und versenkte sie behutsam in der Schachtel. »Es muss zerstört werden«, sagte er nur.

Dann griff er in seine Jackentasche und zog sein Tagebuch heraus, das kleine rote Notizbuch, das er immer mit sich herumgetragen hatte, legte auch das zu dem Sprengstoff in die Schachtel und machte den Deckel wieder zu.

»Der Inhalt dieser Schachtel muss zusammen mit meinem Tagebuch zerstört werden. Verstehen Sie?«

»Nein«, gab ich ehrlich zu.

Kommentarlos holte er noch etwas aus seiner Tasche. Eine kleine Videokassette.

»Kennen Sie die?«, fragte er und hielt sie mir hin. Sie war schmutzig und voller Flecken. Ich musste nicht lesen, was daraufstand.

»Das Band von der Explosion«, sagte ich. »Das ich noch gar nicht aufgenommen habe.« Ich sah auf die Uhr – drei Minuten vor sieben.

Guy nickte und schleuderte das Band durch den Raum. Es schlug auf den Bodenplanken auf und rutschte in die Dunkelheit.

»Das darf nicht zerstört werden«, sagte er. »Genau wie dieses hier.« Er zog einen letzten Gegenstand aus der Tasche. Megs Polizeimarke. Er musste sie mir weggenommen haben, als ich bewusstlos war. Er warf sie hinter sich, so dass sie in der Nähe von Lily zu liegen kam.

Vier riesige Zeiger rückten gleichzeitig vor. Es war zwei Minuten vor sieben.

»Es ist so weit«, sagte Guy über mich gebeugt. »Es ist Zeit zu gehen.«

Er zerrte an mir, um mich auf die Füße zu ziehen, aber ich widersetzte mich und schrie: »Lily!« Mit einem heftigen linken Haken traf er mich an der Seite meines Schädels, direkt auf der Metallplatte. Mein Kopf schien vor Schmerz zu explodieren, ich sank zusammen. Guy fing mich mühelos auf, hob mich auf die Schulter und trug mich die Treppe hinab.

Ich sah Lily, streckte meine gefesselten Hände nach ihr aus, konnte aber nicht einmal ihren Namen rufen.

Lily sah mir nach, ihr Mund formte Wörter hinter dem Knebel, die ich nie hören würde. Sie schien zu weinen.

Dann verlor ich sie. Sie entschwand meinem Blick, als Guy mich die Treppen hinuntertrug. Das war das Letzte, was ich von ihr sah. Guy eilte die Stufen hinab, nahm zwei oder drei auf einmal, als würde er mein Gewicht auf den Schultern gar nicht spüren. Runde für Runde, immer weiter hinab. Über uns hörte ich das Uhrwerk erbarmungslos der vollen Stunde entgegenticken, das Ticken des zurückgezogenen Klöppels.

Unten angekommen, stieß Guy die Tür mit einem Tritt auf. Draußen stand, mit geöffneten Hecktüren und zur Abfahrt bereit, der Krankenwagen. Guy warf mich unsanft hinein, sprang mir hinterher und zog die Türen zu.

»Fahr los«, schrie er.

Ich lag auf dem harten Fahrzeugboden, und als ich aufsah, erkannte ich den anderen Guy, der auf den Fahrersitz sprang und den Motor anwarf. Ich versuchte, mich aufzurichten, wurde aber wieder zu Boden geschleudert, als der Krankenwagen mit durchdrehenden Reifen davonbrauste.

Das erste Geläut der Glocke erklang, wovon ich aber kaum Notiz nahm, als der Krankenwagen auf die Hauptstraße hinauspreschte, von dem Guy am Steuer nur mit größten Schwierigkeiten unter Kontrolle gehalten. Die Glocke läutete ein weiteres Mal und noch einmal, aber Guy fuhr weiter, ohne sich auch nur ein einziges Mal umzusehen.

Der andere Guy half mir auf die Bahre, die wir aus dem Leichenschauhaus gestohlen hatten.

»Lily?«, fragte ich nur.

Er schüttelte den Kopf. »Es ist zu spät.«

Ich sah zum Heckfenster hinaus. Das Gaswerk war inzwischen außer Sicht, nur die Spitze des Uhrenturms ragte über die umstehenden Bauten empor. Plötzlich schoss eine glutrote Stichflamme aus jedem der vier Zifferblätter heraus, Gesteinsbrocken, Glas und Ziegel flogen explosionsartig in den Nachthimmel hinaus. Eine Sekunde später drang auch der Knall der Explosion an meine Ohren und ließ mich wissen, dass Lily tot war.

Den Schmerz am Hinterkopf, als Guy mich bewusstlos schlug, nahm ich kaum wahr.

82

Als ich im Krankenhaus wieder zu mir kam, war es draußen bereits dunkel.

Eine Krankenschwester stand über mich gebeugt. »O je, Mr. Smith«, sagte sie. »Sie hat es aber in der letzten Zeit wirklich schlimm erwischt. Schon der zweite Überfall innerhalb eines Monats.«

Mir brummte der Schädel. Anders als bei meinem Geräusch war es ein körperlicher Schmerz. Ich fuhr mir mit einer Hand behutsam über den Schädel, bis ich am Hinterkopf eine große hässliche Beule ertastete, die schmerzhaft Pfeile abfeuerte, als ich sie berührte.

»Was ist passiert?«, fragte ich kraftlos und benommen.
Die Krankenschwester, die ich als eine der Schwestern wiedererkannte, die sich um mich gekümmert hatten, als mir die Kehle aufgeschlitzt worden war, antwortete: »Da hat Ihnen jemand ziemlich heftig eins übergezogen. Sie waren eine Weile bewusstlos und sollten sich am besten nur wenig bewegen. Sie könnten eine Gehirnerschütterung haben.«
»Wie lange war ich bewusstlos?«
»Sie wurden gestern Abend im Krankenwagen hergebracht. Seitdem waren Sie bewusstlos.«
»Aber wie lang?«, fragte ich verzweifelt. »Wie spät ist es jetzt?«
»Es ist zehn Uhr.«
Ich sah zum Fenster hinaus ins Dunkel. Zehn Uhr abends. Dann war ich über vierundzwanzig Stunden außer Gefecht gewesen. Natürlich vorausgesetzt, ich war nicht …
»Welchen Tag haben wir heute?«, fragte ich nachdrücklich.
»Warum? Wir haben Dienstag«, antwortete die Schwester.
»Und welches Datum?«
»Heute ist der Achtundzwanzigste, glaube ich.«
»Welcher Monat?«
Die Schwester beugte sich zu mir herunter und sah mir prüfend in die Augen.
»Gehirnerschütterung«, stellte sie nüchtern fest. »Die Pupillen sind erweitert. Sie legen sich am besten ruhig hin und ruhen sich aus. Ich werde dem Arzt Bescheid sagen, dass Sie aufgewacht sind. Er wird sich um Sie kümmern.«
»Es geht mir gut«, beteuerte ich. »Ich muss nur wissen, welchen Monat wir haben.«
»Es ist Februar. Sie waren nur einen Tag bewusstlos. Sie waren nicht im Koma oder dergleichen.«
Dass ich Zeit verloren hatte, war gar nicht meine Sorge. Als ich das letzte Mal in genau diesem Krankenhaus aufgewacht war,

hatte ich auf wundersame Weise einen Monat gewonnen, und ich fürchtete, dass mir das jetzt wieder passiert sein könnte. Ich war erleichtert, dass dies nicht der Fall zu sein schien, aber dennoch bestürzt darüber, dass mir ein Tag entgangen war. Ein Tag, den ich besser damit verbracht hätte, Guy zu finden und Lily zu retten.

Aber Lily war tot. Ich sah sie gefesselt im Uhrenturm liegen. Ich sah die Detonation. Ihre Leiche war identifiziert, und Meg würde mir – dem früheren Ich – schon bald ein paar Fragen nach dem Mord an ihr stellen. Sie war tot, und daran konnte ich nichts mehr ändern.

Lily. Sarah. Beide tot. Ich fühlte mich so hilflos.

Aber … ganz langsam besann ich mich wieder auf etwas, das Guy mir in der letzten Nacht gesagt hatte. Es war, als würde es sich Schritt für Schritt aus den Tiefen meines Gehirns durch das Sperrfeuer meines Geräusches immer weiter nach oben arbeiten. Er hatte gesagt, dass ich nicht weiter als einen Monat in die Vergangenheit zurückreisen konnte. Nicht weit genug, um Sarah zu retten, oder für Lily, um ihren Mann zu retten – aber es würde reichen, um Lily zu retten.

Ich ließ Sarah gehen, endgültig. Jahrelang hatte mich ihr Tod an die Vergangenheit gekettet, aber jetzt, da der letzte Funke Hoffnung, sie retten zu können, ein für alle Mal erloschen war, bemerkte ich, dass sie mich nicht länger beherrschte. Sarah war ein Stück Vergangenheit, das ich nie wieder zurückbekäme. Lily hingegen war die Gegenwart – und hoffentlich auch die Zukunft.

Ich wollte aufstehen.

»Oh, nein. Das werden Sie hübsch bleiben lassen«, hielt mich die Schwester mit strengem Ton zurück. Mit eindringlicher Stimme verfügte sie, dass ich mich wieder hinlegen sollte. »Sie sind noch zu schwach.«

Auch wenn sie stärker war, als ihr Äußeres vermuten ließ, gelang es mir, sie zur Seite zu schieben. Ich setzte die Füße auf den kalten

Boden und stand mit dröhnendem Schädel und wackligen Beinen auf. Ein paar Sekunden lang war mir, als müsste ich mich übergeben. Das Geräusch entlud sich mit unbändiger Wucht in meinem Kopf und schien mich in Schmerz einzuhüllen. Als die Übelkeit nachließ, wagte ich ein paar Schritte durch das Zimmer.

»Wo sind meine Sachen?«, fragte ich, aber die Krankenschwester sagte: »Sie sollten das wirklich nicht tun.«

Ich sah sie an. Mir wurde heiß, und sie schien von einer Seite zur anderen zu schwanken. »Sie mögen ja recht haben, und vermutlich meinen Sie es auch gut mit mir«, sagte ich, »aber ich muss Sie trotzdem bitten zu gehen. Jetzt. Verziehen Sie sich!« Ich wies ihr die Tür.

Sie zögerte zunächst, ging aber schließlich mit den Worten: »Ich werde einen Pfleger holen, und wenn wir zurück sind, werden wir Sie wieder ins Bett schaffen, ob Sie wollen oder nicht.« Sie stürmte davon.

Neben dem Bett stand eine Kommode, in der ich meine Sachen fand. Ich zog mich schnell an – was nicht einfach war, da sich alles um mich herum drehte und selbst die einfache Aufgabe, ein Bein in die Hose zu stecken, mehr mit Glück als mit Geschicklichkeit zu tun hatte. Dann machte ich mich zügig auf den Weg über den Stationsflur zur Treppe.

Ich folgte der Beschilderung zum Haupteingang und trat hinaus in die Nacht, die mich mit einem eiskalten Luftstrom empfing, der mir den Atem nahm, aber letzte Irritationen einer möglichen Gehirnerschütterung verdrängte.

Ich sah in meine Brieftasche. Sie war leer. Also kein Taxi.

Das Fernsehstudio war einen Fußmarsch von zwei Meilen entfernt. Ich sah auf die Uhr – es war halb elf. Unverzüglich machte ich mich auf den Weg und dachte darüber nach, was zu tun war.

Ich musste zurück, ein letztes Mal noch, um Lily zu retten. Und dafür brauchte ich Guy. Heute Nacht, wenn mich mein Gedächtnis nicht trog, war die Nacht, in der Murray sterben sollte. Jasper hatte gesagt, dass ich Murray umgebracht hätte. Aber Jasper irrte sich. Guy hatte ihn umgebracht. Guy *musste* es gewesen sein. Anders konnte ich es mir nicht erklären.
Von Meg hatte ich erfahren, dass sich der Mord gegen elf Uhr zugetragen hatte. Ein erneuter Blick auf die Uhr zeigte, dass mir nicht mehr viel Zeit blieb. Ich beschleunigte meine Schritte.
Auf dem Weg kam mir ein unangenehmer, wenn auch gar nicht abwegiger Gedanke. Was wäre, wenn Guy gerade im Studio war? Was wäre, wenn *tatsächlich* ich Murray umgebracht hatte? Der Typ mag ein Sackgesicht sein, aber alle Differenzen, die ich mit ihm hatte, lagen nun schon einen Monat zurück. Die Zeit hatte all meinen Hass ihm gegenüber besänftigt. Welchen Grund sollte ich also haben, ihn umzubringen?
Es war elf Uhr. In einer halben Stunde würde ich es wissen.

Das Gebäude lag im Halbdunkel, als ich ankam.
Vorsichtig schlich ich mich durch die leeren Büroräume und blieb vor meiner eigenen Arbeitszelle kurz stehen. Die Schreibtischlampe brannte, und auf dem Schreibtisch und in den Schubladen herrschte großes Chaos. Natürlich – mein voriges Ich war ja vor wenigen Augenblicken erst hier gewesen. Ich erinnerte mich an die fieberhafte Suche nach dem Videoband mit der Explosion des Uhrenturms und an den Schreck, den ich bekommen hatte, als ich festgestellt hatte, dass es weg war. Ich sah mich genauer im Büro um und erwartete plötzlich, mich selbst kommen zu sehen. Mir fiel aber auch wieder ein, dass ich ins Bandarchiv gegangen war, um dort nach dem Video zu suchen, und dass ich dort mindestens fünfzehn Minuten lang geblieben war. Ich atmete aus und stellte dabei fest, dass ich, ohne es zu merken, die Luft angehalten hatte.

Aber für das Videoband war ich gar nicht hergekommen – ich war gekommen, um Guy zu treffen, und hatte auch eine Ahnung, wo ich ihn finden könnte.

Ich sah zu Murrays Büro hinüber. Dort brannte Licht, aber im Raum schien es still zu sein.

Dann drehte sich der Türgriff, und die Tür ging auf.

»Guy?«, flüsterte ich.

Im Türrahmen zeichnete sich vor dem Hintergrundlicht die Silhouette einer Gestalt ab. Das Gesicht lag im Schatten, aber ich wusste, wer es war.

»Sam?«, fragte eine Stimme. »Sie waren es also, der hier vorhin herumgeschlichen ist. Was zum Teufel haben Sie hier zu suchen, Sie nutzloses Stück Scheiße?«

»Murray«, sagte ich, erleichtert, dass er noch nicht tot war. »Haben Sie hier jemanden herumlaufen sehen? Einen Fremden?«

»Ich dachte, ich hätte Sie gefeuert«, sagte Murray. Er wurde lauter. »Sehen Sie mal, wie Sie meine Nase zugerichtet haben.« Erst jetzt erkannte ich einen dicken, weißen Verband über seiner Gesichtsmitte. »Sie haben sie mir gebrochen, verdammt!«

»Das ist jetzt nicht so wichtig«, beschwor ich ihn. »Ich muss Guy finden, bevor er …«

»Nicht wichtig?«, keifte er. »Ich werde Sie anzeigen. Und Sie werden wegen schwerer Körperverletzung verknackt.«

Okay, dann werden sie mich eben verhaften, dachte ich. Aber nur für eine harmlose schwere Körperverletzung.

»Tut mir leid, Murray. Aber ich habe jetzt keine Zeit dafür.«

»Oh, ich glaube, Sie werden sich die Zeit nehmen, wenn ich Ihnen sage, was ich gefunden habe.« Mit einem selbstgefälligen Grinsen hob Murray eine Hand. Zwischen Daumen und Zeigefinger hielt er ein kleines schwarzes Videoband. Das Blut gefror mir in den Adern.

»Warum kommen Sie nicht in mein Büro«, sagte er ruhig. »Ich glaube, Sie müssen mir etwas erklären.«

Wie gebannt starrte ich auf das Videoband. Die ganze Zeit hatte ich geglaubt, Guy hätte es von meinem Schreibtisch geholt. Der Gedanke, dass Murray es hatte, war aber seltsamerweise noch unangenehmer.

Bevor ich länger darüber nachdenken konnte, bedeutete Murray mir hereinzukommen. Er blieb in der Tür stehen, als ich mich an ihm vorbeidrängte, und schloss sie dann hinter mir. Mit einer knappen Handbewegung bat er mich, Platz zu nehmen. Ich gehorchte, und er setzte sich mir gegenüber hinter seinen Schreibtisch.

»Sie wissen, was auf diesem Band ist, Sam?«

Ich nickte.

»Es trägt die Aufschrift ›Explosion Uhrenturm‹. Deshalb war ich davon ausgegangen, dass es sich um Ihre Reportage über den Brand handelte. Können Sie sich vorstellen, wie überrascht ich war, als ich sah, was *wirklich* drauf war?«

Ich antwortete nicht.

»Ich sagte«, wiederholte er langsam und betonte jedes Wort, »können Sie sich vorstellen, wie überrascht ich war, als ich sah, was wirklich drauf war?«

»Ja«, antwortete ich. »Kann ich.«

Er sah wieder auf das Etikett. »›Explosion Uhrenturm‹. Sie war es tatsächlich, Sam. Irgendwie haben Sie es fertiggebracht, die Explosion zu filmen, *bevor* ich Sie dorthin geschickt hatte. Dafür gibt es nur zwei Erklärungen. Möchten Sie sie hören?«

Ich schwieg.

»Ich werde es Ihnen sagen«, holte er aus. »Eine Möglichkeit wäre die, dass Sie es, nachdem ich Sie angerufen hatte, irgendwie geschafft haben, in die Vergangenheit zurückzureisen.«

Ich musste laut lachen.

»Sie finden das lustig?«

»Nein«, antwortete ich und versuchte, mich zu beherrschen. »Es ist nur ziemlich unwahrscheinlich.«

»Genau das habe ich mir auch gedacht. Damit komme ich zu meiner zweiten Theorie, nämlich, dass Sie wussten, dass die Explosion stattfinden würde. Und wenn das so ist, dann würde das bedeuten, dass Sie hinter der ganzen Sache stecken und die Explosion selbst ausgelöst haben.«

Auch falsch, dachte ich und gab mir Mühe, nicht laut loszulachen. Seine erste Theorie entsprach der Wahrheit schon eher.

»Und das«, fuhr Murray fort, wobei er immer noch mit dem Band in der Hand herumspielte, »bringt Sie in eine ziemlich unangenehme Situation, finden Sie nicht? Ich meine, wenn die Polizei dieses Band in die Finger bekommt? Wie würden Sie erklären, was darauf zu sehen ist? Würde gar nicht gut aussehen für Sie.«

Ich antwortete wieder nicht. Ich hatte ihm nichts zu sagen, glaube aber, dass er in meinem Schweigen den Beweis für meine Schuld sah.

»Wenn ich aber darüber nachdenke«, fuhr er mit diesem schmierigen, verschlagenen Gesichtsausdruck fort, den ich so sehr hasste, »könnten wir uns arrangieren. Sie wollen dieses Band, und ich bekomme dafür etwas von Ihnen.«

»Und das wäre?«, fragte ich, nichts Gutes ahnend.

»Ich weiß nicht«, sagte er beschwingt. »Es gibt eine Menge Dinge, die Sie für mich tun könnten. Sie könnten sich zum Beispiel verpissen und das Zeitliche segnen, aber ich glaube, das wäre zu krass. Nein, vielleicht könnten wir damit anfangen, dass Sie der Polizei erzählen, wie Sie mich völlig grundlos angegriffen haben. Dann könnten Sie um Ihre Entlassung bitten, und zwar fristlos. Ich verzichte auf die Einhaltung Ihrer vierwöchigen Kündigungsfrist und Sie Ihrerseits auf eine Abfindung. Und dann könnten Sie noch die Stadt verlassen, wegziehen und nie wiederkommen, so dass ich Ihre hässliche Visage nie wieder sehen muss. Ach ja, und dann hätte ich noch gern die Garantie von Ihnen, dass Sie sich von meiner Frau fernhalten und dass sie von mir und Regina nie etwas erfahren wird. Und natürlich werden Sie sich auch mit Regina nie mehr in Verbindung setzen. Und dann – na ja, ich bin sicher, dass mir noch etwas einfallen wird. Solange ich das Band habe, wird sich immer etwas finden, das Sie für mich tun können.«

»Solange Sie das Band haben.« Ich fixierte ihn mit kaltem Blick und ohne eine Miene zu verziehen, und zum ersten Mal schien er ein wenig die Fassung zu verlieren.

»Was wollen Sie damit sagen?«

»Damit will ich sagen«, erklärte ich mit tiefer, bedrohlicher Stimme, »dass Sie mich nur so lange in der Gewalt haben, wie Sie das Band haben. Was ist, wenn Sie es verlieren? Was ist, wenn es Ihnen abgenommen würde?«

»Wollen Sie mir drohen?«

»Wollen Sie *mir* drohen?«, konterte ich.

Wir starrten uns einen Moment schweigend an, bis Murray das Band mit provozierendem Blick in der Innentasche seiner Anzugjacke verschwinden ließ.

»Warum geben Sie mir das Band nicht?«, fragte ich mit gespielter Beiläufigkeit.

»Wie käme ich dazu?«, entgegnete er kopfschüttelnd.

»Zwingen Sie mich nicht, es Ihnen wegzunehmen.«

»Das würden Sie nicht wagen«, schnaubte er.

»Die Nase habe ich Ihnen schon gebrochen, und ich glaube, Sie können sich nicht im Entferntesten vorstellen, wie weit zu gehen ich bereit bin. Warum kooperieren Sie nicht einfach und geben mir das Band?«

Murray sprang auf. »Raus! Verlassen Sie auf der Stelle mein Büro.« Er kam um den Schreibtisch herum und eilte Richtung Tür.

Ich erhob mich ebenfalls und stellte mich ihm in den Weg. »Niemand verlässt den Raum, bevor ich das Band habe!«

»Was Sie nicht sagen. Und wie, bitte schön, wollen Sie mich daran hindern?«

Ich versetzte ihm eine Kopfnuss, die ich genau auf der Nase plazierte. Dieses Mal sogar mit einem deutlich vernehmbaren Knirschen und Splittern von Knochen, als ich mit der Stirn die bereits gebrochene Nase traf und sie erneut ein deutliches Stück verkürzte. Ich trat zurück. Zunächst war ich ein wenig benommen, doch dann verwandelte ein heftiger Adrenalinschub den Schmerz in meinem Kopf in pure Euphorie.

Murray jaulte schmerzerfüllt auf, seine Knie gaben nach, und er stürzte zu Boden. Der Verband über seiner Nase hatte sich schwammartig mit Blut vollgesogen, das ihm das Gesicht hinunter- und dann auf den Teppich rann. Er hob die Hände, um die Blutung zu stoppen, aber auch sie troffen innerhalb weniger Sekunden von Blut.

»Sie Arschloch«, schimpfte er ziemlich nasal und starrte mich wutentbrannt an. »Dafür werden Sie bezahlen.«

»Kein Bedarf. Wenn Sie mir nur …«

Er sprang auf und holte aus. Der Schlag war mit Wut geladen, nicht mit Präzision, traf mich aber am Kinn, so dass ich ins Straucheln kam, gegen einen Stuhl fiel und fast zu Boden ging. Murray war schon über mir, drückte mich wieder auf den Stuhl und in eine Position, in der ich keine Chance hatte, mich gegen seine Faustschläge zu wehren. Sein Gesicht war rot und wutverzerrt. Ihm floss Speichel aus dem Mund, während er immer wieder auf mich einschlug. Blut lief ihm aus der lädierten Nase und tropfte auf mich herab.

Mit Schlägen und Tritten setzte ich mich fruchtlos zur Wehr. Er war stärker. Plötzlich machte sich auch die Gehirnerschütterung vom Abend zuvor wieder bemerkbar. Meine Welt erfüllte sich mit Schmerz, und ich dachte, ich müsste mich übergeben.

Doch dann war alles mit einem präzise plazierten Hieb und einem Haken vorbei. Murray hörte auf zu schlagen, sein Körper wurde schlaff. Wie in Zeitlupe sackte er über mir zusammen. Seine weit aufgerissenen, blicklosen Augen gaben nicht einmal den Hauch von Überraschung preis.

Ich schob ihn von mir und ließ seinen leblosen Körper auf den Boden rollen. In einem bizarren Winkel lag er reglos da. Blut quoll ihm aus einer Seite des Kopfes, an einer Stelle, wo sich Hautfetzen durch das Haar geschoben hatten.

Er schien nicht mehr zu atmen.

Ich sah auf. Über Murrays Körper stand Guy mit einer blutüberströmten Kamera in der Hand und dem Ausdruck kalter Zufriedenheit im Gesicht.

»Ich habe dieses Sackgesicht noch nie gemocht«, sagte er.

Ich ging auf die Knie und kroch zu Murray. Ich prüfte, ob er noch atmete und noch Puls hatte. Überall war Blut verteilt, auch mein Körper war damit von oben bis unten besudelt.

»Er ist tot«, stellte ich fassungslos fest. Ich sah zu Guy hinauf. »Sie haben ihn umgebracht.«

Er zuckte mit den Schultern. »Entweder Sie oder er.«

»Aber Sie mussten ihn doch nicht umbringen!«

»Warum sind Sie so überrascht? Sie wussten doch schon, dass er tot ist. Haben Sie geglaubt, dass *Sie* ihn umbringen würden?«

Ein paar schmerzvolle Sekunden lang, in denen Murray und ich gekämpft hatten, hatte ich gedacht, ich wäre tatsächlich derjenige, der ihn umbringen würde. So fühlte ich mich jetzt auf seltsame Weise erleichtert.

»Holen Sie sich das Band«, sagte Guy.

»Das was?« Ich konnte nicht klar denken.

»Das Band, das Videoband.«

Ich hob Murrays Jacke vorn vorsichtig an und tastete mit der Hand nach der Innentasche. Ich fand das Band, zog es heraus und umklammerte es, als wollte ich es nie wieder aus der Hand geben.

Ich stand auf. »Was machen wir jetzt?«

»Das liegt doch auf der Hand«, sagte Guy. »Fangen Sie!« Er warf mir die Kamera zu, und ich fing sie instinktiv auf. Sie war groß und schwer und von dem Blut ganz glitschig, so dass sie mir fast durch die Finger gerutscht wäre.

Es klopfte an der Tür, und Jasper trat ein.

»Ich habe mich gefragt …«, sagte er und hielt inne, als er die schaurige Szene erblickte. Mit der Mordwaffe in der blutverschmierten Hand stand ich vor Murrays Leiche. Ich drehte mich nach Guy um, aber er war verschwunden.

»Es ist nicht das, wonach es aussieht«, fing ich an, bereits ahnend, dass ich es schwerhaben würde, mich aus dieser Situation herauszureden.

»Ist er … ist er tot?«, krächzte Jasper. »Mein Gott, Sam, was haben Sie getan? Sie haben ihn umgebracht, Sie sind tatsächlich hergekommen und haben Murray umgebracht! Mein Gott, mein Gott.«

»Beruhigen Sie sich«, sagte ich und trat einen Schritt auf ihn zu. Erschrocken wich er zurück. »Bringen Sie mich nicht auch noch um, Sam. Bitte bringen Sie mich nicht um!«

»Ich bringe Sie nicht um.«

Er stürzte auf die offenstehende Tür zu. Reflexartig huschte ich an ihm vorbei und beförderte sie mit einem gezielten Fußtritt ins Schloss. Er wimmerte vor Angst. »Bitte«, flehte er, »ich sag es niemandem. Ich schwöre es. Aber töten Sie mich nicht!« Er wich immer weiter zurück, bis er mit dem Rücken an der Wand stand und nicht weiterkam.

»Seien Sie still! Seien Sie endlich still, damit ich es Ihnen erklären kann.«

Er blickte auf Murrays Leiche hinab, auf das Blut, das nicht aufhören wollte, sich auf den Teppich zu ergießen, auf die blutverschmierte Kamera in meiner rechten Hand und das ebenso blutverschmierte Videoband in meiner linken. Er fixierte meine blutverschmierte Garderobe, dann mich.

»Bitte«, flehte er inständig ein letztes Mal. »Ich will nicht sterben.«
Dann wurde er ohnmächtig. Seine Augen rutschten nach oben unter das Lid, und er sank langsam zu Boden, ein bewusstloser Haufen Mensch.
Fünf oder sechs Stunden würde er dort liegen, und wenn er wieder zu sich kam, würde er der Polizei etwas erklären, dass, wie ich nun wusste, nicht ganz der Wahrheit entsprach. Was für ein Saftarsch!
»Er wird glauben, dass Sie ihn niedergeschlagen haben«, sagte Guy, als er seinen Kopf hinter Murrays Schreibtisch hervorschob.
»Ach, da haben Sie sich versteckt. Vielen Dank für Ihre Hilfe!«
»Sie brauchten meine Hilfe nicht. Sie sind damit sehr gut alleine klargekommen.«
»Abgesehen davon, dass er jetzt glaubt, ich hätte Murray umgebracht.«
»Das ist bedauerlich«, stimmte er mir zu. »Wir sollten aber jetzt sehen, dass wir hier wegkommen. Lassen Sie die Kamera hier.«
Ich ließ die Kamera neben Murrays Leiche zu Boden fallen.
»Und was ist mit dem Band?«, fragte ich.
»Sie haben gesehen, dass es bei der Explosion zerstört worden ist, Sam. Sie wissen, was damit geschieht. Was mit ihm passieren *muss*.«
Ich wusste, dass es im Uhrenturm gewesen war, als er in die Luft flog. Es würde also an den Anfang des Monats zurückkehren müssen, um rechtzeitig dort zu sein.
Ich hielt es Guy hin. »Hier, Sie werden es brauchen.«
Er winkte ab. »Behalten Sie es, Sam. Sie werden wissen, was damit zu tun ist, wenn die Zeit gekommen ist.«
Wenn die Zeit kommt, dachte ich im Stillen, werde ich genug damit zu tun haben, Lily zu retten, und mir wohl kaum Gedanken um das Band machen. Ich steckte es trotzdem ein.

Guy ging zur Tür und öffnete sie. »Wir sind hier fertig, Sam. Lassen Sie uns gehen.«
Ich warf einen letzten Blick auf das Büro. Auf Murray, der tot am Boden lag. Auf Jasper, der bewusstlos zusammengesackt an der Wand lehnte, und auf all das Blut. Von meinem alten Leben hatte ich mich, das war mir klar, unwiderruflich, ja, geradezu gewalttätig verabschiedet.
Ich zog die Tür hinter mir zu und folgte Guy aus dem Gebäude hinaus.

83

Sie können Lily nicht retten«, sagte Guy. »Sie können überhaupt nichts ändern, was sich bereits zugetragen hat.«
»Aber ich muss es versuchen.«
»Es wird keinen Zweck haben.«
»Und wenn ich in die Vergangenheit zurückreise und dafür sorge, dass sich die Dinge etwas anders zutragen?«
»Wenn Sie versuchen, in etwas einzugreifen, das sich schon ereignet hat, werden Sie feststellen, dass Sie Teil davon werden und immer Teil davon *waren*. Jede Wahl, die Sie treffen, treffen Sie nur ein einziges Mal. Sie können diese Entscheidungen immer wieder durchleben, werden sie aber nie ändern können. Das ist eine bittere Lektion, Sam, die Sie wohl oder übel lernen müssen. Genau so, wie ich es musste.«
»Wollen Sie damit sagen, dass Sie schon in die Vergangenheit zurückgereist sind?«
»Öfter, als mir lieb war, Sam. Ich habe mich lange dagegen gewehrt und immer wieder versucht, Geschehenes zu verändern oder dafür zu sorgen, dass es nicht eintritt. Inzwischen finde ich es langweilig. Ich will nur noch, dass es aufhört.«

»Warum wollen Sie dann in das Museum zurück? Dort hat doch alles seinen Anfang genommen.«

»Mir bleibt gar nichts anderes übrig, Sam. Was ich auch tue, tue ich, weil ich es schon getan habe. Ich muss nur dafür sorgen, dass alles genauso vonstattengeht, wie ich es in Erinnerung habe. Dann wird es aufhören.«

»Und wenn Sie es nicht tun? Wenn Sie heute Abend nicht in das Museum einbrechen, die Türen nicht offen sein werden, die Aufseher nicht verschwunden und die Kameras nicht ausgeschaltet sind? Wenn wir es heute Nacht nicht tun, dann wären wir auch vor einem Monat nicht so leicht hineingekommen und wären auch nicht in die Vergangenheit zurückgereist. Dann hätte es den letzten Monat nie gegeben, und alles wäre wieder in Ordnung.«

»Aber so ist es doch gar nicht gewesen. Wäre es so gewesen, dann würden Sie sich auch genauso erinnern. Sam, Sie müssen es verstehen, Sie können nichts ändern. Ihnen bleibt nichts, als die Entscheidungen anzunehmen, wie Sie sie getroffen haben, und zu akzeptieren, dass Sie immer Teil davon sein werden.«

»Und Sie wollen heute Nacht in das Museum einbrechen?«

»Ich muss, Sam. Ich habe keine Wahl. Aber ich freue mich darauf. Wissen Sie, für Sie ist es heute erst der Anfang, aber für mich ist es das Ende.«

»Was soll das heißen?«

»Heute wird alles ein Ende finden. Und diese Aussicht macht mich unendlich glücklich.«

Ich schreckte aus dem Schlaf hoch. Guys Worte schwirrten mir im Kopf herum.

War das ein Traum? Nein, das glaubte ich nicht. Sie waren Teil eines Gesprächs, das ich vor ein paar Stunden mit Guy geführt hatte. Danach hatten wir das Büro verlassen, waren zu einem leerstehenden Lager gegangen und durch ein zerbrochenes Fenster eingestiegen. Dort war ich, noch immer mit den Auswirkungen der Gehirnerschütterung kämpfend, auf dem harten Boden eingeschlafen.

In der Nacht war ich kurz mit dröhnendem Schädel aufgewacht. Guy saß vor einem Feuer aus Holzstücken, die er sich in der Lagerhalle selbst zusammengesucht hatte, und starrte in die Flammen.

»Sie können Lily nicht retten«, sagte er, als er mitbekommen hatte, dass ich aufgewacht war. Wir redeten ein wenig, aber ich konnte mich nicht lange halten und schlief wieder ein. Ich spürte, wie mich die Wärme des Feuers im Schlaf angenehm umfing.

Ich träumte wirre, furchteinflößende Träume und sah Explosionen, Blut, Morde und Tote. Die Gesichter von Lily und Sarah rückten von mir ab, entfernten sich immer weiter, bis sie ganz außer Reichweite waren. Der Alptraum wiederholte sich, lief immer wieder vor meinen Augen ab, ich konnte mich nicht entziehen. Aber es war nur ein Alptraum, aus dem ich schließlich zitternd und schweißgebadet erwachte.

Ich war allein, das Feuer erloschen, und draußen wurde es hell. Kalt und unerbittlich brach der Tag an, ohne Wärme oder Hoffnung zu versprechen.

Ich richtete mich auf und zog die Beine eng an den Körper.

Guy hat sich geirrt, dachte ich. Man kann immer etwas ändern, wenn man es nur wirklich will. Ich war erschöpft, abgekämpft und erschlagen, spürte aber dennoch den Willen in mir, zu kämpfen.

Ich würde alle mir verbliebenen Kräfte aufwenden, um zu verhindern, was schon passiert war. Ich würde mich Guy widersetzen, mit allen Bandagen kämpfen, wenn es erforderlich war. Ich würde ihn davon abhalten, in das Museum einzubrechen, und es würde so werden, als hätte es den Februar nie gegeben.

Schließlich würde ich mir nach langem Zaudern die Kontrolle über mein Schicksal wieder zurückerobern. Ich würde die Zeit verändern, dafür sorgen, dass all dies nie passiert ist.

Es war Mittwoch, der neunundzwanzigste Februar. Ein Schaltjahr. Ich lehnte mich zurück und wartete darauf, dass die Nacht hereinbrach.

84

Um neun Uhr schloss das Museum seine Pforten. Um halb neun war ich dort. Ich begab mich auf direktem Weg zu den Toiletten und schloss mich in einer Kabine ein. Ich klappte den Toilettendeckel herunter, hockte mich darauf und zog die Füße an, damit mich niemand sehen konnte, wenn er unter der Tür hindurchlugte. Ich musste Guy aufhalten. Vor zwei Wochen hatte er mich gebeten, einen Plan auszuarbeiten, um in das Museum einzubrechen. Aber die Dinge lagen jetzt anders, ich würde es nicht zu Ende führen. Trotzdem kannte ich das Gebäude in- und auswendig, hatte den Grundriss und das Überwachungssystem bis ins kleinste Detail im Kopf. Dieses Wissen würde ich gegen Guy einsetzen, um ihm zuvorzukommen.

Voller Ungeduld harrte ich aus, bis das Museum geschlossen, der letzte Besucher gegangen war und die Mitarbeiter sich vergewissert hatten, dass sich in den Räumen niemand mehr aufhielt. Schließlich wurde das Licht ausgeschaltet, so dass nur noch der matte grünliche Schein der Notbeleuchtung übrig blieb. Außer den Nachtwächtern konnte jetzt niemand mehr im Gebäude sein. Mit tauben Beinen stieg ich geräuschlos vom Toilettensitz und öffnete die Tür, als ich auf einmal ein Geräusch vernahm. Ich stutzte und wagte nicht, den Türriegel zu berühren. Mit einem Quietschen hatte jemand die Tür zu den Toiletten geöffnet. Dann vernahm ich Schritte, die sich über den gefliesten Boden den Kabinen näherten. Ich erstarrte und hielt den Atem an.

Dicht vor meinem Versteck blieb der Unbekannte stehen. Dann

ein Stoß gegen die Tür, als drückte jemand dagegen, um zu prüfen, ob die Kabine verriegelt war oder nicht. Ein Nachtwächter, überlegte ich, der nur seinen Kontrollgang machte? Das entsprach überhaupt nicht dem, was ich vorher ausgekundschaftet hatte. Vielleicht hatte ihn ein menschliches Bedürfnis hierhergetrieben.

Plötzlich durchbrach das ohrenbetäubende Dröhnen einer Bohrmaschine die Stille. Reparaturarbeiten um diese Zeit? Im Dunkeln?

Meine Fragen waren beantwortet, als sich die erste große Schraube gerade einmal fünf Zentimeter vor mir durch das Holz der Kabinentür gearbeitet hatte. Ihr folgten gleich daneben eine zweite und auf der anderen Seite noch mehr.

Ich stieg auf den Toilettendeckel, während eine Schraube nach der anderen durch das Holz getrieben wurde, beugte mich nach vorn, wobei ich mich an der Tür abstützte, und schob den Kopf behutsam durch den schmalen Spalt zwischen dem Kabinenrand und der Decke.

Guy sah zu mir hinauf. »'n Abend Sam«, begrüßte er mich freundlich, während er ein weiteres Brett quer vor die Tür legte und es ebenfalls anschraubte.

»Was zum Teufel soll das?«, fragte ich verstört.

»Wonach sieht es denn aus? Ich sorge dafür, dass Sie nicht herauskommen.«

»Woher wussten Sie überhaupt, dass ich hier drin war?«

Er sah wieder zu mir hoch. »Na, kommen Sie, Sam. Erzählen Sie mir nicht, dass Sie das noch nicht herausgefunden haben.«

Er trat einen Schritt zurück und drückte kräftig gegen die Tür. Sie hielt.

»Damit wären Sie eine Weile in Sicherheit«, stellte er fest.

Ich sprang vom Toilettensitz, schob den Riegel auf und zerrte mit aller Kraft an der Tür. Sie gab keinen Millimeter nach.

»Sie Schwein«, schrie ich. »Lassen Sie mich hier raus!«
»Ich kann nicht«, kam Guys Stimme von der anderen Seite. »Sie würden nur versuchen, mich aufzuhalten.«
Ich sprang wieder auf den Deckel und beugte mich über die Tür.
»Worauf Sie sich verlassen können. Und ich werde Sie aufhalten!«
»Sehen Sie, Sie lassen mir gar keine andere Wahl.«
Guy ließ den Akkubohrer und die übriggebliebenen Schrauben zu Boden fallen. Sie hatten ihren Zweck erfüllt. Dann sprang er mit einem Satz auf eines der Handwaschbecken und reichte mit den Händen hinauf an eine Platte in der Decke über sich. Er drehte sie etwas und zog an ihr, so dass sie herabfiel und über ihm ein dunkles, rechteckiges Loch klaffte.
»Ein sehr guter Plan, Sam«, sagte er. »Ich glaube, er wird funktionieren.«
»Was für ein Plan?«
»Ihr Plan natürlich. Ich wusste, dass Sie meine Erwartungen erfüllen würden.«
»Aber ich habe meinen Plan doch gar nicht fertiggestellt«, korrigierte ich ihn. »Ich habe noch nicht einmal etwas aufgeschrieben.«
»Jetzt denken Sie mal scharf nach, Sam. Sie scheinen immer noch nicht verstanden zu haben, warum ich Ihnen immer einen Schritt voraus bin? Haben Sie sich nie gefragt, warum ich immer schon weiß, was Sie gerade denken? Sie müssen die Frage nicht beantworten, ich kenne die Antwort bereits.«
Dann sprang er hoch und war mit den Beinen in Windeseile in der Luke in der Decke verschwunden. Er steckte den Kopf durch die Öffnung und grinste mich von oben an.
»Worauf warten Sie noch, Sam?«, spottete er. »Wollen Sie mich nicht aufhalten?«
Noch Minuten nachdem er in dem Schacht verschwunden war, so

schien es mir, drang sein Lachen an mein Ohr. Er hatte sich durch den Belüftungsschacht auf den langen Weg zum Sicherheitsraum neben dem Haupteingang gemacht. *Mein Plan!*

Ich sprang vom Toilettendeckel wieder herunter und rüttelte an der Tür, konnte aber nichts ausrichten. Wütend trat ich dagegen, was mir jedoch nichts als heftige Schmerzen am Fuß einbrachte.

Der Spalt unter der Tür war keine zehn Zentimeter breit, zu schmal, um hindurchzukriechen. Zwischen der oberen Türkante und der Decke war etwas mehr Platz. Ich stellte mich auf den Spülkasten und schwang ein Bein über den Rand der Trennwand. Es war sehr eng, und ich schrammte mit Kopf und Schultern an den Deckenplatten entlang. Aber ich schaffte es, mich über die Trennwand zu hieven und auf das Klo in der Nachbarkabine herabzulassen. Der Deckel stand offen, so dass ich vom Schüsselrand abrutschte, um ungelenk auf dem zugepinkelten Boden zu landen. Ich stürzte aus der Kabine und spähte zu dem Loch in der Decke hinauf, durch das Guy verschwunden war. Ich stieg auf das Waschbecken, griff nach den Rändern des Lochs und hing einen Augenblick in der Luft. Würde meine Kraft reichen, um mich hinaufzuziehen? Wie hatte Guy es fertiggebracht, es so einfach aussehen zu lassen? Schließlich aber verhalf mir wilde Entschlossenheit, mich hinaufzuziehen.

In dem Raum über der Decke war es noch dunkler als auf den Toiletten. Ich kroch an einem dünnen Kabelstrang entlang, von dem ich wusste, dass er mein Gewicht halten würde. Ich wünschte mir nur, eine Taschenlampe mitgebracht zu haben. An einer Verzweigung bog ich links ab.

Vor mir machte ich schemenhaft die Umrisse von zwei großen Verteilerkästen aus, von denen ich wusste, dass sie sich ziemlich genau über dem Sicherheitsraum neben dem Haupteingang befanden. Der eine war für die Elektrik zuständig, der andere für

die Telekommunikation, also für Überwachungskameras, Bewegungsmelder, die Alarmanlage und die Haupttelefonleitungen. Er war offen. Ich robbte näher heran und sah hinein.
Meine Nachforschungen hatten ergeben, dass sich die Sicherheitstechnik für das ganze Museum außer Gefecht setzen ließ, wenn man sechs dünne Drähte kappte. Trotz der Dunkelheit erkannte ich diese Drähte. Sie waren bereits durchgeschnitten, ihre Enden hingen lose herab.
Und wieder einmal fragte ich mich, wie Guy hatte wissen können, welcher Draht durchzuschneiden war, wo ich es ihm doch nie gesagt hatte.
Ich kroch ein Stück weiter den Metallträger entlang, bis ich an eine Öffnung kam, eine fehlende Platte in der Decke, durch die ein matter Lichtschein von unten heraufdrang. Das musste der Sicherheitsraum sein.
Durchaus auf eine von Guys unangenehmen Überraschungen gefasst, schob ich meinen Kopf vorsichtig über den Rand. Die Monitore, die in dem Raum unter mir an der Wand hingen und normalerweise Bilder von den zahlreichen Überwachungskameras lieferten, waren dunkel. Ein uniformierter Wächter lag bewusstlos am Boden.
Ich konnte ziemlich sicher sein, dass Guy nicht dort unten war. Also ließ ich mich mit den Beinen voran durch das Loch in den Raum hinab. Ich fiel tiefer, als ich erwartet hatte, und schlug hart auf dem Boden auf. Ein Schmerz schoss mir von den Fußgelenken die Wirbelsäule hinauf. Ich sackte auf dem Teppich zusammen, rollte mich ein und blieb benommen liegen.
Als ich wieder zu mir kam, starrte ich in das Antlitz des bewusstlosen Mannes. Auf seiner Stirn prangte ein hässlicher Fleck. Den Telefonhörer hielt er immer noch in der Hand. Er musste versucht haben, die Störung der Überwachungskameras zu melden, als Guy durch die Decke gebrochen war und ihn niedergestreckt hatte.

Vermutlich hatte er nicht einmal mehr Zeit gehabt, zu bemerken, dass das Telefon gar nicht funktionierte.
Ein Funkgerät, das der Mann an seinem Gürtel trug, quakte vor sich hin: »Wo hast du gesagt, bist du, Bert?« Es war sein Kollege.
»Bin im dritten Stock. Aber ich sehe kein ...« Ein dumpfer Schlag, ein Trampeln und schmerzvolles Stöhnen, dann war es still.
Im dritten Stock. Ich schlich mich aus dem Kontrollraum heraus ins Foyer, das in den schwachen Schein der Notbeleuchtung getaucht war. Die alte Dampflok beherrschte düster und bedrohlich den Raum. Der Doppeldecker über mir schien zu schwingen.
An der Treppe angekommen, eilte ich die Stufen hinauf und versuchte, möglichst wenig Lärm zu machen, für den Fall, dass Guy mir auflauerte. Im dritten Stock trat ich auf die Galerie hinaus, von der aus ich das Foyer überblicken konnte. Das alte Flugzeug hing ein paar Meter unter mir.
Ich hatte recht. Es bewegte sich *tatsächlich*. Es war an drei Stahlseilen aufgehängt, die unheilvoll knarrten, während das Flugzeug bedächtig hin und her schwang.
»Helfen Sie mir«, rief eine leise Stimme von unten. »Bitte!«
Als ich erneut auf das Flugzeug hinabsah, entdeckte ich die Silhouette eines Mannes, die sich vor dem hellen Boden darunter abzeichnete. Er klammerte sich an eine der Flügelstreben, seine Beine baumelten haltlos zwanzig Meter über dem Betonboden in der Luft.
Als er sich bewegte, sah ich, wie sich das Flugzeug neigte. Er rutschte zur Seite, so dass ich schon dachte, er würde fallen. Mir stockte der Atem.
Er musste mich gesehen haben. »Bitte«, flehte er. »Ich habe Ihrem Freund den Code gegeben. Er sagte, er würde mir helfen.«
Ich sah mich nach einer Art Seil oder etwas anderem um, mit dem

ich ihn erreichen konnte, entdeckte aber nichts auch nur halbwegs Brauchbares.

»Schwingen Sie ein Bein nach oben«, rief ich ihm zu. »Versuchen Sie, ins Cockpit zu kommen.«

Der Mann hielt sich krampfhaft an den Streben fest.

»Ins Cockpit«, rief ich wieder. »Sehen Sie zu, dass Sie ins Cockpit kommen!«

Das Cockpit war nicht weit von ihm entfernt. Wenn er mit den Beinen an die Streben der unteren Tragfläche käme, könnte er sich allein ins Cockpit hangeln. Von dort käme er zwar nicht weiter, wäre aber zumindest am Leben.

Stück für Stück, begleitet von meinen guten Worten, fand er wieder Halt und konnte sich in Sicherheit bringen. Völlig entkräftet sank er ins Cockpit.

»Holen Sie mich runter«, rief er, als er sich auf dem Pilotensitz aufgerichtet hatte.

»Sie sind dort in Sicherheit«, sagte ich. »Mehr kann ich nicht tun. Was ist passiert?«

»Ihr Freund hat mich von hinten niedergeschlagen«, rief er aufgeregt. »Dann hat er mich über die Brüstung geworfen. Ich konnte mich gerade noch am Flugzeug festhalten. Er sagte, er würde mir helfen, aber nur wenn ich ihm die Zahlenkombination für die Tür geben würde. Und dann hat er mich hier hängen lassen. Bitte helfen Sie mir!«

»Sie sind dort sicher. Bewegen Sie sich am besten nicht.«

Ich hatte Wichtigeres zu tun. Guy hatte den Code für die Tür, durch die er sich Zutritt in den nichtöffentlichen Bereich des Museums verschaffen konnte. Nichts trennte ihn jetzt mehr von der Tresortür. Ich rannte die Treppe hinab zurück ins Foyer.

Unten angekommen, ging ich zu der Tür mit der Aufschrift »Nur für Mitarbeiter«, durch die Guy vor Wochen mit mir gegangen war. Wie ich vermutete, stand sie offen.

Ich marschierte hindurch, da ich mir angesichts kaltgestellter Nachtwächter und abgeschalteter Überwachungskameras um nichts Gedanken machen musste als um Guy selbst. Besonders vertrauenerweckend war diese Vorstellung nicht.
Ich trat auf den langen Gang hinaus, der zur Tresortür führte. Kein Mensch zu sehen. Kam ich zu spät? Ich lief zum Tresor und wollte ihn öffnen, aber die Tür war noch verschlossen. Wo war Guy?
Ich ging zurück. Am Ende des Ganges sah ich nach links, den Weg zurück, den ich gekommen war, dann nach rechts in die Tiefen des Museums hinein. Mir schwante etwas. Der Hintereingang. Dort müsste er sein.
Ich bog rechts ab und ging durch ein paar unauffällige Gänge zum Notausgang, der auf die Gasse hinter dem Haus führte. Hinter der letzten Ecke wäre ich fast in Guy hineingerannt. Er hatte einen Bolzenschneider in der Hand, zu seinen Füßen lag ein aufgebrochenes Vorhängeschloss. Er drückte die Tür des Notausgangs auf. Ich sah in den Nachthimmel hinaus.
»Nein«, schrie ich. Aber da hatte er den Arm schon erhoben, und ein Blitz erschien vor meinen Augen, als der Bolzenschneider die Seite meines Schädels traf, an der sich die Platte befand, die meinen Kopf zusammenhielt. Ein lautes Klong, und die Welt zerbarst in Millionen Sterne.

85

Der übelste aller Anfälle atmosphärischen Rauschens, den ich je erlebt hatte, holte mich wieder zurück. Es tobte, zischte und knisterte, und der Schmerz schien sich meines ganzen Körpers zu bemächtigen.
»Das ist gut«, hörte ich Guy sagen. Mir schien, als ertöne seine Stimme direkt an meinem Ohr, gleichzeitig aber auch aus weiter

Ferne. Dann vernahm ich ein Klicken, und der schlimmste Schmerz wich plötzlich von mir.

Ich öffnete die Augen, sah aber zunächst alles nur verschwommen. Langsam kam ich zu mir und begriff, wo ich war.

Ich befand mich an der Tresortür, eine Seite meines Gesichtes direkt am kalten Metall. Über mir stand Guy. Mit der einen Hand drückte er meinen Kopf fest gegen die Tür, mit der anderen drehte er an den Rädern des Kombinationsschlosses.

»Es ist komplizierter, als es aussieht«, erklärte er. »Ich drehe das Rad nach links oder rechts. Und in dem Augenblick, in dem ich die richtige Zahl getroffen habe, wird ein kleines elektrisches Signal über einen Draht an einen Computerchip abgegeben.«

In dem Augenblick entlud sich ein unbeschreiblicher Schmerz in meinem Kopf.

»Wieder eine richtige Zahl«, stellte Guy zufrieden fest. Mit einem Klicken drehte sich die Scheibe wieder, das Geräusch in meinem Kopf verebbte.

Ich versuchte, mich zu bewegen, war aber zu schwach, er hatte mich erbarmungslos im Griff.

»Normalerweise«, fuhr er fort, »nehmen selbst empfindlichste Geräte diese kleinen elektrischen Impulse nicht wahr. Was für ein Glück, dass Sie eine Metallplatte im Kopf haben. Ich muss nur warten, bis Sie wieder schreien …«

Ich schrie. Der unerträgliche Schmerz ließ mir keine Wahl.

»… dann weiß ich, dass ich eine Rückmeldung habe. Ich habe Ihnen ja gesagt, dass ich einen Plan zum Öffnen des Tresors habe. Ist doch wahnsinnig gut, oder?«

Wieder übermannte mich das Geräusch, und ich schrie ihn an, dass er damit aufhören sollte. Er ließ von mir ab, und ich sank zu Boden.

Guy packte den Griff und drückte ihn ruckartig nach unten. Mit

dem Fauchen hereinströmender Luft öffnete sich die Tür in meine Richtung.
Ich rollte mich rasch zur Seite, so dass sie mit all ihrem Gewicht knapp an mir vorbeirauschte. Dahinter war es dunkel.
Neben der Tür befand sich ein Lichtschalter, den Guy aber ignorierte. Ich lag immer noch am Boden, er half mir auf. Ohne dass ich mich wehren konnte, zog er mich in den dunklen Tresor hinter eine Regalreihe. Dort setzte er mich hin und ging neben mir in die Knie.
»Wir müssen jetzt ganz still sein«, sagte er.
»Was? Warum?«
»Das werden Sie schon sehen.«
»Die Pappschachtel?«, fragte ich.
»Sie ist da drüben. Ist nicht so wichtig. Jetzt psst.« Er verdonnerte mich zum Schweigen.
Vom Gang her hörte ich Schritte, die offensichtlich zu zwei verschiedenen Personen gehörten.
»Ist das …?«
Er nickte und legte mir eine Hand auf den Mund.
Eine der Personen betrat den Tresor. Mit einem Klicken erwachte eine Lampe zuckend zum Leben. Nach der langen Zeit im Dunkeln stach mir das grelle Neonlicht in die Augen. Ich versuchte, den Reiz wegzublinzeln.
Die Schritte gingen weiter in den Tresor bis zum Ende des Gangs. Dort verharrten sie einen Augenblick, machten kehrt und gingen denselben Weg zurück zur Tür.
»Das ist es.«
»Ich hoffe, der Aufwand hat sich gelohnt.«
Zunächst erkannte ich die zweite Stimme nicht, bis ich mit einem Mal begriff, dass ich es war, der sprach.
»Ja, das kann man wohl sagen«, lautete die Antwort des anderen Guy, der mit meinem anderen Ich zusammen war.

Dann ging das Licht wieder aus, Dunkelheit umgab uns. Ich hörte, wie sich die riesige Tür langsam wieder schloss und geriet einen Moment in Panik, bis ich Guy sagen hörte: »Lassen Sie sie offen.«
Die Tür bewegte sich nicht mehr, und ein dünner Lichtstrahl von draußen zeigte mir, dass sie nicht ganz geschlossen war.
Die Schritte entfernten sich, und Guy nahm seine Hand von meinem Mund.
»Sie haben die Schachtel geholt, Sam. Jetzt ist alles vorbei.«
»Nein«, sagte ich entmutigt. »Das kann nicht sein. Ich kann Lily immer noch retten.«
Er schüttelte den Kopf. »Alles hat sich so zugetragen, wie Sie es erinnern. Sie hätten nichts tun können, um es zu ändern.«
»Ich könnte den beiden folgen«, sagte ich. »Ich könnte Sie davon abhalten, mir die Kehle aufzuschlitzen.« Ich wollte gehen, aber er legte eine Hand auf meinen Arm, um mich zurückzuhalten.
»Es hat keinen Sinn, Sam. Es ist zu spät. Nur noch eine Entscheidung ist zu treffen.«
»Und die wäre?«
»Sie haben die Wahl, ob Sie mich töten wollen oder nicht, wenn ich Ihnen gesagt habe, wer ich wirklich bin«, sagte er. »Lassen Sie uns hinausgehen. Ich möchte im Mondlicht sterben.«

86

Die Gasse war menschenleer, als ich das Museum durch den Hinterausgang verließ. Ich sah mich nach dem anderen Guy und meinem anderen Ich um, konnte aber keinen von beiden entdecken.
Ich ging zu der Telefonzelle an der Ecke Hope Street.
»Vergessen Sie es, Sam«, sagte Guy, der mir aus dem Museum gefolgt war. »Sie sind schon weg.«
»Ich kann Sie immer noch daran hindern, mir die Kehle durchzu-

schneiden«, entgegnete ich, auch wenn ich ahnte, dass es zu spät sein könnte.

»Sam, sie sind *nicht mehr da!*«, rief Guy. »Sie sind zum Anfang zurückgekehrt.«

Tatsächlich war die Telefonzelle leer. Keine Spur von Blut an den Scheiben oder am Boden. An dieser Stelle war mir die Kehle aufgeschlitzt worden, aber davon war jetzt nichts mehr zu sehen.

Ich ging zu Guy zurück, der stehen geblieben war und auf mich wartete.

»Sie sind nicht mehr da«, sagte ich.

»Das habe ich Ihnen doch gesagt«, entgegnete er. »Sie sind wieder zurück beim ersten Februar. Wir schreiben noch den neunundzwanzigsten, für einen Moment jedenfalls noch. Und dann …«

»Und dann was?«

»Wissen Sie, wenn ich nicht schon wüsste, dass Sie es noch nicht herausgefunden haben, wäre ich jetzt sehr verwundert, aber so kann es ja keine Überraschung sein.«

»Was zum Teufel soll das heißen?«

»Ich weiß nicht, ob ich noch weiß, wie ich es Ihnen erklären soll«, sagte er. »Lassen Sie es mich versuchen. Vor einem Monat sind Sie in die Vergangenheit gereist, genauer gesagt, zurück zum ersten Februar. Jetzt ist der Monat wieder um, und Sie werden die Reise noch einmal antreten.«

»Um Lily zu retten«, stimmte ich ihm zu. »Aber ich dachte, dazu bräuchten wir die Pappschachtel?«

»Vergessen Sie die Schachtel, sie hat ihren Zweck schon erfüllt.«

»Und wir reisen trotzdem zurück? Zurück zum ersten Februar?«

»Das ist richtig, Sam. Aber nicht nur einmal. Immer wieder, und das für den Rest Ihres Lebens. Jedes Mal, wenn Sie am neunundzwanzigsten Februar angekommen sind, gehen Sie *ping* wieder zum Monatsanfang zurück. Sie gehen nicht über Los und kassieren auch keine zweihundert Pfund. Und das Ihr ganzes Leben lang,

Sam. Sie werden nicht einen Tag erleben, der nicht im Februar ist.«

»Sie meinen, ich werde an jedem Monatsende einfach zum Monatsanfang zurückkehren?«

»Ja, Sam. In den nächsten zwanzig Jahren, Monat für Monat, immer dasselbe Spiel.«

»Und was geschieht nach den zwanzig Jahren?«, fragte ich mit einem Anflug aufkeimender Hoffnung.

»Dann werden Sie sterben«, sagte er schlicht.

Ich schüttelte den Kopf. »Nein, das ist doch gar nicht möglich. Das ist doch alles Unsinn!«

»Sie wissen, dass es wahr ist, Sam. Denn das ist die Antwort auf all Ihre Fragen. Lassen Sie es sich durch den Kopf gehen.«

»Aber wenn ich in den nächsten zwanzig Jahren jeden Monat immer wieder zurückreise, dann gibt es eines Tages wie viele von mir? Zweihundertvierzig, und alle im selben Monat?«

»Nicht eines Tages, Sam. Vergessen Sie nicht, dass alles schon passiert ist.«

Mir stand der Mund offen. »Dann gibt es *in diesem Moment* zweihundertvierzig von mir?«

»Genau«, bestätigte Guy. »Und jeder ist einen Monat älter als sein Vorgänger. Bis Sie schließlich zwanzig Jahre älter sind und darum flehen, sterben zu dürfen, obwohl Sie genau wissen, dass es nicht geht, bis Sie alles bis zum Ende durchgezogen haben, weil, wie Sie sich erinnern, es genauso passiert ist. Meine Rolle war von Anfang an vorgezeichnet. Ich habe alles geschehen sehen, damals, als ich in Ihrem Alter war.«

»Nein«, stöhnte ich. »Das ist unmöglich.«

»Es ist grauenhaft, Sam. Ich beneide Sie nicht um Ihre Reise. Ein und denselben Monat immer und immer wieder zu erleben, ohne etwas ändern zu können, ohne Freunde, ohne Arbeit, ohne einen Ort, den man sein Zuhause nennt. Ich will schon lange, dass es aufhört, selbst wenn der Tod der einzige Ausweg ist. Ihnen wird es schließlich genauso gehen. Sicher, denn ich habe es schon gesehen.«

»Aber das würde ja …«

»Kommen Sie her, Sam. Näher. Ich möchte Ihnen etwas zeigen.« Er hob das Kinn an, neigte den Kopf nach hinten und zog den Kragen vom Hals ab. »Kommen Sie, sehen Sie sich das an.«

Im Mondlicht war sie nur schwach, eigentlich fast gar nicht zu erkennen, diese verblasste Linie, eine dünne weiße Narbe an seinem Hals. Undeutlich, versteckt unter seinen Bartstoppeln. Mit der Zeit waren nur noch schwache Spuren ihrer Existenz zurückgeblieben.

Ich fuhr mit der Hand über meine eigene Narbe und trat einen Schritt zurück.

»Aber Sie sehen doch gar nicht aus wie ich«, sagte ich. »Sie klingen auch nicht wie ich!«

»Im letzten Monat haben Sie geklungen wie ich, Sam. Immer, seitdem ich Ihnen die Kehle durchschneide. Ihre Stimme wird niemals vollständig ausheilen, sie wird immer rauh und kratzig klingen. Sie sind schon so sehr daran gewöhnt, dass Sie gar nicht mehr wissen, wie sie früher klang.«

»Aber Sie sehen nicht aus wie ich«, setzte ich nach.

»Ich bin zwanzig Jahre älter«, sagte er. »Die Menschen verändern sich mit dem Alter. Und mit ein wenig Training bauen auch Sie Muskulatur auf. Und was mein Gesicht angeht …«, er fuhr sich mit der Hand über die Wangen, die immer noch die Überreste alter Wunden zeigten, »… fürchte ich, Sie werden in Kürze in einen Unfall verwickelt werden, in dessen Folge Sie sich einem plastisch-chirurgischen Eingriff unterziehen müssen. Ich habe nicht immer so ausgesehen, aber einiges musste gemacht werden.«

»Musste gemacht werden?«, fragte ich nach. »Sie versuchen wirklich, alles zu rechtfertigen, was Sie in den letzten Monaten getan haben?«
»In den letzten *zwanzig Jahren*«, sagte er, »habe ich nichts anderes getan, als Sie rechtzeitig zu diesem Moment zu bringen. Das falsche Versprechen, Sarah zu retten, der Tod von Murray.« Er hielt kurz inne. »Der Tod von Lily. Alles diente diesem Augenblick. Ich musste Ihnen einen Grund geben, mich umzubringen.«
»Es gab also nie eine Chance, Sarah zu retten«, stöhnte ich.
»Nein«, antwortete er.
»Und Lily?«
»Das mit Lily tut mir leid. Ich habe sie schließlich auch geliebt, erinnern Sie sich.«
»Und trotzdem haben Sie sie umgebracht?«
»Ein unverzichtbares Opfer. Macht Sie das zornig?«
»Natürlich macht mich das zornig«, schrie ich. »Sie haben die …« Ich war unfähig, den Satz zu beenden.
»Sparen Sie sich Ihre Wut auf«, sagte Guy, griff in seine Tasche und zog etwas heraus. »Das hier werden Sie brauchen«, sagte er und warf es mir zu.
Ich fing es blitzschnell auf. Es war ein weißer Verband, der sich noch in seiner Verpackung befand.
»Was …?«, wollte ich fragen, aber da holte er schon aus. Im hohen Bogen flog sein Arm auf mein Gesicht zu, und erst in der Sekunde vor dem Aufschlag erkannte ich die Flasche, die er in der Hand hielt.
Sie zerschellte, als sie die Seite meines Gesichtes traf. Splitter flogen umher und gruben sich in die Haut. Ich schrie vor Schmerz und sank zu Boden. Blitzartig schlug ich mir die Hände vors Gesicht, konnte es aber nicht mehr schützen. Wieder schrie ich auf, als ich die Glassplitter mit den Fingern berührte, die sich in Wange, Nase und Stirn gebohrt hatten. Vor Schmerz hatte ich die

Augen fest zugekniffen und war erleichtert, als ich sie blinzelnd öffnete und feststellte, dass ich nicht erblindet war.

Über mir stand Guy. »Nicht bewegen«, sagte er. Er hielt meinen Kopf in den Händen und zog ein paar größere Splitter heraus. Ich spürte den Widerstand, während er sie aus dem Fleisch zog. Er ließ sie klirrend zu Boden fallen.

»Das wär's«, sagte er und trat einen Schritt zurück. »Sie sollten jetzt vielleicht den Verband anlegen.«

Mein ganzes Gesicht war voller Blut. Ich wischte es ab, spürte aber, dass immer mehr nachkam. Der Verband lag auf dem Boden, und ich wollte ihn aufheben, als ich mit der Hand gegen etwas Kaltes, Metallisches stieß. Reflexartig umschloss ich es mit den Fingern.

»Sind Sie wütend, Sam?«, feuerte mich Guy an. »Wütend genug, um zu töten? So wie ich Lily getötet habe? Sie hat geschrien, als sie starb, Sam. Sie hat nach Ihnen gerufen, dass Sie sie retten sollten. Aber Sie waren nicht da, Sam, Sie haben sie alleingelassen. Sie haben zugelassen, dass ich sie umgebracht habe, und nichts dagegen getan.« Er stand dicht vor mir, sah mir ins Gesicht. Ich spürte Wut in mir aufsteigen und umklammerte den Metallgegenstand in der Faust.

»Und wissen Sie was, Sam?«, fuhr er mit dem Anflug eines Lächelns fort. »Soll ich Ihnen sagen, was der wahre Clou an der Sache war? *Ich habe es genossen.* Die Schlampe umzubringen hat mich richtig scharf gemacht.«

Mit einem Satz sprang ich auf, schwang meinen Arm gegen seinen Kopf und hielt den Bolzenschneider in der Hand, den ich vor ein paar Augenblicken noch bei ihm gesehen hatte und der nun mit einem satten metallischen Scheppern die Seite seines Schädels traf.

Guy strauchelte, fiel aber nicht. »Noch mal!«, schrie er.

Ich schlug noch einmal zu. Er ging zu Boden. Und noch mal. Blut ergoss sich seitlich aus seinem Kopf. Er richtete sich im Rinnstein auf und sah mich mit flehenden Augen an.

»Bring es zu Ende«, sagte er. »Tu es für Lily.«

Ich drosch mit dem Bolzenschneider auf ihn ein, wieder und wieder, bis das letzte Lebenszeichen aus seinem Körper gewichen war. Mit dem Gesicht nach oben lag er auf dem Weg, seine blicklosen Augen ins Nichts gerichtet.

Seine rechte Kopfseite war übel zugerichtet. Ein riesiger Hautlappen hatte sich von der Schädeldecke getrennt, und zwischen all dem Blut und den Haaren schimmerte die Metallplatte hervor, mit der die Teile seines Schädels zusammengehalten wurden. Abgesehen von der Delle, die sie jetzt zierte, sah sie genauso aus wie meine.

Während ich neben Guys Leiche niederkniete, kam mir eine letzte Frage in den Sinn. Hatte Guy den Bolzenschneider versehentlich dort liegenlassen, oder hatte er ihn dort hingelegt, damit ich ihn fand?

87

Für mich gab es nur noch eines zu tun.

Ich wickelte mir den Verband grob über das Gesicht, schlug ihn immer wieder um den Kopf, bis nur noch Mund und Augen frei waren. Ich spürte, wie sich das saubere Gewebe mit Blut vollsog.

Anschließend durchsuchte ich die Abfalleimer, die auf dem Weg standen, bis ich einen großen Karton gefunden hatte, der einen halbwegs stabilen Eindruck machte. In Guys Taschen fand ich ein Messer, eine Zange und eine Rosenschere. Irgendwie hatte ich den Eindruck, dass alles bereitgelegen hatte.

Ich schnitt Guy Finger und Daumen ab und warf sie in den Kar-

ton. Dann zog ich ihm sämtliche Zähne, einen nach dem anderen. Die Backenzähne musste ich zuerst zerteilen und dann stückchenweise herausziehen.
Ich zog ihn aus und legte auch seine Kleider in die Schachtel. Dann schnitt ich ihm mit dem Messer die Haut vom Leib. Ein fürchterliches Gemetzel, aber einfacher, als ich es mir vorgestellt hatte. Die Haut riss ich ihm in Dutzenden Stücken ab, die alle von Formen und Gleichungen schwarz überzogen waren. Ich bemühte mich, die Formel nicht zu beachten, die Lily ihm gegeben hatte, als ich ihm die Haut vom Oberkörper schnitt, da ich wusste, dass sie sie das Leben gekostet hatte.
Ich hatte noch nie einen so stark tätowierten Körper gesehen. Ein Unikat, auf den ersten Blick zu identifizieren. Ich würde zwanzig Jahre brauchen, bis meiner so aussah.
Auch den Schwanz und die Eier schnitt ich ihm ab, zog ihm die Haut vom Gesicht und das Haar von Kopf. Alles wanderte in die Kiste.
Dann trennte ich das Fleisch um die Wunde an der Seite seines Kopfes ab und legte die Ränder der Metallplatte frei, die ich anschließend mit der Zange herausriss, und mit ihr auch Teile des Schädelknochens. An einigen Stellen widersetzte sich der Schädel, aber durch einen beherzten Schlag mit dem Bolzenschneider bekam ich sie frei.
Alles zusammen wanderte in die Schachtel, die ich anschließend schloss, indem ich die Klappen oben übereinanderlegte.
Guys Schädel, allmählich im Abkühlen begriffen, lag zu meinen Füßen. Entstellt und mit normalen Methoden nicht mehr zu identifizieren. Niemand würde je wissen, wer er einmal gewesen war. Niemand außer mir.
Ich wischte mir das Blut von den Händen, nahm die Schachtel und ging zurück ins Museum und in den Tresorraum, wo ich sie auf einem hohen Bord im hinteren Bereich, zwischen Dutzenden an-

derer Kartons, an der Stelle ablegte, von der ich wusste, dass sie für den nächsten Monat unentdeckt bleiben würde.
Ich verließ den Tresor und drückte die schwere Tür hinter mir zu, drehte mich um und wollte gehen. In dem Moment verspürte ich ein seltsames Kribbeln. Mir war, als ob ein Schalter umgelegt worden wäre. Ich hatte eine Ahnung, was es war.
Ich sah zu der Überwachungskamera am Ende des Ganges hinauf. An ihrer Seite leuchtete ein kleines rotes Licht hell auf. Sie funktionierte wieder. Sie war nie abgeschaltet gewesen.
Ich ließ die Schultern hängen, als mir jetzt klarwurde, dass ich in die Vergangenheit zurückgereist war, wieder zum Anfang zurück, genau wie Guy es gesagt hatte. Es gab also tatsächlich kein Entrinnen.
Ich sah zur Kamera hinauf, direkt in die Linse und winkte. Ich winkte meinem jüngeren Ich zu, hier in der Vergangenheit. Durch die Schlitze in meinem Verband lächelte ich ihm zu. Dann ging ich weiter und sah unwillkürlich noch einmal in die Linse, während ich unter der Kamera herging.
Der Hinterausgang war wieder verschlossen und mit einem Vorhängeschloss gesichert. Ich hatte immer noch den schweren Bolzenschneider in der Hand, mit dem ich Guy umgebracht hatte und mit dessen Hilfe ich mir den Weg nach draußen innerhalb von Sekunden freigeschnitten hatte.
Selbst tot war mir Guy immer noch einen Schritt voraus.

Zügig entfernte ich mich vom Museum. Guys entstellter Körper lag im Rinnstein, dort, wo ich ihn liegengelassen hatte. Er war mir zum Anfang des Monats Februar gefolgt. Selbst tot war er dazu verdammt, denselben Monat wieder und wieder zu durchleben. Nur eine Feuerbestattung würde dieser Reise ein endgültiges Ende setzen. Und so wusste ich nun, wozu die Explosion in dem Uhrenturm eigentlich dienen sollte.

Guys Leben war erloschen, aber seine Leiche und seine Haut reisten weiter. Es lag nun an mir, alldem ein Ende zu setzen. Ich würde mir etwas überlegen müssen, Pläne machen. Aber ich hatte Zeit, viel Zeit. Zwanzig Jahre.

»Und das, meine Damen und Herren«, sagte ich ruhig zu mir, wobei ich mich vom Museum und von Guys Leiche abwandte, »war *Anarchie der Zeit – Teil fünf.*«

Sie haben wohl geglaubt, ich hätte es vergessen?

88

So bin ich also hier, frei schwebend im Februar. Derselbe Februar, immer und immer wieder.

Ich hätte nie behauptet, dass mir der Februar der liebste Monat von allen war. Schon gar nicht jetzt. Über den längsten Teil des Monats ist Lily am Leben. Ich konnte sie immer wiedersehen, so oft ich wollte, aber ich konnte nur das eine Mal mit ihr zusammen sein, und das war vorbei. Sie kann mich nie wiedersehen. Zwanzig Jahre jedenfalls nicht.

Egal. Es gibt eine Menge anderer Dinge, mit denen ich mich in den nächsten zwanzig Jahren beschäftigen kann. Da wäre zum Beispiel die Theorie der Zeitreise. Und dann muss ich diese Theorien in Tattoos umsetzen.

Ich frage mich, ob es weh tut, sich ein Tattoo stechen zu lassen. Aber vermutlich werde ich es bald wissen.

Ich werde lernen müssen, Kabel und Sprengstoff zu verlegen, Uhren zu reparieren und wie man die Zahlenkombinationen für Türen herausbekommt. Und es gibt noch einen Haufen anderer Dinge, die ich, wie ich jetzt weiß, lernen muss.

Ich werde ein vielbeschäftigter Mann sein. Auch das weiß ich jetzt. Und ich werde in den nächsten zwanzig Jahren an vielen

Orten sein. Ich werde ein Tagebuch brauchen, ein kleines rotes Notizbuch, in das ich hineinschreiben kann, was ich täglich tue, so dass ich immer weiß, wo ich bin, wo ich war und wo ich sein werde. Es gibt jetzt zweihundertvierzig von mir, und ich tue gut daran, mir aus dem Weg zu gehen.
Wie komme ich an Geld? Ich könnte jede Woche im Lotto gewinnen, kleine Summen, mal hier, mal dort, immer in anderen Städten, um keine Aufmerksamkeit zu erregen. Die Gewinnsummen würde ich in mein Tagebuch schreiben müssen, gleich von Anfang an, ab sofort.
All der Aberwitz entlud sich als gewaltiges atmosphärisches Rauschen in meinen Kopf.

Wo werde ich leben? Jeden Monat in einem anderen Hotel? Wie viele Hotels gibt es in diesem Land? Ich werde es herausfinden.
Was werde ich jeden Tag tun? Mich in Langeweile und Wiederholung ergehen und schließlich der Vergessenheit anheimfallen?
Welche Zukunft stand mir bevor? Und mit wem würde ich sie teilen?
Ich denke an Lily, an meine Gefühle für sie, jetzt, und finde, dass sie sich nur schwer mit dem in Einklang bringen lassen, was ich ihr in zwanzig Jahren antun werde. Sie wird sterben, nur um mich dazu zu bringen, einen Mord zu begehen. Einen Selbstmord.
Ist mein eigener Tod ihr Leben tatsächlich wert?
Ich gehe davon aus, dass ich das im Laufe der nächsten zwanzig Jahre herausfinden werde. Heute in vier Wochen.
Ich würde gern glauben, dass ich die Zukunft verändern kann, anders machen, was geschehen ist. Aber wie kann ich etwas so ändern, dass es wirklich anders ist?
Ich kann es nicht. Wie auch? Ich bin nur ein Mensch. Ein Mensch wie Guy.